AF197650

LEON SACHS

SPUR LOS

Thriller

 **PENGUIN** VERLAG

Penguin Random House Verlagsgruppe FSC® N001967

2. Auflage 2024
Copyright © 2024 der Originalausgabe by Penguin Verlag
in der Penguin Random House Verlagsgruppe GmbH,
Neumarkter Straße 28, 81673 München
produktsicherheit@penguinrandomhouse.de
(Vorstehende Angaben sind zugleich Pflichtinformationen nach GPSR)

Vermittelt durch die Literarische Agentur Kossack
Redaktion: Carlos Westerkamp
Umschlaggestaltung: bürosüd GmbH, München
Umschlagabbildung: Trevillion Images, Mark Owen,
www.buerosued.de
Satz: KCFG – Medienagentur, Neuss
Druck und Bindung: GGP Media GmbH, Pößneck
Printed in Germany
ISBN 978-3-328-11154-2

www.penguin-verlag.de

Für Lars

Prolog

Die Dunkelheit fraß sich durch jede Lichtquelle. Selbst die starken Scheinwerfer konnten die Schwärze kaum durchdringen. Mond und Sterne hatten schon vor Stunden ihren Kampf gegen eine massive Wolkenwand aufgegeben. Und Straßenlaternen suchte man hier vergebens.

Robin Graf umklammerte das beheizte Lenkrad des Bentley Flying Spur wie einen Rettungsring auf dem offenen Meer. Ihr Chef hatte darauf bestanden, dass sie die zweihunderttausend Euro teure Limousine nehmen würde. Und so steuerte sie das Luxusgefährt mit seinen 625 PS vorsichtig durch die Nacht, während ihr Blick im Sekundentakt zwischen der Straße und dem Rückspiegel hin- und hersprang.

Es war niemand zu sehen. Weder vorne noch hinten.

Sie war allein. Allein mit der Dunkelheit.

Wenn man von dem Mann absah, der auf der ledernen Rückbank saß.

Er war vierzig Jahre alt, trug einen stahlgrauen Anzug, hatte seine Beine im geräumigen Fußraum lässig überkreuzt, und Robin bezweifelte, dass er ihren Namen kannte. In den vergangenen Stunden hatte er sie lediglich Tiger genannt, nachdem er ihre gemusterten Stiefeletten begutachtet hatte. Robin hatte sich nur mit Mühe eine bissige Bemerkung verkniffen. Sie mussten es nicht mehr lange miteinander aushalten und würden sich nie wiedersehen. Kein Grund also zu offener Feindseligkeit.

Die eisblauen Augen des Mannes, in der Dunkelheit für Robin im Rückspiegel nur schwach auszumachen, blickten stur geradeaus. Die markanten Augenbrauen waren zu einem ständigen Runzeln verzogen. »Wie weit noch?«, lauteten die einzigen Worte, die er wiederkehrend an sie richtete, seit sie losgefahren waren. Ein Blick auf das Navi in der Mittelkonsole hätte es ihm verraten. Doch offenbar schien es ihm wichtig, sie alle halbe Stunde danach zu fragen.

Zumindest nannte er sie dabei nicht ständig Tiger.

»Noch zwanzig Kilometer«, erwiderte Robin nun, als sie seine Stimme erneut vernahm. Sie versuchte das Zittern in ihrer Antwort auf ein Minimum zu beschränken. Es gelang ihr nicht.

Vor wenigen Minuten hatten sie die A 21 verlassen und waren abseits der Autobahn in die Dunkelheit eingetaucht. Statt weiter nach Wien zu fahren, steuerte Robin über die Bundesstraße 210 südöstlich in Richtung Baden. Sie blickte auf den Bordcomputer. Es war 5:28 Uhr. Die Sonne würde erst in über zweieinhalb Stunden aufgehen und die Wolkendecke grau schimmern lassen. Bis dahin hätte sie ihre Mission erfüllt.

Zumindest hoffte sie das.

Die Landstraße schlängelte sich zwischen bewaldeten Hügeln hindurch. Robin hatte sich die Strecke vor ihrer Abfahrt genau eingeprägt, gerade diese letzten Kilometer. Jede größere Kreuzung, jeden Orientierungspunkt wie die Cholerakapelle im Helenental, an der sie gerade vorbeifuhren. Sie hatte perfekt vorbereitet sein wollen für diese Aufgabe, ihre erste im Außendienst der Agentur, für die sie seit einem Jahr arbeitete.

Vor zwei Tagen hatte die erste Etappe sie von Frankfurt nach München geführt. Dort hatte sie den Klienten bei den nötigen Vorbereitungen unterstützt. Sie hatte sein Penthouse am Gärtnerplatz gesäubert, alle Beweise vernichtet und alle Spuren beseitigt. Währenddessen hatte Gregor Thomanek an seinem Firmensitz auf der Leopoldstraße unauffällig dasselbe getan, unterstützt von seiner langjährigen Assistentin Julia Hamm.

Dann hatte die zweite Etappe begonnen. Am Abend hatte sich Thomanek mit seiner Assistentin und zwei seiner engsten Mitarbeiter in der Bar Giornale getroffen. Er hatte ihnen versichert, nichts mit dem Skandal zu tun zu haben. Er hatte – wider besseren Wissens – betont, MoneyLine sei ein seriöses Unternehmen, und er könne sich die fehlenden Milliarden in der Bilanz nicht erklären. Er hatte versprochen, schon am nächsten Tag höchstpersönlich nach Singapur zu fliegen, um in der dortigen Dependance die nötigen Beweise für seine Unschuld zu sammeln. In wenigen Tagen würde er zurück sein, um alle Vorwürfe gegen sich und gegen MoneyLine zu entkräften.

Erst nach Mitternacht waren sie auseinandergegangen, während Robin die ganze Zeit im Bentley vor dem Edel-Italiener gewartet und die Unterhaltung über einen Transmitter mitgehört hatte. Die Verabschiedung zwischen Gregor Thomanek und Julia Hamm hatte keine Fragen offengelassen, dass zwischen dem milliardenschweren Firmenboss und seiner Assistentin, einer hochgewachsenen Schönheit mit slawischem Einschlag und einem frechen Kurzhaarschnitt, mehr gewesen war als berufliche Professionalität.

Doch mit der Verabschiedung hatte ihre Beziehung geendet.

Auch wenn Julia Hamm dies erst später realisieren würde.

So wie alle Beziehungen des Gregor Thomanek in dieser Nacht enden würden.

Und es die ganze Welt erst später realisieren würde.

Statt direkt bei Robin einzusteigen, hatte Thomanek ein Taxi zu seiner Wohnung genommen. Wie abgesprochen war Robin dem Auto gefolgt und hatte unweit des Gärtnerplatzes gewartet. Erst nachdem ihr Klient sich direkt vor seinem Haus hatte absetzen lassen und gewartet hatte, bis das Taxi an der nächsten Ecke verschwunden war, war er zum vereinbarten Treffpunkt gekommen. Über der Schulter eine Laptoptasche, in der Hand einen dieser Rollkoffer, die Männer seines Standes bei sich führten, wenn sie zu einem kurzen Businesstrip aufbrachen.

Seitdem saß Thomanek auf dem Rücksitz, den Laptop unberührt, seit sie München in Richtung Österreich verlassen hatten. Schweigend, beobachtend – und mit einem falschen Reisepass in der Innenseite seines Jacketts.

Den Pass hatte Robin während des Abendessens von einer Kontaktperson ihrer Agentur zugesteckt bekommen. Jetzt musste sie Thomanek nur noch sicher zu seinem Flugzeug bringen, das um Punkt 7:00 Uhr vom Flughafen Vöslau-Kottingbrunn abheben sollte. Alles war vorbereitet, alles war innerhalb von nur wenigen Tagen orchestriert worden. Nun hing der Ausgang davon ab, ob Robin die wertvolle Fracht rechtzeitig aus ihrer Limousine in den wartenden Privatjet beförderte.

Sie erreichten Baden, und mit den Häuserreihen wich die Dunkelheit. Auf den Dächern lagen die ersten Schneeflocken des Winters. In den Fenstern leuchtete Weihnachtsdekoration in allen Formen und Farben. Die Temperaturanzeige ihres Autos signalisierte potentiellen Bodenfrost. Robin hielt sich strikt an das Tempolimit.

Die Umgehungsstraße führte sie südlich am Kurort vorbei in Richtung Autobahn. Robin wusste, dass sie gleich zu einem Supermarkt kommen würden, an dem sie links würde abbiegen müssen. Dann würde es über die Brücke gehen, noch einmal rechts und links – dann würde das Flughafengelände direkt vor ihnen liegen.

Es war in diesem einen unaufmerksamen Moment, da sie das Blaulicht sah. Erschrocken zuckte sie zusammen, das Auto machte einen kleinen Schlenker, ehe sie das kraftvolle Gefährt wieder sicher in der Spur hatte. Robin gefror das Blut in ihren Adern wie die Wasserkristalle auf den Grashalmen der umliegenden Vorgärten. Ein Polizist stand mit einer Kelle am Straßenrand und bedeutete ihr anzuhalten. Auf der Rückbank stellte Thomanek seine gekreuzten Beine auf. Er sagte nichts.

Robin fuhr vorsichtig rechts ran, brachte den Wagen zum Stehen und ließ das Seitenfenster herab. Der Polizist und eine Kollegin kamen langsam auf sie zu, jeweils die Rechte an der Waffe am Holster, eine Taschenlampe in der Linken. Während der Mann an Robins Seite trat, schritt die Frau um das Auto.

»Guten Morgen, allgemeine Verkehrskontrolle«, sagte der Polizist. »Führerschein und Fahrzeugpapiere, bitte!«

»Guten Morgen«, gab Robin so gelassen wie möglich zurück. Das Herz schien ihren gesamten Brustkorb auszufüllen, als sie in ihrer Handtasche auf dem Beifahrersitz nach den Papieren suchte.

»Wohin des Weges?«, fragte der Polizist. In seiner

Stimme schwang Argwohn mit, womöglich, weil eine junge Frau ein solch teures Auto fuhr, während ein mehr als zehn Jahre älterer Mann nicht neben ihr, sondern im Fond saß.

»Ich bringe meinen Chef zu einer Konferenz nach Graz«, improvisierte Robin, und sie war überrascht, wie leicht ihr die Lüge von den Lippen ging.

Graz lag in der Tat auf ihrem Weg in Richtung Süden. Unauffällig blickte Robin in den Rückspiegel und suchte nach Anzeichen der Polizistin, konnte sie aber nicht entdecken. Schnell überschlug sie, ob sich irgendetwas im Auto befand, das sie hätte kompromittieren können. Ihr wollte nichts einfallen.

Außer natürlich Gregor Thomanek.

Zwar wurde nach Thomanek nicht gesucht, schon gar nicht per Haftbefehl. Zumindest noch nicht. Noch durfte er sich frei bewegen. Das Problem war aber, dass niemand wissen sollte, dass er hier war. Julia und seine engsten Vertrauten gingen davon aus, dass ihr Chef am Morgen nach Singapur fliegen würde – und zwar von München aus. All ihre Mühen wären null und nichtig, würde ihn nun jemand erkennen und später aussagen können, dass Thomanek am Tag seiner Flucht in der Nähe eines österreichischen Privatflughafens gesehen worden war.

Doch erst einmal gab sich der Polizist an ihrem Fenster mit ihren Papieren zufrieden. Er bedeutete seiner Partnerin, ihn zu begleiten, und gemeinsam verschwanden sie im Einsatzfahrzeug. Das Blaulicht durchschnitt die Nacht, während sich am Horizont noch immer keine Anzeichen des nächsten Morgens abzeichneten.

Robin blickte auf die Uhr. Sie hatte keine Erfahrung, wie

lange eine Verkehrskontrolle in Österreich dauerte. Es vergingen sechs Minuten, ehe das Duo wieder ausstieg und auf sie zukam.

»Seit wann sind Sie unterwegs?«, fragte der Polizist, als er wieder neben ihrer Tür stand.

Robin sah auf ihre pinke Swatch, ein Andenken aus der Zeit ihres Jurastudiums, mit der sie dem Trend zur Smartwatch – und vor allem zur Fitnessuhr – trotzen wollte. Für einen verrückten Moment sorgte sie sich, der Österreicher neben ihr könnte Anstoß daran nehmen, dass sie eine Schweizer Uhr trug. Dieser absurde Gedanke ließ sie schmunzeln und vertrieb ihre Nervosität.

»Seit etwas mehr als einer Stunde. Wir kommen aus St. Pölten und müssen um acht in Graz sein. Das dürften wir doch schaffen, oder?«

An St. Pölten waren sie vorhin vorbeigekommen. Sie hoffte, dass der Polizist den Köder schnappen und sich als Gentleman erweisen würde. Und tatsächlich.

»Kein Problem«, sagte der Mann, »aber nehmen Sie ab Neunkirchen die S 6. Auf der A 2 gibt es einige Baustellen, die machen das Fahren gerade etwas hässlich.« Er reichte ihr die Papiere. »Gute Fahrt!«

Robin bedankte sich und ließ sich Zeit, die Papiere in ihrer Tasche zu verstauen. Mit eiskalten Händen schaltete sie wieder auf Drive. Langsam glitt die Limousine zurück auf die Straße. Sie sah nicht mehr zurück.

»Beeindruckend«, ertönte Thomaneks Stimme von der Rückbank. »Sie haben keine Miene verzogen.«

Robin suchte nach einem spöttischen Unterton, doch der Mann meinte es offenbar ernst.

»Gute Vorbereitung ist alles«, gab sie zurück.

Sie sah ihn im Rückspiegel nicken und lächeln.

»In der Tat, Tiger! Gute Vorbereitung ist alles.«

Robin rollte mit den Augen. Sie wartete, ob noch ein anderer Kommentar folgen würde, doch offenbar hatte Thomanek seinen Wortschatz für das Gespräch mit ihr aufgebraucht.

Er war ein seltsamer Mann, dieser Thomanek. Vierzig Jahre alt, hatte er als Wunderkind der FinTech-Branche gegolten und mit MoneyLine ein Online-Zahlungssystem erfunden, welches PayPal in kürzester Zeit Konkurrenz gemacht hatte. Das Problem: Im Herzen war es ein riesiges Betrugsmodell gewesen. Vor einer Woche hatten externe Wirtschaftsprüfer die Bombe platzen lassen und erklärt, man könne die Bilanz des abgelaufenen Geschäftsjahres nicht absegnen. Der Grund: Es fehlten über zwei Milliarden Euro.

Das war der Moment gewesen, als Thomanek Robins Agentur kontaktiert hatte. Ihr Chef hatte sich bei einer gewissen Klientel einen Namen gemacht. Sein Angebot waren individuelle Lösungen für besondere Probleme. Die Lösung im Fall Thomanek sah vor, ihn außer Landes zu schaffen. Genauer gesagt: Thomanek würde verschwinden. Und zwar spurlos.

Genau deshalb hatte Robin die vergangene Nacht nicht geschlafen, sondern stattdessen Thomanek aus München herausgebracht. Nun, viereinhalb Stunden später, bog sie mit ihm auf die Zufahrtsstraße zum Privatflughafen Vöslau-Kottingbrunn ab.

Zunächst hatte Robin nicht verstanden, wie ein Mensch spurlos verschwinden konnte, wenn er per Flugzeug reiste – mit einem Flugticket, einem Reisepass und biometrischen

Kontrollen. Doch hier, keine halbe Stunde südlich von Wien, lief die Welt etwas anders. Hier gab es in der Regel keine Passkontrollen. Hier hoben nur private Flugzeuge oder kleine Chartermaschinen ab. Die Polizei sah nur in unregelmäßigen Abständen nach dem Rechten und verließ sich darauf, dass die Leitstelle die Bücher gewissenhaft führte. Das tat sie auch, jedoch arbeitete dort niemand, der einen gut gefälschten Reisepass von einem echten hätte unterscheiden können.

So ließ man Robin am Gatter ohne weitere Fragen ein, und sie steuerte den Bentley über das Rollfeld. Da stand sie, eine Cessna Citation Mustang 510, ein kleiner Jet, gerade einmal zwölf Meter lang. Robins Agentur hatte die Maschine bei einer Innsbrucker Charterfirma angefordert. Sie hatte Platz für vier Personen, und als Robin Graf Gregor Thomanek über die kleinen Klappstufen an Bord folgte, bekam sie das Gefühl, in dieser Sardinenbüchse niemals mehrere Stunden Zehntausende Fuß über den Wolken verbringen zu wollen. Dabei fehlte es nicht an Komfort. Je zwei bequeme Ledersessel standen links und rechts zueinandergedreht, sodass sich vier Personen gegenübersitzen konnten.

Thomanek bezahlte den Kapitän. Fünftausend Euro sofort, fünftausend nach der Landung. Das Ziel: Minsk, Belarus. Nicht gerade Robins Traumdestination, aber wenn man ein Wirtschaftskrimineller war, musste man nehmen, was man kriegen konnte. Und Thomanek würde sicher noch so manches bekommen für das Geld, das er besaß.

Er wandte sich wieder seiner Fahrerin zu und betrachtete Robin aufmerksam, als sehe er sie gerade zum ersten Mal.

»Damit bleibt mir nur noch, Ihnen zu danken, Frau Graf.«

Robin erwiderte nichts.

»Sie und Ihre Agentur haben mir sehr geholfen.«

»Gern geschehen«, brachte Robin steif hervor und streckte ihre Hand aus. »Auf Wiedersehen, Herr Thomanek.«

»Ich hoffe nicht«, erwiderte der Milliardär mit einem süffisanten Lächeln und ergriff ihre Hand. Er ließ erst einen Augenblick später als üblich los. Dann zog er einen Umschlag aus seinem Jackett. »Das ist für Sie. Für Ihre Hilfe in den letzten vierundzwanzig Stunden und dafür, dass Sie mich sicher hierhergebracht haben.«

Robin war zu überrascht, als dass sie hätte ablehnen können. Sie nahm den Umschlag an und steckte ihn ungeöffnet in ihre Handtasche.

»Danke.« Sie sah ein letztes Mal in seine blauen Augen.

Dann wandte Thomanek sich um, setzte sich in einen der Sessel und holte seinen Laptop hervor. Robin verstand. Sie war entlassen. Ohne ein weiteres Wort verließ sie das Flugzeug und ging zurück zum Wagen. Während sich die Tür der Cessna schloss und die Motoren aufheulten, setzte sie sich hinter das Steuer des Bentley.

Sie fuhr nicht gleich los. Ihr Auftrag war erst beendet, sobald Gregor Thomanek in der Luft war. Langsam setzte sich der Jet in Bewegung. Ohne die Augen von der Maschine zu lassen, begannen Robins Finger den wattierten Umschlag zu öffnen, den der Klient ihr in die Hand gedrückt hatte. Er war dick, und noch ehe die Cessna um Punkt 7:00 Uhr über das Flugfeld donnerte und in den grauen Wintermorgen über Österreich abhob, spürte Robin die Scheine. Als das Flugzeug nur noch ein kleiner Punkt am Himmel war, gestattete sie sich schließlich, den Blick zu senken.

Thomanek hatte ihr ein Trinkgeld gegeben.

Zehntausend Euro.

Robin Graf lächelte. Sie liebte ihren neuen Beruf.

1

Zwölf Jahre später

Die Türen der U1 öffneten sich mit einem Zischen. Stephan Jahnke ließ sich von den anderen Fahrgästen leiten, die Nase in sein Buch vertieft. *Señora Gerta* von Anne Siegel. Wie eine Wiener Jüdin die Nazis ausgetrickst hatte und nach Panama geflüchtet war. Was für eine Geschichte! Eine wahre Geschichte noch dazu. Wie so häufig war das echte Leben noch spannender als die Fiktion. Vor allem dann, wenn Menschen ein neues Leben beginnen mussten.

Stephan Jahnke folgte dem Bahnsteig zu den Treppen, ohne aufzusehen. Er kannte seinen Weg. Andere Menschen nahmen ihren Blick nicht vom Smartphone. Er nahm seinen Blick nicht von dem Buch in seiner Hand. Als er die letzten Stufen zum Eschenheimer Tor hinaufstieg, spürte er den kalten Novemberregen. Zunächst auf seinen dunkelbraunen Haaren, deren blonde Strähnen er wie jeden Morgen sorgsam in Position gegelt hatte. Dann auf seinen Händen. Und schließlich sah er ihn auf den rauen Seiten von *Señora Gerta*, wo feine Tröpfchen das Papier befeuchteten.

Es störte ihn nicht. Nur Eselsohren waren ein Verbrechen an der Literatur. Ansonsten sollte ein Buch nach Lektüre aussehen, ganz so, als habe es gelebt wie die Figuren in ihm, als habe die Geschichte das Cover und jede Seite ebenso durch ein Wellenbad der Gefühle geführt wie die Autorin ihre Leserschaft.

Vom Eschenheimer Tor waren es nur noch wenige Meter. Stephan folgte der Bleichstraße bis zur Krögerstraße und betrat dann durch einen Seiteneingang das Eckhaus. Ein Altbau mit einer schweren Holztür mit Buntglasfenstern. Eine weite Treppe mit knarzenden Holzdielen und geschwungenem Geländer. Eine Bürotür im zweiten Stock, die er als viktorianischen Stil beschrieben hätte, obwohl er davon wenig verstand. Alt war sie auf jeden Fall, verschnörkelt, Holz und Glas, Messingbeschläge. Sie hatte sogar einen alten Türklopfer, einen Ring im Maul eines Löwenkopfes. Niemand benutzte ihn. Dafür gab es die moderne Schließanlage. Doch das hatte die Chefin nicht dazu verleitet, ihn zu entfernen. Im Gegenteil. Der Löwe zierte inzwischen ihr Firmenwappen.

Es war eines von zwei Logos, die neben dem Eingang auf einer Glastafel an der Wand hingen. Eine moderne Bürogemeinschaft. Die RG Agency und die Rechtsanwaltskanzlei Schäfer & Partner. In Wahrheit gab es diese Trennung nur formal. Im Alltag waren sie eine einzige Agentur.

Stephan steckte das Buch weg und betrat das Office. Auch an diesem Freitagmorgen war er wieder der Erste. Er liebte diese frühe Stunde, alleine und in Ruhe, ehe die anderen kamen. In seiner morgendlichen Routine machte er überall Licht, während vor den Fenstern der Herbst sein nasskaltes Unwesen trieb, warf den Moccamaster an und kontrollierte den kleinen Besprechungsraum. Für heute hatten sich drei potentielle Neukunden angemeldet, und Stephan stellte Tassen, Gläser, Kekse und Gummibärchen bereit.

Das Büro war wie eine Vier-Zimmer-Wohnung mit Küche, Bad und einer großen Diele, die als Empfang diente. Nur, dass nie jemand hinter dem Tresen saß. Er erfüllte einen Selbstzweck, schindete Eindruck bei Klienten oder solchen, die es werden wollten. Die anderen drei Räume waren ihre Arbeitszimmer. Je ein Büro für die beiden Chefinnen und eines für Hamid und ihn.

Stephan fragte sich immer wieder, wie er an diesen Job geraten war. Er hatte in Wiesbaden Jura studiert und ärgerte sich noch heute, dass er sich von seinen Eltern hatte überreden lassen, dafür in seiner Heimatstadt zu bleiben. Kein Abenteuer in der Großstadt Hamburg oder der Studentenstadt Passau, sondern das langweilige Wiesbaden. Jetzt lebte er zwar nur fünfunddreißig Kilometer weiter in Frankfurt, aber mit seinen achtundzwanzig Jahren passte er besser in eine Metropole wie Mainhattan als in eine Stadt, die schon die alten Römer als Kurort geschätzt hatten. Frankfurt war lebendig, Frankfurt war jung, Frankfurt war international. Und vor allem war Frankfurt Geld.

Auf den ersten Blick hätte er bei einer renommierten Kanzlei mehr verdienen können als in der Agentur. Aber dafür hätte er einen besseren Abschluss machen müssen. Stattdessen war er nicht mal in die Nähe einer Note gekommen, die sich Juristen wünschten, um halbwegs ernst genommen zu werden. Stephan hatte schnell gemerkt, dass er die Paragrafen vor allem als Aufforderung sah, um Schlupflöcher zu finden. Bei manchen Professoren war er damit durchgekommen. Die Mehrheit aber hatte ihn als ungeeignet für den Beruf eines seriösen Rechtsexperten eingestuft.

Hier in der Krögerstraße sah man das anders. Hier

waren seine praktischen Fähigkeiten das entscheidende Einstellungskriterium gewesen.

Stephan setzte sich an seinen Rechner und ging die Aufgaben des Tages durch. Er konnte einen kleineren Fall abschließen. Der Klient, ein Mann in den ersten Tagen seiner Rente, hatte nach drei gescheiterten Ehen auch seine letzte Freundin verlassen und wollte nichts mehr mit ihr zu tun haben. Schon gar nicht wollte er, dass sie oder seine Ex-Frauen wussten, wo sie ihn künftig finden konnten.

Keine große Sache, zumal der ehemalige Banker ohnehin davon geträumt hatte, ein Leben in Frankreich zu führen. Das war schnell arrangiert, seine Existenz in Deutschland aufgelöst, die gemeinsame Wohnung – die auf seinen Namen lief – über eine Maklerin verkauft und das neue Anwesen in Frankreich südlich von Nantes über eine neu gegründete Stiftung in Luxemburg erworben. Der Rest war das kleine Einmaleins ihres Berufs: neue Handynummer, neue E-Mail-Adresse, das einzige Profil in den sozialen Netzwerken – bei LinkedIn – gelöscht. Keine Kinder, keine Geschwister, keine Eltern. Und offenbar auch keine Freunde, die es ihm wert waren, sie an seinem neuen Leben an der Loire teilhaben zu lassen.

Ein Umstand, der Stephan nicht verwunderte. Die Agentur betreute in der Regel drei Sorten von Menschen: Die Ersten waren unverschuldet in Not geraten und fühlten sich vom deutschen Rechtsstaat im Stich gelassen. Die Zweiten hatten wiederum andere in Not gebracht und bekamen zu spüren, dass der deutsche Rechtsstaat doch nicht so untätig war, wie man ihm vorwarf. Und dann gab es noch die dritte Sorte – jene, die vor allem über drei Dinge verfügten: Egoismus, Skrupellosigkeit und Geld. Ihnen war alles egal, Hauptsache, es gab Leute, die sie dafür bezahlen konnten, dass ihre Probleme verschwanden.

Und diese Leute, wie Stephan, arbeiteten für die RG Agency.

Er begann mit dem Abschluss der Fallakte. Der Kunde war sicher in Frankreich angekommen, alle Formalitäten waren erledigt. Auf eine neue Identität hatte er verzichtet. Er würde in Zukunft einfach unter dem Radar leben. Zumindest, sofern sein extrovertierter Lebensstil dies gestattete. Die Rechnung der Agentur war beglichen – inklusive einer Beteiligung am Verkauf seines Apartments. Auch Stephan würde seinen Anteil daran bekommen, so hatte seine Chefin es verfügt.

Mit einem guten Gefühl verschlüsselte er alle digitalen Dokumente, wie Hamid es ihm eingetrichtert hatte. Der gebürtige Iraker war der einzige Nichtjurist in ihrem Team, aber dafür der einzige IT-Experte. Ohne ihn lief hier nichts. Geheimhaltung und Datensicherheit waren ihre Schlüssel zum Erfolg. Sie glaubten zwar alle mit Laptop und Handy umgehen zu können. Doch wenn es um das Überleben in der technischen Wildnis ging, gab es keinen besseren Jäger und Sammler als Hamid.

Stephan blickte auf die Uhr. Es war kurz vor neun. Das fahle Licht des grauen Novembermorgens konnte ihm die Vorfreude auf den Tag nicht nehmen. Gleich würden die anderen kommen, und am Mittag würden sie auf den Abschluss des Auftrags anstoßen. Jeden Freitag fand nur wenige Hundert Meter entfernt der Wochenmarkt vor der Frankfurter Börse statt. Im Schatten der Wolkenkratzer und Milliardendeals auf dem Parkett standen die Börsianer an einfachen Marktständen Schlange für Schnitzel im Brötchen, für Bratwürste oder Waffeln. Ihr Team würde den Anlass nutzen, um zu feiern.

Das Ächzen der Dielen im Treppenhaus kündigte das Eintreffen des restlichen Teams an. Hamid Erdem machte den Anfang. Hochgewachsen, schlank, ausgewaschene Jeans, graues Shirt mit einem viel zu tiefen V-Ausschnitt, darüber eine dunkelbraune Lederjacke, auf deren Kragen das schwarze, lange Haar auflag. Der Vollbart, in dem sich erstes Grau versteckte, millimetergenau getrimmt. Die dunkelbraunen Augen schelmisch aufmerksam, immer die Umgebung im Blick.

Er hielt die Tür für die beiden Frauen im Team auf. Naoko Schäfers schwarze Mähne konnte es mit Hamids aufnehmen, nur trug sie dazu einen modischen Hosenanzug, mit dessen Nadelstreifen sie auch in einem Aufsichtsratsmeeting im Bankenviertel nicht aufgefallen wäre. Sie wirkte zierlich, doch ihre Begeisterung für die Hallenbäder Frankfurts hatte sie über die Jahre gestählt.

Hinter ihr, fast einen Kopf größer, kamen die blonden Haare der Frau in Stephans Blickfeld, ohne die es die RG Agency nicht gäbe. Auch Robin Graf trug einen Hosenanzug, der jedoch mehr praktische Bequemlichkeit denn elitäre Eleganz ausstrahlte. In der Hand trug sie ihren ständigen Begleiter, einen ledernen Attachékoffer. Naoko hatte Robin zum einundvierzigsten Geburtstag Handschellen geschenkt, damit sie ihn an sich ketten konnte.

Die dummen Sprüche ihrer Kollegen hatten sie wochenlang verfolgt.

Stephan war mit Abstand der Jüngste im Team. Dann kamen Robin, Naoko und Hamid, alle in den Vierzigern. Trotzdem hatte er nicht das Gefühl, das Küken im Nest zu sein. Die anderen kannten sich zwar seit vielen Jahren, arbeiteten schon eine halbe Ewigkeit zusammen. Dennoch vertrauten sie Stephan, obwohl er seit nicht einmal zwei Jahren dabei war.

Nun sah Robin ihn erwartungsvoll an.

»Alles erledigt, case closed«, sagte er lächelnd.

»Ist es schon Zeit für ein Gläschen?« Robin zwinkerte ihm zu.

»Spar dir den Alkohol und vertrau mir endlich, dass es die besten Waffeln in der Stadt sind«, sagte Hamid.

»Aber nur die mit den Apfelstückchen drin«, erwiderte Naoko und zog sich Mantel und Schal aus.

»Das erinnert mich daran, dass ich schon länger mal wieder Reibekuchen mit Apfelmus essen wollte.« Robin sah zu Stephan. »Oder machen uns irgendwelche Termine die Pläne kaputt?«

Er schüttelte den Kopf und grinste. »Ausnahmsweise nicht.«

Zurück am Schreibtisch, begann Stephan die drei Gespräche vorzubereiten, die an diesem Tag auf sie warteten. Sie wussten noch nicht, welche Anliegen ihre Besucher haben würden. Bislang kannten sie nicht viel mehr als ihre Namen. Hamid und Stephan reichten in der Regel jedoch schon wenige Informationen, um sich einen ersten Überblick zu verschaffen. Er war gespannt, ob ein aufregender Fall dabei sein würde.

Stephan dachte wieder an Señora Gerta. Im Dritten Reich war sie auf einen unerwarteten Gehilfen angewiesen gewesen, um Deutschland zu entfliehen und nach Panama zu gelangen. Stephan fragte sich, ob sie sich in der heutigen Zeit an eine Agentur wie die ihre gewandt hätte. Denn auch wenn reiche Typen wie der Neufranzose mit seinen zahlreichen Ex-Frauen überaus lukrative Kunden waren: Es waren Schicksale wie jene der Señora Gerta, die sie alle hier am meisten bewegten.

Das wahre Leben erzählte eben doch die spannendsten Geschichten.

2

Man sagte, ein Unternehmen zu führen sei, wie im Theater auf der Bühne zu stehen. Man konnte jede Zeile auswendig lernen, man konnte das Lampenfieber überwinden – und doch musste man in den unerwartetsten Momenten improvisieren.

Robin Graf saß an ihrem Schreibtisch und besah sich den Abschlussbericht, welchen Stephan Jahnke über ihren letzten Kunden verfasst hatte, der sein Leben nun als Rentner in Frankreich verbringen würde. Für ihre Verhältnisse war der Fall glattgelaufen, nur hier und da ein kleinerer Schluckauf, wenn dem Kunden nicht ganz unwichtige Details erst im letzten Augenblick eingefallen waren.

»Bitte sichern Sie noch den Umschlag im Geheimfach in der Garage. Ich würde dem neuen Besitzer nur ungern die Zugangsdaten zu meinem Bitcoin-Depot überlassen.«

»Kann ich meine stille Teilhaberschaft an der Yacht-Manufaktur in Bremerhaven behalten?«

»Oh, und wir müssten meinen Tresor in der WineBank auflösen. Mögen Sie Château Latour?«

Die Menschen, die zu ihnen kamen, verstanden häufig nicht, was es bedeutete, das bisherige Leben vollständig hinter sich zu lassen. Das lag einerseits daran, dass einige von ihnen unanständig reich waren und nur wenig Bezug zur Realität besaßen. Andererseits verbarg sich hinter den Anliegen ihrer Kunden häufig der naive Glaube, dass sich jedes Problem schon irgendwie lösen ließ und die ganze Arbeit bei der Agentur lag. Das aber war mitnichten so.

Wer wirklich untertauchen, wer wirklich spurlos verschwinden, wer wirklich an einem anderen Ort auf der Welt ganz neu anfangen wollte, der musste alles zurücklassen – und gleichzeitig nichts. Natürlich galt dies erst einmal für das Offensichtliche. Keine Anschrift, keine Telefonnummer, kein Bankkonto, keine Profile im Internet, keine Beteiligungen an Unternehmen, keine einzige Mitgliedschaft in irgendeinem Club oder auf irgendeiner Website. Aber dann waren da auch die Gewohnheiten, die man zurücklassen musste. Nicht einmal die Playlist auf Spotify durfte man später mit einem neuen Profil wiederherstellen. Wer die Bildfläche verlassen wollte, musste zu einem anderen Menschen werden. Und das bedeutete auch, dass dieser Mensch andere Gewohnheiten annehmen musste.

Denn es gab zahlreiche Möglichkeiten, Menschen aufzuspüren. Da waren die traditionellen Spuren – Name, Geburtstag, DNA, Fingerabdruck, Stimme, Gang, das äußere Erscheinungsbild. Und dann gab es die digitalen Spuren. Doch was viele vergaßen: Damit waren nicht nur die IP-Adressen, E-Mails, Handynummern und Online-Accounts gemeint. Es ging um das gesamte Verhalten im Alltag, welches sich digital nachvollziehen ließ. Was man kaufte und bestellte, was man trank und aß, welche Musik man hörte, welche Bücher man las, welche Filme und Serien man streamte, welche Sportevents man besuchte. Wer in seinem neuen Leben in alte Muster zurückfiel und alten Gewohnheiten folgte, wurde für Algorithmen, Künstliche Intelligenzen und Profis wieder auffindbar.

Robin Graf wusste das, weil sie selbst ein Profi war. Ihre

Agentur nahm zwar keine Aufträge an, um nach untergetauchten Menschen zu suchen. Ihr Business bestand aus dem Gegenteil. Dennoch musste sie dieses Handwerk beherrschen. Nur wer die Kniffe der Gegenseite kannte, konnte ihnen entkommen. In Robins Augen war es inzwischen keine große Kunst mehr, unvorsichtige Menschen aufzuspüren. Die wahre Kunst lag darin, Menschen verschwinden zu lassen und sie für das neue Leben, das sie erwartete, zu schulen.

Die RG Agency gehörte ihr inzwischen seit sieben Jahren. Die Firma warb mit Dienstleistungen für Menschen, die ihre Privatsphäre schützen wollten. Kein Datenschutz oder Security. Die Agentur gab vor, Menschen zu beraten, die in einer immer vernetzteren Welt so wenig wie möglich über sich verraten oder frei verfügbare Informationen über sich aus dem digitalen Gedächtnis der Gesellschaft löschen lassen wollten. Tatsächlich aber gingen ihre Dienstleistungen weit darüber hinaus, und viele Kunden kamen auf Empfehlung.

Robin war vierunddreißig gewesen, als ihr damaliger Chef und Gründer der Agentur an einer schweren Form von Alzheimer erkrankt war und schnell abgebaut hatte. Klemens Böhle hatte sie als seine Ziehtochter angesehen, weil er selbst weder Frau noch Kinder gehabt hatte. Also hatte er ihr nach der Diagnose angeboten, seine Firma zu übernehmen. Innerhalb eines Jahres war Böhle verstorben – und aus der Angestellten war eine Selbstständige mit mehreren festen und freien Mitarbeitenden geworden.

Sie hatte sich nie die Frage gestellt, ob ihr die Rolle der Chefin liegen würde. Sie hatte sich auf ihre Stärke verlassen, auch in schwierigen Situationen die Ruhe zu bewahren und im Zweifel improvisieren zu können. Bis heute erinnerte sie sich an ihren ersten Einsatz im Feld. Der Thomanek-Fall. Wie nervös sie gewesen war. Wie geschickt sie sich aus der Verkehrskontrolle herausgeredet hatte. Wie erschöpft und gleichzeitig geflutet mit Adrenalin und Glücksgefühlen sie aus Österreich zurückgekehrt war.

Bis heute hatten die Behörden Gregor Thomanek nicht ausfindig gemacht, trotz internationalen Haftbefehls. Niemand wusste, wo er war. Auch Robin nicht. Ihr Auftrag hatte damit geendet, ihn aus Österreich herauszubringen. Danach hatte er selbst die Verantwortung für seine Weiterreise übernommen. Die Behörden vermuteten ihn inzwischen in Russland oder auf den Philippinen. Russland, weil sich der Zar im Kreml nicht um das Europäische Auslieferungsabkommen scherte, die Philippinen, weil es dort kein solches Abkommen mit Deutschland gab.

Ein Klopfen unterbrach Robins Gedanken. Naoko stand im Türrahmen.

»Hast du die Dossiers für heute schon durchgesehen?«

»Nein, meine Konzentration liegt noch im Bett.«

»Mit wem?«

»Gregor Thomanek.«

Naoko verzog das Gesicht. »Ist er dein Typ?«

»Nein, aber das sind die meisten unserer Kunden nicht.«

»Warum dann die Erinnerungen an alte Zeiten?«

»Geht es dir nicht auch manchmal so? Wie alles angefangen hat?«

»Mit einem Anruf, den ich nicht erwartet hatte.« Naoko lächelte.

Robin wusste, was sie meinte. Es war ihre erste Amtshandlung als neue Inhaberin der Agentur gewesen. Sie hatte ihre beste Freundin angerufen und aufgefordert, ihren Job bei einer renommierten Anwaltskanzlei an den Nagel zu hängen und sich selbstständig zu machen. Zu ihrer Überraschung hatte Naoko noch am selben Abend zugesagt und war wenige Monate später aus dem Main Tower in die Schatten der Hochhäuser gezogen.

Die beiden Frauen hatten sich während ihres Studiums bei einem Praktikum kennengelernt und waren seitdem unzertrennlich. Naoko, drei Jahre älter als Robin, war inzwischen mit einem ehemaligen Fußballprofi verheiratet und auf diese Weise als Spielerfrau in den erlauchten Kreis einer Z-Prominenten aufgestiegen. Allerdings machte sich Naoko herzlich wenig daraus. Vielmehr spielte sie mit dem Klischee, welches viele Spielerfrauen umgab. Dahinter verbarg sich als Tochter eines Japaners und einer Niederländerin ein Sprachtalent und eine brillante Rechtsanwältin, die sich in der internationalen Welt Frankfurts ihre Fälle im Wirtschaftsrecht aussuchen konnte. Und weil sie sich überdies auch noch im Strafrecht auskannte, war sie für Robin und ihre Agentur die perfekte Partnerin.

»Vielleicht kannst du heute ja zeigen, dass ich keinen Fehler gemacht habe, als ich dich bat, bei uns einzusteigen«, sagte Robin.

»Mein Tipp: Du wirst mich beim dritten Termin brauchen.«

»Ich schaue mir die Unterlagen gleich an. Wann kommt der erste Kunde?«

»Eine Kundin«, korrigierte Naoko. »Und sie kommt …«

Es klingelte an der Tür.

»… jetzt.«

Robin fluchte leise.

Während Naoko zum Empfang ging, um den ersten Gast des Tages einzulassen, schnappte Robin sich ihr Tablet mit den Memos, die Stephan zusammengestellt hatte. Immer wenn jemand ihre Dienste anforderte, bereitete er in wenigen Worten auf, was er auf einfachem Weg über die jeweilige Person in Erfahrung bringen konnte. Daraus versuchte er zu folgern, weshalb sich die- oder derjenige an Robin und ihr Team wandte. Stephan nannte die Dossiers *Onepager*. Er liebte Anglizismen.

»Dein Onepager ist drei Seiten lang«, raunte sie ihm zu, als sie den Kopf zu seinem Büro reinsteckte.

»Du hast ihn gelesen?«

»Nein.«

Robin ging ins Besprechungszimmer und zog die Tür hinter sich zu. Am Tisch saß eine junge Frau, vielleicht Ende zwanzig. Auf den ersten Blick tippte Robin auf ihre Geschichte. Unglücklich verheiratet, mehrfache Mutter, psychischem Druck ausgesetzt, womöglich misshandelt. Ein Mensch, der es gewohnt war, in der Öffentlichkeit den Schein aufrechtzuerhalten, zu Hause aber großes Leid erlebte. Ein Opfer häuslicher Gewalt, womöglich in Angst um die Kinder.

Und so war es.

Die Frau hieß Friederike Duschek. Neunundzwanzig, zwei kleine Kids, seit fünf Jahren verheiratet, der Mann noch aus Schulzeiten bekannt. Psychoterror in der Ehe war an der Tagesordnung, wenn auch keine körperlichen Angriffe. Noch nicht. Das zweite Kind schon nicht mehr gewollt, sie aber zu schwach, den Weg der Scheidung einzuleiten oder zur Polizei zu gehen. Auf Instagram war noch alles Sonnenschein mit Herz-Emojis und dem vermeintlichen Glück als Mutter. In den eigenen vier Wänden jedoch tobte der tägliche Zermürbungskrieg.

Sie wollte raus aus dieser Hölle, raus aus der Ehe, raus aus dem Einfluss ihres Mannes. Und sie ahnte: Selbst eine Scheidung würde ihr nicht helfen. Er würde keine Ruhe geben. Er würde die Kinder nutzen, um sie weiter an sich zu ketten, sie weiter zu terrorisieren.

Robin hörte zu. Eine Stunde lang, stellte nur hier und da Fragen, machte sich Notizen. Sie wusste bereits, dass sie diesen Fall annehmen würden. Duschek deutete zwar an, dass sie nur wenig Geld besaß, um ihre Dienste zu bezahlen. Der Mann hielt sie an der kurzen Leine und hatte ihr verboten, nach dem Mutterschutz in ihren alten Job in einer Arztpraxis zurückzukehren. Doch dafür hatten Robin und Naoko schon vor längerer Zeit eine Abmachung getroffen. Kunden wie der Typ in Frankreich subventionierten indirekt Aufträge wie jenen der Friederike Duschek, an dem die Agentur nicht viel verdienen konnte. Sie arbeiteten nicht pro bono. Doch einem Multimillionär, der seine Liebschaften loswerden wollte, war es in der Regel egal, wie viel es kostete – Hauptsache, das Problem verschwand.

»Es gibt zwei Möglichkeiten«, begann Robin schließlich. »Wir können Ihnen helfen, indem wir Ihre Kinder und Sie zu Hause rausholen und dafür sorgen, dass Sie woanders ganz neu anfangen können. Bitte bedenken Sie dabei aber, dass dies für Ihre Kleinen einen enormen Bruch darstellen würde. Es gäbe eine Alternative, die ich als ersten Schritt vorschlagen würde.«

Die Frau sah sie ängstlich an, sagte aber nichts.

»Jemand wie Ihr Mann ist selten frei von, sagen wir, anderen Problemen. Soll heißen: Ich gehe davon aus, dass er Geheimnisse vor Ihnen und vielleicht sogar vor seinen Freunden und Kollegen hat. Mein Vorschlag wäre: Geben Sie uns einige Tage Zeit. Wir sehen uns um, machen uns schlau. Vielleicht finden wir einen Hebel, mit dem wir Ihre Sorgen aus der Welt schaffen können, ohne Sie und Ihre Kinder zu entwurzeln.«

»Was für Hebel meinen Sie?«, fragte die Frau.

»Druckmittel«, sagte Robin unverblümt.

»Sie meinen, Sie wollen meinen Mann erpressen?«

»Ein unschönes Wort, aber ja.« Robin nickte. »Ihr Mann schreckt Ihnen gegenüber vor nichts zurück. Häufig aber ist so ein Verhalten auch ein Ausdruck dafür, dass jemand selbst mit Druck nicht umgehen kann. Sobald wir ihn mit etwas Handfestem konfrontieren können, von dem er nicht möchte, dass es bekannt wird, haben wir ihn.«

»Und wenn nicht? Wenn Sie nichts finden oder es ihm egal ist?«

»Dann gebe ich Ihnen mein Wort, Sie da herauszuholen. So schnell, dass Ihr Mann nicht weiß, wie ihm geschieht. Und vor allem, dass er Sie und die Kinder nie finden wird.«

Robin merkte, wie eine Last von der Frau abfiel. Eine Träne löste sich und rann ihr über die Wange. Hinter der Verzweiflung, hinter den Torturen der letzten Jahre, hinter dem Vorhang aus Angst und Erniedrigung verbarg sich eine liebenswerte Person. Robin würde es zu ihrer Aufgabe machen, ihr ein besseres Leben zu ermöglichen. Entweder in ihrem jetzigen Zuhause, aber ohne einen Tyrannen unter dem Dach. Oder anderswo und weit außerhalb der Reichweite seiner Klauen.

Robin bat Hamid, sich zu ihnen zu setzen.

»Das ist Hamid Erdem, unsere Ein-Mann-Suchmannschaft«, stellte sie ihn vor. »Hamid versteht sich wie kein Zweiter darauf, Informationen zu finden. Das könnte er auch alleine, aber mit Ihrer Hilfe würde es schneller gehen.«

Robin überlegte kurz, die beiden alleine zu lassen, entschied sich dann aber dagegen. Friederike Duschek würde sich mit einem fremden Mann im Raum nicht wohlfühlen. Also blieb sie, während Hamid der künftigen Klientin einige Fragen stellte. Welches Handymodell ihr Gatte besaß, wie die Nummer lautete, ob er einen Laptop nutzte, ob sie das Passwort kannte, wie der Zugang zu ihrem WLAN-Netzwerk daheim lautete, ob sie von Cloud-Diensten wusste, die ihr Mann verwendete, wie seine E-Mail-Adressen hießen, ob er eine eigene Website betrieb, auf welchen Social-Media-Plattformen er unterwegs war. Dann überreichte er ihr einen USB-Stick und bat sie, ihn zu Hause in den Router zu stecken und nach einer Minute wieder zu entfernen. So würden sich für Hamid alle Türen öffnen, um aus einem heimlichen Tyrannen einen gläsernen Ehemann zu machen. Robin war davon überzeugt, dass sie mehr als nur ein Geheimnis finden würden, um ihn unter ihre Kontrolle zu bringen.

Als sie Friederike Duschek zur Tür begleitete, glaubte Robin einen Funken Hoffnung in ihren müden Augen zu entdecken. Die Frau hatte einen ersten Schritt gemacht. Sie hatte begonnen sich zu wehren. Und Robin würde ihr helfen, den Weg weiterzugehen, bis sie wieder frei war.

Sie holte sich eine Tasse Kaffee und suchte in einem Schränkchen der Küche nach Knabbereien. Stephan trat zu ihr.

»Der zweite Termin fällt aus, gerade kam die Absage.«

Auch er goss sich ein, ließ die Finger aber vom Baumkuchen. »Schade, ich hätte ihn gerne kennengelernt.«

»Worum ging es, glaubst du?« Robin genoss die dunkle Schokolade über den dünnen Teigschichten.

»Ein ehemaliger Bordellbesitzer.« Er grinste. »Bei solchen Typen weißt du nie, mit welcher Geschichte sie kommen.«

Robin stimmte ihm zu, allerdings gehörte diese Sorte Mensch zu jenen Kunden, mit denen sie nur sehr wenig Geduld hatte. Sie wusste, dass ihre Agentur auch für zwielichtige Gestalten arbeitete. Sie wusste, dass man ihr von außen betrachtet moralisch fragwürdige Geschäftspraktiken unterstellen konnte. Aber sie wusste auch, dass hinter den meisten Menschen immer mehr als eine Geschichte steckte. Und Robin hatte sich angewöhnt, sie sich alle zumindest anzuhören.

Am frühen Mittag gingen sie auf den Markt, und als sie zurückkamen, rief Hamid freudig aus: »Frau Duschek verschwendet keine Zeit.«

»Du hast schon Zugriff?«

»Japp. Laptop, Cloud, E-Mails. Chefin, wir sehen uns!«

Mit diesen Worten setzte er sich einen riesigen Kopfhörer auf seine schwarze Mähne. Das untrügliche Zeichen, dass er ab sofort nicht mehr gestört werden wollte. Hamid lehnte sich zurück, justierte die Höhe der Schreibtischplatte und betrachtete einen Moment die beiden Bildschirme vor sich. Dann begann er mit der Suche.

3

Robin spürte die Gefahr. Sie saß wieder im Besprechungs-raum auf ihrem Platz mit dem Rücken zur Tür. Ihr gegen-über am Fenster zur Straße kauerte diesmal jedoch keine eingeschüchterte Mutter. Stattdessen thronte dort ihr drit-ter Termin des Tages, als halte er Hof. Pius Teichmann wirkte wie ein schmieriger Emporkömmling, ein frisch zu Geld Gekommener, dessen hitziges Temperament immer nur knapp unter der Oberfläche köchelte.

Teichmann war ungefähr in Robins Alter und berichtete ihr seit einer knappen halben Stunde stolz von dem privi-legierten Leben, das er führte. Vor allem aber ließ er sich über die Ungerechtigkeiten aus, die ihm widerfuhren. Seine Frau, die ihn angeblich betrog. Seine Kinder, die »von der Alten« manipuliert wurden, um ihn aus ihrem Leben zu drängen. Sein Chef, der ihn bei einer Beförderung über-gangen hatte. Mehrere Freunde, die unter fadenscheinigen Gründen auf Abstand zu ihm gegangen waren.

»Herr Teichmann«, unterbrach Robin ihn zum ersten Mal seit einigen Minuten, »Sie haben mir noch nicht ver-raten, warum Sie unsere Dienste in Anspruch nehmen wol-len. Was ist es wirklich, das Sie zu uns geführt hat?«

Erstmals spürte sie bei Teichmann einen Anflug von Ver-unsicherung, der jedoch schnell wieder verschwand. An seine Stelle trat jene Aggressivität, die ihn unterschwellig umgab.

»Weil es hässliche Gerüchte um mich gibt«, spie er hervor. »Weil meine Frau meinen Ruf zerstören will.«

»Welche Gerüchte, Herr Teichmann?«

Er zögerte, als widere es ihn an, die Vorwürfe auch nur in den Mund zu nehmen.

»Gerüchte, wie sie einen Familienvater nicht härter treffen könnten, wenn Sie verstehen, was ich meine. Gerüchte, die meinen Ruf für immer ruinieren würden.«

Robin verstand sofort. »Warum sollte Ihre Frau solche Andeutungen machen?«

»Haben Sie mir nicht zugehört?« Teichmann lief rot an. »Sie will mich loswerden, will mich zerstören. Sie will an mein Geld und die Kinder nur für sich.«

»Dafür gäbe es andere Wege, Herr Teichmann. Ihnen ohne jeden Verdacht eine Straftat zu unterstellen, für die Sie bis zu zehn Jahre ins Gefängnis wandern würden, klingt da doch etwas drastisch, finden Sie nicht?«

»Was wollen Sie damit andeuten?«

»Ich will gar nichts andeuten«, sagte Robin bestimmt. Unauffällig betätigte sie einen Knopf an der Unterseite der Tischplatte, ehe sie fortfuhr. »Aber Sie sollten wissen, dass ich nur selten ein Blatt vor den Mund nehme. Ich mache diese Arbeit schon ein paar Tage, und daher weiß ich, was Sie von uns erwarten. Sie wollen uns engagieren, um Ihrerseits eine Schmutzkampagne gegen Ihre Frau führen zu können. Und wenn das nicht hilft, wollen Sie diskret das Weite suchen, damit Sie nicht für das belangt werden können, was Sie nicht getan haben wollen.«

Teichmann sprang auf. »Glauben Sie etwa, ich hätte meine Kinder angefasst?«

»Das wissen nur Sie selbst.« Auch Robin erhob sich, doch

aus ihrer Stimme sprach nun Verachtung. »Ich kann nur sagen: Wir stehen in solchen Fällen nicht zur Verfügung.«

»Was erlauben Sie sich ...« Wütend sprang Teichmann um den Tisch herum. In nur drei Sätze war er bei ihr und hielt ihr einen Zeigefinger unter die Nase. »Ich lasse mich nicht als Kinderschänder abstempeln. Haben Sie verstanden?«

»Ich stempele nicht ab, ich beobachte.« Robin wich nicht zurück. »Zu was Sie fähig sind, müssen Sie selbst beurteilen. Ich für meinen Teil habe genug gehört. Das Gespräch ist beendet. Verlassen Sie bitte mein Büro!«

Einen Moment glaubte sie, er würde sie schlagen. Dann flog hinter ihm die Tür auf. Hamid und Stephan traten ein.

Teichmann fuhr herum. In einem Sekundenbruchteil wurde aus seiner Wut Panik. Stephan mochte in seinem modischen Anzug und mit jugendlichem Charme nicht wie ein Schläger aussehen. Doch Hamid, obwohl im Herzen eine liebevolle Seele, überragte ihren Gast mindestens um einen halben Kopf und wirkte mit seinen muskulösen Armen, den langen Haaren und dem Bart eher wie ein Kämpfer der Dothraki aus *Game of Thrones* denn wie der Mitarbeiter einer Kanzlei.

Teichmann wandte sich zu Robin um. »Sollte jemals ein Wort dieses Gesprächs aus diesem Raum dringen«, zischte er, »werden Sie es bereuen.«

Damit drängte er sich zwischen Stephan und Hamid hindurch in Richtung Ausgang. Sie ließen ihn gewähren. Sekunden später knallte die Eingangstür ins Schloss. Vom Fenster aus beobachtete Robin, wie der Mann Augenblicke später über die Bleichstraße hastete und ohne einen Blick zurück zwischen den Häusern verschwand.

»Gut gemacht.« Robin zwinkerte ihren Kollegen zu. »Das war doch mal ein unangenehmes Ende einer ansonsten erfolgreichen Woche.« Sie griff nach ihren Notizen. »Stephan, würdest du bitte …«

»… den Namen des reizenden Herrn anonym an die Polizei weitergeben, damit sie sich ihn mal genauer anschaut? Natürlich.«

Robin verschwand auf der Toilette und wusch sich die Hände. Nach einem solchen Gespräch hatte sie stets das Bedürfnis, sich zu reinigen. Sie blickte in den Spiegel und sah eine müde Vierzigerin, die grünen Augen blasser als sonst, die blonden Haare hätten mal wieder einen Friseur vertragen, und eine Kosmetikerin hatte sie seit ihrer Hochzeit vor fünf Jahren nicht mehr gesehen. Aber Robin stand zu ihren Fältchen hier und Augenringen dort. Sie gehörten zu ihr und waren auch Ausdruck dessen, was sie in ihrem Leben mit harter Arbeit erreicht hatte.

Nur eben auf keinen Fall mit Arbeit für Menschen wie Pius Teichmann.

Sie bekam es in ihrem Geschäft mit allerlei Leuten und ihren Geschichten zu tun. Vielfach scherte sich Robin nicht darum, wenn sie jenen half, von der Bildfläche zu verschwinden, die straffällig geworden waren. Streng genommen waren einige ihrer Methoden nicht mit dem deutschen oder irgendeinem Recht auf der Welt vereinbar. Sie und ihr Team waren Problemlöser im Graubereich und sich dessen bewusst. Dennoch hatte Robin mit Naoko und Hamid über die Jahre klare Grenzen definiert, zu denen sich auch Stephan bekannte, seit er zum Team gehörte. Und diese Grenzen besagten, dass Menschen wie Teichmann niemals zu ihren Kunden gehören würden.

Eine halbe Stunde später verließ Robin das Büro. Hamid manövrierte sich weiter durch die digitalen Untiefen der Friederike Duschek. Stephan wollte noch die Botschaft an die Polizei absenden, ehe er Feierabend machte, doch Robin wusste, dass er bis in den Abend hinein bleiben würde. Er liebte seinen Beruf, war stets der Erste und fast immer der Letzte in der Agentur. Naoko hatte sich dagegen schon zu Drinks und Abendessen in Richtung Römer verabschiedet.

Vor dem Haus öffnete Robin die kleine Garage, die zu den privaten Parkplätzen gehörte. Darin stand ein Lexus LS, ihre Limousine, die irgendwann den Bentley Flying Spur abgelöst hatte. Robin hatte diese Extravaganz ihres ehemaligen Chefs zwar genossen, nach reiflicher Überlegung allerdings für zu auffällig erachtet. Auch dem LS fehlte es nicht an Luxus, er stach aber weniger hervor. Und nicht aufzufallen, war eine der wichtigsten Aufgaben in ihrem Metier.

Robin ließ den LS stehen. Stattdessen nahm sie eine Motorradjacke vom Kleiderhaken an der Wand. In einem Regal darunter standen ihre Motorradstiefel. Und neben dem Lexus parkte ihre Leidenschaft: eine Kawasaki Ninja 650 Black Edition. Kein richtiges Bad-Ass-Motorrad, dafür war die Leistung mit 68 PS zu gering. Doch für Robin reichte es. Sie verstaute ihre Pumps und die Aktentasche in den seitlichen Koffern und stülpte sich ihren Helm über. Als sie aufsaß und der Motor ein erstes Raunen von sich gab, lächelte sie.

Robin wohnte im Nordend. Dort hatte sie zusammen mit ihrem Mann Markus vor wenigen Jahren ein Einfamilienhaus gekauft. Nicht groß und renovierungsbedürftig, dafür aber direkt am Günthersburgpark mit einem kleinen Garten hinten raus. Ein Idyll, wie Frankfurt es nur selten zu bieten hatte. Perfekt für die kleine Familie, besonders für ihre Tochter Clara. Alles, wonach sich ein Kind sehnte, befand sich in unmittelbarer Umgebung. Der Park, ein Spielplatz, die Kita, vor allem aber ihre Freunde in der Nachbarschaft. Ein Paradies für ein kleines Mädchen, das immer schneller immer größer würde.

Als sie die Haustür aufstieß, stand Clara schon vor Freude glucksend im Flur. Sie musste das Motorrad gehört und gewusst haben, dass Mama nach Hause kam. Freudig warf sie sich Robin ans Bein und verlangte sofort, ihr zu zeigen, was es zum Abendessen geben würde.

»Ich hab geholfen. Ich hab den Teig gemacht.«

»Was denn für einen Teig?«

»Für die Ravioli!«, sagte Clara stolz.

»Wow, dann werden es bestimmt die besten Ravioli, die wir je gegessen haben.«

»Mit Kürbis drin. Aber den hat Papa gemacht.«

»Wenn es also nicht schmeckt, war Papa schuld?«

»Genau«, sagte eine männliche Stimme. »Wie immer.« Markus Graf lehnte lächelnd am Türrahmen, eine Kochschürze voller Mehlstaub umgebunden. Er gab seiner Frau einen Kuss und sah zu Clara hinab. »Wollen wir die Ravioli jetzt kochen?«

»Ja! Ja! Ja!«

Robin folgte ihnen. Die Küche sah aus, als habe jemand drei Pfund Mehl und die Kerne von zehn Kürbissen in die Luft geworfen und sich nicht darum bemüht, sie wieder aufzufangen. Markus warf ihr einen entschuldigenden Blick zu, aber Robin lachte nur. Sie wusste, dass das Chaos bei ihrem Mann für ein viel größeres Zucken in den Nervenbahnen sorgte als bei ihr. Sie liebte Ordnung im Beruf, dort war sie unersetzlich. Dafür durfte es zu Hause auch mal etwas unordentlicher zugehen. Markus hingegen hatte seinen beruflichen Zwang zu Ordnung und Sauberkeit auch in ihr Heim übertragen. Er führte ein kleines, aber feines Boutique-Hotel am Frankfurter Zoo. Daher würde er später noch alles wieder auf Hochglanz schrubben, wenn Robin Clara ins Bett brachte.

Robin wärmte es das Herz, die beiden zu sehen. Markus war ein großzügiger, humorvoller Mann, der es liebte, seiner Tochter etwas Neues beizubringen, ihre Neugier anzufachen und ihr immer Mut zuzusprechen, wenn etwas nicht gleich gelang. Er kochte gerne, was sich zwar auch an Robins und seiner Figur bemerkbar machte, doch genauso achtete er darauf, dass sich Clara gut ernährte und alles probierte, was er ihr zubereitete.

Sie aßen zusammen am von Markus sorgfältig gedeckten Esstisch, und Clara erzählte ihnen alles, was sie in den vergangenen Stunden erlebt hatte und worauf sie sich am Wochenende freute. Am nächsten Morgen würden sie gemeinsam in den Kindergarten gehen, wo die Kids ein Puppenspiel aufführen würden. Dass Clara noch mehr redete als sonst, die Vorführung aber nur am Rande erwähnte, zeigte Robin, wie aufgeregt ihre Tochter vor dem Auftritt war. Wenig später brachte sie die Kleine ins Bett, las ihr vor, gab ihr einen Gute-Nacht-Kuss und ging wieder ins Wohnzimmer.

Markus war noch in der Küche beschäftigt, sodass Robin einen letzten Blick in ihre E-Mails warf. Hamid hatte kein Update mehr zu Friederike Duschek geschickt.

Sie war froh darüber, denn mittlerweile gelang es ihr immer häufiger, die Arbeit hinter sich zu lassen, wenn sie nach Hause kam. So verbrachten sie als Familie mehr Zeit zusammen, und auch Markus passte seine Zeit im Hotel so gut wie möglich an. Und wenn es mal nicht anders ging, sprang Naoko als Patentante ein.

»Wie war dein Tag?«

Markus stand mit zwei Rotweingläsern in der Linken und einem südafrikanischen Pinotage in der Rechten hinter ihr.

»Bis auf einen potentiellen Kinderschänder eigentlich ganz gut.«

»Manchmal machen mir deine Kunden Angst«, sagte er und schenkte ihnen ein.

Als Robin irgendwann einmal erzählt hatte, was ihre Agentur tatsächlich machte, hatten sie eine Vereinbarung getroffen. Sie durfte ihm zwar nie Details zu ihren Klienten erzählen, brachte ihm dafür aber haufenweise Geschichten über absurde Anfragen verrückt gewordener Leute nach Hause. Sie lebten in einer bekloppten Welt, und wer einen Job machte wie Robin, kam mit ausgewachsenen Prachtexemplaren dieser Welt in regelmäßigen Kontakt.

»Deshalb wird er ja auch kein Kunde«, entgegnete sie, strich ihm durch sein lichter werdendes Haar, nahm ihm ein Glas ab und trank einen Schluck. »Wochenende!«

Sie verbrachten den Abend gemeinsam auf der Couch, teilten die Geschichten des Tages, hörten Musik und lasen. Als Robin schließlich ein leises Schnarchen neben sich vernahm, erhob sie sich vorsichtig, legte Markus eine Tagesdecke über und ging in ihr Arbeitszimmer. Sie teilten es sich, jedoch war es mehr auf Robin abgestimmt denn auf Markus. Dazu gehörte auch der Safe im Wandschrank, in dem sie jeden Abend den Inhalt ihres Attachékoffers verstaute. Dieses Mal hatte sich Robin die Zahlen für das kommende Jahr mit nach Hause genommen. Sie wollten noch einen weiteren Mitarbeiter einstellen und in ein größeres, moderneres und vor allem stärker gesichertes Büro umziehen. Am Geld würde es nicht scheitern, doch obwohl das Geschäft blendend lief, verlangte es Robins Gewissenhaftigkeit, dass sie alles gut durchrechnete.

Bevor sie zu Markus zurückging, schloss sie ein rotes iPhone an die Ladestation an. Sie besaß zwei Handys. Ein Schwarzes, das sie täglich benutzte, und ein Rotes, das sie nie benutzte. Trotzdem trug sie auch das Rote immer bei sich. Es war das Notfalltelefon. Die Nummer kannten nur wenige Menschen. Genauer gesagt: Die Nummer kannten nur die Klienten, denen Robin geholfen hatte, unter Lebensgefahr zu fliehen und unterzutauchen.

Sie hatte das Telefon von ihrem ehemaligen Chef übernommen. Zuletzt hatte es vor knapp über drei Jahren geklingelt. Ein Mann, den sie nach Kanada verschifft hatten, war in Panik geraten, weil er geglaubt hatte, verfolgt zu werden. Tatsächlich hatte sein Auto Benzin verloren und die hinter ihm fahrende Familie hatte ihm lediglich signalisieren wollen, dass er ein Problem hatte.

Panik war nicht ungewöhnlich für Menschen, die unter einem falschen Namen ein neues Leben beginnen mussten. Auch Robin fühlte sich ab und an beobachtet. Auch an diesem Tag hatte sie das Gefühl nicht loswerden können, dass ihr jemand auf dem Nachhauseweg gefolgt war. Im ersten Moment hatte sie an Pius Teichmann gedacht. Doch

nach ein paar schnellen Abbiegemanövern in die Seitenstraßen des Nordends war sie sicher gewesen, dass sie es
sich nur eingebildet hatte.

Paranoia war Teil ihres Berufs.

4

»Himmeldonnerglöckchen!«, rief Clara aus, und alle lachten.

Auf niedrigen Stühlen vor der kleinen Bühne hockten Mütter und Väter, Geschwister und Erzieherinnen. Claras Kindergartengruppe, die Delphine, führte die Geschichte einer angehenden Osterhäsin auf, die sich in eine Weihnachtsbäckerei verirrt hatte und nun Weihnachtshäsin werden wollte.

Robin und Markus hatten, wie viele andere Eltern, den Kindern bei den Basteleien geholfen: Handpuppen für die Kids und Collagen für den Hintergrund der Bühne, weiße Papierschnipsel für den Schnee und sogar einen roten Vorhang für das kleine Theater, hinter dem die Vierjährigen mal mit großem Ernst und mal jauchzend vor Freude ihr Stück aufführten. Clara hatte all ihre Aufregung vergessen und war in ihrem Element, denn das Abenteuer der Häsin Hopsi war ihre Lieblingsgeschichte, sobald das Jahr unaufhaltsam Weihnachten entgegenging.

Robin sah neben sich. Markus glühte vor Stolz. Sie hatten im Sommer ihren fünften Hochzeitstag gefeiert, nachdem sie sich zwei Jahre zuvor kennengelernt hatten. Er hatte gerade sein Hotel eröffnet, sie die Agentur übernommen. Zwei Selbstständige, zwei Singles, zwei Workaholics, die etwas Zerstreuung gesucht hatten. Auf einer dieser Afterwork-Partys, wie es sie in Frankfurt zuhauf gab. Er war ihr sofort aufgefallen, weil er nicht so verbissen gewirkt hatte in dem Bestreben, unbedingt jemanden kennenzulernen. Sie hatte sich zu ihm an die Bar gesellt und ihn angesprochen, und schnell hatten sie alles andere um sich herum vergessen. Er war keiner dieser bildhübschen Männer, kein sportlicher, durchtrainierter Typ, und doch hatte er für sie aus der Menge herausgeragt. Selbstbewusst, ohne arrogant zu wirken, wortgewandt, ohne Dampf zu plaudern, charismatisch, ohne zu blenden. Einer, dem es schnell zu dumm werden konnte, wenn ihn eine belanglose Unterhaltung langweilte. Entweder nahm man ihn so, wie er war, oder er scherte sich nicht darum, was die Leute von ihm dachten, wenn er sich einfach rumdrehte und sie stehen ließ.

Sie waren ein Team. Sie standen füreinander ein. Diesen Wert hatte Robin früh an Markus zu schätzen gelernt. Und auch äußerlich passten sie gut zusammen. Sie waren fast gleich groß, wussten sich zu kleiden, ohne aufzutragen, und halfen sich dabei, bei allem Genuss nicht aus dem Leim zu gehen. Sie verband die Leidenschaft für ihre Berufe, für Essen, für guten Wein und für Literatur. Sie fanden immer Gesprächsthemen, und trotzdem genossen sie es, gemeinsam zu schweigen. Und über allem stand Clara.

Robin war keine Frau, die lange ausprobierte. Drei Monate nach ihrem Kennenlernen hatte sie Markus den Schlüssel zu ihrer Wohnung gegeben. Nach sechs Monaten war er eingezogen. Nach einem Jahr hatte sie gewusst, dass es passte – und hatte es ihm geradeheraus gesagt. Wenige Wochen später hatte er um ihre Hand angehalten. Hochzeit, Schwangerschaft, Clara, Umzug – Markus witzelte, dass einzig ein Haustier fehlte. Er wollte eine Katze, sie einen Hund, Clara beides.

Und so würde es wohl auch kommen, dachte Robin. Weder ihr Mann noch sie konnten ihrer Kleinen in letzter Konsequenz etwas abschlagen.

Markus hatte sein Handy gezückt und nahm ein Video auf. Auch Robin holte ihr Smartphone hervor und begann Fotos zu schießen. Immer wieder tauchte Claras buschiger Haarschopf oberhalb der Bühne auf, während sie Hopsis Puppe ungestüm von links nach rechts dirigierte. Robin blinzelte. Dieser Moment berührte sie unerwartet direkt. Verstohlen wischte sie sich über die Augen. Markus behielt den Blick auf die Bühne gerichtet, legte jedoch eine Hand auf ihren Oberschenkel und drückte sanft. Sie legte die ihre auf seine und erwiderte die Geste, während Hopsi auf ihrem Bildschirm eine Pirouette vollführte.

Da ertönte ein schrilles Handyklingeln. Robin ließ vor Schreck beinahe ihr Telefon fallen. Dabei war es nicht das schwarze iPhone, das alle Blicke auf sich zog. Trotzdem hatten sich die anderen Zuschauer zu ihr umgedreht.

Denn das Klingeln ertönte lautstark aus ihrer Handtasche.

Robin war eine Sekunde wie gelähmt. Ihr Gehirn hatte bereits verstanden, was geschah. Doch die Befehle an ihre Gliedmaßen kamen nur verzögert an. Nun griff sie erschrocken in ihre Tasche und zog ihr rotes Notfallhandy hervor, das einen grellen Alarmton von sich gab. Hastig sprang sie auf, doch als Markus ihr folgen wollte, signalisierte sie ihm, er solle sitzen bleiben. Sie ignorierte die vorwurfsvollen Blicke der anderen Eltern, eilte hinaus und stand Sekunden später auf der Straße vor der Kita.

Sie nahm das Gespräch entgegen. Ein Videoanruf.

Ein Bild erschien. Erst undeutlich. Dann waren Bäume zu erkennen. Laub auf dem Boden. Die Kamera schwenkte hektisch hin und her.

»Hallo?« Robin versuchte ruhig zu klingen.

»Frau Graf?« Eine männliche Stimme. Hektisch. Keuchend. Der Anrufer schien zu rennen.

»Ja, Graf hier. Wer ist da?«

»Ich werde verfolgt. Jemand hat mich erkannt.«

Noch immer hatte der Anrufer die Kamera nicht vor sein Gesicht gehalten.

»Wer ist denn da?«, fragte Robin noch einmal, diesmal mit Nachdruck.

Da kam sein Gesicht ins Bild.

»Edwin«, sagte der Mann schnaufend.

Robin erkannte ihn. Edwin Wouters, ein Mann Anfang fünfzig. Er hatte sich einen grauen Bart stehen lassen, eine Wollmütze verdeckte sein Haar. Sie erinnerte sich sofort. Ein ehemaliger Lagerist am Hafen von Antwerpen. Er war als einer von zwei Kronzeugen in einem Prozess gegen Medikamentenschmuggel in Deutschland aufgetreten. Das war vor über acht Jahren gewesen. Die Agentur hatte die beiden Whistleblower außer Landes geschafft, nachdem sie ihre Aussagen gemacht hatten. Wouters lebte seitdem unter einem neuen Namen südlich von Stockholm in Norrköping.

»Edwin, was ist passiert?«

»Sagen Sie es mir!« Er klang wütend und außer Atem. Schnelle Schritte auf hartem Boden, das Rascheln der Herbstblätter.

»Wo sind Sie?«

»Beim Fischen«, fluchte er. »Wie jeden Samstag. Hab hier eine Hütte.«

Wouters hielt sein Handy weiter in der Hand, scherte sich aber nicht um das Bild. Robin sah, dass er durch einen Wald lief. Licht drang durch die Bäume, doch die Bewegungen waren zu schnell und ruckartig, als dass sie Genaueres erkennen konnte.

»Wer ist hinter ihnen her?«

»Zwei Männer. Definitiv keine Fischer.«

»Sind Sie sicher? Könnten Sie sich nicht ...«

Ein Geräusch schnitt ihre Frage ab. Ein Geräusch, das keine Zweifel zuließ.

Ein Schuss.

»FUCK!« Wouters schrie auf, zog den Kopf ein, lief aber weiter. »Hilfe! Verdammt! Hilfe!«

Es war ein Flehen, ängstlich, erfüllt mit einer grässlichen Vorahnung. Doch Robin konnte nichts machen. Nichts. Sie stand auf dem Bürgersteig, paralysiert, die Augen gebannt auf den kleinen Bildschirm gerichtet, unfähig, etwas zu unternehmen.

»Lauf, Edwin!«, hörte sie sich rufen. »Kannst du dich verstecken? Gibt es eine Straße in der Nähe? Was ...«

Weiter kam sie nicht.

Weiter kam Edwin Wouters nicht.

Als ein zweiter Schuss fiel, fiel auch er.

Der dumpfe Aufschlag des Körpers auf dem harten Waldboden Schwedens war bis nach Frankfurt zu hören. Ein Ächzen. Die Kamera des Telefons zeigte gen Himmel. Baumkronen verdeckten den Blick auf ein Wolkenfeld.

Robin schrie. Was, wusste sie selbst nicht.

Bis sie Schritte hörte. Nicht hier, sondern dort. Und Stimmen. Dunkel, männlich, stark akzentuiertes Englisch. Nur Edwin Wouters hörte Robin nicht mehr.

Das Bild bewegte sich. Jemand hatte das Telefon ergriffen. Ein Gesicht kam ins Blickfeld der Kamera. Nein, kein Gesicht. Eine Sturmhaube mit einem nicht näher erkennbaren Augenpaar. Ohne ein Wort blickte der Mann in die Kamera, betrachtete das Bild, das Robin aus Frankfurt übermittelte.

»Who are you?«, krächzte sie.

»Death«, antwortete der Mann.

Er drehte das Handy. Robin sah Edwin Wouters. Leblos, regungslos, mit dem Gesicht nach unten im Laub, ein klaffendes Einschussloch am Hinterkopf.

Nur das Rauschen des Windes war noch zu hören.

Dann war auch die Leitung tot.

5

Robin spürte die Kälte des Novembertages nicht. Robin spürte überhaupt nichts. Nichts außer einem Entsetzen, dessen Wucht wie aus dem Erdkern durch die Gesteine der Jahrmillionen hindurch in ihren Körper gepresst wurde. Ein Grauen, das alle physikalischen Gesetze auszuhebeln schien. Raum und Zeit, Licht und Energie – die Versorgung des Planeten Erde und damit die Versorgung des Menschen Robin Graf mit Sauerstoff schien der Vergangenheit anzugehören.

So wie Edwin Wouters der Vergangenheit angehörte. Edwin Wouters, den seine Vergangenheit eingeholt hatte. Trotz all ihrer Bemühungen.

Robin versuchte durch das Vakuum ihres Schocks hindurchzuatmen. Zwang sich, die aufsteigende Panik niederzuringen. Sie hatte sich immer für eine starke Frau gehalten, für eine standfeste Persönlichkeit, die so schnell nichts erschütterte. Schließlich musste sie so sein. Ihr Beruf verlangte es. Die Menschen, die zu ihr kamen, erwarteten es. Denn sie brauchten das Gefühl, jemandem ihre Probleme anzuvertrauen, die alles im Griff hatte. Die in der Lage sein würde, wenn nötig, Wunder zu bewirken.

Selbst der stärkste Mensch hatte Schwachpunkte. Robin half jenen, die sich selbst nicht zu helfen vermochten. So wie Edwin Wouters. Sie hatten ihn ohne jede Spur aus seinem alten Leben zwischen Belgien und Deutschland herausgeholt und über mehrere Länder und Identitäten schließlich nach Schweden geschleust. Sie waren Profis. Sie wussten, wie man Spuren verwischte. Niemand konnte wissen, wie Edwin Wouters inzwischen hieß und wo er lebte.

Wie er zuletzt geheißen und wo er gelebt hatte, korrigierte sie sich und schauderte bei dem Gedanken.

Es gab nur eine Handvoll Menschen, die Edwins Geschichte und seinen Weg nach Norrköping kannten. Und Robin verbürgte sich für sie alle. Denn sie alle arbeiteten für die RG Agency.

Trotzdem war Wouters aufgeflogen. Trotzdem hatte man ihn gefunden. Trotzdem hatte sie gerade zum ersten Mal in ihrem Leben mit ansehen müssen, wie ein Mensch ermordet worden war. Kaltblütig und kalkuliert.

Das Bild des leblosen Körpers tauchte vor ihrem inneren Auge auf. Die Eintrittswunde am Hinterkopf. Die Arme ausgestreckt auf dem Waldboden. Und dann waren da die Augen, die sie aus den Löchern in der Sturmhaube angestarrt hatten.

Who are you?

Death!

Robin stolperte nach hinten, die Häuserwand fing sie auf und verhinderte ihren Sturz. Erst jetzt merkte sie, dass sie ohne ihren Mantel nach draußen gestürmt war. Die Kälte des Mauerwerks in ihrem Rücken brachte ihre Sinne zurück. Die Augen nahmen wieder die Helligkeit des Tages wahr, die Sonne, die zwischen den Wolken hindurchschien und sie doch nicht wärmen konnte. Die Ohren nahmen wieder die Geräusche der Autos auf, die an ihr vorüberfuhren.

Jemand legte ihr eine Hand auf die Schulter.

Erschrocken fuhr Robin zusammen.

Markus stand neben ihr, sah sie an. Sofort schien er zu erkennen, dass etwas Schlimmes passiert war. Doch er hatte nicht die Möglichkeit, sie danach zu fragen. Clara war mit ihm aus dem Kindergarten gekommen, hielt seine Hand.

Robin riss sich zusammen. Sie ließ das rote Telefon eilig in der Gesäßtasche ihrer Jeans verschwinden, wischte sich über ihre tränenfeuchten Augen und ging mit dem Versuch eines strahlenden Lächelns in die Knie.

»Clara, mein Schatz, du warst wundervoll!«

»Das kannst du gar nicht wissen, Mama. Du bist einfach gegangen.«

Die trotzigen Worte ihrer Tochter trafen Robin so unvorbereitet wie gewaltig. Sie schluckte.

»Es tut mir so leid, Liebling!«, flüsterte sie und kämpfte dagegen an, vor ihrer Tochter zu weinen. Sie konnte und wollte ihr nicht sagen, was passiert war. »Ein Freund brauchte ganz dringend meine Hilfe. Kannst du mir verzeihen?«

Gerade wollte sie Clara die Arme entgegenstrecken, um sie an sich zu ziehen, da glaubte sie, ein Déjà-vu bemächtige sich ihrer. Denn das Klingeln des Notfalltelefons zerriss erneut den Moment und alles um sie herum entzwei.

»O Gott«, hauchte sie.

Markus reagierte sofort, hob Clara auf seinen Arm.

»Komm! Deine Mama hat gerade große Sorgen. Wir gehen schon mal vor.«

Während Robin sah, wie ihr Mann das kleine Mädchen spielerisch in die Höhe warf und wieder auffing, erhob sie sich und zog das Smartphone schnell wieder hervor.

Erneut ein Videoanruf.

Rief der Mörder noch einmal an? Hatten sie eine Botschaft an Robin?

Das Bild baute sich nur langsam auf. Erst waren es verschwommene Farben. Dann kam das Gesicht einer Frau ins Visier der Kamera.

»Nein«, entfuhr es Robin.

Sie erkannte sie sofort. Tamara Norden, eine Frankfurter Apothekerin. Sie hatte zusammen mit Edwin Wouters vor Gericht gegen den Schmugglerring ausgesagt. Auch sie hatte Robin mit ihrem Team um die halbe Welt geführt, ehe sie in Südafrika gelandet war. Außerhalb von Kapstadt, in einer umzäunten Gemeinde mit bewaffneter Security, Toren an der Einfahrt und frei stehenden Einfamilienhäusern mit modernstem Sicherheitsstandard.

»Tamara, sag mir nicht ...«

»Robin, sie sind im Haus. Einbrecher. Bewaffnet.«

»Wer?«

»Ich weiß es nicht. Drei Männer. Sie haben meine Haushälterin Gloria erschossen. Einfach so.«

Sie klang nüchterner als Edwin. Im nächsten Moment erkannte Robin, warum. Tamara Norden legte das Telefon vor sich auf den Boden, die Kamera nach oben gewandt. Im Weitwinkel erkannte Robin einen Bettkasten, einen Kleiderschrank und ein Fenster. Vor allem aber stand Tamara direkt über dem Telefon – und hielt einen Revolver sicher in ihren Händen.

»Gibt es keinen Fluchtweg?«, rief Robin verzweifelt. »Durch das Fenster? Irgendwie?«

»Das ist mein Haus, Robin, und ich werde es verteidigen. Ich habe mich nie darauf verlassen, für immer sicher zu sein. Sollen sie nur kommen!«

»Aber Tamara, sei vernünftig!«

Die Hilflosigkeit, zusehen zu müssen, raubte Robin die Sinne. Zu allem Überfluss strömten nun auch die anderen Eltern mit ihren Kindern aus der Kita. Einige warfen ihr teils argwöhnische, teils missbilligende Blicke zu. Andere winkten freundlich zum Abschied. Robin ignorierte sie alle und wandte sich ab, die Augen starr auf den Bildschirm in ihrer Hand gerichtet.

»Das ist das einzig Vernünftige, was ich tun kann«, erwiderte Tamara hart. Sie neigte den Kopf. »Ich höre sie kommen«, flüsterte sie. »Gleich sind sie da.«

Robin schlug ihre freie Hand vor den Mund, während Tamara Norden breitbeinig über der Kamera stand, die Waffe im Anschlag. Sekunden vergingen. Vielleicht würden die Einbrecher sie nicht finden. Vielleicht waren sie gar nicht ihretwegen gekommen. Vielleicht suchten sie nach etwas ganz Bestimmtem, aber eben doch nicht nach der Frau, die vor fast einem Jahrzehnt mit ihren Aussagen einen illegalen Millionenhandel zum Einsturz gebracht hatte.

Dann aber hörte Robin, wie eine Tür aufflog – und wie die Hölle losbrach. Tamara feuerte. Nicht einmal, sondern immer wieder. Ein Schmerzensschrei ertönte, dann entfernte Rufe und weitere Schüsse. Tamara betätigte den Abzug. Wieder und wieder.

Bis sie zusammenzuckte.

Bis die Schultern nach vorne flogen und sie sich zu krümmen begann.

Bis sie erneut zuckte und nach hinten gerissen wurde.

Bis Blut auf das Telefon unter ihr tropfte und das Bild rot einfärbte.

Bis Robin vor Entsetzen schrie und das Telefon mit beiden Händen ergriff.

Bis ein Fuß neben dem Telefon ins Blickfeld kam. Dann eine Waffe. Und ein letzter Schuss nicht Tamara Norden, sondern das Smartphone traf.

Ganz so, als habe der Täter aus Südafrika eine letzte Kugel nach Frankfurt senden wollen, um auch Robin Graf zu töten.

6

Sie saßen um den Besprechungstisch und schwiegen. Schon eine ganze Weile sagte niemand ein Wort. Stephan Jahnke beobachtete das Team verstohlen, während er auf seinem Stuhl kippelte und vorgab, in seine Notizen vertieft zu sein, die er sich in der vergangenen halben Stunde gemacht hatte.

Robin saß, ihren Kopf in die Hände gestützt, reglos da. Ihre blonden Haare fielen wie ein Vorhang vor ihr Gesicht. Sie hatte sie sofort zusammengerufen, nachdem Edwin Wouters und Tamara Norden aufgespürt und ermordet worden waren. Innerhalb einer Stunde waren sie alle im Büro eingetroffen.

Außer Stephan. Er hatte es sich zur Gewohnheit gemacht, samstags einen halben Tag herzukommen, um alte Fallakten auf ihrem Server zu studieren. So hatte er ausreichend Zeit gehabt, das Konferenzzimmer herzurichten, Kaffee zu kochen und beim Bäcker um die Ecke für Verpflegung zu sorgen. Es würde ein langer Tag werden.

Neben Robin saß Naoko, ein Tablet mit kleiner Tastatur vor sich. Sie war direkt aus dem Fitnessstudio gekommen, trug daher für Stephan ungewohnt Kapuzenpulli und Leggings, ihre schwarze Mähne zum Dutt gedreht. Ihre Augen waren konzentriert auf den Bildschirm gerichtet und folgten dem, was ihre Finger eingaben. Stephan wusste, dass Naoko eine wichtige Rolle zukam. Ihr juristischer Rat war für Robin von größter Bedeutung. Jetzt würde er wichtiger sein denn je.

Auf Hamid wartete eine nicht weniger wichtige Aufgabe, und er schien es zu ahnen, während er mit geschlossenen Augen dasaß, sich abwesend durch den Bart fuhr und den Kopf immer wieder in die eine oder andere Richtung neigte. Stephan hatte das Gefühl, dass der Iraker bereits überlegte, wie Wouters und Norden hatten auffliegen können. Nicht nur einer, sondern beide. Und erledigt werden konnten. Nicht nur einer, sondern beide – und zwar zeitgleich auf zwei verschiedenen Kontinenten.

Es war das erste Mal, dass Stephan direkt mit dem Tod in Verbindung kam. In seiner Familie war noch niemand gestorben, der ihm nahegestanden hatte. Dass er dagegen in einem Beruf arbeitete, in dem auch die Gefahr für Leib und Leben eine Rolle spielte, erregte ihn eher, als dass es ihn schockierte. Auch jetzt, da ihnen auf grausame Weise vorgeführt worden war, wie brutal die Realität werden konnte, wenn etwas schiefging.

Und etwas war schiefgegangen. Das war ihnen allen bewusst.

»Wir sind kompromittiert«, brach Robin das Schweigen, und alle hielten inne. Sie musste sich räuspern, ehe sie fortfahren konnte. »Wir haben ein Leck. Jemand ist an unsere Daten gekommen.«

Sie sagte es ohne Vorwurf, ohne den Verdacht zu äußern, dass das Leck hier in diesem Raum sitzen könnte. Stephan atmete innerlich auf. Er wusste, dass der Verdacht als Erstes auf ihn fallen würde, sollte sich Robins Fokus irgendwann nach innen richten. Er war der Jüngste in der Agentur. Naoko und Hamid dagegen hatten ihre Loyalität schon über viele Jahre in zahllosen Fällen und Situationen unter Beweis gestellt. Stephan hingegen ...

»Ich kümmere mich darum.«

Hamids raue Stimme klang verärgert. Nicht, weil Robin das Leck und damit das Offensichtliche angesprochen hatte. Stephan vermutete, dass der Computerfreak es als persönliche Beleidigung betrachtete, dass seine Sicherheitssysteme durchbrochen worden waren. Er würde unter allen Umständen herausfinden wollen, wie die Aufenthaltsorte und Namen der Zielpersonen hatten bekannt werden können.

»Denn wir haben es hier nicht mit einem Zufall zu tun«, fuhr Robin fort. »Ein Mensch kann sich immer selbst enttarnen. Dass aber zwei am selben Tag auffliegen, die auch noch zum selben Fall gehören, halte ich für ausgeschlossen.«

Niemand widersprach.

»Was bedeutet das für uns?« Robin sah Naoko an. »Was müssen wir bedenken?«

»Die Bedeutung für uns? Unmöglich vorherzusagen«, begann die Anwältin und blickte auf das Tablet vor sich. »Was wir bedenken müssen? Meine Empfehlung lautet, den örtlichen Polizeistationen Bescheid zu geben. Wichtig ist, dass sie so schnell wie möglich von den Morden erfahren und Ermittlungen einleiten. Zumindest in Schweden halte ich es für möglich, dass niemand die Schüsse gehört hat und somit noch niemand weiß, dass es überhaupt etwas zu ermitteln gibt. Und dann müssen wir entscheiden, ob wir der Polizei klarmachen, wer die Opfer wirklich sind und dass eine Verbindung zwischen den Toten besteht. Dann wäre es sofort eine internationale Ermittlung.«

»Was, wenn es keine Leichen gibt?« Hamid hatte sich zu

Naoko umgedreht. »Okay, die haben die Norden mitten in einer Gated Community wohl kaum verschwinden lassen. Ich würde eher darauf tippen, dass sie es wie einen Raubüberfall haben aussehen lassen. Aber außerhalb von Norrköping in irgendeinem Wald? Wenn der Wouters wirklich fischen war, haben sie ihn womöglich einfach in Fischfutter umgewandelt, und er liegt inzwischen am Grunde des nächsten Sees im Nirgendwo. In ein paar Wochen friert der zu, und dann wird es bis nächsten Sommer dauern, ehe ein verirrter Taucher mit sehr viel Glück auf seine Überreste stößt.«

»Bekämen wir keine rechtlichen Schwierigkeiten, falls wir den Behörden erzählten, was wir wissen?«, fragte Stephan. »Ich meine, wir haben denen falsche Pässe besorgt und sie über mehrere Kontinente geschleust. Es ist ja nicht immer alles zu hundert Prozent legal, was wir hier veranstalten.«

Robin, Naoko und Hamid starrten ihn an, als habe er Gott gelästert und als erwarteten sie, dass er jeden Moment in Flammen aufging.

»Das ist das Problem«, sagte Naoko schließlich nüchtern. »Wir können es uns nicht erlauben, dass plötzlich Interpol bei uns anklopft und fragt, was wir wissen und woher wir es wissen. Und was wir eigentlich den lieben langen Tag so tun. Denn dann wäre nicht nur alles gefährdet, was wir uns aufgebaut haben, sondern auch die Sicherheit all unserer Klienten. Von unserer eigenen Sicherheit und rechtlichen Unbefleckteheit ganz zu schweigen.«

Robin nickte zustimmend, verzog dabei aber ihr Gesicht, als habe jemand Apfelwein in ihren Kaffee gemischt.

»Daher lautet meine Empfehlung, dass wir unsere

Namen und unsere Rolle erst einmal aus dem Spiel lassen«, fuhr Naoko fort. »Wir sollten den lokalen Behörden anonym melden, Schüsse und Schreie gehört zu haben. Das gibt uns Zeit für unsere eigenen Ermittlungen.«

Naoko und Robin tauschten einen Blick. Stephan hatte das Gefühl, die beiden Freundinnen wussten genau, was die jeweils andere dachte. Mit entschlossenem Blick erhob sich Robin.

»Seit vielen Jahren habe ich diesen Tag gefürchtet. Auch wenn ich mir nicht habe vorstellen können, jemals den Tod zweier Menschen mit ansehen zu müssen.« Sie ballte die Hände zu Fäusten und stemmte sie auf die Tischplatte. »Wir schulden es Tamara Norden und Edwin Wouters, dass wir herausfinden, wie es dazu kommen konnte. Hamid, du unterziehst der IT einer vollständigen Prüfung. Du weißt am besten, welche Datenströme du nachverfolgen musst. Als Zeitraum würde ich mindestens die letzten drei Monate anvisieren. Wenn du dann nicht fündig wirst, weite ihn schrittweise aus.«

Hamid nickte.

»Naoko, wir brauchen eine juristische Risikoanalyse. Wir müssen für den Fall vorbereitet sein, dass die Polizei auf uns aufmerksam wird.«

Auch Naoko signalisierte stumm ihre Zustimmung.

»Und wir müssen die anonymen Hinweise nach Südafrika und Schweden liefern. Stephan, das machen wir beide. Danach musst du den Fall rekonstruieren. Du warst damals noch nicht dabei, kannst also unvoreingenommen an die Sache herangehen. Gleichzeitig werde auch ich mir noch einmal die Fallakte vornehmen. Anschließend legen wir unsere Erkenntnisse übereinander.«

»Wonach soll ich suchen?«, fragte Stephan.

»Arbeite alles systematisch auf! Wann wurden wir von wem kontaktiert? Welche Gespräche fanden statt? Wer war anwesend? Welche Lösungen haben wir vorgeschlagen? Welche haben wir umgesetzt, und welche haben wir warum verworfen? Und ganz wichtig: Stell eine Liste aller involvierten Personen auf – nicht nur auf unserer Seite, sondern zum gesamten Gerichtsprozess. Richter, Anwälte, Zeugen, Ermittler, Gerichtsschreiber, Angeklagte, Verurteilte, Freigesprochene. Alle Personen, die mit dem Fall in Kontakt gekommen sind und die wir nachverfolgen können. Ich will von jeder einzelnen Person wissen, wo sie heute ist und was sie macht. Ab jetzt gilt das Motto: Niemand ist unschuldig, niemand ist unverdächtig.«

Jetzt nickte auch Stephan.

Und er dachte: Der letzte Satz galt auch für alle hier im Raum.

Insbesondere für ihn.

7

Furcht war ein unsichtbarer Feind. Furcht half dir nicht, stärkte dich nicht, tröstete dich nicht, wärmte dich nicht. Furcht befiel deine Gedanken wie ein Geschwür, nistete sich ein, entzog deinen Erinnerungen ihre Farben, verwandelte deine Kraft in ein Zittern, deine Hoffnungen in knochentiefe Verunsicherung. Furcht beschwor deine tiefsten Sorgen herauf, und nur, wenn du ihr – und dir selbst – mit entwaffnender Ehrlichkeit zu begegnen vermochtest, konntest du sie bezwingen.

Robin saß in einem Sessel am Fenster, die Türen ihres Büros geschlossen. Ihre Rechte schwenkte einen schweren Tumbler, das Eis kreiste geräuschvoll gegen das Glas. Nur mit Mühe hatte sie dem Gin widerstanden und sich stattdessen einen Orangensaft eingeschenkt. Sie musste bei klarem Verstand bleiben. Nie brauchte sie ihn mehr als jetzt.

Sie hatte diesen Moment in ihren schlimmsten Träumen und einsamsten Gedanken bereits durchlebt. In den Augenblicken, in denen sie schutzlos ihrer Furcht ausgeliefert gewesen war. Nicht, dass sie dieses Schicksal in all ihren Klienten gesehen hatte. Viele hatten sich aktiv für ein neues Leben entschieden. Doch es gab eben auch jene, die unverschuldet in eine Falle geraten waren, aus der sie ohne Hilfe nicht mehr hatten entkommen können. Ohne Robins Team wären sie schutz- und wehrlos geblieben. Die Opfer von Gewalt, die Verfolgten und Geflüchteten – oder eben die Kronzeugen, denen der deutsche Staat keine Hilfe hatte zukommen lassen, obwohl sie dafür qualifiziert gewesen wären.

Während sie an ihrem Saft nippte, legte Robin die Füße auf einen Hocker und blickte nach draußen. Regentropfen flossen an der Scheibe herab. In der Ferne ertönte die Sirene eines Krankenwagens. Sie erinnerte sich, wie ihr einstiger Chef mit ihr hier in diesem Büro diskutiert hatte. Wie Klemens Böhle sie nach dem Feierabend zu sich gerufen hatte. Wie er von genau diesem Sessel aus zu ihr aufgeblickt und sie gefragt hatte, was sie tun sollten im Fall der Fälle. Wenn einem ihrer Klienten etwas passierte. Wenn die Rolle der Agentur bekannt wurde. Wenn die Agentur ins Visier der Behörden geriet.

Sie hatte Böhle geantwortet, dass sie nur im Bruchteil ihrer Fälle ein Risiko eingingen. Dass sie in fast allen Fällen glaubhaft abstreiten konnten, mehr als nur beratende Tätigkeiten übernommen zu haben. Dass sie stets auf alle Grenzen des Rechts hingewiesen hatten.

Böhle hatte ihre Antwort nicht akzeptiert.

»Und was ist mit dem Bruchteil unserer Klienten, auf die das nicht zutrifft?«, hatte er wissen wollen.

Sie hatte Stunden um Stunden diskutiert. An vielen Abenden. Immer wieder. Später hatte Robin erkannt, dass Klemens Böhle sie mit diesen Gesprächen darauf hatte vorbereiten wollen, dass sie irgendwann die Agentur führen und für diese Klienten einstehen würde.

Irgendwann war jetzt.

Robin leerte ihr Glas. Sie hatte zu tun. Es versetzte ihr einen Stich, nicht bei Markus und Clara zu sein. Noch mehr traf es sie, wie kühl nicht nur ihre Tochter, sondern auch ihr Mann reagiert hatten, als sie nach der Aufführung und den beiden Notrufen nach Hause gekommen war, nur um sofort wieder zu gehen. Nur mit dem Hinweis, sie müsse arbeiten, denn sie hatte den beiden ja schlecht sagen können, dass sie gerade zwei Hinrichtungen hatte mit ansehen müssen. Und so hatte sie sich mit dem Gefühl auf ihr Motorrad geschwungen, dass der Haussegen mächtig schief hing. Aber daran konnte sie erst einmal nichts mehr ändern.

Sie musste Schadensbegrenzung betreiben.

Erst im Büro, dann zu Hause.

Stephan hatte unter ihrer Aufsicht die Hinweise auf die Morde nach Südafrika und Schweden verschickt. Nun begann die eigentliche Arbeit. So digital ihr Job war, so sehr war sie manchmal noch ein Kind der analogen Welt. Sie stellte sich an das Flipchart neben ihrem Schreibtisch, nahm einen Edding und schrieb ganz oben in großen Lettern:

PROZESS GEGEN DR. LEONHARD URBAN

Dr. Leonhard Urban war der Kopf eines Schmugglerrings in Deutschland gewesen, den Tamara Norden und Edwin Wouters mit ihren Aussagen beim Bundeskriminalamt und später vor Gericht zerschlagen hatten. Urban, ein erfolgreicher Betreiber zahlreicher Online-Apotheken im In- und Ausland, hatte ein Millionengeschäft mit gefälschten Medikamenten und dem illegalen Verschieben von Pillen, Spritzen, Tropfen und Salben aufgebaut. Bis es von zwei pflichtbewussten Menschen, die unterschiedlicher nicht hätten sein können, zum Einsturz gebracht worden war.

Robin dachte nach, wie sie verfahren wollte. Sie musste strukturiert vorgehen. Immer wieder die Fallakten auf ihrem Laptop konsultierend, begann sie am Anfang. Sie schrieb:

1. VERBRECHEN

Sie unterteilte ihre Notizen in drei Bereiche. Was war passiert? Wer war beteiligt gewesen? Wie war die Tat vonstattengegangen?

Das Was war schnell notiert. Einerseits waren da gefälschte Medikamente, häufig in Indien produziert, die in die Europäische Union geschmuggelt worden waren. Andererseits waren Medikamente, die in Ländern wie Spanien oder Italien staatlich subventioniert wurden, illegal nach Deutschland transportiert und dort für das Vielfache des Einkaufspreises verkauft worden.

Das Wer war schon umfangreicher. Stephan würde die vollständige Liste liefern. Für Robin war zunächst ein Name wichtig: Dr. Leonhard Urban. Urban hatte aus Frankfurt heraus ein Netzwerk aus Apothekern, Pharmagroßhändlern und Ärzten aufgebaut, die an seinem Schmugglerring beteiligt gewesen waren.

Das Wie führte zu den Transportwegen und so schließlich zu Edwin Wouters und Tamara Norden. Die Einfallstore für die Medikamente auf ihrer Reise nach Deutschland waren der Frankfurter Flughafen, der Hafen von Antwerpen und, simpel und einfach, die Post gewesen. Wouters war als Hafenmitarbeiter in Belgien über Unregelmäßigkeiten bei der Abfertigung von Schiffsladungen gestolpert. Norden wiederum war selbst Apothekerin gewesen, die Urban hatte für sein Netzwerk anwerben wollen. Sie hatte schnell realisiert, was ihr Gegenüber vorhatte. Sie hatte zugehört, mitgespielt und Beweise gesammelt. Es war einem Zufall geschuldet gewesen, dass Norden und Wouters fast zeitgleich bei der deutschen und belgischen Polizei vorstellig geworden waren. So hatten die Ermittlungen begonnen.

Deshalb schrieb Robin als Nächstes:

2. ERMITTLUNGEN

Weil Urban den Online-Handel der Medikamente innerhalb Deutschlands betrieben hatte, hatte das Bundeskriminalamt die Führung übernommen. Nordens und Wouters' Aussagen waren auf dem Schreibtisch von Harald Matthes beim BKA gelandet, der zusammen mit der zuständigen Staatsanwältin eine Ermittlungsgruppe ins Leben gerufen hatte. Eine Razzia hatte dem Treiben des Netzwerks schließlich ein jähes Ende gesetzt. Insgesamt waren Arzneimittel im Wert von über achtzehn Millionen Euro sichergestellt und dreißig Menschen verhaftet worden, darunter Urban selbst.

All dies hatte sich zugetragen, als Robin noch nicht die Leitung der Agentur übernommen hatte. Doch wenige Monate vor Klemens Böhles Tod waren sie von Norden und Wouters kontaktiert worden.

Robin schrieb:

3. AUFTRAG

Die Staatsanwaltschaft und das BKA hatten die Anträge der beiden Kronzeugen auf Zeugenschutz abgelehnt. In ihren Augen hatte es keine Hinweise auf Lebensgefahr gegeben, weil Urbans Netzwerk auf Gewalt weitgehend verzichtet hatte.

Und so war die Agentur ins Spiel gekommen.

Die Alzheimer-Erkrankung bei ihrem Chef war zwar schon fortgeschritten gewesen. Doch Böhle hatte an dem Auftrag mitwirken wollen. Robin war zu dem Zeitpunkt seit fünf Jahren an Böhles Seite gewesen, Hamid Erdem dagegen noch frisch dabei, aber voller Tatendrang. Zu dritt und unter strengster Geheimhaltung hatten sie die Fluchtpläne für Norden und Wouters entwickelt. Robin hatte die Apothekerin schließlich außer Landes gebracht, Hamid den Belgier. Südafrika und Schweden hatten nach guten Zielen geklungen. Und sie waren es gewesen – bis zu diesem Tag.

Robin trat einen Schritt zurück und blickte auf das Flipchart. Was ihr sofort ins Auge stach, war der große Widerspruch zwischen damals und heute. BKA und Staatsanwaltschaft hatten keine Anzeichen für exzessive Gewalt erkennen können. Ja, Urban hatte mit seinem Netzwerk die Gesundheit Hunderttausender Menschen gefährdet, gefälschte und wirkungslose Medikamente verkauft, sich bereichert, Millionen gescheffelt, geschmuggelt und korrumpiert, alle Schlupflöcher ausgenutzt, die es im Online- und Versandhandel für Medikamente gegeben hatte. Auf kriminelle Art und Weise war es eine logistische Meisterleistung gewesen. Und doch hatte es im gesamten Prozess keine Hinweise auf Gewalt oder gar auf Tötungsdelikte gegeben.

Dennoch waren Norden und Wouters nun kaltblütig ermordet worden.

Die Taten waren professionelle Auftragsmorde gewesen.

Aber von wem? Hinter Urban hatte kein größeres Netzwerk gesteckt, schon gar kein Drogenkartell. Urban war weder Pablo Escobar noch El Chapo. Er saß in Frankfurt hinter Gittern, und es hatte in den letzten Jahren keine Hinweise darauf gegeben, dass er aus dem Gefängnis heraus noch weiter aktiv war.

In ihren Gedanken fügte Robin ihrer Auflistung einen vierten Punkt hinzu.

4. OFFENE FRAGEN

Denn um diese würden sie sich nun kümmern müssen. Warum waren Norden und Wouters gerade jetzt aufgespürt worden? Waren die Morde ein Akt der Rache, oder steckte etwas anderes dahinter? Wer hatte sie in Auftrag gegeben? Und was bedeutete das für Robin und ihr Team? Wenn die Täter gewusst hatten, wo Norden und Wouters zu finden waren, wussten sie dann auch, dass die RG Agency die beiden Kronzeugen dorthin gebracht hatte? Und wenn ja, konnte Robin sich wirklich sicher sein, dass niemand aus ihrem Team mit dem Datenleck etwas zu tun hatte?

Robin legte den Edding weg.

Sie wusste jetzt, was zu tun war. Und es würde ihr nicht gefallen.

8

Frankfurt im Novemberregen erinnerte Robin an Gotham City. Hochhäuser, deren Spitzen in einen schwarz verhangenen Himmel ragten, unerhörter Reichtum an manchen Orten, Armut und Kriminalität in teils unmittelbarer Nähe. Einzig Batman als unheiliger Retter mit seinen scharfen Ohren fehlte.

Robin fühlte sich nie unsicher, wenn sie alleine durch die Straßen Frankfurts lief. Trotzdem vergaß sie nie, dass die Mainmetropole seit Jahren mit Berlin um den wenig ruhmreichen Titel der gefährlichsten Stadt Deutschlands rang. Auch deshalb hatte sie sich vor einiger Zeit einen Sicherheits-Regenschirm gekauft. Auf den ersten Blick tat er das, wofür jeder Regenschirm gebaut war. Doch der Stab des Schirms bestand aus einem widerstandsfähigen Verbundstoff und endete in einer Stahlspitze. Die Speichen waren aus Fiberglas, und der Knauf bestand aus massivem Hartholz. So war der Schirm, von außen nicht sichtbar, auch eine wirkungsvolle Schlag- und Stichwaffe. Robin hatte nicht vor, ihn jemals als solche einzusetzen. Doch man wusste nie, was einen erwartete.

Sie schritt schnell aus. Von der Krögerstraße in die Guiollettstraße waren es keine zwei Kilometer. Robin brauchte die frische Luft, den Spaziergang, die Zeit für sich. Als sie an der Alten Oper vorbeikam und die Taunusanlage überquerte, bog sie am Deutsche-Bank-Tower ins

Westend ein. Nach wenigen Hundert Metern hatte sie ihr Ziel erreicht.

In einem anonymen Glaskasten, der in jeder Großstadt Deutschlands stehen und Firmen jeder Branche beherbergen konnte, fand sie Schutz vor dem Wetter. Sie klopfte sich Schirm und Schuhe ab, dann meldete sie sich am Empfang an. Der Mann im Dress einer privaten Sicherheitsfirma wies freundlich, aber distanziert in Richtung Aufzüge. Sie bedankte sich, betrat eine der Kabinen und betätigte den Schalter für die achte Etage.

»Du hast schon mal besser ausgesehen«, flüsterte Robin ihrem Spiegelbild zu.

»Du hast schon mal besser ausgesehen«, begrüßte sie wenige Sekunden später ein Mann, als sich die Türen des Aufzugs öffneten.

»Danke, Paul, die Worte habe ich erst kürzlich gehört«, gab Robin zurück. »Aber sie werden nie alt. Anders als ich.«

Paul Engels begrüßte Robin lachend, küsste sie auf die Wange und nahm ihr Mantel und Regenschirm ab. Alles an dem Mann war massig. Er war nicht übermäßig groß, dafür führte er einen ebenso mächtigen Bauch wie eine kraftvolle Brust- und Armmuskulatur spazieren. Der erste Eindruck mochte täuschen. Engels war trotz seiner bald sechzig Jahre und seines beachtlichen Gewichts noch immer erstaunlich fit. Er mochte nicht mehr so schnell und wuchtig sein wie zu seinen besten Zeiten als Linebacker der Frankfurt Galaxy vor fast dreißig Jahren. Dafür hatte er es mit seinen Qualitäten auf dem zweiten Karriereweg weit gebracht.

Engels war nach seiner aktiven Zeit als Footballer erst

Personenschützer geworden, ehe er sich mit einer Sicherheitsfirma selbstständig gemacht hatte, zu der fraglos auch der Mann am Empfang gehörte. Robin hatte ihn zu ihren Studienzeiten über Naoko kennengelernt, seine Firma sorgte im Fußballstadion der Frankfurter Eintracht schon seit vielen Jahren für Ordnung. Trotz des Altersunterschiedes hatten sie sich vom ersten Tag an bestens verstanden. Weil Engels auch Aufträge als Privatdetektiv annahm, arbeiteten sie schon lange zusammen. Robin wollte ihren inneren Kreis in der Agentur klein halten. Daher übernahm Engels immer dann Aufgaben als externer Dienstleister, wenn Robin die Manpower fehlte.

Genau deshalb hatte sie ihn gebeten, sie so kurzfristig zu empfangen.

Engels bat Robin in sein Arbeitszimmer. In seinem Berufszweig gab es weder feste Arbeitstage noch -stunden, keine Tages- oder Nachtzeit war tabu. Engels und sein Team waren im Einsatz, wann immer es nötig war. Auch das hatten sie mit Robin und ihrer Agentur gemeinsam. So war der Chef an diesem Samstag nicht allein im Büro und schloss dementsprechend die Tür zu seinem Reich. Er schenkte Robin ein Glas Wasser ein, dann setzten sie sich auf ein Sofa. Engels' Zimmer hatte ähnlich wenig Charme wie das gesamte Gebäude. Wenn man einmal von dem Regal absah, in dem Vasen aus Porzellan in allen Größen, Formen und Farben standen. Ohne eine einzige Blume darin.

Jeder hatte seine Macken, dachte, Robin. Sie hatte ihre Kawasaki Ninja 650 Black Edition. Paul Engels hatte seine Vasen. Nicht derselbe Kick, aber sicher ein ähnlicher Knall.

»Was kann ich für dich tun, Robin?«

Engels hatte ein freundliches, väterliches Gesicht. Buschige Brauen, blaue Augen und ständig leicht geschürzte Lippen, als müsse er sich ein spitzbübisches Lächeln verkneifen. Robin wusste, dass sie ihm vertrauen konnte. Auch wenn ihr Vertrauen nie so weit gehen würde, ihm Geheimnisse der Agentur zu verraten. Und so gab sie auch jetzt wieder nur das Nötigste preis.

»Wir haben ein Sicherheitsleck, Paul«, begann Robin, und Engels machte ein gequältes Gesicht, als sei dieses Problem bei seiner eigenen Firma aufgetreten. »Ich kann dir nicht im Detail sagen, worum es geht, aber wir stellen gerade alles auf den Kopf, um die Lücke zu finden.«

»Und du möchtest, dass ich deine Mitarbeiter durchleuchte.«

Es war keine Frage, und ein Teil von Robin wollte seine Annahme verneinen. Doch er kannte ihr Geschäft zu gut, war zu erfahren und wusste, was in dieser Branche auf dem Spiel stand. Deshalb wusste er auch, dass sie genau deshalb hergekommen war. Und dass es sich um einen heiklen Fall handeln musste.

»Hamid, Naoko und Stephan, richtig? Sonst ist niemand kürzlich dazugekommen? Keine Praktikanten? Auszubildende?«

»Niemand sonst. Nur die drei.«

»Weiterhin niemanden am Empfang?«

Robin lächelte nur knapp.

»Reinigungsfirma?«

»Noch immer die, die du uns empfohlen hast.«

»Sonst hat niemand Zugriff auf eure IT?«

»Du kennst Hamid. Er lässt selbst uns nur widerwillig ran.«

»So gehört es sich.« Engels lehnte sich zurück, verschränkte die Hände ineinander. Dann sah er sie aus seinen blauen Augen an. »Du glaubst nicht ernsthaft, dass wir etwas finden werden.«

Robin schüttelte den Kopf.

»Was kannst du mir sagen?«

»Dass jemand an sensible Daten eines älteren Falls gekommen ist. Keine Ahnung, ob von außen oder von innen. Ich weiß nur: Entweder hat jemand unseren Server gehackt ...«

»Nicht unmöglich, aber Hamid ist einer der besten Programmierer, die ich kenne«, unterbrach Engels sie. »Es bräuchte schon einen komplexen Angriff auf eure Infrastruktur, um sich Zugang zu verschaffen. Keine Chance, dass Hamid das nicht mitbekommen hätte.« Mit dem ihm eigenen Grinsen fügte er hinzu: »Nicht, dass wir es selbst mal versucht hätten ...«

Robin musste gegen ihren Willen schmunzeln, wurde aber schnell wieder ernst.

»Nehmen wir an, Hamid findet keine Hintertür, keinen Trojaner oder irgendeinen Hinweis darauf, dass jemand unseren Server attackiert hat! Das würde bedeuten, dass jemand von uns die Daten weitergegeben hat. Und das bedeutet ...«

»... dass wir unsere Arbeit gründlich machen werden«, versprach Engels und sah sie fragend an.

Robin wusste, worauf er wartete. Sie erinnerte sich an das Gefühl vom Vorabend, auf dem Heimweg verfolgt worden zu sein.

»Ja. Mich auch. Du musst auch mich durchleuchten.«

»Verstanden.«

»Wie lange?«

»Das dauert. Vor allem bei Leuten wie euch. Ihr seid nicht so einfach zu scannen wie die gutgläubigen Idioten, die ihr ganzes Leben für ein paar Likes auf Social Media präsentieren. Ihr tragt nicht alles auf einem Silbertablett vor euch her. Gib mir fünf Tage, dann kann ich dir mehr sagen.«

»Alles nur zwischen uns beiden, versteht sich.«

»Ich werde dir helfen, wo ich kann.«

»Danke.« Und sie meinte es so.

Ein Gefühl des Verrats an ihren Vertrauten überkam Robin, als sie den Glaskasten wieder verließ. Draußen war es dunkel geworden. Es war schon nach acht. Ihr kam der Gedanke, dass sie seit dem Frühstück nichts mehr gegessen hatte – und das war vor den Notrufen gewesen.

Wie aufs Stichwort klingelte ihr Handy in der Jackentasche, und Robin zuckte zusammen. Doch es war nur ihr Alltagstelefon.

Naoko rief an. »Wo treibst du dich rum?«

»Ich vertrete mir die Beine, brauchte frische Luft«, log Robin, und das schlechte Gewissen gegenüber ihrer besten Freundin nahm zu. »Und du?«

»Ich wollte gerade heim, als ich einen Anruf bekam. Du hast dein Date!«

Robins Puls beschleunigte sich. »Ernsthaft?«

Sie hatte Naoko um einen Gefallen gebeten, ehe sie das Büro verlassen und zu Paul Engels aufgebrochen war. Ein Gefallen, den ihr nur Naoko Schäfer erfüllen konnte. Doch ernsthaft daran geglaubt hatte sie nicht.

»Hör mal, Schnucki, irgendwas Gutes muss es doch

haben, dass ich mit einem der größten Eintracht-Stars der jüngeren Vereinsgeschichte verheiratet bin.«

»Und was kostet es dich?«

»Ein Trikot mit allen Unterschriften der Spieler und unsere beiden VIP-Tickets für das Spiel gegen die Bayern vor Weihnachten.«

»Das mache ich wieder gut, Schäfchen!«

»Nenn mich noch mal so und du musst weit mehr wiedergutmachen als Tickets für ein Spiel, zu dem wir ohnehin nicht hätten gehen können.« Dann wurde Naoko wieder ernst. »Dein Termin ist schon morgen.«

»An einem Sonntag?«

»Es sind VIP-Tickets, Robin!«

»Und wo?«

»Justizvollzugsanstalt Frankfurt am Main IV. Dein Name ist hinterlegt.«

Erregung erfasste Robin. Sie dankte Naoko, die ihr aber schnell zu verstehen gab, dass sie davon nichts hören wollte. Während ihre Freundin sich auf den Weg nach Hause machte, kehrte Robin in die Agentur zurück. Die Nachricht, dass sie am Sonntag einen Termin in der JVA hatte, gab ihr neue Energie.

Stephan war an seinem Schreibtisch und noch immer in den Fall des Leonhard Urban vertieft. Hamid hatte ausrichten lassen, dass er die technische Analyse von seinem heimischen IT-Labor fortsetzte. Robin dagegen schloss sich noch einmal in ihrem Zimmer ein. Erst kurz vor Mitternacht strich sie die Segel und ließ Stephan mit seinen Recherchen allein.

Am Günthersburgpark angekommen, fand sie ihr Haus

dunkel vor. Markus hatte Clara fraglos schon vor Stunden ins Bett gebracht und lag selbst auch schon unter der Decke. Robin stieg die Treppe in die erste Etage hoch, schlich sich ins Kinderzimmer und küsste ihre schlafende Tochter auf die Stirn. Sie zwang sich, Clara nicht zu wecken und sich für die Enttäuschung zu entschuldigen, die sie der Vierjährigen bereitet hatte. Dafür wäre morgen auch noch Zeit. Sie strich die Bettdecke glatt, rückte das Stofftier der Weihnachtshäsin Hopsi näher an Clara heran, sog noch einen Moment den Duft ihrer Tochter ein und verließ das Zimmer mit schwerem Herzen.

Markus lag noch wach. Er hatte auf sie gewartet.

»Was ist passiert?« waren seine ersten Worte, als sie ins Schlafzimmer trat und sich auszuziehen begann.

»Etwas Schlimmes«, sagte sie knapp.

»Das muss so sein, wenn du deine Familie ohne ein Wort der Erklärung stehen lässt.«

Seine Worte hatten eine ungewohnte Schärfe. Robin sah auf.

»Du müsstest mich gut genug kennen, um zu wissen, dass nur ein Notfall mich dazu gebracht hätte.«

»Und dein Team hätte ihn nicht ohne dich lösen können?«

Robin konnte es nicht glauben. Markus hatte gesehen, dass ihr Notfalltelefon zwei Mal geklingelt hatte. Er wusste um die Bedeutung ihres roten Handys. Und sie hatte ihm auch schon mehrfach erklärt, dass ein Anruf auf dieser Nummer nichts Gutes bedeuten konnte. Dass er daraus nun eine Lappalie machen wollte, war nicht fair.

»Wenn es in deinem Hotel einen Notfall gäbe, würdest du auch aufspringen und hinfahren.«

»Welchen Notfall könnte es schon in einem kleinen Hotel geben?«

»Naivität steht dir nicht, Markus!«, schimpfte Robin. »Du weißt sehr genau, was ich meine.«

Wütend ging sie ins Badezimmer und machte sich bettfertig. Als sie zurückkam, lehnte Markus noch immer am Kopfende, die Decke bis zur Hüfte über seinen Pyjama gezogen, die Arme vor der Brust verschränkt. Sie stritten sich selten, und wenn, versuchten sie ihre Probleme zu klären, ehe sie das Licht löschten. Dieses Mal jedoch, spürte Robin, würden sie ihren Streit in den Schlaf mitnehmen.

»Willst du mir wenigstens erzählen, was so Schlimmes passiert ist?«

Markus' Stimme verriet, dass er eigentlich kein Interesse an ihrer Antwort hatte, zumal er sie kannte.

»Du weißt, dass ich das nicht kann.«

»Du könntest es ja mal versuchen.«

Robin warf die Bettdecke zurück und kroch darunter. Sie spürte, wie Frustration und Müdigkeit gegeneinander kämpften.

»Zwei Klienten ist etwas passiert, und jetzt müssen wir ihnen so schnell wie möglich helfen« war das Einzige, was sie preisgeben wollte. »Jetzt zufrieden?«

»Das heißt, du musst morgen arbeiten?«

»Ja«, antwortete Robin knapp.

»Darf ich dich dann zumindest daran erinnern, dass wir morgen Nachmittag zum Essen verabredet sind?«

Scheiße, dachte Robin. Sie schwieg.

»Du hattest es vergessen.« Diesmal versuchte Markus gar nicht mehr seinen Vorwurf aus der Stimme zu halten. »Du weißt, wie wichtig dieser Termin für mich ist.«

Das wusste sie in der Tat. Ein Geschäftsessen mit dem Chef der Frankfurter Messe. Gemeinsam planten sie ein neues Hotel direkt am Messeturm.

»Ich werde da sein«, erwiderte Robin und fluchte innerlich.

»Danke.«

Doch Robin hörte, dass er es nicht so meinte.

9

Robin Graf zeigte ihren Laufzettel vor, ohne den sie keine der Schleusen passieren konnte. Der Beamte studierte ihn aufmerksam, betätigte dann einen Schalter. Die Tür summte und öffnete sich automatisch. Robin betrat einen nüchtern eingerichteten Raum mit mehreren quadratischen Tischen, an denen jeweils zwei bis vier Stühle standen. Leuchtstoffröhren spendeten ein steriles Weißlicht. Konvexe Rundspiegel hingen unter der Decke in den Ecken und erlaubten es den Beamten, jeden Zentimeter des Zimmers zu beobachten. Zahlreiche Überwachungskameras vervollständigten den Besucherraum.

Robin war allein. Sie war eine halbe Stunde zuvor eingetroffen, hatte sich ausgewiesen und war, wie von Naoko versprochen, sofort eingelassen worden. Der Kontakt ihrer Freundin hatte dafür gesorgt, dass ihr ohne Fragen oder unangenehmes Warten Zutritt in die Justizvollzugsanstalt Frankfurt am Main IV gewährt worden war. Die JVA lag nördlich vom Hauptfriedhof und nicht weit von Robins Zuhause entfernt. Doch an Markus und Clara wollte sie jetzt nicht denken. Markus hatte am Morgen kaum mit ihr geredet. Zumindest Clara hatte ihren Groll wieder vergessen und war viel zu früh für einen Sonntag in kindlicher Begeisterung zu ihren Eltern ins Bett gesprungen.

Müde nach einer schlechten und kurzen Nacht rieb sich Robin über die Augen. Da hörte sie erneut ein Summen, jedoch vom anderen Ende des Zimmers. Eine zweite Tür öffnete sich, und zwei Männer traten ein. Ein Beamter und ein Mann in einer blauen Stoffhose, die Robin als Gefangenenkleidung erkannte. Dazu trug er einen grauen Pullover und Adiletten über weißen Sportsocken.

Der Mann, auf den Robin gewartet hatte, dessen Besuch Naoko für sie eingefädelt hatte. Sie kannten sich nicht, und doch erkannte sie ihn sofort.

Dr. Leonhard Urban bekam in der JVA ganz offensichtlich nichts geschenkt. Seine Millionen, die er sich ergaunert hatte, waren hier nichts mehr wert. Hier war Urban ein Straftäter unter vielen. Und das seit knapp acht Jahren. Trotzdem hatte das Gefängnisleben ihn äußerlich kaum verändert. Robin erinnerte sich an die Fotos aus ihren Akten. Noch immer trug er seine goldblonden Haare kurz und wild. Vielleicht waren sie etwas weniger geworden. Vielleicht hatte der Gefängnisfriseur mit etwas Farbe nachgeholfen. Und vielleicht hatte der Dreitagebart einige graue Härchen mehr. Doch für Mitte fünfzig machte Urban einen vitalen, jugendhaften Eindruck.

Urban legte den Kopf schräg, als er sie sah. Was er wohl dachte?, fragte sich Robin. Sie hatte sich bemüht, sich neutral und doch professionell zu kleiden. Stoffhose mit Bügelfalte, aber flache Schuhe. Kaschmir-Pullover statt Bluse, aber ein eleganter Wintermantel. Dafür war sie auch extra mit dem Lexus gekommen und nicht mit der Kawasaki. Die Haare trug sie ausnahmsweise nicht offen, sondern zu einem einfachen Zopf gebunden. Zurückhaltung statt Show, Seriosität statt Glanz. Urban sollte nicht glauben, dass die Frau vor ihm Eindruck auf ihn machen wollte. Gleichzeitig sollte er spüren, dass mit ihr nicht zu spaßen sein würde.

»Ich glaube, wir kennen uns noch nicht« waren seine ersten Worte. Eine tiefe Stimme, grob wie die eines jahrelangen Rauchers.

»Robin Graf«, erwiderte sie. »Guten Tag, Herr Urban. Danke, dass Sie bereit waren zu diesem Treffen.«

»Wie hätte ich die Chance auf etwas Abwechslung in meinem Alltag verstreichen lassen können?« Er setzte sich an einen Tisch mitten im Raum und lud sie mit einer Geste ein, ihm gegenüber Platz zu nehmen. Ganz so, als sei er hier zu Hause. »Wir haben eine Stunde, wurde mir mitgeteilt. Warum erzählen Sie mir nicht, was wir beide zu besprechen haben könnten?«

Robin hängte ihren Mantel über die Rückenlehne und ließ sich auf einem dieser unbequemen Holzstühle nieder, die sie schon im Studium in der Uni-Bibliothek gehasst hatte. Eine Stunde würde genügen, um mit Rückenschmerzen in die Polster des Lexus zu fallen und die Sitzheizung aufzudrehen.

»Herr Urban, ich würde gerne ...«

Er unterbrach sie. »*Doktor* Urban, wenn es Ihnen nichts ausmacht.«

»Wie ich hörte, hat die Universität Halle Ihnen die Doktorwürde aberkannt«, gab Robin gelassen zurück. »Aber wenn es Ihnen wichtig ist ...«

»Meine Alma Mater, die altehrwürdige Martin-Luther-Universität, ist nicht mehr das, was sie mal war. Große Reformatoren haben es eben auch heute noch schwer.«

Er sagte es ohne ein Anzeichen von Ironie.

Große Reformatoren, dachte Robin verächtlich. Ein Mann, der schon in seiner Doktorarbeit über die Entwicklung effizienterer Lieferketten für Medikamente die Grundlage für seine Karriere als Schmuggler gelegt hatte. Kein Wunder, dass die Uni ihm den Titel nach seiner Verurteilung schneller entzogen hatte als Martin Luther einen Nagel in eine Tür hätte hämmern können.

Robin dachte an Urbans Werdegang. Nach seinem Pharmaziestudium hatte er sich zunächst als einfacher Forschungsassistent verdingt, ehe er sich in Windeseile bis zum Direktor für Forschung und Entwicklung eines führenden Pharmakonzerns hochgearbeitet hatte. Für alle überraschend, war er daraufhin aber ausgestiegen und hatte einen Online-Handel für Medikamente gegründet. Ein harter Bruch, mit dem er jedoch allein auf legalen Wegen schon sehr viel Geld hätte verdienen können. Doch Urban hatte im Prozess ausgesagt, dass er, aufgewachsen als Sohn einer Deutschen und eines Polen in armen Verhältnissen, immer nach noch mehr Geld gestrebt habe. So hatte er begonnen, seine guten Beziehungen auszunutzen. Beziehungen, die er sich in seiner Führungsposition auf Konzernebene über Jahre im In- und Ausland aufgebaut hatte. Er kannte die Pharmaindustrie bis ins kleinste Detail. Er kannte die Schwachstellen der Regularien für Medikamente. Er kannte alle Lieferketten und die dafür zuständigen Personen. Und er hatte es verstanden, dieses Wissen zu Geld zu machen.

»Ich würde gerne mit Ihnen über Ihren Prozess sprechen.« Robin entschied sich für den direkten Weg. »Es gibt einen aktuellen Fall, bei dem Sie mir helfen könnten.«

»Wussten Sie, dass das Urteil vor ein paar Wochen dreitausend Tage her war?«

»Eine lange Zeit.«

»Da hat man viel Zeit zum Nachdenken.«

»Über was?«

»Was ich hätte anders machen können.«

Robin fragte sich, ob er einfach nur froh war, jemanden zu haben, dem er seine Geschichte erzählen konnte – oder ob er mit ihr spielte.

»Anders, um nicht in illegale Geschäfte zu rutschen?«

»Um nicht hier im Gefängnis zu sitzen, Frau Graf. Mein Versandhandel sollte immer nur die legale Hülle sein. Damit konnte ich praktisch jeden Markt, jedes Land, jede Logistik offiziell bespielen.« Er klang stolz. »Ich habe mich zu sehr darauf verlassen, dass meine Briefkastenfirmen mich schützen würden. Aber das Problem bei solchen Konstrukten bleiben die Menschen. Die Menschen.« Er verschränkte die Hände hinter dem Kopf, lehnte sich zurück und blickte zur Decke. »Es gab Leute, denen konnte ich wirklich vertrauen. Aber die reichen nicht. Wem kann man schon vollends vertrauen? Die anderen musst du eben bestechen. Aber das hat Grenzen.«

Er sprach gerne über sein Werk, merkte Robin. Ein eitler Mann, stolz auf den riesigen Betrug, den er aufgebaut hatte. Gefälschte Medikamente aus Indien, Betrug mit subventionierten Präparaten in der EU. Die Einfuhr über geschmierte Kontrolleure an Flughäfen, Häfen und Poststellen. Zehntausende Pillen für Millionen von Euro. Für Urban ein Schlaraffenland. Für die Erkrankten eine Gesundheitsfalle.

»Glauben Sie wirklich, dass mehr Bestechungsgelder Sie vor dem Knast bewahrt hätten?«

»Vielleicht. Vielleicht hätte ich mehr Geld investieren müssen. Vielleicht hätte ich auch auf andere Mittel setzen müssen.«

Robins Gesicht blieb unbewegt. »Zum Beispiel?«

»Ist das nicht offensichtlich?« Urban lächelte, doch das

Lächeln erreichte seine Augen nicht. »Wir waren ein gewaltfreies System. Ich habe Gewalt verabscheut.«

Robin registrierte die Vergangenheitsform.

»Haben Sie sich nie gefragt, ob Sie es überhaupt hätten machen sollen?«

»Gelegenheit macht Diebe, Frau Graf.«

»Kriminelle Energie auch.«

Die Worte waren aus ihrem Mund, ehe sie es hatte verhindern können.

Doch Urban lächelte weiter.

»Ich mag direkte Menschen. Lieber als die, die hinter meinem Rücken etwas anderes machen.«

»Wie diejenigen, die Sie ans Messer geliefert haben?«

»Da gab es einige.«

»Zwei fallen mir besonders ein.«

»Mir auch.«

Sie waren an ihrem eigentlichen Ziel angelangt. Nun war sich Robin sicher, dass Urban tatsächlich nur mit ihr gespielt hatte. Er hatte gewusst, warum sie gekommen war.

»Was fällt Ihnen zu den beiden ein?«, fragte sie so gelassen, wie möglich.

»Mit wem wollen wir beginnen?«

»Ladies first?«

»Ah ja, Tamara Norden. Eine beeindruckende Frau. Apothekerin des Jahres, wussten Sie das? Aber eben auch mit einer Schwäche. Sie hatte Schulden geerbt und das Erbe aus Stolz nicht abgelehnt. Ich habe ihr einen Ausweg angeboten.«

»Den sie dankend abgelehnt hat.«

»Sagen wir es so: Das Geld hat sie sehr wohl genommen, mich danach aber trotzdem verraten.«

»Und Wouters?«

»Ein Beispiel dafür, was passiert, wenn man nicht mehr jeden einzelnen Mitarbeiter selbst einstellt. Einer wird krank, man braucht schnell Ersatz, verlässt sich auf andere Leute – und schwupps, plötzlich ist genau der falsche Mann für die ganze Operation verantwortlich. Wouters hätte nie ausgewählt werden dürfen. Er war viel zu ehrlich, zu anständig. Menschen eben. Menschen scheitern, und Menschen lassen andere Menschen scheitern.«

»Sie klingen gleichmütig.«

»Tue ich das?« Urban sah sie nun direkt an, und zum ersten Mal fiel ihr auf, dass seine Augen grau und fast farblos waren. »Norden und Wouters haben getan, was sie glaubten tun zu müssen. Wer bin ich, über sie zu richten? Das übernehmen andere. Oder Gott.«

Robin schauderte. Sie konnte nichts dagegen machen.

»Habe ich etwas Falsches gesagt?« Urban heuchelte Besorgnis. »Sie wirken auf einmal so blass.«

»Das muss das Licht sein«, fand Robin ihre Stimme wieder. »Haben Sie noch einmal was von den beiden gehört?«

»Nein. Aber wer weiß schon, in welche Himmelsrichtungen es sie verschlagen hat?«

»Wollen wir nicht offen sprechen, Herr Urban?« Robin verlor die Geduld.

»Ich fühle mich bestens unterhalten, Frau Graf. Aber wenn Sie etwas auf dem Herzen haben …«

Er machte sich über sie lustig.

»Was wissen Sie über den Verbleib von Tamara Norden und Edwin Wouters?«

»Nicht so viel wie Sie, Frau Graf, aber genug – wenn Sie verstehen, was ich meine.«

Nun war es an Robin, sich zurückzulehnen. Sie beließ ihre Hände auf der Tischplatte, umfasste die Kante, konzentrierte sich auf den Druck in ihren Fingern, hoffte, dass ihr Gesicht eine Maske blieb.

Sie hatte keinen Zweifel. Ihr gegenüber saß der Mann, der die Ermordung ihrer beiden Klienten in Auftrag gegeben und aus dem Gefängnis heraus orchestriert hatte. Wie, wusste sie nicht. Doch alles, was er gesagt hatte, ergab nun Sinn. Seine Beziehungen, sein Geld, seine Einstellung zu Gewalt. Er hatte von Anfang an gewusst, wer sie war, weshalb sie gekommen war. Er war vorbereitet gewesen. Und das hatte er nur sein können, weil er längst gewusst hatte, was mit Tamara Norden und Edwin Wouters geschehen war.

»Was wollen Sie?«

»Ich? Sehe ich so aus, als bräuchte ich irgendwas? Ich sitze hier brav meine Jahre ab und warte auf meine Freilassung. Dreitausend Tage liegen hinter mir. Die letzten paar Hundert bekomme ich auch ohne Ihre Hilfe noch über die Runden.«

»Und dann?«

»Dann werde ich auswandern. In ein Land, in dem die Sonne scheint, der Wein schmeckt und mich niemand kennt. Südafrika vielleicht. Vielleicht wende ich mich ja an Sie. Sie kennen sich damit ja aus. Natürlich nur, sofern Sie bis dahin noch«, er zögerte, »tätig sein sollten.«

Er erhob sich.

»Es war mir eine Freude Sie endlich persönlich kennenzulernen, Frau Graf! Geben Sie auf sich Acht!«

Damit drehte er sich um und ließ sie im Besucherraum alleine zurück.

10

Robin hatte nur eine vage Erinnerung daran, wie sie das Gefängnis verlassen hatte, in ihren Lexus gestiegen und ins Büro gefahren war. Erst das Knarzen der Stufen hoch zu den Agenturräumen brachte sie zurück in die Gegenwart. Der Geruch des Treppenhauses nach Holzpolitur und den Blumen auf den Fenstersimsen, die der Hauseigentümer jede Woche auswechseln ließ, war ihr so vertraut wie der Duft ihrer Tochter oder frisch gemähten Grases im Frühling.

Da fiel ihr ein, dass Clara inzwischen bei Naoko sein musste. Markus hatte versprochen, sie dort vorbeizubringen, ehe er sich mit Robins Eltern treffen wollte. Mutter und Vater Graf würden ebenfalls beim Essen mit dem Messe-Chef dabei sein, da sie eng befreundet waren. Robins Familie half Markus bei seinem Großprojekt, wo sie nur konnte. Vielleicht würde ihn das am Ende des Tages besänftigt haben.

Wenn nicht, würde Robin zu Hause Luft holen und ihren Mann einnorden. Sie hatte sich schon lange nicht mehr für ihre beruflichen Verpflichtungen rechtfertigen müssen und würde jetzt nicht wieder damit anfangen.

Sie spürte, wie sich ihr Puls beschleunigte, und das lag nicht an den Treppenstufen. Hamid und Stephan begrüßten sie, als sie zur Tür hereinkam. Beide sahen müde aus, und trotzdem hätten sie sich nicht deutlicher voneinander unterscheiden können. Hamid hatte offensichtlich den

Casual Sunday ausgerufen und stand in einem Trainingsanzug vor ihr, den sie zuletzt in den Neunzigern gesehen hatte. Über seine schwarze Mähne hatte er ein Bandana gestülpt. In diesem Outfit und bei seiner Körpergröße hätte er sich in keiner Ecke Frankfurts Sorgen um seine Sicherheit machen müssen. Stephan hingegen trug zwar keinen Anzug wie sonst, dafür aber enge Chinos, ein cremefarbenes Hemd und eine modische Weste. Jedes seiner gesträhnten Haare lag an seinem vorgesehenen Platz. Robin wäre nicht überrascht gewesen, wenn er am Morgen einen Concealer verwendet hätte, um seinen Augenringen die Tiefe zu nehmen.

Sie sahen ihre Chefin erwartungsvoll an.

»Er war es«, brach es ohne Umschweife aus Robin heraus.

»Bei Ali Babas Eiern und seinen vierzig Dirnen!«, entfuhr es Hamid. »Der hat dir nie im Leben einfach so erzählt, dass er sie hat umbringen lassen.«

»Dafür könnten die ihn lebenslang einsperren«, staunte Stephan.

»Nein, er ist zwar ein arroganter Zackenbarsch, aber dumm ist er leider nicht.«

Sie gab ihr Gespräch mit Leonhard Urban so präzise wie möglich wieder. Stephan schrieb mit und legte ihre Erinnerungen als Gedächtnisprotokoll auf dem Server ab. Wer konnte wissen, wofür es noch einmal gut sein würde?

»Was heißt das jetzt für uns?«, fragte Stephan anschließend.

»Dass wir noch immer herausfinden müssen, wie Urbans Schergen an Nordens und Wouters' Aufenthaltsorte gekommen sind«, sagte Hamid.

Robin stimmte ihm zu. »Deswegen ändert sich an deiner Aufgabe auch nichts. Wir müssen sicher sein, dass unsere IT keine Schwachstellen hat. Andernfalls wäre jeder einzelne Fall in der Geschichte dieser Agentur gefährdet.« Sie wandte sich Stephan zu. »Du kannst dich auf Urbans engsten Kreis konzentrieren. Streich deine Liste zusammen und nimm dir vor, mit wem Urban in seinem Leben weit zurückgeht. Für diese Nummer hätte er niemanden angeheuert. Das war ein Job, den er nur einem Vertrauten überlassen hätte. Dafür hat er zu abfällig über diejenigen gesprochen, die er in seiner Karriere hat schmieren müssen. Er wird nur noch echte Gefolgsleute um sich haben. Wenn du diese Leute identifiziert hast, versuch so viel wie möglich über sie in Erfahrung zu bringen.«

»Und was machst du?«, fragte Hamid.

»Ich muss gleich zu einem Geschäftsessen mit meinem Göttergatten.« Sie sah auf ihre pinke Swatch. »Tatsächlich bin ich schon spät dran. War ja klar.« Als Nachsatz schob sie hinterher: »Aber Jungs, tut mir einen Gefallen und schlaft heute Nacht ein paar Stunden. Nichts für ungut, aber ihr seht grauenvoll aus.«

»Gleichfalls«, gab Hamid mit einem Augenzwinkern zurück.

Sie beeilte sich und war wenig später wieder aus dem Haus. Ihre flachen Schuhe hatte sie gegen elegante High Heels getauscht. Ihre Haare hatte sie geöffnet und durchgebürstet. Ein Blick in den Spiegel hatte ihr trotzdem verraten, dass Hamid nur ehrlich gewesen war.

Sie ließ den Lexus in der Garage, nahm die U-Bahn bis zur Oper und eilte die letzten Meter zum Restaurant. Das

Moonlight lag direkt am Ufer, ein frei stehender, moderner Bau mit fantastischem Blick auf die Promenaden. Die Küche genoss einen guten Ruf, weshalb Markus schon mehrfach erfolglos versucht hatte, den Chefkoch für sein Hotel abzuwerben.

Sie saßen an einem ruhigen Tisch in einer Ecke. Markus am Kopfende, links und rechts neben sich zwei Männer. Auf der einen Seite saß ein älterer Herr, graue Haare, dunkle Augen, eine geäderte Nase, die seine Liebe zum Rotwein zur Schau trug, ein Sakko, das womöglich schon einige Jahre außer Mode war. Dennoch strahlte Lutz-Werner Graf eine Souveränität aus, die ihn während seiner jahrzehntelangen Arbeit als Medienmacher und späterer Spin Master einer PR-Beratung in den höchsten Kreisen Deutschlands begleitet hatte.

Neben ihrem Vater saß ihre Mutter. Stolz, aufrecht, was bei ihrer überschaubaren Größe nötig war, die silbernen Haare kurz geschnitten. Manchmal erinnerte Dorothee Graf ihre Tochter an Judi Dench. Allerdings bezweifelte Robin, dass die Schauspielerin sich gerne in eine derart klassische Rollenverteilung begeben hätte wie ihre Mutter. Lutz-Werner Graf war immer der Patriarch gewesen. Auch deswegen hatte Robin ein schwieriges Verhältnis zu ihren Eltern.

Das jedoch durfte jetzt keine Rolle spielen. Denn auf Markus' anderer Seite saß Benedict Aust. Er komplettierte das Trio der Ergrauten, allerdings war er erst in den Fünfzigern und damit über ein Jahrzehnt jünger als Robins Eltern. In privaten Kreisen erzählte Aust gerne, dass er ohne ihren Vater nie Geschäftsführer der Frankfurter Messe geworden wäre. Sie verband eine lange Geschichte aus geschäftlichen Beziehungen, und jetzt sollte Markus davon profitieren.

Robin begrüßte zunächst Benedict Aust, anschließend ihre Familie. Markus heuchelte Freude, doch sie merkte ihm an, dass er sich über ihr spätes Eintreffen ärgerte. Wobei sie dieses Treffen inhaltlich herzlich wenig voranbringen würde. Robin war nur Beiwerk. So wie ihre Mutter.

Sie schluckte ihren Ärger runter und setzte sich neben Aust. Wenigstens standen in Parmesan geschwenkte Tagliolini mit schwarzem Trüffel auf der Karte. Robin ließ sich ein Glas Tignanello einschenken. Wo ihr Vater war, war der teuerste Wein auf der Karte nicht weit. Zumindest davon würde sie jetzt profitieren.

Stephan hatte das Büro wieder für sich. Erst war Robin gegangen, dann Hamid. Endlich herrschte Ruhe. Hamid hatte den Server gesperrt und wollte zu Hause die Logfiles weiter durchforsten, also die Aufzeichnung aller Prozesse, die in ihrem Netzwerk abgelaufen waren. Stephan glaubte aber nicht, dass Hamid etwas finden würde.

Er konzentrierte sich lieber auf die Liste, die Robin von ihm erwartete. Insgesamt dreißig Leute waren damals verhaftet worden, als Urbans Betrügereien aufgeflogen waren. Davon waren acht verurteilt und hinter Gitter gebracht worden, der Rest war entweder mit Bewährung davongekommen oder freigesprochen worden. Die Beweislast war bei vielen Verdächtigen überaus dünn gewesen. Genauso dünn wie die Informationen, die es nach all den Jahren zu den meisten gab. Vor allem, ob sie überhaupt noch mit Urban in Kontakt standen, war unbekannt. Stephan würde Naoko fragen, ob sie einen Weg sah, an Urbans Besucherliste in der JVA zu kommen. Das würde ihnen vielleicht einen Hinweis geben.

Mit seinem Schreibtischstuhl rollte er über das Parkett. Das machte er gerne, wenn er alleine war. So konnte er ungestört nachdenken. Durch die offene Tür zu Robins Zimmer erblickte er das Flipchart und schob sich näher heran. Im Türrahmen hielt er an und las. Sie hatte Urbans Fall in wenigen Worten zusammengefasst. Um diese Qualität beneidete er sie. Seine Arbeit uferte häufig aus, die Konzentration auf das Wesentliche fiel ihm schwer.

Während er in Robins Aufzeichnungen vertieft war, ertönte im Treppenhaus das Ächzen der Dielen. Stephan sah jedoch erst auf, als sich die Tür öffnete. Er drehte sich zum Eingang und rechnete damit, Hamid gegenüberzustehen, der sich doch anders entschieden hatte. Stattdessen blickte er in zwei Augenpaare hinter Sturmhauben.

Robins Aufmerksamkeit driftete immer wieder von dem Gespräch am Tisch zu Naoko, Hamid und Stephan und weiter zu Paul Engels und was er wohl über ihre Mitarbeiter herausfinden würde. Wie befürchtet, wurde von ihr bei diesem Essen wenig bis nichts erwartet. Ebenso wie ihre Mutter trug sie kaum einmal etwas zur Unterhaltung bei.

Benedict Aust und ihr Mann Markus diskutierten, planten, visionierten, jonglierten mit Zahlen und Geldmitteln, befragten Lutz-Werner Graf nach seiner Meinung und wer ihnen bei ihrem Projekt helfen könnte. Ein neues Hotel an der Messe, nicht zu klein, nicht zu groß, luxuriös, aber nicht mondän. Die Royals, Landesfürsten und Weltstars würden weiterhin im Frankfurter Hof oder in der Villa Kennedy nächtigen. Doch Aust wollte ein exklusives Haus direkt vor der Tür der Messe, und Markus sollte sein Kompagnon werden. Vielleicht würde er sein eigenes Hotel behalten. Vielleicht würde er es verkaufen und mit dem Geld das neue Haus mitfinanzieren.

Wären Robins Gedanken nicht ständig bei ihrem Team und dem Fall Urban, hätte sie sich interessiert gezeigt und eingebracht. Selbst wenn es nicht notwendig – oder gar unerwünscht – gewesen wäre. Markus und Robin hatten sich seit dem ersten Tag ihrer Beziehung beruflich gegenseitig unterstützt. Es war ein essentieller Teil ihrer Beziehung. Sie hatten nicht mehr wirklich damit gerechnet, dass es mit einem Kind klappen würde. Nun hatten sie beides: Sie waren eine glückliche Familie und zwei erfolgreiche Geschäftsleute. Und den Haussegen würden sie am Abend auch wieder hinbekommen, wenn Clara über Nacht bei Naoko blieb und das Ehepaar mal wieder etwas Zeit für sich haben würde.

Aus dem Augenwinkel sah Robin, wie ihr Smartphone aufleuchtete. Wie inzwischen bei so vielen Restaurantbesuchen hatten fast alle Geschäftsleute ihre Telefone auf dem Tisch liegen. So auch Robin, Markus, Aust und ihr Vater. Nur ihre Mutter nicht.

Robin überflog die Nachricht unauffällig. Sie war von Hamid.

Wollte im Büro vor Stephan nicht mit dir darüber sprechen. Hab was herausgefunden. Sollten reden. Ruf mich an, wenn du Zeit hast! H.

Nur mit viel Mühe zwang sie sich, nicht aufzuspringen und Hamid sofort anzurufen. Doch ihre Gedanken begannen zu rasen.

Die Waffe war direkt auf seinen Kopf gerichtet. Stephan kannte sich nicht mit Pistolen oder dergleichen aus. Doch er wusste, was ein Schalldämpfer war. Und genau der war auf den Lauf der Knarre geschraubt, die einer der beiden Männer gelassen in der Hand hielt, den Arm ausgesteckt, ruhig, ohne jedes Zittern oder Hast.

Stephan saß noch immer auf seinem Schreibtischstuhl. Das Herz schlug ihm bis zum Hals. Er verstand gar nichts mehr. Sein Gehirn hatte den Dienst quittiert. Seine Augen waren starr auf den Lauf gerichtet, aus dem jeden Augenblick eine Kugel austreten und sein Leben beenden konnte.

Sein Leben.

Nach nur achtundzwanzig Jahren.

Er wollte nicht sterben. Stephan wusste, dass Hilferufe keinen Zweck haben würden. Es war Sonntag. In den anderen Büros würde sicherlich niemand sein. Die beiden Maskierten hatten die Vorhänge zugezogen. Niemand würde sehen oder hören, was in diesem Zimmer vor sich ging. Niemand würde Stephan zu Hilfe kommen.

Bislang hatten die Einbrecher kaum einen Ton gesagt. Sie hatten ihm befohlen, sitzen zu bleiben. Der Mann ohne Waffe hatte ihn mit Gaffer-Tape an Brustkorb, Armen und Beinen an den Stuhl gebunden. Anschließend hatten sie das Büro blickdicht gemacht und begonnen, Schreibtische, Schubladen und Schränke zu durchsuchen.

Nun stand einer der Männer mit erhobener Waffe vor ihm, der zweite im Türrahmen zu Robins Büro.

»Wo ist das Journal?«, fragte der Bewaffnete.

Stephan sah ihn verständnislos an. »Was für ein Journal?«

»Urbans Journal. Sein Notizbuch, das er heute deiner Chefin gegeben hat.«

»Ich habe keine Ahnung, wovon Sie reden«, presste Stephan wahrheitsgemäß hervor. »Sie hat mir nichts von einem Journal erzählt.«

Seine Gehirn sprang wieder an. Ein Journal. Ein Notizbuch von Leonhard Urban. Was konnte darin stehen? Und woher wussten die Typen, dass Robin noch vor wenigen Stunden bei Urban in der JVA gewesen war? Wurde Robin beschattet? Hatte jemand im Gefängnis gequatscht? Und hatte Urban Robin tatsächlich etwas gegeben? Wenn ja, hatte Stephan nichts davon gesehen, als sie ins Büro gekommen war.

»Wie ist die Kombination zum Safe?«, fragte der Mann.

Es war die Frage, die Stephan befürchtet hatte. Der Tresor stand in Robins Zimmer. Er war erst vor wenigen Wochen von einer Spezialfirma geliefert und verankert worden. Das Monstrum wog über achthundert Kilogramm und war durch eine zwölfstellige Zahlenkombination gesichert, die man über einen Ziffernblock eingeben musste.

»Ich weiß es nicht«, presste Stephan hervor. »Ich bin noch nicht so lange dabei. Die Chefin …«

»Noch nicht so lange dabei, hm?« Der Mann mit der Waffe trat ganz nah an ihn heran und drückte ihm den Lauf an sein linkes Knie. »Willst du mir wirklich sagen, dass du nicht weißt, wie man diesen Safe öffnet?« Er entsicherte seine Pistole. »Du wirst nie wieder richtig laufen können, wenn ich abdrücke. Überleg's dir gut, Jüngelchen! Ein paar Nummern gegen ein gesundes Knie. Ein guter Deal, oder?«

Stephan überlegte nur eine Sekunde. Dann nannte er die Kombination.

Die Augen in der Sturmhaube zeigten den Anflug von

Zufriedenheit. Der Mann im Türrahmen nickte, drehte sich um und verschwand. Stephan hörte die Töne, als die Kombination Zahl für Zahl eingegeben wurde. Dann ein Summen und schließlich das metallene Klacken der Bolzen, die aus dem Schloss sprangen und die Tür freigaben.

Es folgten Sekunden der Stille.

Dann trat der Mann wieder in den Türrahmen.

»Nichts«, sagte er kalt. »Der Safe ist leer.«

Stephan begann zu zittern.

Benedict Aust war in Hochstimmung, als sie sich erhoben.

»Markus Graf, dieses Projekt wird den Messe-Standort Frankfurt verändern.« Er umarmte Robins Mann. Dann wandte er sich ihrem Vater zu. »Danke, Lutz! Ich wusste, ich kann auf dich zählen.«

Die drei Männer klopften sich auf die Schultern, lachten und sammelten ihre Unterlagen ein, die sie zwischen Trüffel-Tagliolini, Kalbsleber und Tiramisù auf dem Tisch ausgebreitet hatten. Dorothee Graf strahlte, als habe sie selbst dieses Unternehmen besiegelt. Robin hingegen dachte abwesend an Hamids Nachricht und fieberte dem Moment entgegen, da sie ihn endlich anrufen konnte.

Ein Gutes hatte das Meeting in dem feinen Restaurant gehabt. Markus war wieder bester Laune, und im Laufe der drei Gänge hatte er Robin sogar wieder liebevoll angelächelt. So konnte sie nun hoffen, die Versöhnung daheim würde selbst dann gelingen, wenn sie länger mit Hamid telefonieren musste.

Aust half Robin galant in ihren Mantel, und gemeinsam verließen sie das Restaurant. Sie spürte Markus' Hand, wie er versöhnlich über ihren Rücken strich. Hinter ihnen traten ihre Eltern in die kalte Abendluft, Aust bildete den Schluss. Ihre Mutter hatte sie noch zu einem Absacker eingeladen, den musste es aber ein andermal geben. Dazu hatten weder ihr Mann noch sie den Kopf.

Robin trat auf den Bürgersteig. Am Untermainkai war nicht viel los. Fußgänger nutzten lieber die Promenade unten am Main statt den Bürgersteig direkt an der Straße. An einem Sonntagabend waren deutlich weniger Autos unterwegs als zur Rushhour während der Woche.

Das Raunen eines Motorrads drang an Robins Ohr. Interessiert sah sie auf. Ein satter Sound, deutlich kräftiger als ihre Kawasaki. Das Frontlicht schien ihnen grell entgegen. Der Fahrer kam aus Richtung des Hauptbahnhofs und verlangsamte, als wolle er in Richtung Willi-Brandt-Platz abbiegen. Da sah Robin, dass eine zweite Person hinter dem Fahrer saß. Als die Maschine fast auf ihrer Höhe waren, erkannte sie die Marke. Eine Ducati. Was sie dagegen zu spät sah, war der ausgestreckte Arm des Beifahrers. Und die Hand, die mit einer Waffe auf sie zielte.

Dann geschahen mehrere Dinge gleichzeitig.

Erschrocken machte Robin einen Schritt zurück. Mit den dünnen Absätzen ihrer High Heels trat sie dabei auf einen Ast, den das Novemberwetter von den Bäumen geweht haben musste. Sie knickte um und stolperte seitwärts, als der Schuss fiel. Hart schlug sie mit Schulter und Kopf auf den Steinplatten auf. Im nächsten Moment landete etwas Schweres auf ihr und presste ihr die Luft aus den Lungen, während Männer- und Frauenstimmen gleichermaßen zu schreien begannen. Derweil heulte der Motor der Ducati auf und wurde nur Sekunden später schnell in der Entfernung leiser.

Robin versuchte benommen, sich von der Last zu befreien, die sie nach unten drückte. Sie bekam kaum Luft. Da drangen nicht nur die Stimmen, sondern auch die Worte wieder zu ihr durch.

»Robin! O Gott, Robin!« Es war ihre Mutter.

»Lutz, hilf mir!« Das war Aust. »Sie haben ihn erwischt. Dorothee, ruf einen Krankenwagen! Schnell!«

Der Druck ließ nach. Robin spürte, wie ihre Lungen sich wieder mit Luft füllten. Da sah sie neben sich.

Benedict Aust und ihr Vater hatten Markus zur Seite gedreht. Ihr Mann lag auf dem Bürgersteig, die Augen geschlossen. Sein weißes Hemd, das er noch vor wenigen Minuten mit Tiramisù bekleckert hatte, war blutrot getränkt.

11

Der Krankenwagen jagte über die Untermainbrücke, bog rechts in den Schaumainkai ab und hielt wenige Augenblicke später vor der Notaufnahme des Universitätsklinikums. Helfende Hände erwarteten sie bereits, die Notärztin am Tatort hatte das Krankenhaus telefonisch vorgewarnt. Schusswunde, Eintritt im Abdomen, hoher Blutverlust.

Markus Graf wurde auf einer Trage aus dem Wagen gehoben und sofort in den OP gebracht. Robin sah nur noch eine Traube aus Kitteln und Hauben, die davoneilten, um das Leben ihres Mannes zu retten. Er war nicht ansprechbar, atmete aber noch.

Zumindest hatte er noch geatmet, als sie ihn aus dem Krankenwagen gehievt hatten.

Jetzt war Robin allein.

Ihre Eltern und Benedict Aust waren am Restaurant geblieben, um auf die Polizei zu warten. Sie wurden als Zeugen vor Ort gebraucht. Robin hingegen hätte niemand davon abhalten können, mit Markus in die Klinik zu fahren. Mit dem Mann, dessen Leben nun am seidenen Faden hing.

»Frau Graf?«

Eine Frauenstimme. Robin wandte ihre Augen vom Eingang der Notaufnahme ab und sah neben sich. Eine junge Ärztin mit roten Haaren und Sommersprossen betrachtete sie besorgt.

»Kommen Sie rein und wärmen Sie sich auf!« Sie nahm

sie sachte am Arm und führte sie in einen Raum mit Getränkeautomat und Stühlen. »Hier können Sie warten. Es wird wohl einige Stunden dauern.«

Robin brachte ein Nicken zustande, ein gemurmeltes »Danke«.

»Gibt es jemanden, den Sie anrufen können?«

Anrufen? Ja, anrufen. Das konnte sie. Das sollte sie. Aber … Robin fuhr hoch, als habe sie sich erschrocken.

»Natürlich.«

Sie fingerte ihr Telefon aus der Manteltasche. Sekunden später meldete sich Naoko.

»Schnucki, um diese Uhrzeit hatte ich erwartet, dass du schon mit Markus zu Hause …«

»Markus wurde angeschossen«, unterbrach Robin ihre Freundin.

In das Schweigen hinein berichtete sie in knappen Worten, was geschehen war. Zehn Minuten später schnappte sich Naoko die kleine Clara und war mit ihr auf dem Weg ins Krankenhaus.

Robin spürte, wie der Nebelschleier des Schocks sich lüftete und sie wieder zu funktionieren begann. Zumindest für den Moment. Ihr nächster Gedanke galt Stephan und Hamid. Stephans Telefon ging sofort auf die Mailbox. Ungewöhnlich, denn das machte es nur, wenn es ausgeschaltet war. Und das wiederum machte Stephan nur, wenn er … Das machte er eigentlich nie. Robin schrieb ihm eine Nachricht mit der dringenden Bitte um Rückruf. Dann versuchte sie es bei Hamid.

»Endlich! Ich dachte, du rufst gar nicht zurück.«

Robin verstand nicht, was er meinte. Das spielte jetzt auch keine Rolle.

»Hamid, Markus wurde angeschossen. Ich bin …«

»WAS?« Sein Ausruf dröhnte in ihrem Ohr.

»Vor dem Restaurant auf der Straße«, fuhr sie fort, versuchte sich zu konzentrieren. »Zwei Typen auf einem Motorrad. Der Schütze saß hinten. Kamen angefahren, haben geschossen und waren wieder weg.«

Hamid fluchte etwas, das Robin nicht verstanden.

»Hör mal …«

»Robin, wer war das Ziel?«, unterbrach er sie.

Die Frage schleuderte sie aus der Kurve. Es war eine logische Frage. Eine Frage, die sie sich in der Sorge um ihren Mann jedoch noch nicht gestellt hatte. Jetzt kamen die Bilder zurück. Die Straße. Der Bürgersteig. Der Moment, als die Person hinter dem Fahrer die Waffe gezogen hatte.

Robin war gestolpert.

Markus hatte direkt hinter ihr gestanden.

Die Erkenntnis brauchte nicht lange, ehe sie eingesickert war.

»Ich war das Ziel.« Ihre Stimme war jetzt tonlos. »Die Kugel war für mich bestimmt.«

»Wo bist du jetzt?«, fragte Hamid umso schärfer.

»In der Uni-Klinik.« Sie starrte ins Nichts. Buchstäblich. »Notaufnahme.«

Die Nebelschwaden kehrten zurück

»Bleib dort! Geh nirgendwohin, schon gar nicht allein!« Er sprach bestimmend. »Wo ist Clara?«

»Mit Naoko auf dem Weg hierher.«

»Bleibt zusammen dort! Niemand von euch verlässt die Klinik, bis ihr von mir hört, verstanden?«

»Hamid, ich habe Stephan nicht erreichen können.«

Es erschien ihr wichtig, das zu sagen. Auch wenn Robin gerade nicht wusste, warum.

Hamid schwieg einen Augenblick.

Dann fuhr er fort: »Ich kümmere mich um ihn und sage ihm Bescheid.« Sie hörte im Hintergrund eine Tastatur klappern. »War die Polizei schon bei dir?«

»Nein. Die sind bestimmt noch am Tatort.«

»Dann warte ab! Sie kommen sicher bald, damit du deine Aussage machst. Bis dahin musst du dich um nichts kümmern. Ich mach das.« Er klang jetzt fast schon väterlich. »Ich bin in Gedanken bei Markus und euch. Das wird schon.«

Sie legten auf.

Noch ehe sie ihren Vater anrufen und fragen konnte, wie es ihren Eltern ging, hörte sie eine Kinderstimme auf dem Flur. Sofort eilte sie an die Tür. Naoko kam mit Clara eilend herbei. Alle drei schlossen sich in die Arme.

12

Hamid Erdem saß in seinem Haus im Riederwald. Das vierstöckige Gebäude war in die Jahre gekommen, von außen eine nur wenig reizvolle Adresse. Laut Briefkästen und Klingelschildern wohnte er in der obersten Etage, während in den Räumlichkeiten unter ihm drei ausländische Firmen ihren Deutschland-Sitz hatten. Doch das war nur Show.

Hamid lebte allein. Die Unternehmen gehörten allesamt ihm. Ein typisches Konstrukt aus Briefkastenfirmen, deren Besitzverhältnisse sich im Ausland verliefen. Er hatte die Büros nur rudimentär eingerichtet, dafür umso mehr Liebe zum Detail beim technischen Equipment gezeigt. Hamids Serverlandschaft erstreckte sich über alle vier Etagen und war ein kraftvolles Paket, das vor vielen Jahren einmal in der Lage gewesen war, Bitcoins zu minen, bis das Geschäft in Deutschland zu unrentabel geworden war. Bis dahin aber hatte Hamid in der verrückten Kryptowelt so viel Geld verdient, dass er sich eigentlich längst ein anderes Haus hätte kaufen oder gar auf die Cayman Islands hätte auswandern können. Doch er liebte es hier.

Hier im Riederwald war er gestrandet, als er vor fast zwei Jahrzehnten aus dem Irak geflohen und nach Deutschland gekommen war. Hier hatte er seine Asylbewilligung gefeiert. Hier hatte er sich erst die Wohnung im obersten Stockwerk gemietet, dann gekauft und schließlich alle anderen Eigentümer ausgezahlt, um das Haus vollständig sein Eigen nennen zu können.

Vom Flüchtling zum reichen Mann. Nur wenn Robin und Naoko ihn manchmal fragten, ob er sich einsam fühlte ohne jemanden an seiner Seite, lächelte er. Er wollte weder Frau noch Mann, auch wenn er beides schon ausprobiert hatte. Auch deshalb hatte er aus seiner Heimat fliehen müssen. Er hatte seinen letzten Freund im Irak zurücklassen müssen und die Trennung nie überwunden. Alles Geld hatte nicht geholfen, um ihn nachzuholen.

Denn kein Geld der Welt konnte Tote wieder lebendig machen.

Der Gedanke an Mo brachte Hamid zurück in die Gegenwart. Er saß auf einem riesigen Sofa und starrte auf einen fast ebenso riesigen Bildschirm an der Wand. Der Screen zeigte die Videoüberwachung ihrer Agentur. Treppenhaus, Empfang, Konferenzzimmer, Küche, Büroräume. Alles sah aus wie immer. Es gab nur ein Problem.

Alle Bilder waren eingefroren.

Stephan saß unbeweglich an seinem Schreibtisch am Rechner, die rechte Hand zur Maus ausgestreckt. Von draußen fiel Tageslicht in den Raum, obwohl es inzwischen fast zehn Uhr abends war.

Auch Hamid hatte Stephan nicht erreichen können, hatte ihm Nachrichten per WhatsApp und Telegram geschrieben, dazu eine E-Mail. Sein Smartphone schien aus, und auch seine Mail war bislang ungelesen geblieben. Auf den Videos im Office saß er starr da, den Blick konzentriert auf den Monitor gerichtet.

Irgendwas stimmte nicht.

Hamid rekonstruierte den Nachmittag, so gut er konnte.

Robin war mittags aus der JVA gekommen und laut Videoaufzeichnung um 14:43 Uhr in der Agentur eingetroffen. Sie hatte Stephan und ihm alles über ihr Treffen mit Leonhard Urban berichtet. Anschließend war sie in ihr Arbeitszimmer gegangen. Hamid hatte vor wenigen Minuten überraschend festgestellt, dass sie den erst kürzlich installierten Safe geleert und alles in ihrem Attachékoffer verstaut hatte. Sie hatte sich um 16:14 Uhr verabschiedet, den Koffer in der Hand, und war zu ihrer Verabredung im Moonlight aufgebrochen. Hamid ging davon aus, dass Robin ihre Tasche im Lexus verstaut hatte, ehe sie in die Innenstadt gegangen war. Zumindest erinnerte er sich, sie aus dem Fenster beobachtet und keinen Koffer bemerkt zu haben. Er selbst war wenig später, um 16:31 Uhr, gegangen und nach Hause gefahren. Robins Anruf aus dem Krankenhaus wiederum hatte ihn um 21:09 Uhr erreicht – gut eine halbe Stunde nach den Schüssen, die Markus in Lebensgefahr gebracht hatten.

Er betrachtete den Zeitstempel der eingefrorenen Videoüberwachung.

17:26 Uhr.

Hamid konnte sich den Systemausfall nicht erklären. Er hatte die Alarm- und Videoanlage selbst installiert. Kein System war gänzlich sicher, aber er fand dann doch, dass er zumindest in Sachen IT wusste, was er tat. Doch offensichtlich wollte ihn jemand oder etwas in seiner Spezialdisziplin herausfordern. Nach dem Anschlag auf Robin und Markus glaubte er nicht mehr an einen Zufall. Auch nicht, dass Stephan einfach so offline gegangen war.

Hamid musste nachsehen.

Naoko hatte ihn vor wenigen Minuten angerufen und

berichtet, dass zwei Kommissare gekommen waren, um Robins Aussage aufzunehmen. Ihre Eltern hatten die Beamten in die Klinik begleitet und wenig später Clara mit zu sich nach Hause genommen, damit das Kind nicht die Nacht im Krankenhaus verbringen musste. Naoko hingegen weilte weiterhin an Robins Seite, wie Hamid es ihnen geraten hatte.

Auch er wäre am liebsten bei den beiden gewesen. Die Sache mit der Krögerstraße und Stephan ließ ihm aber keine Ruhe. Schon gar nicht, weil er etwas in den Logfiles gefunden hatte. Das, was er Robin eigentlich am Telefon hatte sagen wollen.

Stephan hatte sich den Fall vor knapp drei Wochen angesehen. Das war zunächst einmal nichts Ungewöhnliches, weil der Junge, arbeitswütig wie er war, häufiger am Wochenende in die Agentur kam, um alte Unterlagen zu wälzen. Was Hamid wunderte, war, dass Stephan bei ihrer gestrigen Besprechung unmittelbar nach den Morden an Wouters und Norden den Eindruck vermittelt hatte, nichts Näheres über die beiden alten Klienten zu wissen. Er hatte sich nach ihrer Krisensitzung die Akte Urban genau anschauen sollen, um den Fall bearbeiten zu können. Warum hatte er in diesem Moment unerwähnt gelassen, dass er sie bereits kannte?

Es half nichts. Hamid stand auf. Er tauschte seinen Trainingsanzug gegen Jeans und Wollpullover, warf sich eine gefütterte Cordjacke über, griff sich eine Mütze und stieg in seine schwarzen Dr. Martens. Im Hinausgehen warf er sich seine Wildledertasche über die Schulter, in der stets alles griffbereit war, was er brauchte – inklusive eines Teleskopstabes, der äußerlich einem Stift ähnelte, tatsächlich

aber der Selbstverteidigung diente und in den richtigen
Händen eine schnelle und brutale Waffe sein konnte.

Hamid nahm selten sein Auto für die Fahrt ins Büro.
Doch jetzt machte er eine Ausnahme. Sein Gefährt glich
dem Zustand seines Hauses. In die Jahre gekommen, an
einigen Stellen rostig, doch unauffällig und passend. Der
Dieselmotor des alten Vierer-Golfs gab ein tiefes Röhren
von sich, dann war er auf der Straße.

Eine Viertelstunde später parkte Hamid in der Krögerstraße, jedoch nicht direkt vor dem Eckhaus. Er fuhr die
Sackgasse bis nach hinten durch, wendete und stellte den
Golf am Bürgersteig ab. An den anderen geparkten Autos
war ihm nichts aufgefallen. Gefolgt war ihm auch niemand.
Das hätte er in den kleinen Seitenstraßen am Riederwald
schnell gemerkt. Dennoch wartete er einen Augenblick, ehe
er ausstieg.

Langsamen Schrittes ging er auf das Haus zu. Es lag
im Dunkeln. Der Bewegungsmelder schaltete die Außen-
beleuchtung ein, als er sich näherte. Das Schloss der Eingangstür wirkte unbeschädigt. Leise verschaffte Hamid
sich Zutritt und stieg vorsichtig die Treppen hinauf. Oben
angekommen, betätigte er den Lichtschalter im Hausflur.
Auch an der Bürotür gab es keine Anzeichen für ein ge-
waltsames Eindringen. Seine Hand glitt in die Tasche, umklammerte den Teleskopstab und zog ihn hervor. Mit einer
schnellen Bewegung des Handgelenks ließ er ihn ausfahren.

Dann schloss er die Tür zur RG Agency auf.

Sofort roch er es. Ein leicht scharfer, chemischer Duft
mischte sich mit dem Geruch nach Eisen. Hamids Hand
krampfte um den Stab. Er kannte diese Mischung. Nicht

aus Deutschland, sondern aus seiner Heimat. Er spürte Furcht in sich aufsteigen. Nicht die Furcht um sein eigenes Leben, sondern um das, was er zu sehen bekäme, sobald er das Licht im Büro einschaltete.

Seine freie Hand glitt zum Schalter neben der Tür.

Die Deckenlampen flammten auf. Durch die offene Tür zu ihrem Büro, das er sich mit Stephan teilte, fiel genügend Licht. Hamid sah, was er sehen musste, was er befürchtet hatte zu sehen.

Eine Gestalt im Schreibtischstuhl, gefesselt mit Gaffer-Tape, den Kopf unnatürlich weit zurückgerissen, eine Blutlache zu seinen Füßen.

Hamid wählte sofort den Notruf der Polizei. Danach rief er Naoko an.

Niemand war mehr sicher.

13

Der Geruch nach Desinfektionsmitteln erinnerte sie an ihre Kindheit. Wie sie Besuche beim Arzt gehasst hatte. Wie sie sich vor Spritzen gefürchtet hatte. Und wie fasziniert sie trotzdem jedes Mal auf die Ampulle geschaut hatte, wenn das Blut aus ihrer Vene durch die kleine Nadel in das Plastikröhrchen geströmt war.

Jetzt waren Spritzen ihre geringste Sorge. Die Übelkeit, die in ihr gärte, hatte nur wenig mit den Desinfektionsmitteln zu tun, deren Gerüche durch die Klinik waberten. Robin saß in dem Zimmer mit dem Getränkeautomaten, eine leere Flasche Cola in der Hand, obwohl sie weit mehr als nur Koffein benötigt hätte. Ihr gegenüber saßen die Kriminalkommissare Olberding und Rath, dieselben Beamten, die schon vor wenigen Stunden nach den Schüssen auf Markus gekommen waren, um sie zu befragen. Diesmal steckte mehr hinter dem Gespräch als die Befragung der Ehefrau eines Opfers.

Diesmal sprachen die Kommissare mit Robin Graf als Inhaberin einer Agentur, in deren Räumlichkeiten sich ein Mord ereignet hatte. Und auf die wenig später offenbar ebenfalls geschossen worden war – und nicht auf ihren Mann.

Hamid hatte einen klaren Kopf bewahrt. Er hatte nicht nur umgehend die Polizei verständigt, sondern bereits am Telefon die Verbindung zu den Schüssen am Untermainkai hergestellt. Sofort hatte die Kripo die Beamten vor Ort informiert und eine zweite Spurensicherung in die Krögerstraße abgestellt. Denn jetzt war es nicht nur versuchter Totschlag – jetzt war es eine Mordermittlung.

Und in dieser musste Robin aussagen. Seit einer Stunde saßen sie hier. Naoko war als ihre Anwältin mit dabei. Hamid wartete vor der Tür, ihn hatten die Ermittler bereits am Tatort befragt. Robin spürte, dass ihre Aussage dem Ende entgegenging. Die Kommissare waren gründlich gewesen. Welche Dienstleistungen die Agentur anbot. Wie Stephan Jahnke zu ihrer Firma gestoßen war, welche Aufgaben er übernommen hatte, welche Kunden er betreut, in welche Betriebsgeheimnisse er Einblicke erhalten hatte und welche Feinde er sich mit seiner Arbeit womöglich gemacht haben konnte. Bei der Arbeit der Agentur hatten sich Robins Antworten im schwammigen Rahmen dessen bewegt, was die Beamten auch auf ihrer Website finden würden. Bei anderen Fragen hatte sich Naoko eingeschaltet, insbesondere dann, wenn die Privatsphäre von Klienten betroffen war und Geheimhaltungen es Robin vertraglich untersagten, Informationen ohne richterlichen Beschluss offenzulegen.

Der kritische Punkt kam, als Olberding und Rath nach Robins Rolle fragten. Ob Stephan Jahnke womöglich nur zur falschen Zeit am falschen Ort gewesen sei? Warum er überhaupt an einem Sonntag habe arbeiten müssen? Ob sie, Robin Graf, nicht das eigentliche Ziel gewesen sei? Und wenn ja, warum?

Robin antwortete vorsichtig, sagte jedoch schließlich aus, dass sie sich am Vormittag mit einem gewissen Leonhard Urban getroffen hatte. Sie erklärte den Beamten wahrheitsgemäß, wer er war. Bei der Frage, warum sie ihn hatte sprechen müssen, blieb sie jedoch vage.

»Uns haben frühere Klienten kontaktiert in der Sorge, Urban versuche an sie heranzukommen.«

»Die Namen der Klienten?«

»Die dürfen wir ohne richterliche Anweisung nicht preisgeben«, ging Naoko wieder einmal dazwischen.

»Unsere Klienten«, ergänzte Robin lediglich, »sind beunruhigt, weil sie anonym bedroht worden sind. Sie haben uns damit beauftragt, herauszufinden, wer dahinterstecken könnte. Im Zuge dieser Arbeit haben wir das Gespräch mit Leonhard Urban gesucht.«

»An einem Sonntag?«

»Ich habe den Termin genommen, der mir von der JVA angeboten wurde. Da war ich nicht wählerisch.«

»Wie verlief das Gespräch?«

»Es war verschwendete Zeit. Urban hat weder bestritten noch zugegeben, irgendetwas zu wissen. Ich bin überzeugt, dass Sie sich selbst noch mit ihm unterhalten werden. Dann werden Sie feststellen, dass sein Ego kaum in eine Gefängniszelle passt. Und mit diesem Ego geht einher, dass man praktisch keine ehrliche und offene Antwort erhält.«

Die Beamten tauschten ein Lächeln, als wüssten sie genau, zu welcher Sorte Mensch dieser Urban zählte.

»Verstehen Sie uns bitte nicht falsch«, schloss Robin und versuchte für Verständnis zu werben. »Es geht nicht darum, dass wir Ihnen nicht helfen wollen. Wir brauchen einfach eine juristische Grundlage, um Informationen unserer Klienten herausgeben zu dürfen. Andernfalls würden wir uns selbst strafbar machen.«

Mitnichten hatte sie vor, sich jedem Gerichtsbeschluss

auf Herausgabe von Unterlagen einfach so zu unterwerfen. Dann konnten sie ihren Laden gleich dichtmachen. Doch es war besser, den beiden Herren den Eindruck zu vermitteln, so kooperativ wie möglich zu sein. Die Stacheln konnten sie immer noch ausfahren, wenn es nötig wurde. Und niemand konnte das besser als Naoko Schäfer.

Die Kommissare erhoben sich. Robin war froh, dass das Gespräch vorbei war. Geschafft fuhr sie sich über die Augen. Die letzten sechsunddreißig Stunden hatten sie in einem Maße überfordert, wie sie es nicht für möglich gehalten hatte. Die Erschöpfung riss an ihr wie unsichtbare Krallen aus der Hölle. Ihre Beine schienen sie kaum noch zu halten. Sie spürte Kopfschmerzen aufsteigen und fürchtete, erstmals seit vielen Jahren wieder von einer Migräne attackiert zu werden. Doch sie musste stark bleiben. Sie musste wissen, wie es Markus ging, wie die OP verlief, ob es noch Hoffnung in diesem Leben gab.

Gemeinsam mit Naoko und den Beamten trat sie auf den Flur. Neben Hamid stand eine Ärztin. Sofort trat sie auf Robin zu.

»Frau Graf«, begann sie, und Robins Herzschlag beschleunigte sich. »Gute Neuigkeiten. Ihr Mann hat den Eingriff überstanden. Besser als erwartet, wenn ich mir das erlauben darf.«

Robin konnte sich nicht wehren. Tränen der Erleichterung traten in ihre Augen. Sie griff nach Naokos Hand, die sofort zur Stelle war und ihre Freundin stützte.

»Die Kugel hat Schäden an Bauchhöhle, Dünndarm und Leber verursacht. Zudem hat Ihr Mann viel Blut verloren. Wir konnten ihn aber stabilisieren, die Blutungen stoppen und die Verletzungen beheben.«

Die Ärztin musste gewartet haben, bis die Befragung beendet war. Sie schien selbst erleichtert, die Botschaft endlich übermitteln zu können.

»Kann ich zu ihm?«, fragte Robin mit erstickter Stimme.

»Leider noch nicht.«

Erst jetzt fiel Robin auf, dass es dieselbe Ärztin mit den roten Haaren und unzähligen Sommersprossen war, die Robin vor dem Krankenhaus aufgefangen hatte. Nun lächelte sie verständnisvoll, schüttelte aber den Kopf.

»Wir haben die Narkose verlängert, um seinen Körper zu entlasten und in den ersten Stunden nach der Verletzung den Fokus auf den Heilungsprozess zu legen.«

»Sie meinen, er ist im künstlichen Koma?« Robin riss die Augen auf.

»Für einige Stunden.« Die Ärztin nickte. »Das ist bei einer so schweren Verletzung üblich. Ihr Mann hat ein schweres Trauma erlitten. Eine Schussverletzung ist ein immenser Schock, mit dem ein Mensch erst einmal klarkommen muss. Das künstliche Koma hilft, die körperliche Angst zu reduzieren, damit Ihr Mann nach dem Aufwachen schon den ersten Schritt im Heilungsverlauf genommen hat.« Sie legte eine Hand auf Robins Arm. »Wenn ich Ihnen einen Rat geben darf: Tun Sie sich selbst einen Gefallen, fahren Sie nach Hause und ruhen sich einige Stunden aus. Wir werden Sie sofort informieren, sobald sich sein Zustand verändert und wir entschieden haben, die Aufwachphase einzuleiten. Das wird aber sicher nicht vor morgen Vormittag sein. Bis dahin sollten Sie sich erholen.«

»Wir kommen mit dir«, hörte Robin Naokos Stimme neben sich.

Sie nickte. Sie hatte keine Worte mehr in sich. Keine Kraft mehr zum Widerstand. Keine Bandbreite mehr, um ihr inneres System am Laufen zu halten. Sie schüttelte der Ärztin die Hand. Dann ließ sie sich von Naoko und Hamid zum Parkplatz führen. Robin stieg in Naokos Auto, während Hamid ihnen in seinem klapprigen Golf folgte. Zu Robins Überraschung folgte ihnen auch das Auto der beiden Kommissare.

»Sie wollen uns sicher nach Hause geleiten nach allem, was heute passiert ist«, sagte ihre Freundin, als sich Robin überrascht im Beifahrersitz umwandte.

Ein Schnaufen war das Einzige, was sie noch hervorbrachte.

Doch als sie an Robins Haus am Günthersburgpark ankamen, wusste sie, dass es eine gute Idee der Polizisten gewesen war. Denn Robin merkte sofort, dass etwas nicht stimmte.

14

Als Robin die Beifahrertür öffnete, fragte sie sich, ob ihre Nervenbahnen fehlerhafte Signale sendeten. Wie konnte sie sich sicher sein nach allem, was geschehen war? Wie konnte sie überhaupt noch einem Gefühl in ihrem Körper, in ihrem Geist trauen? Sie hatte Menschen sterben sehen. Sie hatte Markus fast verbluten sehen. Sie hatte gehört, was man Stephan angetan hatte.

Und alles war wegen ihrer Arbeit geschehen.

Wegen ihrer Agentur.

Wegen ihr.

Robin stieg aus. Es war ein kleines, frei stehendes Haus. Der raue Putz gehörte gestrichen, ebenso die grünen Fensterläden, von denen die Farbe abblätterte. Das Dach hingegen hatten sie komplett erneuert, ehe sie eingezogen waren. Und auch den Vorgarten hatten sie neu gestaltet. Die Straßenlaternen tauchten das kleine Mäuerchen und das Gittertor, hinter dem sich der Kiesweg zum Haus erstreckte, in ein düster-gelbes Licht. Die Eingangstür lag im Schatten. Doch es war das Gitter, das Robins inneres Alarmsystem aktiviert hatte.

Es stand offen.

Dafür konnte es tausend Gründe geben. Kinder aus der Nachbarschaft, die einen Ball über die Mauer geschossen und ihn wiedergeholt hatten. Die Zeugen Jehovas, die mit ihr über die dringendsten Probleme des Lebens hatten reden wollen. Der Paketbote, der ihrem Mann ein weiteres Fitnessgerät hatte bringen wollen, welches er sowieso nie benutzen würde. Doch es war Sonntag. Jehovas Vertreter auf Erden beteten an diesem Tag sicherlich noch mehr als sonst. Paketboten wurden so schlecht bezahlt, dass sie wenigstens an einem Tag in der Woche nicht ausfahren mussten. Und Markus zog das Gitter immer zu.

Immer.

Er mochte es nicht, wenn Fremde ihren Vorgarten betraten. Er hatte das Gitter sicherlich hinter sich geschlossen, als er das Haus zuletzt verlassen hatte.

Doch nun stand es offen, als wollte es sie einladen, näher zu treten – um es anschließend zu bereuen. Trotzdem wollte Robin über die Straße gehen, es sich ansehen. Aber Naoko sprang aus dem Auto und hielt sie zurück. Stattdessen winkte sie die Polizisten herbei. Olberding und Rath verstanden sofort.

»Haben Sie eine Alarmanlage?«

»Eine elektronische Schließanlage. Wie bei uns in der Agentur«, gab Robin zurück. Sie zog ihren Smartkey aus ihrer Jackentasche. »Eigentlich wird jedes Auf- und Abschließen aufgezeichnet. Aber das hat schon im Büro nicht funktioniert. Daher ...«

Robin überreichte den Beamten den Schlüssel und zog sich mit Naoko und Hamid auf die andere Straßenseite zurück. Aus sicherer Entfernung beobachteten sie, wie die beiden Kommissare sich vorsichtig dem Haus näherten. Sekunden später verschafften sie sich Zutritt und begannen mit der Durchsuchung. Lichter gingen hinter Fenstern an, erst in der Diele und im Wohnzimmer, dann in der oberen Etage und schließlich hinter dem Giebelfenster im

Dachstuhl. Es dauerte eine Viertelstunde, ehe Olberding wieder ins Licht der Straßenlaternen trat und zu ihnen kam.

»Niemand da«, sagte er und sah Robin an. »Wir müssten Sie dennoch bitten, sich etwas anzuschauen.«

Ob sich ein Körper irgendwann an das Gefühl gewöhnte, wenn die Eingeweide schockgefroren und erst nach einigen bangen Momenten wieder aufzutauen begannen? Eine Mischung aus beklemmender Vorahnung und Argwohn umschloss Robin, als sie hinter dem Mann das Haus betrat. Was hatten die beiden Beamten gefunden? Ganz gewiss keine weitere Leiche. Sie waren doch alle in Sicherheit, oder? Zumindest für diesen Moment. Es konnte nicht noch jemandem etwas passiert sein? Natürlich, Markus lag im künstlichen Koma, er war aber stabil, und die Ärzte wachten über ihn. Naoko und Hamid warteten draußen am Auto. Ihre Eltern wussten zwar noch nicht, was mit Stephan passiert war, hatten aber vor wenigen Minuten noch eine Nachricht mit dem Foto der schlafenden Clara geschickt. Was also war geschehen?

Sie merkte, dass Rath sie in ihr Arbeitszimmer geleitete.

Als sie in den Raum trat, sah sie sofort, weshalb er sie gerufen hatte. Ein Teil von ihr atmete auf. Ein anderer Teil sorgte dafür, dass sich ihre Fingernägel in die Handflächen bohrten.

Nein, hier lag keine weitere Leiche.

Der Raum war unprätentiös eingerichtet. Robin hatte schon länger vor, ihn umzugestalten, und nun, da sie sah, was passiert war, würde sie es bei nächster Gelegenheit tun. Auf engem Raum stand ein einfacher Schreibtisch am Fenster, links und rechts an den Wänden ein Sideboard und ein großes Regal mit teils offenen und teils verschlossenen Fächern.

Und genau eines der verschlossenen Fächer lag nun frei. Das Fach, hinter dessen Tür sich der Safe befand.

»Haben Sie die Tür offen gelassen?«, fragte Olberding.

»Nein«, antwortete sie matt. »Natürlich nicht. Die Tür ist immer verschlossen. Sie kann auch nur durch einen Mechanismus geöffnet werden.«

Sie deutete auf einen Schalter auf der Innenseite des daneben liegenden Fachs.

»Wer kennt die Kombination zu Ihrem Safe?«

»Nur meine Geschäftspartnerin Naoko Schäfer und ich.«

»Ihr Mann?«

»Nein. Der Safe ist nicht privat. Er gehört zu einem zweiten Safe in der Agentur. Beide sind Firmeneigentum.«

»Sehen Sie bitte nach, ob er geöffnet wurde und ob etwas fehlt!«

Robin trat langsam vor und kniete sich hin. Während sie die Kombination in das Tastenfeld eingab, erinnerte sie sich an den Vorabend. Aus einer Eingebung heraus hatte sie die Nummer geändert, bevor sie schlafen gegangen war. Wohl aus derselben Eingebung, die sie dazu veranlasst hatte, den Bürosafe zu leeren, alles im Attachékoffer zu verstauen und diesen in den Lexus zu legen. Eigentlich hatte sie nach dem Essen alles zu sich nach Hause nehmen und hier in den sicheren vier Wänden ihres Heims verstauen wollen. Bis sie wieder wusste, wem sie vertrauen konnte.

Vertrauen und Sicherheit.

Nichts war mehr wie vorher.

Als sie den Hebel umlegte und das Gewicht der zurück-
springenden Bolzen spürte, stieg ihre Nervosität. Sie zog
die schwere Stahltür auf. Innen sprangen kleine LED-
Leuchten an. Sofort scannten Robins Augen den Inhalt.

Sie brauchte nicht lange. Dann breitete sich das erste
Mal seit Stunden so etwas wie Erleichterung in ihr aus. Es
war nichts gestohlen worden. Die Einbrecher hatten offenbar den Code nicht gekannt.

»Alles da!«

»Sind Sie sicher?«, fragte Rath.

»Hundert Prozent.«

»Bitte verschließen Sie den Safe wieder und treten dann
vorsichtig zurück.«

Robin tat wie geheißen. Anschließend gingen sie wieder
auf die Straße zu Naoko und Hamid.

»Frau Graf«, sagte Olberding. »Wir müssen davon ausgehen, dass sich jemand widerrechtlich Zugang zu Ihrem
Haus verschafft hat. Wir werden die Spurensicherung an-
fordern, sobald diese an den beiden anderen Tatorten fertig ist. Sofern sich hier noch etwas finden sollte, können
wir es abgleichen.«

»Lassen Sie mich raten«, begann Robin.

Der Polizist nickte. »Wir möchten Sie bitten, heute nicht
mehr in Ihr Haus zurückzukehren. Können Sie …«

»Wir fahren zu mir«, sagte Naoko sofort. »Robin, wir
lassen die Polizei ihre Arbeit machen und schlagen unser
Lager bei uns auf. Kommt!«

Robin ergab sich ihrem Schicksal. Sie bekam die Gelegenheit, eine Tasche mit dem Nötigsten zu packen. Mit einem
Ohr hörte sie, wie Naoko die Kommissare bat, Streifenwagen in der Nacht bei den Häusern der Schäfers und

Robins Eltern vorbeizuschicken, um nach dem Rechten sehen. Das erinnerte Robin daran, Hamid zu bitten, seinen Golf in der Krögerstraße abzustellen und gegen den Lexus zu tauschen. Dann brachen sie auf.

Sie trafen sich bei Naoko, Hamid mit dem Attachékoffer aus dem Lexus in der Hand. Ihre Freundin wohnte in einem Villenviertel im Westen von Sachsenhausen. Naokos Mann befand sich für einen Fernsehsender auf einer Reise als Experte für irgendein Fußballspiel. Sie hatten das großzügige Stadthaus, ein moderner Neubau mit Sauna im Keller und Pool im Garten, für sich.

Robin hatte gerade erst die Türschwelle übertreten, als die Müdigkeit sie übermannte. Kaum konnte sie die Tränen zurückhalten, aus Erschöpfung, aus Sorge um Markus, aus Trauer um Stephan, aus Wut und Angst nach allem, was in den letzten Stunden geschehen war. Erleichtert und dankbar ließ sie sich von ihrer Freundin in eines der Gästezimmer im Obergeschoss bringen.

»Bist du okay, Schnucki?«

»Frag mich morgen noch mal« waren die letzten Worte, die Robin über die Lippen brachte.

Sie schaffte es gerade noch, Aktenkoffer und Tasche neben dem Bett abzustellen und sich aus ihren Klamotten zu schälen. Dann fiel sie ins Bett und schlief fast sofort ein.

15

Die Schläfen hämmerten, als klopfe jemand vehement an die Tür. Robin wachte von dem Trommeln in ihrem Kopf auf und blinzelte. Unsicher versuchte sie zu erkennen, wo sie war. Dunkler Morgenschein fiel zwischen den halb geschlossenen Vorhängen ins Zimmer. Sie lag in einem Doppelbett, eine schwere Daunendecke hüllte sie ein. Kurz wollte sie zu der Nachttischlampe greifen, doch schon das schwache Licht von draußen tat ihr in den Augen weh.

Langsam kamen die Erinnerungen zurück. Sie war bei Naoko. Und mit dieser Erkenntnis gelangten auch die Bilder des Vortages zurück an die Oberfläche. Zusammen mit ihren Geräuschen. Der Schuss, der Markus getroffen hatte. Hamids Anruf, um ihr zu berichten, dass Stephan ermordet worden war. Der Einbruch in ihrem Haus am Günthersburgpark. Das Gefühl, dass ihr jegliche Sicherheit verloren gegangen war. Dass eine unsichtbare Kraft etwas in Gang gesetzt hatte, um Robins Leben wuchtig vom Gleis zu stoßen. Mit allen Verwüstungen, die ein ICE hinterließ, wenn er von den Schienen glitt und Tonnen von Stahl sich ihren Weg bahnten. Wie alles und jeder mitgerissen wurde, der nicht schnell genug der Schneise entkommen konnte.

So wie ihr Mann, getroffen von einer Kugel, weil sie, Robin, gestolpert war. Eine Kugel, die sie selbst hätte treffen sollen. Ein Projektil, das sie aus dem Leben gerissen hätte.

Markus! Robin spürte einen Stich. Sofort griff sie zu ihrem Smartphone auf dem Nachttisch. Keine Anrufe. Keine Nachricht aus der Klinik, wie es ihrem Mann ging. Dafür eine SMS ihrer Eltern, dass Clara wohlauf war und sie ihre Enkeltochter bei sich behalten würden, bis Robin sich meldete. Kurz verspürte Robin den Drang, ihre Tochter zu sehen, zu hören, in den Arm zu nehmen. Um zu wissen, dass sie sicher war. Um sie zu trösten. Um sich selbst zu trösten.

Keine achtundvierzig Stunden war der Albtraum alt. Robin richtete sich vorsichtig im Bett auf. Das Pochen hinter ihrer Stirn ebbte etwas ab. Sie sah ihren Attachékoffer neben dem Bett. Es gab nur wenige Orte, an denen sie wichtige Gegenstände und Informationen verstaute. Hamids Server für alle digitalen Dokumente. Die beiden Safes zu Hause und im Büro. In beiden hatte sie sensibles Material gelagert: Verträge und Vollmachten, ihr Testament, dazu Ausweise und Pässe, Goldmünzen, Euro und Dollar, Kryptowährungen in Wallets.

Und dann war da noch dieser Attachékoffer.

Er war ein elegantes Exemplar. Sie hatte ihn von Paul Engels geschenkt bekommen. Wasser und Feuer konnten ihm nichts anhaben. Das Schloss war stahlverstärkt. Engels hatte ihn einen tragbaren Safe genannt, sicherer als der Atomkoffer des US-Präsidenten. Robin nutzte ihn gewissenhaft. Nun beinhaltete er alles, was sie aus dem Büro gesichert hatte. Sie lehnte sich über die Bettkante, öffnete ihn und holte das Notfallhandy heraus. Wenigstens das war still geblieben seit den beiden Anrufen am Samstagmorgen im Kindergarten.

Robin gab sich einen Ruck und kletterte unter der Decke hervor. Es war kühl. Schnell ging sie ins Badezimmer und entdeckte erleichtert eine geräumige Dusche mit Wasserfall. Sekunden später rann es heiß über ihren Körper. Ihre Schultern entkrampften sich, die Spannung wich aus ihrem Kopf, ihrem Nacken, ihren Fingerspitzen. Im Spiegel über dem Waschbecken konnte sie sich beobachten. Sie hatte nicht den sportlichen Körper ihrer schwimmverrückten Freundin Naoko. Als sie sich einseifte, sehnte sie sich nach ihrem Mann, nach dessen Händen. Sie fragte sich, ob er sie jemals wieder berühren und in den Arm nehmen würde.

Erschrocken sog sie die Luft ein, schluckte Wasser und hustete. Sie lehnte sich mit den Händen gegen die Fliesen, den Kopf gesenkt, kam wieder zu Atem. Schalt sich für ihre Schwarzmalerei. Sie würde Markus in wenigen Stunden im Krankenhaus besuchen und schwor sich, ihm nie von diesem Gedanken zu erzählen.

Als sie eine halbe Stunde später in einer schwarzen Stoffhose und einem rubinroten Kaschmirpullover nach unten ging, fühlte sie sich besser. Von dem Hämmern war nur noch ein dumpfes Klopfen im Hinterkopf übrig. Ein weiter Schal wärmte ihren Hals. Das Display ihres Smartphones verriet ihr, dass Paul Engels versucht hatte, sie zu erreichen. Zweifellos hatte er aus den Nachrichten erfahren, was geschehen war, und fragte sich nun, wie es um seinen Auftrag stand. Er würde sich noch etwas gedulden müssen, doch Robin war ihm einen baldigen Rückruf schuldig.

Sie fand Hamid am Herd, die Anfänge eines Rühreis in einer Pfanne. Aus einem Radio im hölzernen Vintage-Look, das nicht so recht in die sündhaft teure Designerküche passen wollte, ertönte Musik von hr3. Auch Hamid schien andere Klamotten zu tragen als am Abend zuvor.

»Ich hatte noch Wechselkleidung vom Sport im Koffer-raum«, erklärte er auf ihren fragenden Blick und zupfte an seinem tief ausgeschnittenen T-Shirt. »Gut geschlafen?«

»Geht so. Ich hoffe, die Migräne zieht an mir vorüber. Wo ist die Dame des Hauses?«

»Beim Bäcker. Schon was aus dem Krankenhaus ge-hört?«

»Nein, ich rufe gleich an. Aber keine Nachrichten sind gute Nachrichten, oder?«

Zumindest war es das, was sie sich einredete. Die Ärzte hätten sich gemeldet, wenn in der Nacht etwas schief-gelaufen wäre.

»Ist auch noch früh«, erwiderte Hamid mit Blick auf die digitale Uhr am Backofen. »Gleich neun. Mit der Visite und so kann das bestimmt dauern.«

Sie hörten, wie sich die Haustür öffnete und schloss. Naoko trat ein. Sofort mischte sich der Duft frisch ge-backener Brötchen mit dem Geruch von Knoblauch und Rosmarin, welche Hamid nun in einer zweiten Pfanne mit Tomaten schwenkte.

»Du hättest schon mal Kaffee machen können«, tadelte Naoko Robin und ging zu einem Vollautomaten mit Touchscreen. »Schwarz?«

»Doppelter Espresso!«

»Chefkoch?«

»Latte!« Hamid rührte in den Pfannen und sah nicht auf. »Da ihr beide nun da seid, wollte ich euch noch was sagen. Wegen gestern.«

Der kurze Moment der Normalität war verflogen.

»Robin, du weißt noch, dass ich dich gebeten hatte, mich anzurufen? Bevor …«

»Bevor Markus angeschossen wurde.« Robins Hals wurde trotz Schal rau.

»Es ging um die Logfiles.« Er zögerte. »Erinnert ihr euch, als wir uns am Samstag im Büro getroffen haben? Direkt nach den Anschlägen auf die Norden und den Wouters? Stephan hat auf mich den Eindruck gemacht, als wisse er noch nichts vom Urban-Fall.«

»Ja.« Naoko nickte. »Er meinte, er müsse sich alles erst mal anschauen.«

»Das Ding ist ... laut den Logfiles hat er die Urban-Akte vor drei Wochen geöffnet.«

Wäre es kein Vollautomat gewesen, aus Robins Doppio wäre ein zehnfacher Espresso geworden. Naoko hatte den Kaffee völlig vergessen, sich zu Hamid umgedreht. Robin stand an die Kochinsel gelehnt, auf der Hamid weiter sein Werk verrichtete, als hätte er nichts gesagt. Ihre Hände strichen über die glatte Oberfläche der Arbeitsplatte.

Stephan.

»Er hat uns belogen?«

Robin sah ihn vor sich. Selbstbewusst und elegant, verbindlich und freundlich, wissbegierig und pragmatisch. Ein kluger Kopf, immer daran interessiert, was möglich war, und nicht an dem, was nicht ging. Kein Bedenkenträger, sondern einer, der auch bereit war, ein Risiko einzugehen. Ohne dabei zu vergessen, dass es ein Risiko war.

Bis vor zwei Tagen hätte Robin noch ein anderes Attribut hinzugefügt: vertrauensvoll.

Sie hatte ihm vertraut, keine Frage. Dem Achtundzwanzigjährigen, dem Jungspund, der sie so an sich selbst erinnert hatte. Mit seinem Interesse an den Grauzonen des Lebens. Mit seinen Zweifeln an allen Konformitäten. Mit seiner Begeisterung für nicht immer legale Lösungen, solange sie ihrem Ziel dienlich waren. Robin hatte sich gewünscht, in ihm nicht nur einen Mitarbeiter, sondern einen Verwandten für die gemeinsame Sache gefunden zu haben.

»Bist du sicher?«, fragte sie Hamid. Doch sie kannte die Antwort.

»Die Logfiles sind eindeutig.«

Sie blickte zu Naoko. Doch für einmal schien die Anwältin um eine Antwort verlegen zu sein. Hatte Stephan Jahnke sich vor drei Wochen die Informationen geholt und an Leonhard Urban weitergegeben? Hatte er wirklich Edwin Wouters und Tamara Norden verraten? Und wenn ja, warum? Aus Überzeugung? Weil er erpresst worden war? Sofort sprang ihr Kopf an und ratterte unterbewusst Fragen runter. Gleichzeitig wurde aus dem Klopfen wieder ein Hämmern.

»Hatte einer von euch jemals das Gefühl, dass wir bei Stephan genauer hätten hinschauen müssen?«, fragte sie leise.

»Nein«, sagte Naoko bestimmt, die einen Signalton zum Anlass nahm, sich umzudrehen und Robin ihren Kaffee zu reichen. »Wenn ich nicht um Hamids Fähigkeiten wüsste, würde ich glatt sagen: Die Logfiles lügen.«

»Geht mir genauso«, antwortete Hamid und zuckte mit den Schultern. »Es fällt mir schwer, Stephan zu belasten. Nach gestern, meine ich. Und überhaupt. Aber ich kann nur weitergeben, was die Daten mir sagen.«

»Du hast gemacht, worum ich dich gebeten habe«, sagte Robin. »Du kannst nichts für das Ergebnis.« Sie kniff die Augen zusammen. »Ich kann das nicht glauben. Ich will das nicht glauben. Verdammt!«

Einen Moment schwiegen sie.

Es war Hamid, der als Erster wieder sprach.

»Sollen wir das für uns behalten? Ich meine, dass Stephan in den Fall verwickelt sein könnte?«

»Nein«, sagte Naoko erneut. »Und das werden wir auch nicht. Ich gehe fest davon aus, dass wir sehr schnell eine richterliche Anordnung bekommen, alles herauszugeben, an dem Stephan gearbeitet hat. Dann werden wir auch alles zu Urban und alles zu Norden und Wouters herausgeben müssen.«

»Und das sollten wir auch«, schloss Robin. »Auch wenn uns das in eine brenzlige Situation bringen wird. Wir werden über die rechtlichen Konsequenzen sprechen müssen.«

»Aber nicht vor dem zweiten Kaffee«, erwiderte Naoko.

»Und nicht vor dem Frühstück«, sagte Hamid.

Robins Handy klingelte. »Graf?«

Es war das Krankenhaus. Endlich!

»Ihr Mann hat die Nacht gut überstanden«, sagte ein Arzt, dessen Name Robin sofort wieder vergaß. Er sprach direkt und klar. »Wir werden nun die Aufwachphase einleiten. Wenn alles nach Plan läuft, können Sie Ihren Mann heute Nachmittag besuchen.«

Robin verließ die Küche und ging über den dunklen Natursteinboden ins Wohnzimmer. Sie bemühte sich, ruhig zu bleiben, sich zu konzentrieren. Sie fragte nach, wie es um die inneren Verletzungen stand, um die Wunde, um den Blutverlust. Der Arzt antwortete ihr geduldig. Sie verstand nicht alles. Doch es schien so verlaufen zu sein, wie man es sich erhofft hatte.

Markus würde überleben.

Sie blieb stehen und bedankte sich. Dann legte sie auf.

Im nächsten Moment ging sie in die Knie, hielt sich eine Hand vor das Gesicht, als die Tränen kamen. Wellen der Erleichterung durchfuhren sie, ließen sie wanken. Doch zwei Hände legten sich auf ihre Schultern und hielten sie fest.

»Gute Nachrichten?«, fragte Naoko.

Robin brachte ein Nicken zustande.

»Siehst du«, sagte sie leise, »es wird alles wieder gut. Komm, wir frühstücken erst mal. Und später fahren wir gemeinsam hin.«

Langsam half sie ihr auf, und sie umarmten sich.

»Es tut mir leid.« Robin war es ein Bedürfnis, sich zu entschuldigen. »Ich weiß, ich müsste versuchen, einen klaren Kopf zu bewahren, aber ...«

»... aber selbst ein unerschütterlicher Fels wie du bekommt bei einer solchen Brandung ein paar Risse«, unterbrach Naoko sie. »Hamid und ich sind bei dir. Und Markus wird auch bald wieder bei dir sein. Von Clara ganz zu schweigen. Die hält nichts länger als einen Tag von ihrer Mama fern.«

Robin lächelte matt.

Dann setzten sie sich an den Esstisch, und Robin berichtete, was der Arzt gesagt hatte. Sie konnten gute Neuigkeiten gebrauchen wie Verdurstende das Wasser, und Robin merkte, wie mit jedem Schluck Kaffee und jedem Bissen Rührei die Energie in ihren Körper zurückkehrte.

Im Radio begannen die Nachrichten. Sie verfielen in ein Schweigen, in der düsteren Vorahnung, womit der Sprecher beginnen würde. Und tatsächlich machte er mit dem Mord in einem Frankfurter Bürogebäude sowie mit den Schüssen vor dem Restaurant Moonlight auf.

»… konnte die Polizei bislang noch keine Tatverdächtigen festnehmen«, schloss der Sprecher. »Um zwölf Uhr wird sich der Polizeipräsident auf einer Pressekonferenz zu dem Fall äußern.«

»Mediale Inszenierung«, sagte Naoko verächtlich. »Das war ja zu befürchten.«

Im Hintergrund liefen die Nachrichten weiter.

»… dann auch geklärt werden, ob der Mord an Stephan J. und die Schüsse am Untermainkai in Verbindung zu einem weiteren Todesfall stehen.«

Alle drei fuhren zusammen und starrten zum Radio.

»Wie die Polizei Frankfurt am Montagmorgen erklärte, wurde am Sonntag in der Justizvollzugsanstalt Frankfurt am Main IV ein Insasse Opfer einer Gewalttat. Leonhard U. wurde von einem Mitgefangenen mit einer Stichwaffe tödlich verwundet und erlag noch vor Ort seinen Verletzungen. Der Verstorbene war vor acht Jahren …«

Bewegungslos verharrten Robin, Naoko und Hamid. Doch sie hatten kaum Zeit, zu verarbeiten, was sie gerade gehört hatten. Denn nur Sekunden später piepste Robins Handy.

Ihre Eltern hatten ihr ein Foto von Clara geschickt.

Erst auf den zweiten Blick erkannte Robin, dass das Bild von einer unbekannten Nummer gekommen war. Und dass es nicht das einzige Foto blieb. Es folgten Aufnahmen von ihren Eltern. Von Naoko. Von Hamid. Von Markus. Von Robin selbst.

Und schließlich eine Textnachricht.

Du willst nicht, dass deinen Liebsten etwas passiert?
Dann händige uns das Journal von Leonhard Urban aus!

Du hast zwei Tage Zeit. Wir melden uns wieder.
PS: Keine Polizei.

Robin versuchte die Nachricht noch einmal zu lesen. Doch ihre Blicke wanderten immer wieder zu dem Foto ihrer Tochter. Clara auf einer Schaukel. Auf dem Spielplatz im Günthersburgpark. Das Bild musste schon einige Tage alt sein. Überhaupt waren alle Aufnahmen älter. Ihre Eltern bei einem Spaziergang am Main. Naoko in der Innenstadt. Hamid in einem Café am Riederwald. Markus beim Verlassen seines Hotels. Robin auf der Kawasaki vor ihrem Haus.

Ohne ein Wort der Erklärung legte sie das Telefon auf die Tischplatte und schob es zu Naoko hinüber.

»Robin?«

Robin hörte ihren Namen, wusste aber nicht mehr, wer ihn ausgesprochen hatte. Sie hob langsam eine Hand vor ihr Gesicht. Doch sie konnte sie nicht erkennen. Es war, als blickten ihre Augen durch sie hindurch. Hindurch in gleißendes Licht. Sie fiel. Sie fiel immer weiter.

Bis sie nichts mehr sah und nichts mehr spürte.

16

Langsam rieb sie sich die linke Schläfe. Sie spürte, wie das Blut durch die Arterie schoss wie das Wasser in einem reißenden Fluss. Ihre Finger gehorchten ihr nur zögerlich, als sie das feuchte Tuch auf ihrer Stirn betastete und wendete. Der Stoff kühlte den Vulkan, das pulsierende Magma in ihrem Kopf, und verhinderte einen neuerlichen Ausbruch. Sie konnte nur warten, bis der stechende Schmerz nachließ, konnte nur hoffen, dass die Triptane wirkten und sie nach der Migräneattacke wieder Herrin ihrer Sinne wurde.

Robin lag auf Naokos Sofa im Wohnzimmer. Hamid hatte sie vom Boden aufgelesen, als die plötzlichen Schmerzen sie ausgeknockt und vom Stuhl gekegelt hatten. Sie war zwar schnell wieder zu sich gekommen, was aber nur so lange ein Glück war, bis Naoko ihr einen Eimer hatte reichen müssen, um sich des Frühstücks wieder zu entledigen.

Inzwischen war die Übelkeit verflogen, doch die Müdigkeit, die sie empfand, hatte nichts mit jener Müdigkeit zu tun, die eine schlechte Nacht mit sich brachte. Es war eine schwere, fesselnde, hinterhältige Müdigkeit, als wolle das Sofa unter ihr sie verschlingen und nie wieder an die Oberfläche lassen. Sie blinzelte. Immerhin konnte sie ihre Augen schon wieder öffnen. Sie wusste, sie würde sich zwingen müssen aufzustehen. Sich zu bewegen, würde die bleierne Schwere bekämpfen und die tausend Nadeln in ihrem Kopf abstumpfen. So schwer die ersten Schritte auch sein würden.

Naoko saß ihr in einem Sessel gegenüber und betrachtete sie beunruhigt, als Robin versuchte, sich langsam zu erheben.

»Bist du sicher, dass das eine gute Idee ist?«, fragte sie leise.

»Nein, aber es ist die einzige, die ich habe«, gab Robin stöhnend zurück.

Vorsichtig testete sie aus, ob Füße und Beine sie trugen. Sie bückte sich zum Couchtisch, nahm einen Schluck Wasser aus einem Glas, das ihre Freundin bereitgestellt hatte. Dann machte sie die ersten Gehversuche. Zu ihrer Erleichterung stellte sie fest, dass sie nicht gleich wieder ins Sofa zurücksank. Sachte setzte sie einen Fuß vor den anderen, suchte ihre Balance. Naoko beäugte sie skeptisch, doch obwohl Robin sich körperlich nicht für die Stärkste hielt, bekam sie ihren Körper in der Regel trotzdem zu allem, was sie sich in den Kopf setzte.

So auch jetzt. Mit jedem Schritt gewann sie die Kontrolle über ihr Ich zurück.

Hamid betrat das Wohnzimmer, blickte ungläubig zwischen Robin und Naoko hin und her. Naoko zuckte hilflos mit den Achseln, als wolle sie sagen: Schau mich nicht so an, du weißt, der Sturkopf weiß eh alles besser.

»Und?«, fragte Robin, die den Blickwechsel sehr wohl mitbekommen hatte.

»Ich habe mit Olberding telefoniert«, sagte Hamid. »Das Wichtigste zuerst: Er hat sofort einen Streifenwagen zum Haus deiner Eltern geschickt. Alles okay.«

Robin atmete tief ein und aus.

»Naoko, kannst du meine Eltern anrufen?«

Für dieses Telefonat sah sie sich gerade noch nicht bereit.

Sofort nahm Naoko ihr Handy vom Tisch, und wenige Augenblicke später sprach sie über Lautsprecher mit Dorothee Graf. Robin hörte zu, während sie bedächtig Meter um Meter machte und Hamid, an den Türrahmen gelehnt, ihr dabei zusah. Naoko berichtete ihrer Mutter zunächst von den guten Nachrichten aus dem Krankenhaus. Dann aber schilderte sie ihr in möglichst vagen Worten, was passiert war, seit Dorothee und Lutz-Werner Graf zusammen mit Clara die Klinik verlassen hatten, und warum Robin gerade selbst nicht mir ihr sprechen konnte. Schweigen und entsetzte Ausrufe wechselten sich am anderen Ende der Leitung ab, und Naoko mühte sich, beruhigend auf Robins Mutter einzuwirken.

Viel Erfolg, dachte Robin. Dorothee Graf war alles, nur keine sorglose, gedankenverlorene Mutter. Sie würde erst besänftigt sein, wenn sie ihre Tochter wiedersah. Glücklicherweise konnte Naoko ihr vorschlagen, dass sie sich alle gemeinsam am Nachmittag im Krankenhaus trafen, um Markus zu besuchen. Aber sie solle sich bitte nicht über die Polizei wundern, die vor ihrem Haus stehe, ergänzte Naoko in einem Nachsatz.

»Olberding hat gefragt, ob auch bei uns jemand vorbeikommen soll«, berichtete Hamid, nachdem Naoko aufgelegt hatte.

»Du hast abgelehnt?«, fragte Robin.

Hamid nickte. »Seit heute früh gibt es eine große Ermittlungsgruppe. Olberding geht davon aus, dass wir morgen, spätestens übermorgen die richterliche Verfügung bekommen werden, alle Unterlagen herauszugeben. Alles zu Stephan, alles zu Urban. Sofern sie sich damit begnügen werden.«

»Hast du ihm von der Nachricht und den Fotos erzählt?«

»Nein«, sagte Hamid. »Das wollte ich nicht machen, solange ...«

»... ich nicht zurechnungsfähig bin?«, soufflierte Robin.

»... du abwechselnd ohnmächtig wirst oder kotzt«, endete Hamid grinsend, wurde aber sofort wieder ernst. »Ehrlich, wir können jetzt keine Bewacher gebrauchen. Schon gar nicht, weil in der Nachricht stand, dass wir die Polizei nicht einschalten sollen. Da käme ein Streifenwagen vor dem Haus eher weniger gut an. Abgesehen davon werden unsere anonymen Verehrer wohl nichts unternehmen, solange das Ultimatum läuft. Also haben wir jetzt zwei Tage Zeit, um herauszufinden, worum es hier überhaupt geht.«

»Das Journal von Leonhard Urban«, sagte Naoko. »Was zur Hölle soll das überhaupt sein? Und wer will es haben?«

»Klingt nach einer Zeitschrift, irgendeiner Art Magazin«, sagte Hamid. »Aber wäre es etwas Gedrucktes, würde es mehr als nur ein Exemplar geben. Ich tippe daher eher auf eine Art Tagebuch.«

»In dem Urban irgendwas aufgeschrieben hat, an das jetzt jemand herankommen will«, mutmaßte Robin, blieb stehen und schloss für einen Moment die Augen. »Okay, wir tappen komplett im Dunkeln. Wir wissen nur, dass wer auch immer dahintersteckt dieses Journal in unserem Besitz vermutet.«

»Was dazu passen würde, dass man es auf die Safes abgesehen hatte. Im Büro und bei dir zu Hause.« Naoko sah Robin an. »Stephan kannte die Kombination, und unabhängig davon, was wir über seine Rolle glauben oder nicht glauben: Mit einer vorgehaltenen Waffe hätte jeder von uns den Safe geöffnet. Was mich wundert«, sie wandte den Blick ab und starrte auf einen Fleck auf dem Fußboden, den nur sie sehen konnte, »woher wussten die Täter, dass es nicht nur im Büro, sondern auch bei euch zu Hause einen Tresor gibt?«

»Das habe ich mich auch schon gefragt.« Hamid löste sich vom Türrahmen, ging zum Sofa, auf dem Robin vorhin noch gelegen hatte, und ließ sich fallen. »Die naheliegende Erklärung wäre Stephan. Er hat mitbekommen, dass Robin die beiden Dinger bestellt hat. Wir haben daraus in der Agentur ja kein Geheimnis gemacht. Aber«, er griff sich ein Kissen und drehte es in seinen Händen, »es gibt noch eine andere Möglichkeit.«

Robin und Naoko sahen ihn an.

»Ich frage mich, mit wem wir es zu tun haben und was diese Leute können. Wie sie die beiden Brüche hinbekommen haben. Wie sie die Alarmsysteme im Büro und in eurem Haus lahmgelegt haben. Wie sie von den Safes gewusst haben könnten. Und wie sie an unser Serversystem herangekommen sein könnten, sollte Stephan ihnen doch nicht geholfen haben.«

»Aber die Logfiles ...«, wollte Naoko dazwischengehen.

»... könnten auch manipuliert worden sein. Was ich damit sagen will: Je länger ich darüber nachdenke, desto eher glaube ich, dass wir es mit einer Organisation zu tun haben, die nicht nur weiß, was zu tun ist, sondern auch über beachtliche Möglichkeiten verfügt. Personell, technisch und finanziell.«

»Ich verstehe, was du meinst.« Naoko fuhr sich mit einer Hand in die Haare. »Es ist eine Sache, die Aufenthaltsorte von Norden und Wouters herauszufinden, aber eine ganz andere, zeitgleich und in einer koordinierten Aktion auf zwei Kontinenten zuzuschlagen. Und dann ist es eine Sache, uns alle beschatten und Fotos von uns machen zu lassen, um uns damit Angst einzujagen. Es ist aber eine ganz andere Sache, Urban im Gefängnis ermorden zu lassen und fast im selben Moment an mehreren Orten in Frankfurt gleichzeitig für Chaos zu sorgen. Dafür braucht es noch mal eine ganz andere Manpower.«

»Ihr glaubt also, dass hinter Urban und seinem Schmugglerring noch jemand anderes gesteckt und die Fäden gezogen haben könnte?«, fragte Robin.

»Es würde Sinn machen. Warum nicht? Es hat uns immer gewundert, dass Urban das einzige Superhirn hinter der ganzen Bande gewesen sein soll. Ohne vorherige kriminelle Erfahrungen. Er kam ja fast schon rüber wie Walter White aus *Breaking Bad*. Jetzt spricht dagegen einiges dafür, dass es sehr wohl noch einen inneren Zirkel gegeben hat, von dem niemand wusste. Und dieser Kreis hat angefangen, minutiös hinter sich aufzuräumen.«

»Kapiert, sehe ich ein. Möglich. Aber warum gerade jetzt?« Robin merkte, dass ihr die Diskussion wider Erwarten guttat und ihre Lebensgeister zurückkehrten. »Hat bislang niemand von der Existenz dieses Journals gewusst und jetzt erst davon erfahren? Und wenn ja, was könnte darin stehen, dass Menschen dafür sterben müssen? Wir können ja offenbar davon ausgehen, dass man es zunächst bei Norden und Wouters vermutet, aber nicht gefunden hat. Und deswegen jetzt hier weitersucht.«

»Und auf dieser Suche niemanden am Leben lässt, der mit dem Journal in Verbindung gekommen sein könnte«, kommentierte Naoko trocken.

»Nur ist mir Urbans Rolle nicht klar«, fuhr Robin fort. »Warum hat er mir gegenüber so getan, als habe er in Südafrika und Schweden die Fäden gezogen, nur um dann selbst getötet zu werden?«

»Wenn er es wirklich nicht selbst war, muss er davon gehört und somit gewusst haben, wer dahintersteckt«, erwiderte Naoko. »Und trotzdem geglaubt haben, dass es ihn im Gefängnis nicht selbst treffen könne.«

»Wir können hier noch stundenlang spekulieren.« Robin unterbrach ihre Wanderung und lehnte sich mit dem Rücken gegen eine Wand. »Aber was machen wir jetzt?«

»Wie wär's mit Paul Engels?«, schlug Hamid vor. »Er wäre genau der Richtige. Wir brauchen jemanden, der noch nicht ins Visier geraten ist. Er kennt uns. Er hat die Manpower. Und er ist vertrauenswürdig. Sprich mit ihm, Robin! Ich bin mir sicher, er würde uns helfen.«

Robin überkam ein ungutes Gefühl. Sie schwieg und tauschte einen Blick mit Naoko.

»Du hast schon mit ihm gesprochen, nicht wahr?«, sagte diese.

Robin zuckte mit den Schultern. »Vorgestern. Nach unserer Krisensitzung im Büro. Ich musste jemanden Externen einschalten.«

»Um sicher zu sein, dass das Leck nicht von einem von uns kam.« Naoko lächelte. »Wir haben uns das schon gedacht. Wir machen das ja auch nicht erst seit gestern.«

Robin war erleichtert, dass ihre Freunde es offenbar gefasst aufnahmen. Sie hatte weder Naoko noch Hamid ernsthaft verdächtigt. Ganz sicher nicht ihre alte Studienfreundin, Trauzeugin, Patentante, Geschäftspartnerin. Und auch nicht Hamid, den sie vor knapp zehn Jahren kennengelernt hatte, nachdem er Naokos Klient gewesen war und diese ihn an Klemens Böhle weiterempfohlen hatte. Böhle hatte Robin damals beauftragt, diesem Herrn Erdem mal auf den Zahn zu fühlen und herauszufinden, ob er ein geeigneter Kandidat für die Agentur sei. Er war überqualifiziert gewesen – und begierig darauf, einen solchen Job anzunehmen.

Zehn Jahre später wusste Robin nicht, wie lange Hamid diesen Job noch haben würde. Die nächsten achtundvierzig Stunden würden darüber entscheiden, was Robin, Naoko und Hamid überhaupt noch blieb. Zwei Tage, in denen alles passieren konnte.

»Lasst uns den Engels gemeinsam anrufen«, entschied Robin.

Sie setzten sich wieder an den Esstisch, Robins Smartphone vor ihnen auf der Tischplatte, die Stimme von Paul Engels ertönte aus den Lautsprechern des Telefons.

»Heilige Scheiße, Robin, wo bist du da nur reingeraten?«

»Das wüssten wir auch gerne«, entgegnete sie, nachdem sie ihm gemeinsam eröffnet hatten, in welche Geschichte sie nun auch ihn mit hineinziehen wollten. »Genau dafür brauchen wir dich. Können wir auf dich zählen?«

»Was für eine Frage!« Paul Engels zögerte keine Sekunde. »Wenn ich euch richtig verstanden habe, wollt ihr, dass wir Stephans Recherchen weiterführen. Wer damals Urbans engste Vertrauten waren, mit wem er bis gestern noch in

Verbindung stand und – vor allem – mit wem er in den letzten Jahren gebrochen hatte.«

»Kriegst du das hin?«, fragte Robin.

»In vierundzwanzig Stunden?«, ergänze Naoko.

»Die erste Frage ist eine Beleidigung, die zweite eine Herausforderung.«

Robin sah Engels vor ihrem inneren Auge süffisant lächeln.

»Zwei meiner Jungs sind heute den ersten Tag aus dem Urlaub wieder da. Die haben eh nichts zu tun. Ich setze sie sofort ran. Morgen Nachmittag hört ihr von uns. Spätestens.«

Als sie aufgelegt hatten, spürte Robin eine neue Welle tiefer Müdigkeit über sich hereinbrechen. Inzwischen war es Mittag, und sie zog sich ins Schlafzimmer zurück.

Eine Stunde später erwachte sie ebenso groggy wie zuvor, zwang sich aber unter der Decke hervor. Sie wollte zu Markus. Sie wollte Clara in die Arme schließen. Sie hoffte, dass das Wiedersehen ihr neue Kraft geben würde. Jemand hatte sie ins Visier genommen. Jemand bedrohte ihre Existenz. Für diesen Kampf würde Robin jeden Tropfen Energie benötigen, den sie finden konnte.

Sie trafen sich auf dem Parkdeck des Klinikums. Robin, Naoko und Hamid warteten schon, als ihre Eltern und Clara vorfuhren, begleitet von einem Auto der Polizei. Die Beamten grüßten, ohne auszusteigen. Robin hob den Daumen und winkte dankend, dann fuhr der Streifenwagen davon. Sie wandte sich um und sah, wie Clara aus dem Auto sprang und auf ihre Mutter zurannte. Kreischend vor Freude warf sie sich in die ausgebreiteten Arme.

Robin umschloss ihre Tochter und vergrub ihre Nase in Claras buschigem Haar. Untypisch geduldig verharrte die Kleine, bis ihre Mutter sie losließ.

»Mama, warum weinst du?«

»Weil ich dich ganz doll vermisst habe«, gab Robin wahrheitsgemäß zu.

»Dann kannst du jetzt aufhören, weil ich ja hier bin«, erklärte Clara altklug.

Alle lachten, und Robin gab ihrer Tochter einen Kuss auf die Stirn.

»Darf die Großmutter auch noch die Mutter in den Arm nehmen?«, fragte Dorothee Graf. »Auch alte Frauen vermissen ihre Kinder.«

»Danke, dass ihr auf sie aufgepasst habt«, flüsterte Robin, als sie sich drückten.

»Muss ich mir Sorgen machen?«

»Als ob dich irgendeine Antwort beruhigen könnte.« Robin löste sich, doch das süßliche Parfüm ihrer Mutter folgte ihr. »Es wird alles gut werden.«

»Das hoffen wir.« Ihr Vater legte ihr eine Hand von hinten auf die Schulter. Er trug einen altmodischen Seidenschal über dem hellblauen Oberhemd. Damit, zusammen mit dem langen Mantel, hätte er auch auf dem Weg zu einer Vernissage sein können. »Genug der Sentimentalitäten! Markus erwartet uns bestimmt schon. Ich will wissen, wie es meinem Schwiegersohn geht.«

Ja, Vater, dachte Robin, nahm Clara an die Hand, und gemeinsam betraten sie das Krankenhaus. Am Empfang der Intensivstation teilte man ihnen mit, dass maximal vier Besucher pro Zimmer erlaubt seien, doch Naoko und Hamid winkten ohnehin ab, sodass die drei Graf-Generationen gemeinsam eingelassen wurden, während Robins Freunde im Wartezimmer Platz nahmen.

Ein Gefühl lähmender Unsicherheit überkam sie, als sie die Klinke umfasste und nach unten drückte. Sie musste sich und der Tür einen Schubs geben. Es war ein geräumiges Zimmer. Genug Platz für Notfälle, dachte Robin. Markus Graf lag in einem Bett unter einer dünnen Decke, die nie im Leben warm genug sein konnte. Mehrere Monitore über dem Kopfteil zeigten zahllose Werte an und gaben Geräusche von sich. Schläuche, Kabel und andere Gerätschaften erweckten den Eindruck eines Raumes, in dem ein Patient um sein Leben kämpfte.

Markus lächelte schwach, als er sie sah. Robin erschrak im ersten Moment, so blass war das Gesicht ihres Mannes, unrasiert, die Haare ungewaschen und die Augenhöhlen schattig. Doch abgesehen von einer Infusion und zwei Messgeräten an Arm und Finger wirkte es, als sei alles nur halb so wild.

Sie alle wussten, dass dem nicht so war. Alle außer Clara, die sich jedoch brav an das Verbot hielt, nicht vor Freude über das Wiedersehen mit ihrem Papa auf das Bett und damit auf seine gerade operierten Wunden zu springen.

»Meine beiden Frauen!«

Es war nicht mehr als ein Flüstern, aber es war trotzdem die schönste Stimme, die Robin je gehört hatte.

»Wie geht es euch?«, fragte Markus.

»Wie es uns geht? Wie geht es dir, du Hornochse?«

»Nicht schimpfen, Mama!«, ermahnte Clara ihre Mutter.

Sie lachten, doch Markus verzog das Gesicht.

»Nicht mich zum Lachen bringen, bitte«, gab er schmerzverzerrt zurück. Doch dann lächelte er. »Die Ärzte sind zufrieden. Ich hatte offenbar Glück.«

»Das ist das Unterstatement des Jahres!« Robin ergriff die Hand ihres Mannes. Sie war erstaunlich warm. Dann küsste sie ihn sachte auf die Lippen. »Mach das nie wieder, hörst du?«

»Du schimpfst ja schon wieder mit ihm«, beklagte sich Clara, grinste aber.

»Besser, als deinen Papa zum Lachen zu bringen. Du hast es doch gehört.«

Doch Robin trat zurück, ließ Clara zu ihrem Vater und gab auch ihren Eltern ein Zeichen, dass sie näher kommen sollten. Stattdessen ging Robin zum Fenster und blickte nach draußen, als wolle sie sich versichern, dass von dort keine Gefahr drohte. Im Spiegeln des Glases sah sie, wie Markus ganz auf seine Tochter fixiert war und sogar etwas Farbe in sein Gesicht zurückzukehren schien. Für Clara würde er alles tun und vor allem dafür sorgen wollen, dass er so schnell wie möglich wieder gesund wurde.

Mit einem Mal überkam Robin eine Angst, wie sie ihr noch nie widerfahren war. Sie sah das Glück ihrer Tochter und ihres Mannes, sah die Großeltern. Markus hatte keine Eltern mehr, und sein jüngerer Bruder hatte sich von seiner Familie losgesagt und war in die USA ausgewandert. In diesem Raum waren alle Menschen versammelt, die Markus etwas bedeuteten.

Menschen, die in Lebensgefahr schwebten, weil sie Robin nahestanden.

Die Erkenntnis traf sie wie ein Schlag.

Sie war das Problem.

Sie war zu einem Gift für ihre Familie geworden.

Wenn Robin nicht fand, wonach ihre Feinde suchten, wenn sie ihnen nicht gab, was sie wollten, war niemand in ihrem Umfeld mehr sicher. Als Allerletztes ihre Familie.

17

Der Frankfurter Hauptbahnhof war über einhundertdreißig Jahre alt, und ungefähr so viele Baustellen umgaben ihn. Die mächtigen Bogenhallen erzählten die Geschichte der Stadt seit 1888. Doch innerhalb und außerhalb der Sandsteinfassaden versuchten die Bauherren noch immer, das wichtigste Verkehrsdrehkreuz Deutschlands in die Moderne zu überführen.

Robin und Naoko schlängelten sich durch eine der unzähligen Absperrungen an der Südseite. Hamid hatte sie aussteigen lassen und war dann weitergefahren, um Robins Eltern und Clara nach Hause zu begleiten. Er würde sie später hier wieder abholen. Die beiden Frauen hingegen waren auf dem Weg zu einem Termin.

Nachdem sie die Baseler Straße überquert hatten, passierten sie eine letzte Baustelle und betraten schließlich das o'reilly's. Der Irish Pub war ein beliebter Treff für Sportfans und Reisende sowie für alle Menschen, die das angrenzende Rotlichtviertel aufsuchten. Je nachdem, ob sie sich Mut antrinken oder hinterher wieder stärken wollten.

Für Robin war der Pub ein willkommener Ort für anonyme Treffen. Man ging in der Masse unter, fiel nicht auf, konnte genauso an der Bar ein Pint trinken wie in einer ruhigen Ecke plauschen und vorgeben, dabei ein Fußball- oder Rugbyspiel zu verfolgen. Egal ob nervöse Kunden, vorsichtige Informanten oder dezente Dienstleister – hier passten sie alle hin.

Naoko steuerte zielsicher der Theke entgegen. Die beiden Freundinnen waren schon häufiger gemeinsam hier gewesen. Sie bestellten ein Pale Ale und Cider und setzten sich dann an einen Ecktisch mit Blick auf den Eingang. Robin sank erschöpft auf die Bank, während Naoko mit einem Stapel Bierdeckel zu spielen begann. Sie schwiegen, blickten ab und an zu einem der Fernseher, wo eine Zusammenfassung des vergangenen Premier-League-Spieltags gezeigt wurde.

»Glaubst du, er kommt wirklich?«, durchbrach Naoko die Stille erst, nachdem eine Kellnerin ihnen zwei Portionen Beef Stew gebracht hatte.

»Er ist meine letzte Patrone«, sagte Robin.

Naoko sah erstaunt von ihrem Teller auf. Erst da nahm Robin wahr, was sie gesagt hatte.

»Himmel! Ich bin einfach nur erledigt.«

Mit den ersten Bissen spürte sie, wie der Heißhunger sie packte. Kein Wunder, war ihr doch vom Frühstück nach dem Migräneanfall nichts geblieben. Das Essen im Moonlight war schon einen Tag her und die letzte Mahlzeit, die Robin bei sich behalten hatte.

»Und?«, hakte Naoko nach.

»Er hat zugesagt, also wird er auch kommen.« Robin tupfte sich die Lippen mit der Papierserviette ab und nahm einen Schluck Bier. »Er muss einfach!«

Harald Matthes hatte nicht gezögert, als Robin ihn kontaktiert und um ein Treffen gebeten hatte. Der alte Kriminalhauptkommissar hatte die Ermittlungen gegen Leonhard Urban geleitet und zusammen mit der Staatsanwaltschaft für dessen Verurteilung gesorgt. Nun war er Robins letzter Strohhalm, die letzte Hoffnung auf Antworten, sofern Paul Engels keine Wunder wirkte.

Robin sah zu Naoko. »Es tut mir leid.«

»Was meinst du?«, fragte ihre Freundin stirnrunzelnd.

»Alles. Ich habe das Gefühl, dich und euch in etwas hineingezogen zu haben.«

»Ist das Stew nicht gut, oder wo kommt dieser Quatsch jetzt her?«

»Ich bin verantwortlich, Naoko. Es ist meine Firma, Norden und Wouters waren meine Fälle. Es waren alles meine Entscheidungen. Ich habe das Gefühl, dass ich euch in eine Sache verwickelt habe, die uns alles kosten könnte.«

Naoko legte das Besteck zur Seite und sah sie betroffen an, sagte aber nichts.

»Du hast damals eine fantastische Perspektive auf eine internationale Karriere aufgegeben, um uns zu unterstützen. Hamid hätte mit seinen Fähigkeiten ganz andere Jobs annehmen können als bei uns. Und Stephan ...«

Sie brach ab.

»Robin, nichts von all dem ist deine Schuld.« Naoko griff über den Tisch und nahm ihre Hand. »Stephan hat diesen Job geliebt, und nach dem, was Hamid vorhin gesagt hat, will ich einfach nicht glauben, dass er wirklich etwas damit zu tun hatte. Je länger ich darüber nachdenke, desto mehr tendiere ich dazu, dass Stephan uns nicht verraten hat. Er war ein Teil unseres Teams. Er hätte alles für dich getan. Der wäre nachts bei Minusgraden vom Eisernen Steg gesprungen, wenn er dir damit hätte beweisen können, dass er der Richtige für diesen Job ist.«

»Aber ...«

»Für Hamid gilt dasselbe«, schnitt Naoko ihr das Wort ab. »Okay, er würde nicht in den Main springen, weil er Schwimmen nicht so geil findet wie ich, aber ich kenne nur einen Menschen, der loyaler ist als Hamid. Und dieser Mensch sitzt mir gegenüber. Deshalb wollte ich für dich arbeiten. Deshalb habe ich nicht gezögert, als du angerufen hast. Mit den besten Menschen, die man kennt, nicht nur befreundet zu sein, sondern zusammenarbeiten zu können, ist ein Geschenk, Robin. Ein Geschenk, zu dem nur die wenigsten die Chance bekommen. Diese Gelegenheit hätte ich für kein Geld und keine Karriere der Welt verpassen wollen. Deine Idee hat mein Leben verändert. Du hast mein Leben verändert. Deshalb musst du dich für nichts entschuldigen. Stephan, Hamid und ich haben jeden Tag mit dir in dieser Agentur genossen, und Hamid und ich werden es weiter genießen, so lange es geht. Und das meine ich, wie ich es sage. Bis zum letzten Tag, wann auch immer der kommen mag.«

Robin fühlte Tränen in sich aufsteigen, unterdrückte sie aber. Sie hatte ihrer Agentur jahrelang alles untergeordnet. Und natürlich hatten Naoko und sie auch schon früher darüber diskutiert. Doch so vehement hatte ihre Freundin es noch nie zuvor ausgesprochen. Die dunklen Wolken in ihren Gedanken wollten sich dadurch zwar nicht lichten, doch die Temperatur in ihrem Herzen stieg merklich.

Sie wollte Naoko sagen, was ihr diese Worte bedeuteten. Doch da betrat ein Mann den Pub. Robin hatte ihn zuletzt vor acht Jahren gesehen. Die dunklen Haare waren lichter geworden, aber er hatte sich sein asketisches Äußeres bewahrt. Eine runde Hornbrille saß auf einer prominenten Nase und verbarg wache, strenge Augen. Erste Altersflecken, als er ihre Hände schüttelte, verrieten ebenso sein fortgeschrittenes Alter wie die Krähenfüße in den Mundwinkeln. Harald Matthes sah nicht mehr so frisch und jung geblieben aus wie damals. Doch er war ein attraktiver Endfünfziger.

Matthes holte sich eine Cola und setzte sich zu ihnen.

»Frau Graf, ich kann nicht behaupten, dass Ihr Anruf mich erfreut hat.«

»Leider gab es in den letzten Tagen auch nur wenig, was mir Freude bereitet hat.«

»Sie haben am Telefon erwähnt, dass Sie am Tag seiner Ermordung bei Leonhard Urban waren. Sie haben auch erwähnt, dass es mit Tamara Norden und Edwin Wouters zu tun hat. Warum fangen Sie nicht von vorne an, jetzt, da wir hier sind?«

»Tamara Norden und Edwin Wouters sind tot, Herr Matthes.«

Dem Kriminalhauptkommissar fiel beinahe die Brille von der Nase. Robin sah keinen Grund mehr, um den heißen Brei herumzureden.

»Sie waren unsere Klienten. Nach dem Prozess. Wir haben ihnen geholfen, außer Landes zu kommen und ein neues Leben zu beginnen«, fuhr sie fort, ohne auf seine Reaktion zu warten. »Bis sie mich am Samstag angerufen haben.«

Robin berichtete Matthes, wie sie am Telefon alles hatte mit ansehen müssen und dass sie den lokalen Behörden sofort Bescheid gegeben hatten.

»Dann haben wir versucht, herauszufinden, wie die Täter an die Aufenthaltsorte gekommen sein könnten. Aber ehe wir so weit waren, wurden mein Mann angeschossen und Urban ermordet«, schloss Robin knapp. »So viel erst einmal zu den letzten zweieinhalb Tagen.«

Matthes schwieg. Für einen Moment huschte eine Regung über sein Gesicht. Robin war sich nicht sicher, was sie darin lesen konnte. War es Angst?

»Weiß man das alles schon in Wiesbaden?« war seine erste Frage. »Sie haben am Telefon Olberding erwähnt.«

»Er weiß das meiste«, sagte Robin ausweichend. »Hatten Sie schon mit ihm Kontakt?«

»Wir haben telefoniert.« Matthes schien ebenso abzuwägen, wie viel er preisgeben sollte. »Ich frage mich gerade, warum Sie einen Namen noch nicht erwähnt haben.«

»Welchen?«, wollte Naoko wissen.

»Gisela Breuer.«

Robin brauchte einen Moment, ehe sie den Namen zuordnen konnte.

»Die Staatsanwältin, die den Fall damals mit Ihnen geleitet hat?«

Irgendwie hatte Robin dem Namen in den letzten Tagen keine Beachtung geschenkt. Sie war zwar über Gisela Breuer gestolpert, hatte Stephan aber lediglich gebeten, den Namen auf die Liste jener Personen zu setzen, die sie kontrollieren mussten. Die Liste, die nun Paul Engels mit seinem Team bearbeitete.

»Genau«, bestätigte Matthes. »Die Staatsanwältin.«

»Was ist mit ihr?«, fragte Naoko, und Robin hörte den besorgten Unterton.

»Sie ist vor ein paar Jahren nach Gießen gezogen und an die Uni gegangen. Ein etwas ruhigerer Professorenjob im Hörsaal als der Stress vor Gericht«, sagte Matthes.

»Aber?« Robin wurde ungeduldig.

»Man hat sie gestern tot in ihrem Haus gefunden.«

Robin und Naoko tauschten einen Blick. Robin merkte, dass sie nicht einmal mehr überrascht oder schockiert war. Konnte man sich so schnell an den Tod gewöhnen? An Tragödien? An Tiefschläge? Gisela Breuer war offenbar nur eine weitere Figur gewesen, die ein immer leerer werdendes Schachbrett verlassen hatte. Ein Bauernopfer. Eines unter vielen.

»Wie ist es passiert?«, fragte Naoko tonlos.

»Die Todesursache ist noch unklar. Keine äußerlichen Einwirkungen, zumindest hat man es mir so gesagt.« Matthes blickte in sein Glas. »Da fragt man sich schon, wie sicher man selbst noch ist.«

Es war die Frage, die Robin auf der Zunge gelegen hatte. Stattdessen sagte sie: »Übernehmen Sie wieder die Ermittlungen?«

Matthes schüttelte den Kopf. »Ich soll beraten, aber keine aktive Funktion übernehmen. Auch bei uns ist die Zeit nicht stehen geblieben. Neue Gesichter, neue Methoden.« Es klang verbittert. »Aber vielleicht ist es besser so. Der Fall hat mich nie ganz losgelassen. Es würde mir nicht guttun festzustellen, welche Fehler ich gemacht und was ich damals übersehen habe. Es reicht schon, mitzuerleben, wer dafür heute alles bezahlen muss.«

Noch jemand, der die Schuld dieses Falles auf seine Schultern laden wollte, dachte Robin. Ich bin also nicht allein.

»Da Sie die damalige Zeit ansprechen«, nahm sie den Faden auf. »Es gibt etwas, das in den letzten Tagen aufgekommen ist.«

Matthes sah interessiert zu ihr.

»Ist Ihnen in all der Zeit mal ein Journal untergekommen, das Leonhard Urban gehört haben soll?«

Matthes' Augen verengten sich, als konzentriere er sich auf das, was Robin soeben gesagt hatte. Wieder fragte sie sich, was sie in seinem Blick lesen konnte. Und was nicht.

»Es gab Gerüchte«, begann er zögernd. »Ich weiß nicht viel. Nur, dass Urban handschriftlich Protokoll geführt haben soll. Über jedes Gespräch. Über jeden Deal.«

»Woher stammen die Gerüchte?«, hakte Naoko nach.

»Vertraute. Informanten. Eine Aussage hier, eine Andeutung dort. Urban hat bestritten, ein solches Buch geführt zu haben. Er muss gewusst haben, dass es der perfekte Beweis gewesen wäre. Und uns die Frage beantwortet hätte, die wir uns jetzt wohl alle stellen.«

»Die wäre?«, fragte Robin.

»Ob wir damals das gesamte Netzwerk erwischt haben. Ob wir jemanden im Hintergrund übersehen haben. Ob jemand ungestraft davongekommen ist, der noch immer aktiv ist. Oder wieder aktiv geworden ist.«

Die unbekannte Größe im Hintergrund, dachte Robin. Die Organisation. Die Jäger. Die Jäger des verlorenen Journals.

»Sie haben das Journal nie finden können?«

»Nein.«

Robin hatte die Antwort erwartet. Sie hatte sie aber auch gefürchtet. Robin trank ihr Pint aus.

Es war, wie es sein musste. Es gab das Journal wirklich. Doch niemand wusste, wo es war.

18

Robin starrte auf den Wandschrank. Schwedisches Design, Schiebetüren mit Spiegeln, in denen sie sich betrachten konnte. Wie sie in zwei großen Kissen lag, aufgerichtet und gegen das gepolsterte Kopfende des Bettes in Naokos Gästezimmer gelehnt. Aus ihrem Smartphone ertönte die aktuelle Folge von *Radcliffe & Maconie* auf BBC 6. Ein Programm zweier Radioveteranen, die ihren Kultstatus so gepflegt hatten, dass sie inzwischen in jeder Folge eine Tüte Chips der verrücktesten Geschmacksrichtungen öffneten und live am Mikrofon aßen. Gerade diskutierten sie, knuspernd und schmatzend, ob ihnen die Kombination aus Wiener Würstchen, Wasabi und Limette gefiel. Radcliffe schien begeistert, Maconie eher geschockt. Doch sie hatten ihren Spaß, so wie Waldorf und Statler in der *Muppet Show*.

Normalerweise verfehlte das Duo nie seine Wirkung auf Robin. Zwei Stunden guter Musik, garniert mit manchmal komischen, manchmal nachdenklichen, aber immer unterhaltsamen Gesprächen. Doch an diesem Abend konnten Radcliffe & Maconie nicht zu ihr durchdringen. Nachdem Hamid sie am Pub abgeholt und zu Naoko gebracht hatte, waren sie zum x-ten Mal alles durchgegangen. So lange, bis der Kopfschmerz zurückgekehrt und der einzige Snack am Abend eine Ibuprofen geworden war. Sie hatten Paul Engels eine Mail geschickt, in der sie ihn vom Tod der Staatsanwältin Gisela Breuer unterrichtet und ihm erklärt hatten, dass es offenbar sehr wohl ein Journal gab, nur niemand zu wissen schien, wo es zu finden war. Er hatte kurz und bündig geantwortet, dass er sich am nächsten Tag melden würde.

Am Ende hatten sie einmal mehr konstatieren müssen, dass sie nichts hatten und nichts wussten.

Dass sie nur abwarten konnten.

Frustriert hatte Robin sich ins Schlafzimmer zurückgezogen und begonnen zu überlegen.

Seitdem kehrten ihre Gedanken immer wieder zu Markus und Clara zurück. Die Familie, die zu beschützen sie sich immer geschworen hatte. Der Mann, der ihr so unerwartet über den Weg gelaufen war. Das gemeinsame Leben, das sie sich aufgebaut hatten. Die Tochter, die sich beide gewünscht und doch nicht mehr erwartet hatten. Natürlich war Clara erst vier, in diesem Alter bekam man noch nicht alles so genau mit. Und dennoch merkte auch sie, dass etwas nicht stimmte. Sie hatte noch nie unter der Woche bei den Großeltern übernachtet, wenn am nächsten Morgen Kita war. Sie ging gerne in die Kita. Dass man sie nun zu Hause behielt, obwohl sie nicht krank war, kam auch Clara seltsam vor, und sie stellte Großmama und Großpapa Fragen. Viele Fragen. Die meisten begannen mit: »Warum?«

Robin wusste, dass sie vor einer Entscheidung stand. Dass diese Entscheidung immer näher kam. So war es eben als Mutter, dachte sie.

Dieser Gedanke rührte etwas in ihr.

Eine Erinnerung. Eine Aufgabe.

Sie straffte sich. Konnte sich doch noch eine Möglichkeit ergeben? Robin merkte kaum, wie ihre Radiosendung endete und es wieder still im Schlafzimmer wurde. Ihr Blick ging ins Leere, doch vor ihrem inneren Auge formte sich ein Plan. Und für diesen, merkte sie nach einigen Minuten, brauchte sie Hamid.

Sie nahm ihr Smartphone vom Nachttisch und schrieb ihm.

Sekunden später klopfte es an ihrer Tür.

»Komm rein!«

»Bist du sicher?«

»Ich bin noch angezogen.«

»Schade«, sagte Hamid, nachdem er eingetreten und die Tür hinter sich geschlossen hatte.

»Lügner.« Robin zwinkerte ihm zu, wurde dann aber ernst. »Sag mal, hast du noch mal was von der Duschek gehört?«

Die Frage schien ihn zu überraschen.

»Friederike Duschek? Ich muss ehrlich gestehen, dass sie etwas aus meinem Fokus verschwunden ist.«

»Ich weiß, auch bei mir. Gerade musste ich wieder an sie denken.« Sie bedeutete ihm, sich am Fußende aufs Bett zu setzen. »Ich will sie morgen treffen.«

Hamid riss erstaunt die Augen auf.

»Morgen? Meinst du nicht, wir werden anderweitig ausreichend beschäftigt sein?«

»Vielleicht. Vielleicht lassen sich beide Fälle aber auch verbinden.«

Er sah sie fragend an.

Sie erklärte es ihm. Ihr Plan hatte in nur kurzer Zeit erstaunliche Formen angenommen, und weil Hamid so loyal war, wie Naoko ihn beschrieben hatte, hörte er ihr zu. Er hielt nicht damit hinter dem Berg, was er von ihrem Einfall hielt. Doch sie redeten bis tief in die Nacht. Er war der perfekte Gesprächspartner. Er half ihr, sich zu sortieren und ihrer Idee Raum zu geben. Vor allem aber half er, ihre Sorgen zu zerstreuen, ihre Angst in den Griff zu kriegen.

Zumindest für einige Stunden.

Am nächsten Tag kehrten die Gefühle zurück. Robin saß bei Markus am Krankenbett. Er machte erstaunliche Fortschritte, die Ärzte lobten ihn für sein Heilfleisch, und er sollte in ein, zwei Tagen von der Intensiv- auf die Normalstation verlegt werden. Robin hielt seine Hand, während Clara auf ihrem Schoß saß und ihnen aus *Hanni braucht eine Freuschrecke* vorlas. Natürlich las Clara nicht wirklich daraus vor. Doch sie kannte Teile des Bilderbuches fast auswendig, und wenn sie nicht weiterwusste, übernahm Robin für ihre Tochter, den Arm um ihren kleinen Körper geschlungen, die Nase in ihren Haaren vergraben. Sie genoss diesen Moment der Dreisamkeit, und sie sah in Markus' Augen, dass es ihm ebenso ging.

Familie war eines der Meisterwerke der Menschheit. Um das zu erkennen, hatte Robin viele Konflikte mit ihrem Vater ausfechten und viel Geduld mit ihrer Mutter haben müssen. Ungefähr genauso viel Geduld, wie ihre Eltern für sie hatten aufbringen müssen. Und manchmal hatten sie daheim nur auf den jährlichen Fotos vor dem Weihnachtsbaum gelächelt. Doch Claras Geburt hatte Robin wirklich wertschätzen lassen, was es bedeutete, zu Hause zu sein.

»Mama, du hörst ja gar nicht zu!«

Clara zwickte ihrer Mutter in die Hand und lachte. Im nächsten Moment machte sie sich los und sprang von Robins Schoß.

»Nanu«, rief Markus in gespieltem Erstaunen. »Wohin des Weges, junge Frau?«

»Zu Omi und Opi«, entgegnete Clara vergnügt. »Ich hab Hunger.«

Robins Eltern hatten sich ins Café der Klinik zurückgezogen, um ihnen Zeit zu dritt zu ermöglichen. Robin erhob sich. »Dann komm!« An Markus gewandt, sagte sie: »Ich bringe das Krümelmonster runter und bin gleich wieder da.«

Er schenkte ihr ein warmes Lächeln und seiner Tochter einen Handkuss. Doch als sie das Zimmer verlassen wollten, öffnete Dorothee Graf gerade die Tür.

»Schau mal, deine Großmutter ist eine Hellseherin«, sagte Robin.

»Omi, darf ich einen Kakao haben?«, verlor Clara keine Zeit und suchte mit einem Blick zu ihrer Mutter die Erlaubnis für den kleinen Zuckerschub.

Robin lächelte ihr zu, schenkte ihrer Mutter ein dankbares Nicken, und Sekunden später waren Großmutter und Enkeltochter verschwunden. Robin drehte sich zu ihrem Mann um. Noch immer lag dieser selige Ausdruck auf seinen Lippen. Doch als sie sich in die Augen blickten, wurde er ernst.

»Etwas stimmt nicht, habe ich recht?«

Sie setzte sich wieder zu ihm ans Bett. »So kann man es ausdrücken.«

»Was ist es?« Er griff nach einer Fernbedienung und richtete das Kopfteil seines Bettes etwas weiter auf. »Ich sehe doch, dass du vor Kummer zergehst. Was ist los?«

Bis hierher hatte sie sich beherrschen können. Doch jetzt brachen ihre Schutzwälle.

»Ich habe das Gefühl, mein Leben stürzt gerade zusammen.«

Und dann erzählte sie ihm alles. Wenn nicht gerade ein Schluchzer sie unterbrach, machte sie reinen Tisch. Als sie Markus berichtete, dass auch bei ihnen zu Hause eingebrochen worden war, um an den Safe heranzukommen, verzogen sich seine Augen vor Sorge. Aber er nahm alles wortlos hin. Bis zu dem Moment, da sie ihm von den Fotos erzählte.

»Sie haben Fotos von uns? Was für Fotos?«

Sie zeigte sie ihm.

Ihre Eltern am Main. Naoko in der Innenstadt. Hamid in einem Café. Markus vor seinem Hotel. Robin auf ihrem Motorrad.

Doch sein Gesicht veränderte sich erst beim letzten Bild.

Clara auf der Schaukel im Günthersburgpark.

Erstmals spiegelte sich Zorn in seinem Blick, und Robin glaubte, ihren Mann noch nie so gesehen zu haben. Nur war sie sich nicht sicher, ob seine Wut ausschließlich gegen die Täter gerichtet war.

»Es tut mir leid.« Robins Sicht verschwamm vor Tränen. »Das habe ich nicht gewollt. Ich habe unsere Familie nie in Gefahr bringen wollen. Ich ...«

»Hör auf, Robin!« Seine Worte klangen hart, und ein Schmerz durchzuckte ihn, als er sich noch weiter aufrichtete. Doch dann nahm er ihre Hand. »Was ist es, das sie wollen?«

»Sie glauben, dass Urban mir etwas gegeben hat. Eine Art Tagebuch.«

»Aber das hat er nicht?«

»Nein. Ich habe es nicht und hatte es nie. Ich weiß nicht

einmal genau, wovon die reden. Harald Matthes sagt, es habe immer wieder Hinweise darauf gegeben, aber ich habe nicht den blassesten Schimmer, wer es haben oder wo es versteckt sein könnte. Und Hamid und Naoko erst recht nicht.«

»Was heißt das jetzt?«

»Paul Engels will sich gleich bei uns melden. Wenn er nichts findet …«

»Und morgen läuft die Deadline ab?«

»Ja. In der Nachricht hieß es, wir hätten zwei Tage Zeit. Ich konnte aber nicht länger warten. Ich musste es dir erzählen. Du warst so enttäuscht am Wochenende, weil ich dir nichts gesagt habe.«

»Ich war nicht enttäuscht, Robin. Ich wollte einfach nur helfen.«

Sie lehnte sich vor und küsste ihn. Erst zögerlich, weil sie ihm nicht wehtun wollte. Dann zog er sie vorsichtig zu sich heran, legte eine Hand an ihre feuchte Wange, während ihre Lippen auf den seinen verweilten. Erst nach einigen Sekunden lösten sie sich voneinander.

»Ich fürchte, für mehr als das müssen wir noch etwas Geduld haben«, sagte Markus.

»Schade, dass du noch auf der Intensiv liegst«, neckte sie ihn zurück.

Robin spürte, dass sie wieder leichter atmen konnte. Auch wenn nichts von dem, was in den nächsten Stunden kommen würde, einfach sein würde. Vor allem nicht, wenn sie dafür sorgen wollte, dass ihre Familie sicher war.

Robin und Markus redeten. Er hörte zu, fragte nach. Sie dachte weiter nach, während sie ihm Rede und Antwort stand. Es brachte sie wieder zusammen.

Als sie schließlich gehen musste, sagte Markus: »Hab keine Angst! Es wird sich alles lösen.«

Sie küssten sich noch einmal. Dann nahm sie seine Hand und legte sie auf ihr Herz.

Beide nickten.

Robins Tränen waren getrocknet, als sie im Café ankam. Dorothee und Lutz-Werner Graf erhoben sich von dem kleinen Tisch, an dem sie mit Clara saßen. Ihre Tochter hatte eine leere Tasse Kakao vor sich. Die Ränder des Porzellans zeugten ebenso von der Schokolade wie Claras Lippen. Zufrieden rutschte sie vom Stuhl.

»Gehen wir jetzt alle zusammen zu Papi?«

»Ihr ja, ich muss noch ein bisschen arbeiten, Liebling!«

»Och Mama!«, klagte Clara beleidigt. »Und wann können wir wieder nach Hause?«

»Vielleicht morgen«, sagte Robin und beugte sich zu ihrer Tochter. »Heute Abend komme ich erst mal nach der Arbeit bei Omi und Opi vorbei, und wir gucken zusammen einen Film, ja?«

Das versöhnte Clara, und sie schloss ihre Mutter in die Arme.

»Mami liebt dich«, flüsterte Robin.

»Clara liebt dich auch«, antwortete ihre Tochter.

Sie verließ das Krankenhaus und zückte ihr Handy. Hamid war bei Naoko geblieben, weshalb sie ein Taxi zum Krankenhaus genommen hatte. Für den Rückweg setzte Robin auf einen anderen Bodyguard. Ein dunkelblauer Alfa Romeo fuhr vor.

»Ich hatte dich nicht für einen Casanova gehalten«, sagte Robin zu Paul Engels.

»Auch Italiener können gute Autos bauen«, erwiderte

der Privatdetektiv am Steuer. »Nur den Alexa-Service habe ich ausbauen lassen.«

»Keine Lust, dass Amazon mithört?«

»Das wäre in meinem Beruf nur schwer vermittelbar, meinst du nicht auch?«

Engels drückte aufs Gaspedal, und Augenblicke später schossen sie die Kennedyallee in südwestlicher Richtung hinunter.

»Wohin des Weges?«, fragte Robin, doch sie ahnte, was Engels im Sinn hatte.

»Ich wollte mir dir in Ruhe reden und dachte, das können wir am ungestörtesten hier im Auto. Wir drehen einfach eine Runde, und dann setze ich dich bei Naoko ab. Deal?«

»Deal. Du hast also was herausgefunden?«

»Ja und nein«, begann Engels. »Ich habe gute und schlechte Nachrichten.«

»Lass mich raten: Die schlechte Nachricht lautet, dass es keine Spur von diesem Journal oder Tagebuch oder was auch immer gibt?«

»Leider richtig. Wir haben Urban durchleuchtet, so weit uns das in der kurzen Zeit möglich war. Wenn wir es nicht besser wüssten, müssten wir sagen: Die Kripo war damals wirklich gründlich. Manchmal ist ein Schmugglerring nur sehr schwer aufzudröseln. Besonders dann, wenn Scheinfirmen in aller Welt involviert sind und im Fall von Medikamenten die Ware einfach per Post verschickt werden kann. Wenn du nicht das Glück hast, am Drehkreuz fündig zu werden, ist es fast zu spät. Das Geld wird schneller gewaschen, als du den Weichspüler nachschütten kannst. Die meiste Kohle fließt über Kryptowährungen, der Rest über

Luxusgüter. Autos, Uhren, Ringe. Vieles lässt sich kaum nachweisen. Urbans Fehler war, dass er den falschen Leuten vertraute oder auf die falschen Leute angewiesen war.«

»Was er mir gegenüber auch zugegeben und bereut hat.«

»Und weshalb du uns gebeten hast, uns um seine engsten Vertrauten zu kümmern«, fuhr Engels fort. »Aber genau dafür brauchen wir eine Komponente, die wir nicht haben.«

»Zeit.«

Engels hupte einen Kleinwagen aus dem Weg. »Genau. Zeit. Um herauszufinden, ob irgendjemand von ihnen im Besitz sensibler Dokumente ist oder gar ein neues Netz aus dem alten Urban-Ring gesponnen hat, müssen wir ganz andere Geschütze auffahren. Dafür brauche ich mehr als nur zwei meiner Jungs, die sich am Rechner hinsetzen und alles durchforsten, was sie digital über die einzelnen Personen finden können. Dafür müssen wir vor die Tür, und das nicht zu zweit, sondern zu zwanzig.«

Robin seufzte. Sie hatte es befürchtet. Was hätte sie anderes erwarten können in der Kürze der Zeit? Dass Paul Engels das Journal aus dem Hut zaubern und ihnen die Lösung für all ihre Probleme vorlegen würde?

»Und was ist die gute Nachricht?«

»Wir haben jemanden ins Visier genommen.«

Robin drehte sich im Beifahrersitz zu Engels um. Der ehemalige Footballer steuerte den Alfa einhändig und gelassen. Keine Sekunde ließ er die Straße aus den Augen.

»Und der wäre?«

»Urban hatte in den vergangenen sechs Monaten regelmäßig Besuch von einer Frau. Sie hat sich bei der JVA unter dem Namen Xenia Fink eingetragen.«

Robin hatte den Namen noch nie gehört.

»Wir haben sie kontrolliert. Sie ist in Heidelberg gemeldet. Darüber hinaus ist sie ein Geist.«

Aus der Mittelkonsole förderte er ein Foto zutage.

»Mehr haben wir bislang nicht.«

Robin betrachtete das Bild. Eine Frau, ungefähr in ihrem Alter, saß Urban im Besucherraum gegenüber. Die Aufnahme war das Standbild einer Überwachungskamera. Xenia Fink war schlank, hatte lange dunkle Haare und trug eine auffällige Brille mit breitem Steg und mächtigen Bügeln, die ihre Augen aus dem Kamerawinkel fast vollständig verdeckten. Das Foto gab nur wenige Details ihres Gesichts preis. Dennoch glaubte Robin nicht, die Frau schon einmal gesehen zu haben.

»Ein Geist?« Sie legte das Foto zurück in die Ablage zwischen den beiden Sitzen.

»Wir haben einen freien Mitarbeiter in Heidelberg zu ihrer Wohnung geschickt. Niemand war da. Er hat sich ein bisschen umgehört, aber niemand erinnert sich daran, jemals diese Frau gesehen oder den Namen Xenia Fink gehört zu haben.«

»Eine falsche Adresse also?«, fragte Robin.

»Oder eine falsche Identität«, gab Engels zurück und schaltete die Scheibenwischer ein, da es einmal mehr dieser Tage zu regnen begann. »Sie war die einzige Konstante unter Urbans Besuchern des letzten Jahres, aber sie taucht weder in den Gerichtsakten noch in eurer Namensliste auf, die Stephan erstellt hat. Vielleicht eine Liebschaft. Vielleicht eine Verehrerin. Vielleicht eine Komplizin. Oder etwas ganz anderes. Aber zu viele Fragezeichen, um dir im Hier und Jetzt zu helfen. Dafür müssten wir sie erst einmal ausfindig machen. Es tut mir leid.«

Sie fuhren einige Zeit schweigend weiter. Als Robin realisierte, dass Engels den Rückweg angetreten hatte und sie nur noch wenige Minuten von Naokos Haus entfernt waren, brachte sie etwas zur Sprache, was sie mit Hamid in der Nacht zuvor besprochen hatte.

»Paul, ich habe eine Bitte. Ich weiß nicht, was morgen passiert. Und schon gar nicht, was danach kommt. Daher ...«

»Ich hätte es dir in wenigen Augenblicken ohnehin angeboten, Robin«, kam Engels ihr zuvor. »Ihr ruft mich an, sobald ihr wisst, was euch morgen erwartet. Meine Jungs stehen euch zur Verfügung. Auch die Tage danach. Wir werden euch im Auge behalten. Auch eure Familien.«

Als sie wenig später die Haustür zu Naokos Domizil aufstieß, wehte ihr der Duft von angebratenem Lammfleisch und einer unanständigen Menge Knoblauch entgegen. Hamid hatte ihnen versprochen, einen Eintopf aus seiner Heimat zu kochen, und offensichtlich hatte er damit bereits begonnen. Robin fand ihn zusammen mit Naoko in der Küche, zwischen sich zwei Gläser Côtes du Rhône auf der Arbeitsplatte.

»Eine leichte Mahlzeit mit einem Gläschen zum Mittag?«, fragte Robin scherzhaft.

»Es ist kurz nach drei«, entgegnete Naoko. »Und die halbe Flasche befindet sich eh im Topf. Also spar dir deine Vorurteile und erzähl uns lieber, was Paul herausgefunden hat.«

Robins Blick reichte, um ihnen die schlechte Neuigkeit zu überbringen. Naoko goss ihr ohne ein weiteres Wort ebenfalls ein Glas ein, und gemeinsam stießen sie fast schon trotzig an. Auf was, wussten sie selbst nicht so recht. Robin fasste ihr Gespräch mit Paul Engels zusammen, und Hamid notierte sich den Namen der mysteriösen Besucherin in der JVA für spätere Recherchen. Wenn jemand im Besitz des Journals sein konnte, dann womöglich Xenia Fink. Doch dafür musste sie erst einmal jemand finden.

Die Stimmung beim Essen war angespannt. Sie redeten kaum, lobten lediglich ab und an den vorzüglichen Eintopf. Robin verzichtete auf weiteren Alkohol, entschied sich stattdessen einmal mehr für eine Ibu.

»Immer noch der Kopf?«, fragte Naoko besorgt.

»Wird wieder schlimmer«, gab Robin kurz angebunden zurück und massierte sich die Schläfen.

Das Essen, so lecker es war, fühlte sich an wie eine Henkersmahlzeit. Robin hatte einmal gelesen, dass es als ein Schuldeingeständnis galt, wer seine Henkersmahlzeit zu sich nahm. Zumindest gestand der Verurteilte mit jedem Bissen ein, tatsächlich sterben zu müssen. Man akzeptierte sein Schicksal. Doch Robin war es egal. Was half es zu hungern? Sie brauchte die Energie. Sie brauchte die Konzentration.

Denn worauf sie warteten, war nicht die Ankunft des Scharfrichters, sondern das Eintreffen einer Nachricht. Sie warteten darauf, wieder kontaktiert zu werden.

Es geschah, als sie gerade abräumten.

Die Nachricht kam erneut von einer unbekannten Nummer.

Morgen um 12 Uhr in der Kleinmarkthalle. Warte im Erdgeschoss unterhalb der westlichen Treppe zur Galerie! Komm alleine und halte das Journal von Leonhard

Urban sichtbar in deiner Hand! PS: Keine Polizei – und auch keine private Security!

Robin las die Nachricht laut vor und danach noch mehrmals leise für sich. Sie hatte befürchtet, dass ihr Herz zu rasen und ihre Hände zu zittern beginnen würden. Doch sie fühlte sich überraschend ruhig. Nicht einmal ihr Kopf drohte erneut zu explodieren.

»In der Kleinmarkthalle also.« Hamid sprach mehr zu sich selbst. »Klug gewählt. Bei dem schlechten Wetter wird es zur Mittagszeit gerammelt voll sein.«

»Unübersichtlich und ohne Gedränge fast nicht zu betreten«, stimmte Naoko zu. »Und die Polizei könnte es sich nicht leisten, die Halle abzuriegeln. Damit würden sie eine Massenpanik auslösen und die Menschen eher gefährden als ihnen helfen.«

Robin hingegen schwieg. Die Nachricht bedeutete, dass sie keine andere Wahl hatte. Sie musste Friederike Duschek besuchen.

19

»Naoko Schäfer, hör auf, dir Sorgen zu machen!«

Robin stand im Türrahmen der Villa, ihren Attachékoffer in der Hand. Hamid spielte mit seinem Autoschlüssel, die Jacke über dem Arm.

»Warum ausgerechnet jetzt?«

»Weil es mir guttun wird, eine Klientin zu sprechen, die nichts mit unseren aktuellen Problemen zu tun hat. Ein bisschen Alltag.« Robin zuckte mit den Achseln. »Ansonsten platzt mein Schädel, und ich liege die ganze Nacht wach, weil ich nur an morgen denke. Ich muss gerade für ein paar Stunden wieder an übermorgen denken.«

Naoko wusste, wie wichtig Robin ein Fall wie der von Friederike Duschek war. Daher gab sie auf. Sie verabschiedeten sich, und ihre Freundin schickte Robin und Hamid mit einem letzten Fluch zu den Autos.

Robin stieg in ihren Lexus, Hamid in seinen Golf. Ehe sie anfuhr, sah sie noch einmal zum Eingang. Naoko hatte die Arme vor ihrem drahtigen Körper verschränkt und schüttelte den Kopf, ihr Gesichtsausdruck eine Mischung aus Unverständnis und Belustigung über zwei so hoffnungslose Fälle wie Robin Graf und Hamid Erdem.

Gemeinsam fuhren sie zu seinem Haus im Riederwald. Er hatte ihr einmal versucht zu erklären, wie er die Räume der einzelnen Etagen genutzt hatte, um sich ein eigenes kleines Rechenzentrum zu bauen. Doch schon bei Begriffen wie Kaltgangeinhausung war sie ausgestiegen. Er hatte ihr auch erzählt, was er damit alles machte. Sie wusste, dass er Dienstleistungen anbot, die man gemeinhin als Cloud Computing betitelte. Auch wenn sie sich darunter nur bedingt etwas vorstellen konnte. Doch weil ihre eigene Agentur Teile dieses Service ebenfalls nutzte, konnte sie zumindest höflich lächeln, wenn er zu einem seiner Vorträge ansetzte.

Dieses Mal hatten sie dafür nur bedingt Zeit. Duschek erwartete sie. Daher beschränkte sich Hamid auf die Dinge, die er über den Ehemann der armen Frau herausgefunden hatte. Er briefte Robin, was sie ihrer Klientin sagen und zeigen konnte, spielte alle dafür notwendigen Dateien auf ihren Laptop und brachte sie zur Tür.

Sie nickten sich noch einmal mit einer Zuversicht zu, die Robin nicht empfand.

Dann ging sie zum Wagen, verstaute ihren Aktenkoffer mit dem Laptop im Kofferraum und sah sich in der Straße um. Ob jemand sie in genau diesem Augenblick beobachtete? Aus einem der umstehenden Autos heraus? Wurde jeder ihrer Schritte einfach dank eines Peilsenders am Lexus verfolgt? Oder war sie nur paranoid, und die Gegenseite ließ sie gewähren, weil sie bereits alles auf das Treffen am nächsten Tag in der Kleinmarkthalle ausgerichtet hatte?

Komm alleine und halte das Journal von Leonhard
Urban sichtbar in deiner Hand!

Das Journal. Sie wollte nicht mehr daran denken, öffnete noch einmal den Kofferraum und suchte in ihrer Tasche nach den Triptanen. Eine neue Packung mit zwei Tabletten.

Gut, dachte sie, nahm eine heraus und steckte sie ein. Dann also los! Sie setzte sich auf den Fahrersitz und prüfte die Umgebung. Niemand zu sehen. Neben sich im Fußraum des Beifahrersitzes lag ihr Sicherheits-Regenschirm, im Handschuhfach Pfefferspray und Notfallhammer. Sie würde einige Manöver fahren, um herauszufinden, ob jemand ihr folgte. Doch selbst wenn: Sie konnte sich nicht vorstellen, dass sie jetzt noch in Gefahr schwebte. Morgen wurde sie erwartet. Die Gegenseite konnte unmöglich sicher wissen, ob sie das Journal hatte oder nicht. Sie waren so weit gegangen. Nun mussten sie annehmen, dass Robin folgsam ihre Anweisungen umsetzen würde.

Das war Robins Chance.

Einen Moment lehnte sie den Kopf gegen die Stütze und schloss die Augen. Paranoia war Teil ihres Berufs, rief sie sich in Erinnerung. Klemens Böhle hatte ihr einst eingeschärft, dass es für jeden Fall einen Ausweg gab, für jede Bedrohung eine Lösung. Kein Klient war mit einem anderen vergleichbar, jedes Risiko bot auch immer eine Chance. Ihr einstiger Mentor hatte ihr beigebracht, um drei Ecken zu denken und vorherzusehen, welche Hürden sich auftun konnten, selbst wenn es unmöglich schien, so weit in die Ferne zu blicken. Robin musste sich eingestehen, dass sie in den vergangenen Tagen diese Fähigkeiten hatte vermissen lassen. Sie war immer und immer wieder überrascht und überrumpelt worden. Doch jetzt war die Zeit gekommen, den Spieß umzudrehen. Jetzt würde sie zum Gegenangriff übergehen.

Friederike Duschek wohnte in Kahl am Main, eine gute halbe Stunde östlich von Frankfurt. Robin fuhr konzentriert, folgte den Anweisungen des Navis, behielt die anderen Autos hinter und vor sich im Blick. Es war bereits später Nachmittag, die Dämmerung längst angebrochen. Sie hatten sich an einem Campingplatz verabredet, wo die Kahl in den Main mündete. Als Robin den Lexus abgestellt hatte und ausstieg, spürte sie einen feuchten Wind, sodass ihre Augen tränten und ihre Wangen zu brennen begannen.

Direkt am Mainufer standen fest installierte Campingwagen, die im trüben Winterwetter trostlos und unwohnlich aussahen. In wenigen Metern Entfernung lagen mehrere Motorboote an Land, bei denen man sich noch weniger vorstellen konnte, in dieser Jahreszeit eine Flussfahrt zu unternehmen. Die Kahlmündung lag ruhig da, obwohl beide Flüsse ordentlich Wasser trugen und nicht viel fehlte, bis sie über die Ufer traten. Eine Handvoll Autos stand nebeneinander. Robin hatte sich etwas abseits positioniert und wartete.

Friederike Duschek kam fünf Minuten später. Wie am Telefon besprochen, wurde sie von einer zweiten Frau begleitet – und von insgesamt vier Kindern. Alle trugen Laternen. Als sie knapp hundert Meter von Robin entfernt waren, tauschte sie mit der zweiten Frau einige Worte, gab ihren beiden Kindern einen Kuss und blickte ihnen nach, als sie einen Pfad betraten, der sie zwischen den Bäumen hindurch an der Kahl entlangführte.

»Willkommen in Bayern«, sagte Friederike Duschek, als sie Robin erreicht hatte.

»Bayern?«

»Die Kahlmündung gehört schon zu Bayern.« Sie zeigte auf die andere Seite des Mains. »Dort ist noch Hessen, hier schon Bayern. Und da vorne«, sie deutete auf die Landzunge fünfzig Meter weiter nördlich auf ihrer Uferseite, »ist auch schon wieder Hessen. Meine Kinder lieben es, bei einem Spaziergang zwischen Bayern und Hessen hin- und herzuhüpfen.«

Sie sprach sorglos, fast so, als könne kein Kummer der Welt ihre gute Laune trüben. Doch Robin kannte diesen Tonfall. Es war der Tonfall, hinter dem sich eine tiefe Verzweiflung verbarg, die in nur einem Wimpernschlag hervortreten und alles vermeintliche Glück beiseitewischen konnte wie ein Handschlag alles Geschirr von einem Tisch. Und die die Seele ebenso in tausend Scherben zerbrechen lassen konnte.

Robin fühlte mir ihr. Ihr ging es in diesen Stunden nicht viel anders. Nur durfte sie es nicht zeigen. Noch nicht.

»Was haben Sie Ihren Kindern gesagt?«

»Wollen wir uns nicht duzen?«

Die Frage überraschte Robin, und noch mehr überraschte es sie, dass sie sofort einwilligte. Sie betrachtete die junge Frau, von der sie inzwischen wusste, dass sie einunddreißig war, die beiden Kinder fünf und drei, eine ausgebildete Arzthelferin, die sich in ihrer Gutmütigkeit und in der Liebe für ihre Kinder dem Mann ausgeliefert hatte, von dem sie einst gedacht hatte, dass er sie wahrhaftig glücklich machen würde. Ein Mann, der ihre feinen Züge vorzeitig hatte altern lassen. Die brünetten Haare, früher fraglos eine wilde Pracht, zeigten bereits silbergraue Fäden. Die braunen Augen, so rund wie Nussschalen, hatten Tränen für ein ganzes Leben vergossen.

»Das ist meine beste Freundin. Sie heißt auch Friederike. Sie weiß Bescheid, genau genommen redet sie schon seit

Jahren auf mich ein, ich solle etwas unternehmen«, erklärte sie. »Unsere Kinder sind gleich alt. Hier am Ufer findet gleich ein kleines Martinssingen statt. Ich hab den Kids gesagt, dass ich noch etwas zu erledigen hätte und Friederike sowieso musikalischer sei als ich. Wir treffen uns gleich wieder hier.«

»Dann lass uns keine Zeit verlieren«, erwiderte Robin.

»Du sagtest am Telefon, ihr hättet eine Lösung.«

Sie setzten sich in den Lexus. Robin aktivierte die Sitzheizung, drehte die Temperatur hoch und zog den Laptop hervor.

»Dein Mann hat in seinen persönlichen Dateien ein paar Dinge gespeichert, mit denen er uns einen Gefallen getan hat. Und damit dir.«

»Das wäre mal was Neues«, sagte Friederike trocken.

Erneut schwang dieser Unterton mit, diesmal aber gepaart mit einem Anflug von Hoffnung. Robin war sich trotzdem nicht sicher, ob sie die Nachrichten so locker aufnehmen würde, wie sie nun tat. Bislang ging Friederike Duschek davon aus, dass ihr Mann daheim ein Tyrann war, darüber hinaus aber ein respektabler Steuerberater, der kurz davor war, zum Partner in der Kanzlei gemacht zu werden, für die er arbeitete.

»Dein Mann ist einen Tag pro Woche in Stuttgart, stimmt das?«

»Der schönste Tag der Woche, ja«, erwiderte Friederike. Sie sah auf den Laptop, doch Robin behielt ihn noch zugeklappt. »Einer seiner wichtigsten Kunden sitzt dort. Teil der Vereinbarung ist, dass er einmal pro Woche hinfährt und vor Ort arbeitet.«

»Er übernachtet dort?«

»Ja, je nach Terminen ein oder zwei Nächte in einem Hotel direkt am Bahnhof.«

»Nicht ganz. Er übernachtet dort, aber in keinem Hotel. Er hat dort eine Wohnung gekauft.«

»Eine Wohnung?« Friederikes große Augen wurden noch größer. Dann schien der Groschen zu fallen. »Lass mich raten! Wenn er dort übernachtet …«

»Du rätst richtig, aber nicht ganz. Er holt sich keine Frauen in die Wohnung. Er hat dort eine Frau. Sie lebt in seiner Wohnung. Sie ist seine Mieterin.«

»Er hält sich eine Mätresse?«

»Schon wieder: nicht ganz.« Robin klappte den Laptop auf. »Das siehst du dir lieber selbst an.«

Robin öffnete den ersten Ordner, den Hamid bereitgestellt hatte. Er enthielt Fotos. Sie drehte den Bildschirm so, dass Friederike ihn besser sehen konnte. Es waren Fotos ihres Mannes mit einer jungen Frau von gerade einmal zweiundzwanzig. Robin musste eingestehen, dass sie bildhübsch war, und auch er war wahrlich kein Weggucker. Zusammen sahen sie aus wie ein glückliches Paar. Um genauer zu sein: wie eine glückliche Familie.

»Ein …«

Es war dieser Moment, den Robin ihr gerne erspart hätte. Friederike Duschek starrte auf das Foto ihres Mannes mit einer anderen Frau, die ein Baby im Arm hielt. Und wie sie da so zusammen standen, gab es kein Vertun, wer die Eltern dieses Kindes waren. Sosehr Friederike ihren Mann inzwischen für die Jahre der Unterdrückung verabscheuen musste, es hatte doch eine Zeit gegeben, in der sie ihn geliebt und sich selbst von ihm geliebt gefühlt hatte. Der Schmerz, der nun in ihren Augen stand, war echt, war

Zeugnis einer glücklicheren Zeit, so weit sie auch zurücklag.

Abrupt drehte sie den Laptop von sich weg, als könne sie ungeschehen machen, die Bilder jemals gesehen zu haben.

»Was noch?« Ihre Stimme klang hart, mühsam beherrscht.

»Dieses zweite Leben ist zwar ein Problem für ihn, aber selbst wenn du ihn damit konfrontieren würdest, würde er es kaum als Bedrohung ansehen.« Robin wählte einen nüchternen Tonfall. Zum Glück nickte ihre Klientin, die ebenfalls versuchte, eine geschäftsmäßige Miene aufzusetzen. »Aber es gibt noch etwas anderes.«

»Und das würde seine Situation verändern?«

»Dramatisch.« Robin rief einen zweiten Ordner auf. »Was wäre aus deiner Sicht das Schlimmste, was deinem Mann passieren könnte?«

»Bis jetzt hätte ich gesagt, wenn er seine Stellung verlieren würde«, antwortete sie, ohne zu zögern. »Keine Ahnung, was mit Stuttgart ist, aber wenn er hier ist, ist sein Job alles für ihn. Beruf, Geld, Netzwerk. Deswegen wahrt er in der Öffentlichkeit auch immer den Schein mit mir. Er will gut dastehen. Und er engagiert sich in der Politik. Am liebsten würde er irgendwann für den Bundestag kandidieren.«

»Das kann er jetzt vergessen.«

»Warum?«

Erneut drehte Robin den Laptop zu Friederike. Diese betrachtete die Dateien, die auf dem Bildschirm erschienen.

»Was ist das alles?«

»Beweise für systematischen Steuerbetrug. Einfach zusammengefasst: Dein Mann nutzt seine Kenntnisse im für ihn bestmöglichen Sinne aus. Wie das wohl der Verband der Steuerberater fände, wenn herauskäme, dass ein ambitionierter Möchtegern-Politiker alles dafür tut, sich zu bereichern und seine eigenen Steuern nicht gesetzesgetreu abzudrücken?«

»Es würde ihn seinen Job kosten«, flüsterte Friederike. »Seine ganze Karriere, alles.«

Sie besahen sich einige der Dokumente, die Hamid aus passwortgeschützten Ordnern aus der persönlichen Cloud des zweifelhaften Herrn Duschek extrahiert hatte. Unterlagen, von denen er offenbar nie gedacht hatte, dass jemand sie in die Finger bekommen würde. Nun aber händigte Robin sie seiner Ehefrau auf einem USB-Stick aus.

»Das ist nur eine Kopie. Wir haben die Daten natürlich auch noch mal bei uns gespeichert. Dein Mann soll bloß nicht glauben, er müsse dir nur den Stick wegnehmen und alles sei aus der Welt.« Robin lächelte Friederike zu. »Es liegt ganz bei dir zu entscheiden, was du damit machst. Betrachte die Unterlagen als deine Du-kommst-aus-der-Ehe-frei-Karte. Wenn du willst, sprechen wir mit deinem Mann und machen ihm klar, dass das Spiel aus ist. Wenn du es selbst erledigen willst, halten wir dir gerne den Rücken frei. In jedem Fall begleiten wir dich auf jedem Schritt, den du gehen willst.«

»Ich bin etwas überfahren«, gestand Friederike. Sie hatte sich zurückgelehnt, die Hände verschränkt, die Daumen tippten gegeneinander. »Du glaubst wirklich, dass er einwilligen wird, die Kinder und mich gehen zu lassen?«

»Sobald er versteht, wie die Alternative dazu lautet – ja,

ich glaube, er wird euch gehen lassen.« Robin verstaute den Laptop wieder in ihrem Attachékoffer. »Und das Beste ist: Du musst für unsere Dienste nichts zahlen.«

Friederike Duschek wollte protestieren, doch Robin kam ihr zuvor.

»Dein Mann wird nicht einfach nur in eine Scheidung einwilligen müssen. Wenn du mit ihm fertig bist, wird er dir von seinem Schwarzgeld ein beträchtliches Sümmchen abtreten, das euch einen Neustart ermöglicht – und uns die nächste warme Mahlzeit bezahlt.«

Ihre Klientin schüttelte ungläubig den Kopf, doch letztlich nickte sie.

Als sie die zweite Friederike mit den Kindern und ihren Laternen aus der Ferne wieder zwischen den Bäumen auftauchen sahen, verabschiedeten sie sich.

»Danke, Robin!« Sie reichten sich die Hände. »Diesen Tag werde ich nie vergessen.«

»Wir helfen gerne. Und werden es gerne weiter für euch tun.«

Robin verzog das Gesicht, griff in ihre Jackentasche, zog eine Tablette hervor, warf sie sich ein und zwang sie trocken runter.

»Migräne«, sagte sie mit einem müden Lächeln.

Eine Minute später trat Friederike Duschek zu ihrer Freundin und den Kindern. Noch einmal drehte sie sich zu Robin um und winkte. Robin winkte zurück. Dann war es Zeit für sie aufzubrechen.

Sie schrieb Hamid eine Nachricht, in der sie ihn wissen ließ, wie das Gespräch gelaufen war und dass sie sich nun auf den Weg machte. Dann nutzte sie auch in Kahl am Main noch einmal die kleinen Sträßchen und Gässchen, um nach möglichen Verfolgern Ausschau zu halten. Nach einigen schnellen Abbiegemanövern war sie überzeugt, dass ihr niemand auf den Fersen war. Also fuhr sie auf die Aschaffenburger Straße in nördlicher Richtung, als sich die Schleusen öffneten und es zu regnen begann. In einer lang gezogenen Rechtskurve zeigte ihr Navigationssystem an, wie sie zunächst von Bayern nach Hessen und nur wenige Hundert Meter später wieder von Hessen nach Bayern fuhr.

Robin gefiel das Wetter nicht. Der Regen prasselte gegen die Scheibe, es war dunkel, keine Laternen am Straßenrand halfen, die Schwärze zu durchdringen. Nur die Scheinwerfer ihres Lexus LS leuchteten den Weg. Andere Autos waren nicht unterwegs. Sie entdeckte ein Schild, das für ein italienisches Restaurant ganz in der Nähe warb, und für einen Moment war Robin geneigt, sich dort aufzuwärmen, den Regenschauer abzuwarten und sich ein Tiramisù mit einem Glas Wein zu gönnen. Doch ihr Blick verweilte zu lange auf dem Schild. Der Wagen kam der Leitplanke gefährlich nah, und erst wenige Zentimeter vor dem Einschlag zuckte sie zurück und brachte das Auto wieder in die Spur.

Wütend über sich selbst schüttelte Robin den Kopf. Sofort kam eine alte Erinnerung hoch. Österreich vor zwölf Jahren, der Thomanek-Fall, wie sie sich erschrocken hatte, als die Polizeikontrolle vor ihr aufgetaucht war. Damals wie heute blieb es bei einem kurzen Schrecken.

Robin blickte wieder konzentriert auf die Straße, die nun wie ein Damm zwischen zwei Seen hindurchführte. Ein Auto tauchte am Ende des Damms auf, das Fernlicht eingeschaltet. Robin blinzelte gegen die Helligkeit an und blendete ebenfalls auf, doch der entgegenkommende Fahrer schien sich nicht stören zu lassen. Hauptsache, er konnte jede Raupe und jeden Igel am Straßenrand erkennen! Immer näher kam das Auto. Schnell fuhr es überdies, dachte Robin, als es plötzlich die Fahrbahn wechselte und auf Robins Spur zog.

Robin umklammerte ihr Lenkrad mit beiden Händen. Sie waren die einzigen Autos auf dem Damm. Robins Lexus LS und der Wagen, der noch immer sein Fernlicht eingeschaltet hatte.

Zwei Autos auf Kollisionskurs.

Und keine Zeugen in Sicht.

20

Der Regen hatte aufgehört, stellte Ralf Decker zufrieden fest. Da hatte sich das letzte Glas Lambrusco doch noch gelohnt. Wobei sich ein letztes Glas immer lohnte. Umso mehr, wenn es bedeutete, dass er halbwegs trocken nach Hause kam. Auch wenn er selbst alles andere als trocken war.

Es war kurz vor Mitternacht, als Decker seinen Stamm-Italiener verließ. Mauro hatte wieder ordentlich aufgetischt. Antipasti, Spaghettini al limone, Baccalà alla livornese und natürlich Panna cotta – wenn der Maestro ihn nicht gebeten hätte zu gehen, damit er endlich die Küche sauber machen konnte, Ralf Decker wäre noch länger geblieben.

Immerhin wartete zu Hause niemand auf ihn. Überhaupt wartete nirgendwo jemand auf ihn.

Decker zog seinen Schlüsselbund hervor und fummelte einige Sekunden am Schloss seines Fahrrads herum, ehe er die Kette aus dem Vorderreifen befreien konnte. Dann schwang er sich ebenso routiniert wie wackelig auf den alten Drahtesel, als fahre er jeden Abend betrunken nach Hause. Doch er war nicht betrunken, nur leicht angebrütet. So richtig paniert hatte er sich schon länger nicht mehr. Lächelnd nahm er die letzten Meter des Abends in Angriff.

Am Fabrikgelände vorbei, bog er rechts auf den Damm. Die Mütze tief ins Gesicht gezogen, die Handschuhe über seinen rauen Arbeiterhänden, trat er in die Pedale. Augen auf und durch, das warme Bett rief bereits aus der Ferne seinen Namen. Brav nahm er den Radweg, obwohl um diese Zeit nun wahrlich kein Auto mehr unterwegs war. Rechts der Ostsee, links der Westsee. Ganz einfach. Und da hinten, hinter dem Kiefernhügel, lag der Weihertannensee. Und direkt am Ufer sein Zuhause. Eine alte Hütte an seinem geliebten Tümpel. Alles ein bisschen runtergekommen, aber mit Bier im Kühlschrank und einem Heizstrahler im Wintergarten mit Blick auf die schwarze, stille Wasseroberfläche.

Er fuhr fast jeden Abend diesen Weg. Genauso, wie er fast jeden Abend bei Mauro aß und trank. Mehr trank als aß. Aber warum auch nicht? Er war erst kürzlich in Rente gegangen, hatte sich siebenundvierzig Jahre als Schreiner die Finger wund und den Rücken krumm gearbeitet. Seine Frau war ihm weggelaufen, seine beiden Söhne taten so, als seien sie etwas Besseres, und machten irgendwas mit Computern. Also war er hier allein, allein mit seinem Rad, mit seinem Blockhaus, mit dem Steg am Wasser, mit dem Ruderboot und mit seinen Gedanken. Er würde hier sterben, allein, aber mit sich im Reinen.

Zumindest, solange er genug Alkohol trank.

Er war ja kein Dummkopf. Er wusste, was er da tat. Und er wusste, was er vor sich sah. Ein Leben ohne Zukunft.

Und ein Loch im Dickicht der Bäume.

Abrupt zog er am Bremshebel und kam gleichermaßen schlingernd wie fluchend zum Stehen.

Holte ihn doch der Teufel!

Tatsächlich. Eine Lücke klaffte zwischen den Sträuchern und Bäumen, die den Damm zum Westsee säumten. Vor ein paar Stunden war das Loch noch nicht da gewesen. Da war er sich sicher.

Er lehnte sein Rad an einen der Leitpfosten am Straßenrand und nahm die starke LED-Lampe vom Lenker, die er sich für seine nächtlichen Trips gekauft hatte. Den Lichtkegel auf den Raum im Gebüsch gerichtet, trat er vorsichtig näher. Es waren nur wenige Meter bis zum Wasser. Keine Frage: Hier war ein Auto von der Fahrbahn abgekommen und hatte die natürliche Begrenzung durchbrochen. Mehr gab der Blick auf das Wasser nicht frei. Doch das brauchte es auch nicht.

Ralf Decker zog sein Handy und wählte den Notruf.

Auch zwei Stunden später dachte er nicht daran, nach Hause zu gehen. In eine Decke eingehüllt, saß er in einem Einsatzfahrzeug der Feuerwehr und sah zu. Die Rettungskräfte hatten ihn vergessen oder einfach als komischen Vogel abgestempelt, der als oberster Zeuge noch etwas geboten bekommen wollte. Ralf Decker wollte aber einfach nur wissen, was passiert war. Der Damm war gesperrt, und riesige Scheinwerfer waren aufgestellt worden. Ein Kranwagen stand am Straßenrand, von dessen Winde ein Stahlseil durch das Loch im Dickicht ins Wasser führte. Zuvor hatte er mehrere Taucher ins schwarze Nass waten sehen. Nun brach Hektik aus, Kommandos wurden gerufen. Ganz langsam setzte sich die Winde in Bewegung. Stück für Stück, Zentimeter für Zentimeter rollte sich das Seil auf.

Dann, nach über zwei Minuten, kam ein Auto in sein Sichtfeld.

Ralf Decker kannte sich gut aus. Autos waren immer

seine Leidenschaft gewesen, auch wenn er an Abenden bei Mauro lieber das Fahrrad nahm. Das war sicherer. Aber diese Limousine erkannte er sofort. Ein Lexus LS. Schönes Gerät, elegant, aber unscheinbar. Frankfurter Nummernschild. Natürlich. Da saß das Geld locker zwischen den Hochhäusern. Sechsstellig kostete der Schlitten, da machte er sich nichts vor.

Wobei die Karre in diesem Zustand nichts mehr wert war.

Er sah angestrengt hin. Das war der entscheidende Moment, dachte er. Durch das Seitenfenster konnte er erkennen, dass die Airbags ausgelöst hatten. Das war keine Überraschung. Die Überraschung war, dass er erst auf den zweiten Blick erkannte, dass das Fenster fehlte. Oder genauer gesagt: Große Teile fehlten. Offenbar hatte der Fahrer die Scheibe von innen einschlagen und sich aus dem Wrack befreien können.

Denn hinter dem Steuer saß niemand.

Erst nach einigen Sekunden realisierte Ralf Decker, was das hieß. Der Fahrer wurde vermisst. Denn bislang standen die Sanitäter an den beiden Krankenwagen neben ihren einsatzbereiten Tragen und Koffern, wurden aber nicht benötigt. Das konnte nur eines bedeuten.

Das Auto war leer.

Später schnappte Ralf Decker einige Fetzen der Unterhaltung zwischen einem Polizisten und einem der Taucher auf. Der Fahrer oder die Fahrerin hatte sich offenbar noch rechtzeitig abschnallen können. Anschließend war er oder sie durch das eingeschlagene Fenster entkommen, womöglich aber nicht mehr rechtzeitig aufgetaucht. Der See habe eine Temperatur von gerade einmal acht Grad und sei an dieser Stelle besonders tief, erklärte der Taucher. Man habe Blutspuren an den Glasscherben des Fensters entdeckt, erwiderte der Polizist, was vermuten ließe, dass das Unfallopfer sich bei dem Versuch, sich aus dem Wagen zu ziehen, Schnittwunden zugezogen habe.

Sie waren sich einig.

Alles deutete darauf hin, dass wer immer dieses Auto gefahren hatte es nicht mehr an die Wasseroberfläche geschafft hatte.

Und das bedeutete, dass sie den gesamten Westsee würden absuchen müssen.

Viel Glück, dachte Ralf Decker. Wenn der Unglücksrabe nicht sofort nach oben gekommen war, würde man ihn in ein paar Tagen oder Wochen irgendwo angeschwemmt finden. Nur wo? Der Westsee, überlegte er, war mit der Emma verbunden, und die Emma floss an der Kahlmündung in den Main. Vielleicht würde die arme Seele aus dem Lexus sogar bis nach Frankfurt getrieben, ehe man sie am Eisernen Steg fand.

Die Taucher würden eine Menge zu tun bekommen. Ihm machte niemand etwas vor. Er kannte die Seenlandschaft hier wie seine Westentasche. Wenn sie Glück hatten, würden sie das Opfer finden. Aber wetten wollte er nicht darauf.

Er sah, wie vier Leute in weißen Ganzkörperkondomen, zweifelsohne von der Spurensicherung, die ersten Funde am Lexus sicherten. Ein hochgewachsener Mann machte sich am Kofferraum zu schaffen, bis die Klappe aufsprang und sich eine Flut von Seewasser auf die Straße ergoss. Im nächsten Moment rief er seinen Kollegen etwas zu. Gemeinsam besahen sie sich ihren Fund. Schließlich griff der

Beamte auf die Ladefläche und zog einen Aktenkoffer hervor.

Feine Arbeit, dachte Ralf Decker. Die Tasche wirkte weitgehend unbeschädigt.

Na ja, zumindest würde man den Fahrer identifizieren können, selbst wenn die Leiche nie auftauchen sollte.

21

Durch Zufall erreichte Fernando Poli die Piazza Mazzini im selben Moment wie die Fremde. Der alte Uhrenturm am einstigen Rathausplatz von Monselice schlug vier Uhr an diesem Nachmittag, als er mit seinem Mountainbike rutschend zum Stehen kam. Nicht, dass er sich einbildete, mit seinen zehn Jahren etwas davon zu verstehen: Aber die Fremde war gekleidet wie die eleganten Frauen aus Padua oder Venedig, die er von Ausflügen mit seinen Eltern her kannte. Dennoch glaubte er nicht, eine Italienerin vor sich zu haben. Wo kam sie also her, und was wollte sie hier?

Zumindest auf die zweite Frage erhielt er seine Antwort nur Augenblicke später. Die Fremde blickte sich um, schien sich kurz zu orientieren und schritt dann über die Piazza hinweg zum Haus von Signora Birindelli. Sie klingelte. Offenbar wurde sie erwartet, denn kurze Zeit später trat die Signora, in eine dicke Jacke gehüllt, aus dem Haus und führte die Frau in den Innenhof.

Die Fremde würde im Gästehaus wohnen, kombinierte Fernando.

Die Birindelli hatte eine alte Doppelgarage zu einer kleinen Wohnung umbauen lassen, nachdem ihr Massimo verstorben war. Doch normalerweise vermietete sie das Zimmer nur von Frühling bis Herbst, wenn Touristen nach Monselice kamen. Die Fremde hingegen wirkte nicht wie eine typische Urlauberin. Touris schleppten immer haufenweise Zeug in riesigen Koffern mit. Diese Frau jedoch trug nur eine kleine Tasche bei sich.

Was also machte eine Ausländerin am ersten Advent in Monselice mitten im Nirgendwo in Venetien? Fernando nahm sich vor, das herauszufinden.

Er fand, dass er dieser Aufgabe mit aller Gewissenhaftigkeit nachgehen musste. Und in aller Verborgenheit. Wenn seine Eltern oder, Gott bewahre, seine drei älteren Schwestern merkten, dass er einer Frau nachspionierte, würde er sich der Lächerlichkeit preisgeben. Und davon hatte er schon genug, wenn seine Familie ihn mal wieder nicht ernst nahm, nur weil er erst zehn Jahre alt war.

Glücklicherweise war er dank seiner unerträglichen Geschwister auf natürliche Weise darin geschult, im Hintergrund zu bleiben, zu beobachten und unentdeckt zu observieren. So nahm er noch am selben Abend seine Aufgabe in Angriff, indem er sich am Fenster seines Zimmers mit Blick auf die Piazza Mazzini einen Aussichtsposten einrichtete. Aus dem zweiten Stock hatte er den perfekten Blick auf den Eingang zum Innenhof schräg gegenüber. Und er würde auch die Arbeit auf der Straße nicht fürchten, sollte es dazu kommen.

Das Erste, was ihm an der Frau auffiel, war die schwarze Kurzhaarfrisur. Damit stimmt etwas nicht. Es war ein glänzendes, sattes Schwarz. Doch Fernando glaubte es besser zu wissen. Das war nicht ihre wirkliche Haarfarbe. Er hatte so etwas schon bei seiner Mutter gesehen, die einst brünett gewesen war und dann entschieden hatte, eine Typveränderung zu durchlaufen. Daraus schloss Fernando, dass Schwarz nicht die natürliche Haarfarbe der Fremden sein musste.

Die zweite Erkenntnis traf ihn überraschend: Die Frau schien sich auszukennen. Als er ihr nach der Schule am nächsten Tag durch die Straßen und Gassen von Monselice folgte, fand sie sich ohne Straßenkarte oder Smartphone zurecht. Das konnte nichts anderes bedeuten, als dass sie schon einmal hier gewesen sein musste. Ob sie sich in den Monaten zuvor als Touristin in die Stadt geschlichen und alles ausgekundschaftet hatte? Fernando machte eine Notiz in seinem Heft, das er eigentlich für seine Hausaufgaben hätte verwenden sollen.

Die dritte Überraschung folgte am dritten Tag nach ihrer Ankunft. Fernandos Mutter rief gerade zum Abendessen, da drang ein lautes Motorengeräusch an sein Ohr. Er hielt auf dem Weg zur Tür seines Zimmers inne und eilte zurück ans Fenster. Tatsächlich fuhr die Fremde mit einem Motorrad auf die Piazza. Sie war ganz in eine schwarze Lederkluft gehüllt, trug einen kleinen Rucksack auf dem Rücken, ihr roter Helm flimmerte im Licht der Laternen.

Fortan stellte sich im Leben der Frau ein Rhythmus ein. Am folgenden Morgen, ehe Fernando zum Frühstück gerufen wurde, sah er sie zunächst in leuchtend neuen Joggingschuhen und Sportklamotten das Haus verlassen und loslaufen. Noch bevor er zur Schule ging, war sie wieder zurück und fuhr wenig später mit ihrer Maschine in den Tag hinaus. Fernando sah sie teils erst spät am Nachmittag zurückkehren. Dann verschwand sie in ihrer Wohnung, ehe sie sich am Abend wenige Häuser weiter in die Osteria Ottava setzte, Rotwein trank und sich durch die Delikatessen der Region aß.

Wenn er sie so von seinem Fenster aus beobachtete, fragte sich Fernando, was in ihr vorging. Er sah sie immer allein. Sie sagte nur etwas, wenn jemand sie ansprach, und dann schien sie auf Italienisch antworten zu können. Als er eines Tages die Chance genutzt hatte, sich hinter ihr am Kiosk auf der Piazza in die Schlange zu stellen, hatte er sie Antonio, den Verkäufer, auf Italienisch nach ausländischen Zeitungen fragen hören. Ihr Akzent hatte hart geklungen, und als er an der Reihe gewesen war, hatte er zunächst nicht gewusst, wofür er eigentlich gekommen war und dann von seinem Taschengeld einen Schokoriegel gekauft.

Fernando begann zu glauben, dass die Frau irgendetwas bedrückte. Sie lachte praktisch nie, wirkte ernst und nachdenklich. Ihre Hände waren ständig in Bewegung. Wenn sie in der Osteria saß, griff sie häufig zu ihrem Smartphone, als erwarte sie einen Anruf. Auch das kam ihm komisch vor, denn weder kam ein solcher Anruf, noch rief sie selbst jemanden an. Es schien, als nutze sie ihr Telefon lediglich für die Apps auf dem Gerät, nicht aber, um mit anderen Menschen zu reden.

Und dann war da natürlich die Frage, wohin sie mit ihrem Motorrad fuhr. Tourte sie einfach durch die Euganeischen Hügel? Doch die Colli Euganei versprühten in dieser Jahreszeit nicht jenen Reiz, der sie in den wärmeren Monaten so anziehend für Touristen machte. Fuhr sie womöglich die knapp zwanzig Kilometer nach Padua und blieb den Tag über dort? Oder die sechzig Kilometer nach Venedig? Zumindest hatte er schon geschlussfolgert, dass sie nicht zur Kur hergekommen war. Wer jeden Tag laufen ging und Motorrad fuhr, legte sich nicht anschließend ins Fango, damit sich die Knochen erholten.

An Erholung schien sie allerdings kein Interesse zu haben. Jeden Morgen wurden ihre Laufrunden länger. Jedes

Mal kehrte sie ausgepumpt und mit ernstem Gesichtsausdruck zurück, wie eine Getriebene, der kein Weg weit genug war oder schnell genug ging.

Ein Ärgernis, als wäre sie das nicht ohnehin, war die Schule. Fernando musste stundenlange Phasen in Kauf nehmen, in denen er sein Zielobjekt unbeobachtet ließ. Zwar konnte er einige Lücken in seiner Überwachung durch kluge Fragen schließen, indem er sich zum Beispiel bei Signora Birindelli scheinbar beiläufig nach ihrer neuen Mieterin erkundigte oder gegenüber Antonio die Fremde erwähnte, wenn er sein Taschengeld in Schokoriegel investierte, um an verlässliche Zeugenaussagen zu kommen. Dennoch hatte er das untrügliche Gefühl, etwas zu versäumen, wenn er sich im Unterricht langweilte, statt seine Ermittlungen zu vertiefen.

Denn einen anderen Gedanken hatte er auch noch nicht ausgeschlossen. Vielleicht war die Frau eine Kriminelle. Vielleicht wartete sie auf einen Auftrag oder bereitete diesen still und heimlich vor. Einer von Fernandos Onkeln arbeitete als Commissario in der Questura in Padua. Doch ehe er ihn einschaltete, wollte er lieber noch mehr über die Fremde herausfinden.

Seine Neugier steigerte sich noch einmal, als zu Beginn der zweiten Dezemberwoche zwei große Pakete für die Unbekannte eintrafen. Das eine war dünn, aber so groß wie ein Gemälde. Das zweite war eine große Kiste, die offenbar so schwer war, dass sich der arme Postbote abmühen musste, um sie aus dem Auto in ihre Wohnung zu befördern.

Was hatte die Frau sich da liefern lassen?

Fernando kam nicht umhin, einen neuerlichen Wandel im

Tagesablauf der Fremden zu bemerken. Zwar ging sie weiterhin jeden Morgen laufen, verzichtete fortan aber darauf, anschließend sofort auszufahren. Stattdessen holte sie sich in der Casa Del Pane ein Frühstück, stets ein Pane al cioccolato mit einem Cappuccino. Wenn er aus der Schule kam, stand ihr Motorrad noch immer im Innenhof. Erst nach dem Mittag bekam man sie wieder zu Gesicht. Dann brach sie doch noch zu ihren Fahrten auf, die aber deutlich kürzer ausfielen als noch in den ersten Tagen nach ihrer Ankunft. Die Osteria besuchte sie weiterhin abends, doch auch dort verweilte sie nicht mehr so lange, sondern kehrte nach dem Essen schnell wieder in ihre eigenen vier Wände zurück.

Fernando war sich sicher, dass diese Änderung in ihrer Routine im direkten Zusammenhang mit der Lieferung der beiden Pakete stehen musste. Da traf er eine Entscheidung: Er musste einen Blick riskieren. Er musste wissen, was sie in dem Gästehaus machte.

Am Samstagnachmittag vor dem dritten Advent, als die Frau gerade wieder auf ihrem Motorrad verschwunden war, verließ Fernando leise das Haus. Er lief über die Piazza und betrat den Innenhof zum Gästehaus. Signora Birindelli kannte ihn schon sein ganzes Leben, und so würde sie annehmen, dass er spielen wollte, so wie er es als Kind immer getan hatte.

Das kleine Gästehaus lag zwischen zwei Häusern. Die Eingangstür war verschlossen, aber damit hatte Fernando natürlich gerechnet. Dass jedoch auch die Vorhänge der Fenster zugezogen waren, war ein Rückschlag. So blieb nur noch eine Möglichkeit, einen Blick in die Wohnung zu werfen: Das Flachdach war beim Umbau durch eine gläserne Pyramide ergänzt worden, sodass mehr Tageslicht in den Wohnraum fiel. Fernando hatte früher, wenn das Zimmer nicht vermietet gewesen war, auf dem Dach gespielt und durch das Fenster gespäht.

Nun würde er dasselbe wieder tun. Dieses Mal aber würde er einem echten Geheimnis auf die Spur kommen. Geschickt kletterte er an der Regenrinne empor, fand die Griffe sicher wieder, die er schon früher benutzt hatte, und zog sich in Sekundenschnelle auf das mit Teerpappe ausgelegte Dach. Vorsichtig trat er näher an das dreieckige Fenster. Es war einen Quadratmeter groß und lag genau mittig oberhalb des Raumes, der mit einem großen Bett, einem Kleiderschrank, einem Esstisch aus Holz und einer einfachen Küchenzeile ausgestattet war. Im hinteren Teil schloss sich ein Badezimmer an.

Fernando ging in die Hocke und versuchte etwas zu erkennen. Er musste sein Gesicht ganz nah an das leicht beschlagene Glas bringen, damit die vagen Formen klare Gestalt annahmen.

Das Bett war ordentlich gemacht, am Kopfende lag ein Pyjama ordentlich gefaltet neben den Kissen. Auf dem Nachttisch stand eine leere Tasse neben einem Buch, dessen Titel und Sprache er nicht erkennen konnte. Daneben stand ein Rahmen, der das Gemälde eines Mannes auf einer Klippe enthielt. Die Küchenzeile wirkte sauber und so, als habe die Frau dort noch nicht gekocht. Kein Wunder, hatte sie bislang doch praktisch immer in der Osteria gegessen. Sie musste reich sein, dachte Fernando, wenn sie jeden Tag in einem Restaurant essen gehen konnte. Seine Mutter sagte immer, zu Hause zu essen sei für ihre Familie das Beste. Auswärts aßen sie nur zu besonderen Anlässen.

Fernando sah sich weiter um, und als er den Esstisch ins

Visier nahm, hatte er gefunden, wofür er gekommen war. Das mussten die Inhalte der Pakete sein, die geliefert worden waren. Es vergingen einige Sekunden, ehe er sich sicher war, was da unten lag. Er riss erstaunt die Augen auf, denn so etwas hatte er bislang nur in Filmen gesehen, die seine Eltern schauten.

Der Laptop und der Drucker, welche auf der Tischplatte standen, waren es nicht, die seine Aufmerksamkeit erregten. Es waren die beiden Pinnwände, so groß wie Gemälde, die nebeneinander auf zwei Stühlen gegen die Rückenlehnen aufgerichtet waren. An diesen Brettern hingen ausgedruckte Fotos zahlreicher Menschen, deren Gesichter Fernando noch nie gesehen hatte. Um die Bilder herum hingen kleinere und größere Zettel mit irgendwelchen handschriftlichen Notizen, die er aus der Entfernung unmöglich entziffern konnte. Zwischen den meisten Personen hatte die Frau farbige Linien gezeichnet, sodass vor Fernandos Auge das Bild eines Spinnennetzes entstand, in dessen Zentrum das Foto eines Mannes hing, der aus seiner Position auf die umliegenden Leute schaute, als wären sie saftige und überaus leckere Fliegen, die er einweben und verspeisen würde, sobald die Zeit gekommen war.

»Vedi qualcosa di interessante?«

Fernando wäre vor Schreck wohl vom Dach gestürzt, hätte es sich nicht um ein Flachdach gehandelt. Dennoch fiel er aus der Hocke hintenüber und landete mit dem Rücken auf der Teerpappe. Er rappelte sich schnell wieder auf und fuhr herum, bereit, sofort davonzulaufen.

Er blickte in die Augen der Fremden, die er seit ihrer Ankunft am ersten Advent überwachte. Zum ersten Mal fiel ihm auf, dass ihre Augen braun waren. Aus diesen sah sie interessiert und ein wenig amüsiert aus dem Innenhof zu ihm auf.

Er fragte sich, warum er sie nicht hatte kommen hören. Sie musste das Motorrad auf der Piazza abgestellt haben, und er war offenbar so in seine Beobachtungen vertieft gewesen, dass er seine Ohren nicht aufgemacht hatte.

»Cosa?«, fragte er so unschuldig wie nur möglich.

»Du hast mich schon verstanden«, sagte die Frau, und nun hörte Fernando in ihrem Italienisch klar und deutlich einen harten Akzent.

»Ich ... ich wollte nur ein bisschen klettern. Ich wollte nicht gucken.«

»Aber natürlich wolltest du das«, gab sie zurück. »Wenn ich es mir recht überlege, beobachtest du mich schon seit dem Tag meiner Ankunft. Du wohnst gegenüber, nicht wahr? Hat der Schokoriegel geschmeckt, den du letztens gekauft hast?«

Beschämt blickte er zu seinen Füßen, doch als er wieder aufschaute, sah er sie lächeln.

»Warum kommst du nicht runter und stellst dich vor?«

Erleichtert, dass ihm offenbar Ärger erspart blieb, kletterte er wieder an der Regenrinne herab und trat vorsichtig zu ihr. Sie streckte eine Hand aus.

»Ich heiße Sofia, und wie heißt du?«

»Fernando, Signora. Fernando Poli.«

Zögernd ergriff er ihre Hand, aber er konnte ihr dabei nicht in die Augen sehen.

»Wie alt bist du?«

»Zehn. Aber ich werde im Januar elf.«

»Das ist ja schon bald. Dann müssen wir unbedingt feiern.«

Er glaubte für einen Moment, dass sich hinter ihrem Lächeln ein trauriger Gedanke in ihre Erinnerung gedrängt hatte. Doch dann war der Moment vorbei, und ihm fiel auf, dass er sie zum ersten Mal lächeln sah. Es war ein mütterliches Lächeln, fand er. So, als wüsste sie genau, wie es in ihm aussah. Ohne darüber nachzudenken, entschied er, dass er sie mochte.

»Warum hast du die ganzen Fotos ausgedruckt?«, fragte er.

»Ich schreibe ein Buch. Das sind meine Notizen, damit ich mich immer an meine Geschichte erinnern kann, die ich erzählen will.«

»Wow, was denn für ein Buch?«

»Einen Krimi. Ich mag spannende Geschichten.«

»Kann ich mal sehen?« Hoffnungsvoll schaute er zur Eingangstür.

»Das ist ein Geheimnis«, sagte die Frau, die sich Sofia nannte. »Aber wenn das Buch fertig ist, bekommst du es zu lesen. Jetzt arbeite ich aber besser mal weiter. Also, Fernando, ich hab mich gefreut, dich endlich kennengelernt zu haben.«

»Danke, Signora, ich mich auch.«

Dann nahm er die Beine in die Hand und rannte aus dem Innenhof. Als er auf der Piazza angekommen war, drehte er sich noch einmal um. Signora Sofia stand an der Tür und blickte ihm nach. Und er fragte sich, warum sie ihn angelogen hatte.

Er glaubte ihr nicht, dass sie ein Buch schrieb.

Und er glaubte ihr auch nicht, dass sie Sofia hieß.

22

Mut war die Fähigkeit, die eigenen Ängste zu überwinden. Das wusste die Frau, die sich Sofia nannte. Denn nur, weil sie ihre eigenen Ängste überwunden hatte, hatte sie den Mut aufbringen können, ihren eigenen Tod zu überwinden.

Sofia trat aus der Dusche im Badezimmer ihrer kleinen Wohnung in Monselice. Von Dampf umhüllt, wirkte ihr Profil im beschlagenen Spiegel mit der schwarzen Kurzhaarfrisur noch immer ungewohnt. Auch mehr als drei Wochen nach ihrem Friseurbesuch fuhr sie sich noch überrascht mit der Hand über den Nacken und wunderte sich, dass er so frei und verletzlich dalag. Ihre blonden Haare gehörten der Vergangenheit an. Ihre grünen Augen waren ebenso Geschichte, sofern sie die braunen Kontaktlinsen trug. Und inzwischen ging ihr auch der Name Sofia leicht von den Lippen.

»Sofia Fabova«, flüsterte Robin Graf, und es klang besser als befürchtet.

Es war ein weiter Weg gewesen zu ihrer neuen Identität. Es war überhaupt ein weiter Weg gewesen seit dem Treffen mit Friederike Duschek. Eigentlich seit dem Samstag im November, da die beiden Anrufe auf ihrem Notfalltelefon ihre Welt auf den Kopf gestellt hatten. Vier Tage später hatte Robin Graf aufgehört zu existieren. Ums Leben gekommen bei einem tragischen Autounfall auf dem Damm von Kahl am Main, auch wenn die Leiche nicht geborgen worden war.

Robin verfolgte die Berichterstattung in den deutschen Medien über eine verschlüsselte Internetverbindung mit verschleierter Identität, die den Standort ihres Laptops ständig über alle sieben Kontinente wechseln ließ. Hamid hatte den Computer für sie bereitgehalten, zusammen mit allem, was sie für ihre Flucht gepackt hatte. Er hatte sie am Ufer in Empfang genommen und in trockene Decken gehüllt, als sie nass und bis auf die Knochen durchgefroren aus dem See geklettert war. Zuvor hatte sie ihren Lexus mit einem genau kalkulierten Manöver so ins Gewässer gesteuert, als habe sie die Kontrolle über ihr Auto verloren. Dabei hatte sich ihr Fahrsicherheitstraining ausgezahlt, welches sie schon zu Zeiten von Klemens Böhle auf sein Anraten hin absolviert hatte.

Der Rest hatte schnell gehen müssen. Sie hatte das Fenster mit dem bereit gehaltenen Notfallhammer eingeschlagen, ihr Blut am Glas hinterlassen und war zurück an Land gewesen, noch ehe die Limousine ganz untergegangen war. Dann waren sie in seinen Golf gesprungen, mit dem er ihr – das Fernlicht aufgeblendet – auf dem Damm entgegengekommen war. Ihr Ziel: Aschaffenburg. Dort hatten sie sich verabschiedet, und Robin hatte die Nacht in einem Hotel mit digitalem Check-in und ohne Rezeption verbracht.

Am nächsten Morgen hatte sie mit ihrer Verwandlung begonnen. Ihrer kleinen Tasche hatte sie schwarzes Haarfärbemittel, braune Kontaktlinsen und eine Brille ohne Sehstärke entnommen. So war in der Hoteldusche aus einer Blondine eine Schwarzhaarige geworden – zusammen mit Linsen und Brille eine zufriedenstellende Illusion, um erfolgreich unterzutauchen. Mit der Bahn war es anschließend über Würzburg nach Wien gegangen und dann mit dem Bus die knapp achtzig Kilometer weiter nach Bratislava in die Slowakei.

Sie hatte in einem Hotel an der Šancová übernachtet und war am folgenden Tag zu einem Friseur gegangen, um ihren nun schwarzen Haaren einen anständigen Schnitt zu verpassen. Nach einem Blick in den Spiegel und der Erkenntnis, sich selbst kaum noch zu erkennen, war sie anschließend, mit einer Mütze tief ins Gesicht gezogen, ins Ružinov-Viertel gefahren. Eine Gegend, die von der Takáčovci-Mafia kontrolliert wurde. In einem Hinterhof war sie fündig geworden, genau so, wie Hamid es ihr beschrieben hatte. Eine Autowerkstatt, in der ein Mann sie in Empfang genommen und nicht viele Fragen gestellt hatte. In seinem Büro hatte er ihr eine Schatulle geöffnet, und sie hatte gestaunt.

Bis dato hatte sie sich nie persönlich um die Beschaffung falscher Papiere gekümmert. Sie hatte zwar schon unter Klemens Böhle gelernt, wie es funktionierte, die Arbeit aber immer über Mittelsmänner laufen lassen. In Bratislava nun hatte sie selbst auswählen dürfen.

Die Hauptstadt der Slowakei lag in einem Vier-Länder-Eck. Bratislava grenzte ebenso direkt an Österreich wie an Ungarn. Die tschechische Grenze wiederum war nur knapp sechzig Kilometer nördlich entfernt. So war es möglich, in einer Werkstatt in Ružinov zwischen Pässen aus vier Nationen zu wählen. Die meisten waren Originale und gehörten in der Regel zu Männern oder Frauen, die so arm waren, dass sie ihre Reisepässe an die Mafia verkauft hatten, da sie es sich ohnehin nie würden leisten können, im Ausland Urlaub zu machen.

So hatte sich Robin für den Pass einer gewissen Sofia Fabova entscheiden können, geboren und noch immer gemeldet in Galanta, eine halbe Autostunde östlich von Bratislava. Ein Jahr jünger als Robin, schwarze Haare, braune Augen, Lippen und Nase ähnlich, nur die Wangenknochen prominenter. Nichts jedoch, was auf den ersten Blick auffallen würde. Und letztlich hatte Robin nicht vor, mit ihrer neuen Identität auf Weltreise zu gehen. Sie brauchte lediglich einen Unterschlupf, einen Zufluchtsort, wo sie zur Ruhe kommen und sich ihre nächsten Schritte überlegen konnte. Dort würde es reichen, sich im Notfall ausweisen zu können. Den einzigen Test, den sie nicht bestehen würde, waren biometrische Scanner. Doch die gab es nur an Flughäfen.

Der Pass war nicht günstig gewesen. Die fünftausend Euro sah Robin jedoch als gut investiertes Geld an, zumal sie dafür zusätzlich noch einen gefälschten Führerschein bekommen hatte. Zwei Ausweise, die aus der deutschen Robin Graf die slowakische Sofia Fabova gemacht hatten.

Die Vorteile des freien Reisens in Europa nutzend, war sie mit ihrer neuen Identität zurück nach Österreich gefahren, bei Villach über die Grenze nach Italien gewechselt und schließlich am ersten Advent in Monselice eingetroffen. Ein Ort, den sie nach dem Abitur vor über zwanzig Jahren mit ihrem damaligen Freund entdeckt und der es ihr – im Gegensatz zu ihrem Freund – nachhaltig angetan hatte. Weil sie in der Schule Italienisch gelernt und die Sprache immer weiterverfolgt hatte, war ihre Wahl auf dieses verschlafene Städtchen gefallen. Dass der junge Fernando neugierig geworden war, war zwar ein Warnsignal, dass sie nicht leichtfertig mit ihrer neuen Identität umgehen durfte. Allerdings konnte sie den Knaben womöglich für sich gewinnen und sich zunutze machen.

Auch wenn sein Anblick jedes Mal eine atemraubende, erdrückende Erinnerung an Clara war.

Dennoch war ihr keine andere Wahl geblieben, als ihren Tod vorzutäuschen, unterzutauchen und alles zurückzulassen, was sie ausgemacht und geliebt hatte. Die Begegnung mit Harald Matthes im Pub hatte sie über diese Klippe stürzen lassen. Der eine Schritt zu weit. Wenn sie ehrlich war, hatte sie den Zusammensturz ihres Lebens bereits in dem Moment kommen sehen, da ihr Notruftelefon zum zweiten Mal geklingelt und die Kugeln Tamara Norden niedergestreckt hatten. Sie war Zeugin zweier brutaler Morde geworden. Sie war Zeugin eines Angriffes auf ihr eigenes Leben geworden, welches das ihres Mannes in Gefahr gebracht hatte. Sie hatte Stephan verloren. Da hätte sie es nicht mit sich ausmachen können, wenn noch weitere Menschen gestorben wären.

Matthes' Bestätigung, dass Urbans Journal tatsächlich existierte, aber niemand zu wissen schien, wo es war und was darin stand, hatte Robins letzte Hoffnungen auf eine Lösung begraben. Schon in den Tagen zuvor hatte sie sich dabei erwischt, wie sie über Fluchtmöglichkeiten nachgedacht hatte. Für Markus und Clara, für ihre Eltern, für Naoko und Hamid. Doch sie hätten ja nicht alle einfach so verschwinden können. Also hatte sie sich, als sich die Frustration ihren Weg gebahnt hatte, am Abend nach dem Treffen mit Matthes bei Naoko ins Bett gelegt und begonnen, mit sich zu debattieren. Schließlich hatte sie den einzigen Menschen um Rat gefragt, dem sie diese Gedanken hatte anvertrauen können.

Nicht Naoko, die ihr diese Überlegung als beste Freundin und als Claras Patentante womöglich nie verziehen hätte. Hamid hingegen war selbst schon einmal geflohen, hatte selbst schon einmal alles und vor allem eine große Liebe zurückgelassen, selbst schon einmal ein neues Leben beginnen müssen. Mit ihm hatte Robin alles ausgebrütet.

In Wahrheit hätte Robin sogar auf einen bereits ausgearbeiteten Fluchtplan zurückgreifen können. Nach Claras Geburt hatte sie begonnen, für ihre Familie ein solches Szenario zu durchdenken. Für den Fall, dass sie mit Markus und der Kleinen ausbrechen, entkommen und ein neues Leben beginnen musste. Doch das war ein Plan für sie drei gewesen, und wenn jemand an die Identitäten von Wouters und Norden hatte herankommen können, dann womöglich auch an Robins Pläne für ihre eigene Familie. So hatte sie einen neuen Weg finden müssen, und der war eng mit Friederike Duschek verwoben gewesen.

Aus mehreren Gründen. Zunächst, weil sie eine glaubwürdige Zeugin darstellte. Eine unbescholtene Bürgerin, die bei der Polizei aussagen konnte, dass Robin Graf an dem Tag ihrer Begegnung unter Migräne gelitten und in ihrem Beisein eine Tablette genommen hatte. Eine Tablette, deren Packung man in ihrem Attachékoffer finden konnte. Ein Medikament, dessen häufigste Nebenwirkungen Müdigkeit und Schwindelgefühle waren. Symptome, die Robin in den Tagen zuvor entweder tatsächlich gezeigt oder vorgespielt hatte. Und dann war da Duscheks Wohnort. Kahl am Main hatte Robin sofort angesprochen. Im belebten Frankfurt war es schwer, einen tödlichen Unfall zu inszenieren, ohne dass es Zeugen gab. Der Damm im beschaulichen Kahl hingegen, das hatte Hamid schnell herausgefunden, war spätabends in der Regel so gering frequentiert, dass sie es gewagt hatten.

Es hatte besser geklappt als befürchtet. Erst die Inszenierung am See, ohne dass andere Autos währenddessen an der Unfallstelle vorbeigekommen waren. Dann die Flucht über Aschaffenburg und Wien nach Bratislava. Obwohl Robin ständig über ihre Schulter geblickt, sich jedes Gesicht gemerkt und nach Verfolgern Ausschau gehalten hatte. Bis sie in Monselice angekommen war, hatte sie all ihre Energie und alle Gedanken darauf verwendet, sich auf ihre Aufgaben zu konzentrieren. Sie hatte über die Jahre viele ihrer Klienten geschult, hatte ihnen eingeschärft, worauf es ankam, wenn man ein neues Leben beginnen wollte. Wie wichtig es war, nicht nur das Äußerliche zu verändern, sondern auch die inneren Merkmale, die alle Menschen mit sich trugen, hinter sich zu lassen.

In den ersten Tagen war es einfach gewesen. Robin hatte Hamids Laptop nicht eingeschaltet, nur bar gezahlt und keine digitalen Spuren erzeugt. Sie hatte sich unauffällig gekleidet, mit niemandem gesprochen, sich ganz auf ihre Mission konzentriert. Sie hatte nur öffentliche Verkehrsmittel genommen, sich nirgendwo ausweisen müssen, in anonymen Hotels oder Pensionen übernachtet und in Bratislava ein gebrauchtes Smartphone mit Prepaid-Karte gekauft, auch das, ohne sich ausweisen zu müssen.

So war sie schließlich mit dem Zug am Bahnhof Venezia Santa Lucia angekommen. Dort hatte sie an einem öffentlichen Computer eine Website für möblierte Wohnungen auf Zeit aufgerufen und das Inserat einer gewissen Signora

Birindelli entdeckt. Ein Anruf von einer Telefonzelle aus hatte genügt, um sich mündlich zu einigen. Und so war sie tags darauf mit der Bahn nach Monselice gefahren und in ihre kleine Wohnung an der Piazza Mazzini gezogen.

Erst nachdem sie die Tür hinter sich geschlossen und sich aufs Bett gesetzt hatte, hatte sie es sich das erste Mal genehmigt durchzuatmen. In diesem Moment war passiert, wovor sie sich gefürchtet und wovor sie schon viele ihrer Kunden gewarnt hatte.

Sie hatte realisiert, was sie zurückgelassen hatte.

Und wen.

Die ersten Nächte hatte sie kaum geschlafen, sich erst nach vielen Stunden in den Schlaf geweint. Sie hatte ihre Entscheidung verflucht, hatte neben sich nach Markus getastet, hatte geglaubt, Claras Stimme aus dem Nebenzimmer zu hören, das es hier in Monselice gar nicht gab. Bei einem Spaziergang durch den Ort war ihr ein Duft in die Nase geweht, der sie sofort in den Günthersburgpark zurückversetzt und schmerzhaft an die vielen Stunden auf dem Spielplatz mit ihrer Kleinen erinnert hatte.

Es waren solche Momente, in denen untergetauchte Menschen die ersten Fehler machten. In denen sie zu googeln begannen und Social-Media-Profile besuchten. Sie wollten Bilder ihrer Familie und ihrer Freunde ansehen, speicherten sie womöglich und fielen so in ihr altes Leben zurück, weil sie es mehr vermissten, als sie gedacht hatten. Und hinterließen damit erste Spuren, mit denen sie wieder auffindbar wurden.

Untertauchen brauchte Zeit und Geduld, musste sich Robin ermahnen. Und es brauchte einen klaren Kopf. Sie hatte kaum etwas aus Frankfurt mitgenommen. Keine

Kleidung, denn die hatte sie erst auf ihrer Reise gekauft, und sie hatte darauf geachtet, dass sie sich stark von der Mode der Robin Graf unterschied. Keine Fotos, kein Handy, nur Hamids Laptop. Ihren Schmuck inklusive Ehering hatte sie Hamid überreicht, der ihn für sie aufbewahren würde. Sie war praktisch nackt losgezogen, einzig ausgestattet mit einer Menge Bargeld in Euro und US-Dollar, welches sie dem Bestand des Agentursafes entnommen hatte. Ebenso hatte sie mehrere Wallets mit Kryptowährungen mitgenommen, von deren Existenz selbst ihr Mann nichts wusste. Ein Vermögen von etwas über einer Million Euro, welches ihr im schlimmsten Fall ermöglichen würde, in einer anderen Welt ein neues Leben zu beginnen, falls ihr Plan scheiterte.

Ein Plan, über den sie nun praktisch jede Minute nachdachte. Deswegen hatte sie mit dem Joggen begonnen, um morgens ihren Kopf freizubekommen. Deswegen hatte sie sich bei einem zwielichtigen Händler eine KTM-Maschine gemietet, natürlich gegen Barzahlung. Zunächst für einen Monat, in der Hoffnung, dass die Ausfahrten ohne Richtung und ohne Ziel einen Teil der seelischen Last von ihren Schultern nahmen. Und deswegen widmete sie sich den Rest des Tages der Rekonstruktion von allem, was geschehen war.

Eine der beiden Pinnwände an ihrem Esstisch zeigte die Ereignisse der Tage im November von den beiden Notrufen bis zu ihrem Verschwinden. Das zweite Board bildete den gesamten Fall Urban ab. Sie hatte sich vorgenommen, alles zu durchforsten. Sie wollte jeden Stein umdrehen, jeden Namen nachverfolgen, jede Aussage überprüfen und jede Verbindung sichtbar machen. Sie wollte alles dafür tun, herauszufinden, wer sie in die Verbannung getrieben hatte. Und dann würde sie diese Personen zu Fall bringen. Denn sie wollte verdammt sein, wenn sie dieses Opfer der Isolation und des Exils gebracht hatte und sich einfach in ihr Schicksal ergab.

Robin Graf mochte tot sein.

Doch Sofia Fabova war auf der Jagd.

23

Die Faust kam auf ihr Gesicht zugeflogen. Mit einem schnellen Schritt zur Seite wich sie aus, riss gleichzeitig ihre Hände hoch und wehrte den Schlag ab. In der nächsten Sekunde schlug sie selbst zu, rechts, links in Richtung des Kopfes ihres Angreifers. Ihre gepolsterten Hände fanden das Ziel und trafen die Polster ihres Trainers.

»Molto bene!«, rief Valerio und trat von ihr weg.

Robin befand sich in einem kleinen Fitnessstudio. Es gehörte dem mit genügend Muskeln für drei normalsterbliche Männer ausgestatteten Valerio. Ein junger Mann mit Glatze und Vollbart, der sich nicht lange hatte überzeugen lassen müssen, sie kurzfristig als Personal Trainer zu betreuen.

Robin war nun schon fast drei Wochen in Italien. Und sie trainierte, wie sie noch nie zuvor trainiert hatte. Jeden Morgen joggte sie am Canale entlang in Richtung Battaglia und zurück. Am ersten Tag hatte sie keine fünf Kilometer geschafft. Inzwischen waren es schon über acht. Freude machte ihr das Asphaltfressen nicht, aber sie verspürte eine gierige, fast rachsüchtige Befriedigung in jedem Schritt, den sie in ihren Laufschuhen zurücklegte, die sie sich extra dafür gekauft hatte.

Doch das monotone Kilometerzählen war ihr zu wenig. Noch in ihrer ersten Woche in Monselice war sie mit ihrem Bike auf die Suche gefahren und hatte im Süden des Städtchens dieses Studio aufgetan. Unscheinbar, kaum besucht und mit einem Trainer, der ihr Trainingsziel sofort verstanden hatte.

»Ich will mich wehren können«, hatte Robin Valerio gesagt und gefragt, was er ihr zu bieten hatte. »Ich will lernen, wie ich mich selbst verteidigen kann. Nicht in drei Jahren, sondern ich will es sofort können.«

Valerio hatte keine Sekunde gezögert.

»Du willst Krav Maga lernen. Keine Theorie, keine Regeln, sondern harte Realität. Kontaktkampf pur.« Dann hatte er gefragt: »Hast du Angst, auch mal ein bisschen schmutzig zuzulangen?«

Sie hatte trotzig den Kopf geschüttelt, ohne zu wissen, ob sie wirklich dazu in der Lage war.

»Dann bist du bei mir richtig«, hatte Valerio erklärt mit einem Gesichtsausdruck, der zu wissen schien, dass sie keinesfalls schon einmal richtig schmutzig zugelangt hatte.

Sie hatten sofort losgelegt. Das war vor zwei Wochen gewesen. Seitdem kam sie jeden Tag hierher. Morgens eine Laufrunde, nachmittags am Ende ihrer Tour auf der KTM eine Stunde Krav Maga. Harte Schläge, Stöße und Tritte, eine Kombination aus natürlichen Reflexen und einfachen, gezielten Bewegungen. Immer mit dem Ziel, einen Angriff abzuwehren oder präventiv zu attackieren, um dem Gegner nicht die Initiative zu überlassen.

Nicht, dass Robin das Gefühl hatte, für diesen Sport gemacht zu sein. Die Art und Weise jedoch, wie Valerio sie an mögliche Gefahren und die dazu passenden Abwehr- und Angriffstechniken heranführte, mochte sie. Ob von vorne, von hinten oder am Boden, ob mit Schlägen, Tritten, Klammergriffen oder gar Waffen: Ihr Trainer hatte verstanden, dass sie keine Langzeitschülerin sein wollte, sondern schnell und systematisch die Grundlagen erlernen wollte. Eine Frau, die in der Lage sein wollte, sich zu verteidigen und notfalls selbst zum Angriff überzugehen – und die bereit war, dafür zu leiden.

Robin war selbst überrascht, wie sehr sie in der Lage war, sich körperlich zu quälen. Diese Eigenschaft hatte sie bei sich über viele Jahre nur beruflich gekannt. Sie hatte immer gerne lange und hart gearbeitet. Doch das war in ihrem Job gewesen. Nicht im Fitnessstudio oder im Sportverein, nicht in Laufschuhen, auf dem Fahrrad oder auf einer Kampfmatte. Während Naoko als passionierte Schwimmerin immer topfit durch den Tag gegangen war, hatte Robin lieber abends ein weiteres Glas Wein getrunken, als morgens um halb sieben an die Tür eines Hallenbads zu klopfen.

Das war jetzt anders. Ganz anders.

»Noch mal«, sagte Valerio, »aber dieses Mal trittst du mir in die Eier.«

»Zu Befehl«, scherzte Robin, auch wenn sie wusste, dass ihr Coach es ernst meinte. Sie trat zurück und bereitete sich auf seinen neuerlichen Angriff vor.

Dieses Mal attackierte Valerio ihren Oberkörper. Robin wich einen Bruchteil zu langsam aus, und im nächsten Augenblick krümmte sie sich keuchend am Boden. Er hatte sie genau am Solarplexus getroffen. Robin blieb der Atem weg. Sie kniete auf dem mit Matten ausgelegten Hallenboden und versuchte den Schmerz zu überwinden. Da spürte sie einen Fuß an ihrer Schulter, und mit einem festen Stoß beförderte Valerio sie gänzlich zu Boden und auf den Rücken.

»Streck dich aus, wenn du keine Luft kriegst«, sagte er

leichthin. »Roll dich nicht zusammen. Dann können deine Lungen sich nicht weiten.«

Robin blieb auf dem Rücken liegen, und tatsächlich wurde es nach wenigen Sekunden besser.

»Siehst du?« Valerio blickte amüsiert auf sie herab. »Hoch mit dir! So fest war mein Schlag auch ...«

Mit einer ruckhaften Bewegung zog Robin ihr rechtes Bein an und setzte es wie eine Sense ein. Sie traf Valerio in den Kniekehlen, und schon lag der Trainer neben ihr auf der Matte.

»Nett, dass du mir Gesellschaft leistest«, sagte Robin höhnisch. »Was wolltest du sagen?«

»Du lernst schnell.« Valerio grinste, stand wieder auf und half ihr hoch. »Das gefällt mir. Du hast den richtigen Ehrgeiz.«

Robin lächelte. »Gute Einheit«, bedankte sie sich bei ihm. »Morgen selbe Zeit?«

»Jeden Tag dieselbe Zeit, bis ich mich nicht mehr so von dir übertölpeln lasse.«

Auf dem Motorrad zurück in ihre Wohnung dachte Robin, all diese Kampftechniken nie im Ernstfall anwenden zu wollen. Sie war kein gewalttätiger Mensch. Dennoch musste sie sich eingestehen, dass sich ihrer in den letzten Wochen eine zuvor nicht gekannte Wut bemächtigt hatte. Eine Mischung aus Frustration, Trauer und Enttäuschung einerseits und Furcht andererseits, dass jene Gesichtslosen, die sie aus ihrem Leben vertrieben hatten, noch einmal auf ihre Spur kommen könnten. Mit dieser Angst leben zu müssen, ständig über die Schulter schauen zu müssen, machte sie sauer.

Robin wusste nicht, was in den kommenden Wochen,

Monaten oder gar Jahren passieren würde. Sie wusste nur, dass sie für jeden möglichen Fall vorbereitet sein wollte. Und das bedeutete, dass sie nicht nur versuchen musste, herauszufinden, wer hinter dem Komplott steckte, der sie hierher nach Monselice gebracht hatte. Sie musste ihren Körper auch auf eine Art zu beherrschen lernen, die es ihr ermöglichen würde, sich im Ernstfall zu wehren.

Auf ihrer dreiwöchigen Flucht hatte sie zunächst vor lauter Stress so wenig gegessen, dass sie fast vier Kilo verloren hatte. Dann hatte sie hier vor Ort zu trainieren begonnen. Robin spürte fast täglich, wie sich ihr Körper weiter veränderte. Hatte sich Sofia Fabova anfangs nur durch eine neue Frisur und braune Kontaktlinsen von Robin Graf unterschieden, hatte sie sich nun auch eine andere Figur zugelegt.

Als sie ihre Wohnungstür aufschloss, spürte sie die Tatkraft, die das Training in ihr freisetzte. Dieses Gefühl war eine der besten Nebenwirkungen ihrer neuen Routine. Sie fühlte sich bereit für neue Herausforderungen. Daher überraschte es sie auch nicht, als sie nach einer schnellen Dusche entschied, etwas zu tun, wofür sie noch vor einigen Tagen keinen Mut gehabt hätte.

Sie ging zu ihrem Nachttisch am Bett und betrachtete die Postkarte, die sie dort eingerahmt aufgestellt hatte. Als Kind hatte sie Postkarten gesammelt. Überall, wo sie mit ihren Eltern hingereist war, hatte sie die zehn auf fünfzehn Zentimeter großen Pappkärtchen kaufen wollen. Mit Fotos touristischer Attraktionen, mit Sprüchen in Sprachen, die sie nicht verstand, mit lustigen Zeichnungen oder mit berühmten Bildern ebenso berühmter Künstler. Da Vincis

Mona Lisa, van Goghs *Sternennacht*, Monets *Seerosenteich*. Auch vom *Wanderer über dem Nebelmeer* von Caspar David Friedrich hatte sie eine Postkarte in ihrer Sammlung gehabt, die später erst im Keller und dann im Müll verschwunden war.

Nun besaß Robin erneut ein kleines Abbild ebenjenes Wanderers. Ein Mann, erhaben, stolz, elegant in seinem dunkelgrünen Anzug, stand auf einem Felsvorsprung, die Linke auf sein Knie gestützt, in der Rechten einen Wanderstab. Unter ihm, ihm zu Füßen, breitete sich eine hügelige Landschaft in milchigem Nebel aus. Windig schien es zu sein, so, wie der Schleier gen Osten getrieben wurde. Robin störte es nur immer, dass das goldgelockte Haar des Wanderers eher nach Westen zu wehen schien und damit gegen den Wind.

Als Kind hatte sie mit einem gelben Buntstift die Frisur in eine Löwenmähne verwandelt, ehe sie feststellen konnte, dass sie damit das Meisterwerk ruiniert hatte. Jetzt nahm sie den Bilderrahmen, ging zum Esstisch und legte ihn vor sich auf die Holzplatte. Das Motiv ließ sie an ihren eigenen Weg denken. Noch konnte sie ihren eigenen Horizont nicht sehen. Wusste nicht, was vor ihr lag. Wusste nur, dass sie nicht bereit war, sich geschlagen zu geben.

Sie zog ihr in Bratislava erworbenes Smartphone hervor. Darauf hatte sie eine App installiert, die sie nun öffnete. Es dauerte eine Sekunde, dann aktivierte das Telefon die Kamera. Für das ungeübte Auge schien es, als könne Robin nun Fotos schießen.

Tatsächlich aber richtete sie die Linse auf die Miniatur-Malerei von Caspar David Friedrich in dem Bilderrahmen. Automatisch erfasste die App die Umrisse des Kunstwerks, und nach einer Sekunde begann sich vor Robins Auge etwas aufzutun: Aus der Postkarte des *Wanderers über dem Nebelmeer* wurde ein deutlich realistischeres Gemälde desselben, in einem goldenen Rahmen, welcher an einer pastellblauen Wand hing. Robin zoomte aus der Nahaufnahme, und rechts neben dem goldenen Bilderrahmen erschien auf ihrem Bildschirm ein kleines, weißes Schild auf pastellblauem Grund, das den Titel des Gemäldes und seinen Künstler sowie das geschätzte Jahresdatum 1818 angab, an dem der *Wanderer* das Licht der Welt erblickt haben sollte.

Das Gemälde auf ihrem Smartphone lag nun nicht mehr auf dem rustikalen Holztisch in Monselice, sondern hing an einer Wand in einem Museum, materialisiert in einer dreidimensionalen Darstellung. Die Illusion entführte Robin in einen der Ausstellungsräume eines Museums.

Die Technologie dahinter hieß Augmented Reality, und Hamid hatte sie genutzt, um als eines seiner beruflichen Standbeine solche Modelle zu entwickeln, mithilfe derer Besucher von Museen auf ihren Smartphones eine digitale Reise durch eine Ausstellung erleben konnten. Während sie tatsächlich im Museum weilten und die Bilder aus nächster Nähe begutachten konnten, fanden sie zu jedem Ausstellungsstück weiterführende Texte, Audio- und Videodateien. Und wenn sie wollten, konnten Kunstinteressierte sogar fiktive Dialoge zwischen einzelnen Künstlern erleben, die über die Smartphones als 3D-Animationen neben den jeweiligen Gemälden oder Skulpturen auftauchten und ihre eigenen Werke erklärten.

Es war ein eindrucksvoll reales Eintauchen in eine digitale Welt, die sich mit der Wirklichkeit vermischte. Robin hatte es selbst schon einige Male ausprobiert, und mitunter war sie überrascht gewesen, wenn sie von ihrem Smartphone aufgeblickt und eben nicht Rembrandt oder Picasso vor sich gesehen hatte, nachdem sie ihnen doch gerade noch auf ihrem Telefon zugesehen und zugehört hatte.

Hamid hatte sich diese Technologie zunutze gemacht, um für Robin einen Kommunikationskanal zu ihrem alten Leben zu öffnen. Als sie in Monselice angekommen war, hatte sie zunächst im Forum einer englischsprachigen Website für orientalische Rezepte einen Post hinterlassen, eine einfache und vorher mit Hamid vereinbarte Nachricht, mithilfe derer er sicher sein konnte, dass sie wohlauf und dort angekommen war, wo sie ihr Lager hatte aufschlagen wollen. Nicht, dass Hamid wusste, wo sie sich aufhielt. Dieses Wissen hatten beide als zu wertvoll erachtet, als dass sie das Risiko eingegangen wären, es zu teilen. Doch ein unschuldiger Kommentar in einem Online-Forum für Baba-Ghanoush-Rezepte war ein ausreichender Weg gewesen, um Hamid wissen zu lassen:

Ich bin gut angekommen.

Die Augmented-Reality-App hingegen war eine andere Geschichte. Hamid hatte ihr vor ihrem Abschied in Aschaffenburg die Postkarte überreicht, und sie hatte gewusst, was sie bedeutete. Er hatte ihr nicht aufgetragen, dort vorbeizuschauen. Er hatte ihr nicht gesagt, was sie dort finden würde. Sie hatten auch nicht verabredet, dass sie die App in regelmäßigen Abständen nutzen würde. Doch vor wenigen Tagen hatte sie es erstmals getan. Und gefunden, worauf sie gehofft hatte.

Sie hatte lachen müssen, als sie Hamids Hinweis entdeckt hatte, der nur für sie persönlich gemeint war. Denn die App war öffentlich zugänglich, jeder andere Museumsbesucher konnte finden, was Hamid extra für Robin dem Programm für die Ausstellung hinzugefügt hatte. Realistisch gesehen würde natürlich kein Museumsgänger auf die Idee kommen, dass sich eine geheime Botschaft in dieser App versteckte. Schon gar nicht dort, wo Hamid sie einprogrammiert hatte.

In allen digitalen Darstellungen der Ausstellungsräume saßen dezent im Hintergrund Museumswächter auf Stühlen. Die Besucher konnten sie in der App antippen und auf diese Weise ansprechen, um Fragen zu stellen. Wo sich welche Ausstellungsstücke befanden, was es an diesem Tag im Museumscafé zu essen gab, wo sich die nächste Toilette befand. Robin hatte auf der Suche nach einem Hinweis auf Hamids versteckte Botschaft zu Füßen eines dieser digitalen Museumsführer eine Tasche entdeckt. Bei näherem Hinsehen war ihr aufgefallen, welch verblüffende Ähnlichkeit diese Tasche mit ihrem Attachékoffer hatte, den sie im Lexus LS hatte zurücklassen müssen.

Eine liebevolle Kleinarbeit ihres lieben Hamid.

Und so manövrierte sie sich auch jetzt wieder durch das Museum, fand den Raum, fand den virtuellen Mitarbeiter des Hauses und fand so das digitale Abbild ihres alten Koffers. Um an die Botschaft dahinter zu gelangen, musste sie stark hineinzoomen. Erst dann konnte sie auf das kleine Schloss klicken, das die Initialen RG trug. Beim ersten Mal war Robin überrascht gewesen, denn es öffnete sich zunächst ein Feld, das ein Passwort einforderte. Doch Hamid hatte auch dafür vorgesorgt und das Passwort auf die Rückseite einer zweiten Postkarte geschrieben, die sie ebenfalls in ihrer Tasche gefunden hatte.

Robin gab auch jetzt wieder die Kombination aus sechzehn Buchstaben, Zahlen und Sonderzeichen ein. Augenblicklich verschwand die Museumsansicht, und eine Schriftrolle glitt über den Bildschirm in ihrer Hand. Hamids erste Botschaft war lediglich eine unverbindliche und namenlose Begrüßung gewesen. Ein Hallo aus einer anderen Welt, zu der Robin nicht mehr gehörte. Am Ende der kurzen Nachricht hatten mehrere Fragen gestanden, die sie hatte beantworten müssen und deren Antworten nur Robin Graf und Hamid Erdem kennen konnten.

In welchem Café sie sich das erste Mal getroffen hatten, als Klemens Böhle ihr den Auftrag gegeben hatte, Hamid kennenzulernen – im Süden Café auf der Berger Straße. Zu welchem Zahnarzt Hamid in Frankfurt ging – zu keinem, denn er hasste Zahnärzte. Wo Hamid die schlechteste Bratwurst seines Lebens gegessen hatte – auf der Dippemess vor der Eissporthalle. Und zuletzt, wo Hamid niemals Urlaub machen würde – auf einem Kreuzfahrtschiff.

So hatte sie sich für ihn verifizieren müssen, um ihm zu versichern, dass es sich bei der digitalen Kontaktperson tatsächlich um Robin und nicht um jemand anderen handelte. Sie hatte die Antworten mit Freude abgeschickt, sich aber ermahnt, diese Plattform nicht täglich zu besuchen. Daher kam sie nun erst zum zweiten Mal vorbei und wusste nicht, was Hamid diesmal für sie bereithalten würde.

Es war ein Brief, in dem alles stand, was sie nicht der Zeitung hatte entnehmen können.

Ein Brief, der ihr Herz schwer machte.

Robin,
da du dich erfolgreich an alles erinnert hast, was ich dir zur

Aufgabe gestellt habe, gehe ich davon aus, dass du es tatsächlich bist und es ungefährlich ist, dir hier zu schreiben. Ich hätte nichts anderes erwartet, aber ich bin lieber auf Nummer sicher gegangen.

Ich erspare dir alle Gefühlsduseleien, die weder dir noch mir helfen. Das Wichtigste zu Beginn: Wir sind alle wohlauf. Markus wurde inzwischen aus dem Krankenhaus entlassen. Die Ärzte sagen, er wird wieder vollständig gesund. Clara ist bei ihm und geht wieder in die Kita. Deine Eltern helfen ihnen, und wenn ich Markus richtig verstehe, geht ihm Dorothees Bemutterung und Großmütterlichkeit ordentlich auf den Zeiger.

Du willst aber sicher auch wissen, ob es noch einmal eine Kontaktaufnahme von unbekannt gab. Nein, gab es nicht. Als du in der Nacht nach deinem Treffen mit der Duschek nicht zurückgekehrt bist, hat Naoko mich in Sorge angerufen. Ich habe vorgegeben, über ein paar Programmierungen die Zeit vergessen zu haben, und bin sofort zu ihr gefahren. Gemeinsam haben wir Olberding kontaktiert. Er ist gleich gekommen, und wir haben ihm berichtet, was du vorhattest. Es dauerte nicht lange, bis die Nachricht von dem Unfall aus Kahl kam. Naoko hat es natürlich ziemlich die Schuhe ausgezogen, aber wir sind trotzdem am nächsten Tag an deiner Stelle in die Kleinmarkthalle gegangen. Niemand hat uns angesprochen, niemand ist uns aufgefallen. Wir vermuten, dass die andere Seite zu diesem Zeitpunkt bereits von deinem Unfall wusste. Robin, wir haben seitdem nichts mehr gehört. Die Polizei ermittelt natürlich, sie nehmen deinen Unfall nicht als solchen hin. Können sie ja auch gar nicht, wenn man bedenkt, was alles passiert ist. Olberding hält uns auf dem

Laufenden, aber alles scheint so geklappt zu haben, wie du es dir vorgestellt hattest. In deinem Koffer hat er gefunden, was du ihn finden lassen wolltest, um die Ermittlungen auszuweiten. Er kam auch zu uns wegen deines Smartphones, ich habe ihm gerne den Code genannt, sodass er die Nachrichten von unbekannt finden konnte. Das geht jetzt alles seinen Gang, auch wenn es mir noch immer schwerfällt zu akzeptieren, dass du das für uns alle getan hast.

Ich erspare dir die Details, wie es jetzt mit dir hier weitergeht. Nur so viel: Du bist offiziell nicht tot. Wir haben ja über das Verschollenheitsgesetz gesprochen. Frühestens in einem Jahr kannst du für tot erklärt werden. Entsprechend hat sich auch noch nichts geändert. Keine Leiche, kein Tod, kein Testament, kein Erbe. Markus kümmert sich liebevoll um Clara. Naoko lässt ihre Mandate ruhen, sie braucht erst einmal eine Auszeit. Wir kümmern uns nur noch um die letzten offenen Fälle. Dann werden wir die Agentur in den Ruhestand versetzen. Was dann noch bleibt, ist das Notfalltelefon. Das liegt bei mir, wie ich es dir versprochen habe.

Wie geht es jetzt weiter? Erst einmal zu dieser Plattform hier: Ich bekomme eine Nachricht, sobald du meinen Brief gelesen hast. Theoretisch könnten wir hier auch chatten, und es gäbe sogar die Möglichkeit zu einem Videocall. Ich finde aber, das lassen wir mal schön bleiben. Für den Anfang habe ich es so eingerichtet, dass du mir eine Botschaft schicken kannst, sobald sich das Pergament wieder zusammengerollt hat. Mein Brief löscht sich dann automatisch, und deine Nachricht kommt verschlüsselt bei mir an. Das muss dir also keine Sorgen bereiten.

Wenn ich nichts von dir höre, werde ich dir ab sofort alle zwei Wochen schreiben. Und sei es nur, dass es nichts Neues gibt.

Wo auch immer du bist, pass auf dich auf!

Hamid

Robin las Hamids Brief mehrfach. Dann schloss sie das Dokument. Es öffnete sich ein neues Fenster, und sie wurde gefragt, ob sie selbst eine Nachricht verschicken wollte. Sie überlegte kurz und sendete dann nur ein Wort:

Danke!

Obwohl Hamid betont auf alle Gefühlsduseleien verzichtet hatte, konnte sie ihre Tränen nicht zurückhalten. Markus wurde wieder gesund. Clara war wieder zu Hause. Alle waren irgendwie okay. Hamid hatte ihr die Qualen erspart und nicht erwähnt, wie Markus und Clara mit ihrem Verschwinden umgingen. Das hätte Robin wohl kaum ertragen. So hielt sie sich an den nüchternen Fakten fest. Die Polizei ermittelte, die Unbekannten hatten sich nicht mehr gemeldet und fuhren mit ihrer Suche nach dem Journal von Leonhard Urban offenbar woanders fort. Robin hatte erreicht, worauf sie gesetzt hatte. Ihr Unfalltod hatte den Fokus von ihrer Familie, von Naoko und Hamid, von ihnen allen genommen.

Das war das Opfer wert gewesen.

Oder?

Wir sind allein geboren.

Wir leben allein.

Wir sterben allein.

Robin konnte dieser Weisheit nichts abgewinnen. Niemand kam allein auf die Welt, sondern mit der Liebe und Kraft der Mutter. Und nur die Unglücklichen lebten und starben allein.

Robin war nun allein.

Doch sie würde darum kämpfen, dass sie nicht allein sterben musste.

24

In der Woche vor Weihnachten verwandelte sich Monselice in ein besinnliches Nest feiernder Menschen. Sobald der Himmel sich nach Sonnenuntergang zu verdunkeln begann, wurde die Piazza Mazzini erleuchtet. Vom alten Uhrenturm hingen Lichterketten herab, die sich wie der Schweif einer Sternschnuppe quer über den Platz spannten. Zahlreiche Stände säumten die Freifläche, sodass ein kleiner Weihnachtsmarkt entstand, auf dem jeden Tag Hunderte Menschen zusammenkamen, tranken, aßen, lachten, den Jongleuren und Feuerspeiern applaudierten. Der Markt erstreckte sich auch in die Nebenstraßen und Gassen, wo traditionelle Zünfte in Gardeuniformen aufliefen. Und neben dem Kiosk ragte ein großer, bunt geschmückter Weihnachtsbaum in die Höhe.

Mehrfach sah Robin in den folgenden Tagen Fernando mit Freunden zwischen den Ständen umherspringen. Er hatte es aufgegeben, ihr hinterherzuspionieren. Dafür hatte sie versprochen, im Januar mit ihm seinen Geburtstag zu feiern.

Anfang der Woche entfloh Robin für einen Tag dem Trubel und fuhr mit ihrer Maschine nach Padua. Sie stellte ihr Motorrad auf dem Prato della Valle ab, einem in der Römerzeit als Marsfeld angelegten Platz direkt an der Basilika Santa Giustina. Wer nach Padua kam, den führten die Wege unweigerlich hierher. An den Wasserspielen vorbei und über Kopfsteinpflaster ging sie die Via Umberto mit ihren hohen Arkaden entlang zu Fuß ins alte Ghetto di Padova im Herzen der ehrwürdigen Universitätsstadt.

Inzwischen war es ihr zur Gewohnheit geworden, ihre Umgebung anders wahrzunehmen. Sie beobachtete, welche Menschen ihr entgegenkamen. Sie blieb an Schaufenstern oder Zeitungsständen stehen und blickte sich verstohlen um. Sie betrat große Kaufhäuser durch einen Eingang, um sie nach einer kleinen Rolltreppenfahrt durch einen anderen Ausgang wieder zu verlassen. Robin hatte schon früher in Frankfurt Umwege in Kauf genommen, wenn sie ein ungutes Gefühl bekommen hatte. Frauen lernten ohnehin, genauer darauf zu achten, wer ihnen folgte und ob sie sich gerade allein in einer Seitengasse befanden. Doch für Robin hatte es auch zu ihrem Beruf gehört. Nun war dieses Verhalten kein Teil ihres Berufs, sondern Teil ihres neuen Lebens geworden.

Ehe sie ihre erste Destination in Padua ansteuerte, schlug sie daher einige Haken und irrte scheinbar hilf- und orientierungslos durch die Straßen der Stadt. Schließlich betrat sie einen Friseursalon, den sie sich ausgeguckt hatte, und ließ sich von einer reizenden Friseurin namens Saffira ihren inzwischen deutlich gewachsenen und nur notdürftig nachgefärbten Kurzhaarschnitt professionell korrigieren. Saffira servierte ihr einen Espresso, und zusammen mit einer älteren Dame, die im Stuhl neben Robin unter einer Trockenhaube saß, quatschten sie über Weihnachten. Es wirkte friedlich und fast so, als könne ein solches Erlebnis zu Robins neuem Alltag gehören. Nur, dass Robin in dem Gespräch kaum ein wahres Wort über sich selbst sprach.

Eine Stunde später bedankte sie sich und trat mit ihrer

neuen Frisur, die Victoria Beckham neidisch gemacht hätte, wieder auf die Straße. Nun musste sie nur noch mehrere Boutiquen aufsuchen, um Posh Spice auch modisch Konkurrenz zu machen. Sie wusste nicht, was es war, aber in Italien kleideten sich die Menschen auf natürliche Art und Weise besser und eleganter, ohne mit ihrer Eleganz hausieren zu gehen. Sie lebten Mode genauso, wie sie Essen und Trinken lebten.

Als Sofia Fabova wollte Robin sich diesem Look annähern. Auch, weil er sich von ihrem alten, eher praktisch orientiertem Business-Chic deutlich unterschied. Als sie die ersten Hosen anprobierte, stellte sie überrascht fest, dass sie tatsächlich zwei Kleidergrößen verloren hatte. Sie ließ sich beraten, vertraute auf das Urteil der Verkäuferinnen und zwang sich dazu, in den Geschäften nicht nach Robins Mode zu greifen, sondern offen zu sein für andere Outfits und Stile. Sie merkte, dass ihr Wechsel von der blonden Robin zur schwarzhaarigen Sofia auch mit anderen Farben in ihrer Kleidung einherging. Während Robin gerade im Sommer gerne Pastellfarben getragen hatte, fand sie sich nun in einer Welt aus Smaragdgrün, Violett, Saphirblau und Samtschwarz wieder.

Und in einer Welt, in der Qualität kostete. Robin verdrängte den Gedanken jedoch, wenn sie die Rechnungen bezahlte und darum bat, ihre Einkäufe am folgenden Tag geliefert zu bekommen. Schließlich konnte sie sich später schlecht mit einem Dutzend Tüten und Taschen auf ihr Motorrad setzen.

Nachdem sie ihren Einkauf in einem Schuhgeschäft beendet hatte, ließ sie sich auf der Piazza della Frutta in einen der Stühle eines Cafés fallen. Es schien zwar nicht die

Sonne, doch es war trocken und warm genug, um für einen Aperitivo draußen zu sitzen. Sie bestellte einen Cynar Spritz sowie Oliven und ließ ihren Blick unauffällig über die Menschen gleiten, die an den anderen Tischen saßen. Ein Pärchen hatte sie schon früher gesehen, als es sich neben dem Schuhladen an einer Eisdiele versorgt hatte. Sie erkannte auch eine Frau wieder, die ihr bereits am Prato della Valle aufgefallen war – wegen des Golden Retrievers, mit dem die Dame unterwegs war und auf den sich Clara sofort quietschend gestürzt hätte. Dann blieben ihre Augen an einem Mann hängen, der ihr ebenfalls schon einmal untergekommen war. Sie brauchte einen Augenblick, bis sie sich erinnerte. Er hatte in der Via Umberto an einem der Pfeiler der Arkaden gestanden, als sie unweit von seiner Position aus dem ersten Damenmodengeschäft gekommen war. Er trug noch seine weiße Cap mit einem großen Wappen des FC Bologna und nippte an einem Pils.

War es Zufall, dass auch er hier auf der Piazza della Frutta war? Sie versuchte ihn aus dem Augenwinkel weiter zu beobachten. Bildete sie es sich nur ein, oder sah er immer dann zu ihr herüber, wenn er glaubte, dass sie nicht in seine Richtung schaute? Er mochte in den Vierzigern sein, also in ihrem Alter. Es war unmöglich zu sagen, woher er kam – ob er ein Einheimischer war oder Ausländer. Er trug Jeans und eine dunkle Daunenjacke, saß allein an seinem Tisch, telefonierte nicht, spielte nicht mit seinem Handy herum, las nicht, trank nur und saß einfach da.

Und schien sie im Blick zu behalten.

Robin hatte gewusst, dass solche Momente kommen würden. Dass sie sich beobachtet fühlen würde, verfolgt und ausspioniert. Dass sie Augenblicke in der Furcht durchleben würde, nicht unentdeckt geblieben zu sein. Nur war sie sich sicher, auf dem Weg nach Italien keine Fehler begangen zu haben. Sie hatte nach Lehrbuch gehandelt, war übervorsichtig gewesen, hatte keine Spuren hinterlassen. Konnte es dennoch eine Möglichkeit gegeben haben, ihr auf den Fersen zu bleiben?

Unmöglich, dachte Robin.

Dann aber kam ihr Hamids Augmented-Reality-App in den Sinn. Er hatte ihr einen Kommunikationsweg in ihr altes Leben ermöglichen wollen. Doch ihre Systeme in der Firma waren schon einmal kompromittiert worden. Systeme, die Hamid aufgesetzt und für bombensicher gehalten hatte. Hatten ihre Feinde auch Hamids Museums-App penetriert und so Zugang zu dem geheimen Schriftwechsel gefunden? Waren sie so womöglich in Robins Laptop eingedrungen und hatten seinen Standort ausfindig gemacht?

Unmöglich, dachte Robin wieder.

Und doch nagten Zweifel an ihr.

Sie musste es herausfinden. Sie brauchte Gewissheit.

Robin zahlte und stand auf. Sie befand sich im Herzen Paduas, inmitten der Altstadt mit ihren kleinen Gässchen und Sträßchen, Bogengängen und überdachten Märkten, Palazzi und Universitätsgebäuden. Sie würde sich in Bewegung setzen und darauf achten, was hinter ihr geschah.

Ihr Puls beschleunigte sich. Der Moment der Wahrheit war gekommen. Würde er sie ziehen lassen, hatte sie sich getäuscht. Würde er sich aber ebenfalls erheben und ihr folgen, hätte sie ein Problem. Ein gewaltiges Problem.

Sie entschied sich, den Platz in südlicher Richtung zu verlassen. Streng genommen waren es zwei Plätze, die Piazza della Frutta im Norden und die Piazza delle Erbe im

Süden, zwischen denen der Palazzo della Ragione stand, ein monumentales Gebäude mit Arkaden auf drei Etagen, einem Museum im Inneren und zahlreichen gastronomischen Angeboten rund um das Gebäude und in den Gängen, die das Erdgeschoss offen durchzogen.

Robin durchquerte den Palazzo durch einen seiner Freigänge, ließ Metzger und Obsthändler links und rechts liegen und trat auf der Südseite auf die Piazza delle Erbe. Es war inzwischen Nachmittag, und am Himmel zeigten sich die ersten Anzeichen des Abends, da das Licht aus den Wolken entwich wie bei einer schwächer werdenden Taschenlampe.

Sie wandte sich nach rechts und entfernte sich über das Kopfsteinpflaster von dem belebten Platz, als ihr Herz einen Schlag aussetzte. In der Spiegelung eines Schaufensters sah sie, wie der Mann in der Daunenjacke und der weißen Cap über die Piazza schritt und ihr folgte.

Nun bestand kein Zweifel mehr. Sie wurde verfolgt.

»Verflucht«, entfuhr es ihr.

Dann besann sie sich. Sie musste ruhig bleiben. Was bedeutete das für sie? Zunächst einmal wusste sie nicht, wer er war oder zu wem er gehörte. War sie aufgeflogen, durfte sie nicht in ihre Wohnung in Monselice zurückkehren. Dann hatte sie nur noch ihr Motorrad und das, was sie bei sich trug: Pass und Führerschein auf den Namen Sofia Fabova, ihr Telefon und das Bargeld, welches sie mitgenommen hatte. Nicht jedoch die millionenschweren Krypto-Wallets, die in ihrer Wohnung lagen, versteckt im Lüftungsschacht im Badezimmer. Und schon gar nicht all die Unterlagen, die Hamid ihr auf dem Laptop mitgegeben hatte. Wenn sie jetzt flüchten musste, war sie in echter Not.

Mit Schrecken stellte sie fest, dass es dann für sie nur noch einen Weg gab, mit Hamid wieder in Kontakt zu treten: über das Notfalltelefon, dessen Nummer sie natürlich auswendig kannte und welches nun bei Hamid lag.

Welch Ironie des Schicksals, dachte Robin. Dass sie in eine Situation kommen konnte, selbst den Notruf wählen zu müssen, den sie ihren Klienten zur Verfügung gestellt hatte und mit dem all ihre Probleme schließlich begonnen hatten.

Dann kam Robin ein anderer Gedanke. Ein verwegener, womöglich gänzlich verrückter Gedanke. Sie sah sich um, versuchte sich zu erinnern, wo genau sie war. Schnell entschied sie sich, noch ehe sie länger abwägen konnte. Sie bog links in eine schmale Gasse ein, die kaum breiter als ein Auto war. Hier war kaum noch ein Passant unterwegs, und Robin hörte hinter sich Schritte, die fraglos von dem Mann stammten, der sich ihr nun zu nähern schien. Konzentriert und angespannt blickte Robin voraus, kniff die Augen zusammen, um im schattigen Licht zu erkennen, ob weiter vorne das war, worauf sie hoffte.

Glücklicherweise trug sie keine Einkäufe bei sich, sodass sie ihre beiden Hände frei hatte. Robin fingerte den Schlüsselbund zu ihrer Wohnung aus der Jackentasche. Insgesamt befanden sich zwei Schlüssel daran. Schnell ballte sie eine Faust um den Bund und schob die beiden metallenen Schlüsselspitzen links und rechts vom Mittelfinger aus der Faust, sodass sie wie zwei Zacken hervorstachen. Dann bog sie rechts ab in die Gasse, die sie erspäht hatte.

Einen Meter breit, ein Schleichweg zwischen zwei Häuserfronten. Kein Ort, an dem eine Frau einem fremden Mann begegnen wollte. Doch Robin ließ es genau darauf ankommen. Sofort, als sie sich sicher war, außer Sicht ihres

Verfolgers zu sein, presste sie sich an die Mauer. Sie rief sich in Erinnerung, was Valerio ihr beigebracht hatte, was sie trainiert hatte.

»Du darfst keine Gnade zeigen, nicht zurückziehen, nicht weniger geben als dein Maximum. Denn der Angreifer wird auch keine Gnade kennen.«

Was hatte er noch gesagt?

»Wenn du kannst, lande den ersten Treffer! Angriff ist die beste Verteidigung. Wenn du deinen Gegner überrumpeln kannst, weil er nicht mit einer schlagkräftigen Frau rechnet, hast du genau den Vorteil, den du brauchst.«

Robin wappnete sich. Sie hörte die näher kommenden Schritte. Kurz flackerte Panik in ihr auf. Was machte sie hier eigentlich? In einer Gasse in Padua, mit einer schlüsselverstärkten Faust als einziger Waffe. Gegen einen Mann, der womöglich ausgesandt worden war, um sie endgültig zu liquidieren – oder zumindest, um sie nicht noch einmal entkommen zu lassen.

Doch es war keine Zeit mehr für weitere Gedanken. Denn da trat er um die Ecke. Größer, als Robin es erwartet hatte. Auch jünger, in den Dreißigern, wie sie sofort erkannte. Jedoch nicht so kräftig und breitschultrig, wie sie ihn sich vorgestellt hatte.

All das nahm sie im Bruchteil einer Sekunde wahr. Dann griff sie schon an. Der Mann war zu überrascht, hatte offenbar nicht damit gerechnet, hinter der Biegung einer Furie zu begegnen, die ihn sofort attackieren würde. Der Kampf war schnell vorbei. Der erste Schlag mit der Schlüsselfaust traf ihn am Schlüsselbein. Der zweite Hieb trieb ihm die Luft aus den Lungen, denn er landete genau dort, wo Valerio Robin getroffen hatte – am Solarplexus.

Als er sich vor ihr krümmte, zog sie das Knie an und rammte es ihm ins Gesicht. Ob es die Nase war, die geräuschvoll brach, wusste sie nicht. Doch es war ihr egal. Der Typ kippte hintenüber und krachte mit dem Rücken gegen die Mauer, glitt an dieser herab und landete auf dem Boden. Sofort war Robin über ihm, trat ihm mit der Fußspitze in den Magen.

Anschließend bückte sie sich und tastete schnell seine Taschen ab, noch während der Mann, zusammengerollt wie in einem Kokon, nach Luft schnappte und damit zu kämpfen schien, sich nicht zu übergeben. Robin fingerte eine Geldbörse aus seiner hinteren Hosentasche sowie ein Smartphone und ein Klappmesser aus der Jacke.

»Was willst du von mir, Arschloch?«, zischte sie auf Italienisch, die Augen auf den Mann am Boden, die Hände damit beschäftigt, das Portemonnaie nach einem Ausweis abzusuchen. »Wer hat dich geschickt?«

Sie bekam keine Antwort, dafür fand sie einen italienischen Personalausweis auf den Namen Gianfranco Rossi. Ein kurzer Blick bestätigte Robin, dass es sich bei dem Mann auf dem Foto um den Typen am Boden handelte. Sofern der Ausweis echt war, hatte sie es also mit jemandem von hier zu tun. Sogar aus Padua, falls die Adresse stimmte.

Noch immer gab der Mann keine Antwort.

»Was ist? Hat es dir die Stimme verschlagen? Wer dich geschickt hat, will ich wissen!«

Doch außer Röcheln und Husten blieb der Mann still.

In Robins Hinterkopf formten sich Gedanken. Wenn der Mann wirklich von hier war, sogar aus der Stadt, hatte er womöglich gar nichts mit all dem zu tun, wovor sie sich so fürchtete. War es möglich, dass sie sich getäuscht hatte? Dass sie doch nicht aufgeflogen war? Sie musste es genau wissen.

»Weißt du, wer ich bin?«, versuchte sie eine andere Taktik.

Dieses Mal rührte sich der Mann. Er hielt sich den Bauch, richtete sich aber mühselig auf, sodass er mit dem Rücken an der Mauer lehnte. Aus seiner Nase lief Blut.

»Was willst du von mir?«, stöhnte er, seine Worte kaum mehr als ein Flüstern. »Woher soll ich wissen, wer du bist? Irgendeine reiche Schlampe.«

Robin trat einen Schritt zurück, sodass sie außerhalb der Reichweite seiner Beine stand. Sie wollte nicht denselben Fehler begehen wie Valerio und sich mit einem einfachen Wischer aushebeln lassen.

»Reich?« Robin war ehrlich verwundert. »Wovon redest du?«

»Ich wollte dir dein Geld abnehmen. Davon hast du doch genug. All die Klamotten, die du heute bar bezahlt hast.« Jetzt brachte er zwischen blutigem Spucken und Husten sogar ein fieses Grinsen zustande. »Hättest mir schon was abgeben können.«

Erleichterung. Pure Erleichterung durchflutete Robin. Gianfranco Rossi war offenbar nichts anderes als ein brutaler Dieb, der sich vor teuren Geschäften herumtrieb und sich vermögende Frauen ausguckte, um ihnen zu folgen und sie auszurauben. Keine sonderlich kreative Vorgehensweise und doch ein gängiges Mittel unter Kleinkriminellen. Das Klappmesser reichte in der Regel aus, um den Frauen einen gehörigen Schrecken einzujagen und alles Geld von ihnen verlangen zu können, das sie bei sich trugen. Doch dieses Mal hatte Rossi die Rechnung ohne die Wirtin gemacht. Eine Wirtin, die ihm Erinnerungen hinterlassen hatte, die er noch einige Zeit mit sich herumtragen würde.

Ohne ein weiteres Wort und ohne ihm Geldbörse, Handy oder Messer zurückzugeben, drehte sie sich um und verließ im Laufschritt die Gasse. Auf seine Rufe reagierte sie nicht mehr. Sie ließ ihn liegen, warf erst drei Straßen weiter seine Habe in einen Mülleimer und machte sich so schnell wie möglich zurück zu ihrem Bike.

Die Angst, die sie zu umschließen gedroht hatte, als sie den Mann bemerkt hatte, war einem undefinierbaren Hochgefühl gewichen. Nicht, weil sie einen Menschen verdroschen hatte. Doch sie hatte sich wehren können. Sie hatte sich stellen und verteidigen können.

Als sie über die Landstraßen zurück nach Monselice fuhr, schwor sie sich, noch härter zu trainieren. Sie durfte nicht nachlassen. Sie musste weitermachen. Und vor allem musste sie weiterhin die Augen offen halten.

25

Am nächsten Morgen lief Robin erstmals über zehn Kilometer. Die Genugtuung, sich zur Wehr gesetzt zu haben, war schon wieder verflogen. Stattdessen hatte sie während ihrer Laufrunde festgestellt, dass sie mit ihrer Aufarbeitung des Falles Urban unzufrieden war. Sie machte keine Fortschritte. Alles, was sie bislang aufgearbeitet hatte, war Altbekanntes.

Schlecht gelaunt setzte sich Robin an den Esstisch, zog die Beine an, stellte die Füße auf den Sitz und schlang die Arme um die Knie. Die beiden Pinnwände ihr gegenüber zeigten das Bild, das sie schon mit Hamid, Naoko und Stephan ebenso wie mit Paul Engels gezeichnet hatte. Einige Namen waren zwar noch dazugekommen, jedoch keine, die Robin weitergeholfen hatten.

Neben ihren eigenen Aufzeichnungen von früher, als sie Tamara Norden und Edwin Wouters betreut hatten, hatte Hamid ihr auch noch eine vollständige Kopie der Gerichtsakten zu Leonhard Urban auf den Laptop gespielt. Weil es so ein umfangreicher Prozess gewesen war, umfassten die Dokumente mehrere Tausend Seiten, und Robin hatte sich vorgenommen, jede einzelne zu lesen und daraufhin zu durchsuchen, welche Personen und welche Muster sie bislang übersehen hatte.

Sie wusste, dass sie nicht sofort erfolgreich sein würde, dass sie geduldig bleiben und sich Situationen würde stellen müssen, in denen sie kurz davor sein würde aufzugeben. Vor allem musste sie darauf achten, nicht auf den ersten Blick vermeintlich plausiblen Zusammenhängen zu folgen. Es lag in der Natur der Menschen, lieber eine schlechte Erklärung für etwas zu akzeptieren, das man nicht verstand, als gar keine Erklärung zu haben. Ehe ein echter Fortschritt möglich war, kam ein schlechter Zwischenschritt. So funktionierte die Welt nun mal. Vor dem Sonnensystem war die Erde das Zentrum des Universums gewesen. Vor der Entdeckung der Schwerkraft war der Apfel einfach nur vom Baum gefallen. Und ehe Robin ihren Häschern auf die Spur kam, würde sie mit so mancher Verdächtigung komplett ins Leere laufen.

Doch sie wusste, dass diese Dokumente ihre Chance waren, irgendwann wieder in ihr altes Leben zurückzukehren. Sie glaubte daran, dass alles, was sie brauchte, hier vor ihr lag. Sie musste nur geduldig sein. Geduldig und genau. Denn die Lösung konnte im kleinsten Detail liegen.

Daher fuchste sie auch ganz besonders ein Foto, welches sie direkt neben Urbans Porträt gepinnt hatte. Es zeigte die mysteriöse Gefängnisbesucherin namens Xenia Fink, von der es weiterhin keine Spur zu geben schien. Robins digitale Bildersuche hatte genauso keine Treffer ergeben wie die Suche nach Hinweisen in den Gerichtsakten auf eine Frau, deren Beschreibung auf die Person im Besucherraum der JVA zutraf. Robin war zwar der lebende Beweis, dass Äußerlichkeiten irreführend sein konnten. Jedoch hatte sie keine anderen Hinweise als jene, die sie dem Foto entnehmen konnte, welches Paul Engels ihr überlassen hatte.

Dann war da noch eine weitere Frage, die ihr keine Ruhe ließ. Sie wusste nicht, warum ihr der Gedanke erst in

Monselice gekommen war, aber sie wunderte sich immer mehr über die Umstände des Einbruchs in ihrem Haus am Günthersburgpark. Die Einbrecher hatten es ganz offensichtlich auf den Safe abgesehen, jedoch hatten sie sonst nichts im Haus angerührt. Der Safe hatte aber nicht offen herumgestanden. Im Gegenteil: Er war hinter einer ausgeklügelten Verkleidung versteckt gewesen. Die Einbrecher mussten gewusst haben, wo er sich befunden hatte. Und womöglich hatten sie auch die ursprüngliche Kombination gekannt, ehe Robin sie nur Stunden zuvor geändert hatte. Woher aber hatten die Täter ihr Wissen genommen? Robin wusste, dass die andere Seite technisch in der Lage gewesen war, die Alarmsysteme und die Serverlandschaft ihrer Agentur zu überlisten. Sie hätte sich also auch die Bestell- und Lieferdetails der Safes für Büro und Zuhause organisieren können. Aber nicht den genauen Standort in Robins Haus und schon gar nicht die Kombination.

Für all diese offenen Fragen hatte Robin auf ihrem Laptop ein Dokument angelegt, das sie ständig erweiterte. Ein zweites Dokument füllte sie mit neuen Erkenntnissen. Es war bislang deutlich überschaubarer.

Robin blieb nur, weiterzumachen. Die Gerichtsakte zu sezieren, war wie die Durchsuchung einer ganzen Häuserzeile mit Hunderten Wohnungen und Tausenden Zimmern. Sie musste in jedes Haus, in jede Wohnung, in jedes Zimmer. Sie musste in jede Schublade schauen, in jeden Schrank, hinter jedes Bild. Das brauchte Zeit.

Seufzend öffnete sie eine Datei, die sie noch nicht studiert hatte. Sie trug den Titel »Geldströme und Finanzierung«. Der Inhalt war eine Sammlung an Hintergrundinformationen, wie Leonhard Urban sein Netzwerk mit

Geld versorgt, wie er Geld gewaschen und wie er sich schließlich selbst daran bereichert hatte. In der Einleitung hieß es:

Das Internetportal UrbanDrugs.com ist eine im Versandhandelsregister eingetragene, für den Internethandel zugelassene Apotheke mit Sitz in Deutschland. Das Angebot im Internet von Medikamenten für den Gebrauch am Menschen geschieht über einen Webshop (Versandapotheke). Die Preise der Arzneimittel orientieren sich am nationalen Markt, starke Abweichungen können nicht festgestellt werden. UrbanDrugs.com bietet seine Leistungen in deutscher und englischer Sprache an. Ein internationaler Versand der angebotenen Waren ist möglich.

Robin nahm sich Zeit. Es brachte nichts, Inhalte querzulesen, um dann die entscheidende Information zu übersehen. Da sie nicht wusste, wonach sie suchte, musste sie offen bleiben für alles, was ihr die Unterlagen lieferten.

Nach den ersten beiden Kapiteln über die rechtlichen Rahmenbedingungen des Onlinehandels für Apotheken in Deutschland sowie die unternehmerischen Besitzverhältnisse der UrbanDrugs GmbH & Co. KG – Leonhard Urban war alleiniger Gesellschafter ohne weitere Teilhaber gewesen – begann der interessante Teil.

Während die UrbanDrugs als deutsche Handelsfirma zunächst steuerrechtlich nicht auffällig geworden war, hatten die Ermittler aufgedeckt, dass Urban sich an zwei weiteren Unternehmen beteiligt hatte. Unternehmen, die ihren Sitz in Dubai hatten, wo sich Nachweise über tatsächliche Besitzverhältnisse von Firmen im Sande verliefen. So war auch die

Spur zu Urbans Vermögen über diese Firmen verschleiert worden. Dennoch hatte er die beiden Gesellschaften genutzt, um sich anonym an vollkommen legalen Firmen in Deutschland zu beteiligen. Ein typisches Von-hinten-durch-die-Brust-ins-Auge-Prinzip, das dazu führte, dass Urban einerseits mit seinem Flaggschiff UrbanDrugs legale Geschäfte abwickeln konnte, andererseits aber illegal erworbenes Geld über Dubai nach Deutschland zurückführen und dadurch waschen konnte. Zudem gab es ihm die Möglichkeit, über Dubai Dienstleistungen zu bezahlen, die unmöglich in den Büchern von UrbanDrugs auftauchen durften. Zum Beispiel der Ankauf von Medikamenten im Ausland, die dann in Deutschland von UrbanDrugs zum deutlich höheren Marktwert verkauft werden konnten.

Danach wurde es komplexer, und Robin musste langsam und teilweise die Sätze mehrfach lesen, um zu verstehen, wie Urban die Steuerbehörden ausgetrickst hatte.

UrbanDrugs expandierte in den asiatischen Markt. Eine entsprechende Zulassung in Singapur für frei verkäufliche Arzneimittel ohne Rezept führte zum internationalen An- und Verkauf über die EU-Grenzen hinaus. Zuvor hatte UrbanDrugs lediglich über Drittpartner Geschäfte in Asien getätigt und für diese Aufträge Kommissionen erhalten. Die Entscheidung des Unternehmens wurde von drei deutschen Förderbanken befürwortet und nach Analyse der vorgelegten Geschäftszahlen mit Krediten unterstützt. Eine Auswertung der Daten im Rahmen der strafrechtlichen Ermittlungen gegen Leonhard Urban und gegen UrbanDrugs ergab jedoch, dass das Drittpartnergeschäft gefälscht gewesen war und nicht existiert hatte. Die angegebenen Treuhandkonten, auf welche die Kommissionen laut Kontoauszügen geflossen waren, hatten nicht existiert. Die vergebenen Kredite hätten daher nicht gewährt werden dürfen. Die später daraus resultierenden Gewinne waren die Folge eines Kreditbetrugs.

Der Betrug wurde unterstützt durch die Kooperation mit einem deutschen Zahlungsanbieter, spezialisiert auf den asiatischen Markt. UrbanDrugs vergab die Exklusivrechte für alle Geldströme an den Zahlungsdienstleister Money-Line. Dieser half UrbanDrugs bei der Aufstellung falscher Kontobewegungen und Jahresabschlüsse. Dieses Vorgehen endete erst mit der Insolvenz von MoneyLine. Anschließend teilte UrbanDrugs den Auftrag auf drei andere Zahlungsdienstleister auf. Diese lauteten …

Robin stockte.

Sie las den letzten Absatz noch einmal. Dann glaubte sie, ihr Herz schicke das Blut nur noch widerwillig in die Umlaufbahn ihres Körpers. Sie spürte einen unangenehmen Druck im Brustkorb. Das konnte nicht wahr sein. Wie hatte sie das bislang übersehen, nicht wissen, nicht mitbekommen und auch nicht vermuten können?

MoneyLine.

Urban hatte seinen Online-Handel für Medikamente zeitweilig über MoneyLine abgewickelt. So lange, bis Money-Line in Konkurs gegangen war, nachdem zwei Milliarden Euro verschwunden waren. Verschwunden genauso wie der CEO des Finanzdienstleisters.

Der Name des CEO lautete Gregor Thomanek.

Und Robin wusste genau, wie er verschwunden war.

26

Noch nie hatte sich ein vorzeitiges Weihnachtsgeschenk so falsch angefühlt. Vier Tage vor Heiligabend tigerte Robin durch ihre kleine Wohnung, konnte nicht mehr sitzen, ging auf und ab, ordnete ihre Gedanken, mahnte sich zur Besonnenheit.

Sie hatte gefunden, wonach sie gesucht hatte. Die Verbindung, die alles erklärte, die der Schlüssel sein konnte zu allem, was seit Anfang November über sie hereingebrochen war. Sie hatte darauf gehofft, hatte sich jeden Morgen motiviert in dem Glauben, dass sich die Arbeit lohnen und sie erleichtert sein würde, sobald der Moment gekommen war.

Jetzt war er da, und sie war vorübergehend ihrer Stimme beraubt.

Gregor Thomanek.

Seit ihrer Nachtfahrt zum Flughafen Vöslau-Kottingbrunn südlich von Wien vor zwölf Jahren hatte sie immer wieder an den charismatischen, kühlen CEO von Money-Line denken müssen. An den Mann, der sie wegen ihrer gemusterten Stiefeletten ständig Tiger genannt hatte. An den Kunden, der ihr zehntausend Euro Trinkgeld gegeben hatte. Dessen Auftrag Robin davon überzeugt hatte, ihre Passion gefunden zu haben.

Sie blieb stehen, verschränkte die Arme vor der Brust und blickte auf das Foto, welches sie nach der Lektüre der

Akte im Internet gefunden, ausgedruckt und ganz oben an die Pinnwand geheftet hatte. Die eisblauen Augen unter den markanten Brauen stachen hervor. Das flache Kinn hingegen fiel durch die fast parallel verlaufenden Kieferknochen, die ihm ein eckiges Gesicht verliehen, kaum auf. Die militärisch kurzen braunen Haare ließen die ansonsten in jeder Pore zur Schau gestellte Extravaganz vermissen. Gregor Thomanek war ein Mann gewesen, der aufgefallen war, ohne es darauf angelegt zu haben. Wie er wohl heute aussah? Ob er noch immer jeden Menschen für sich vereinnahmen konnte?

Vor zwölf Jahren geflohen und nicht wieder aufgetaucht, war er vor zehn Jahren in Abwesenheit von deutschen Richtern verurteilt worden. Robin hatte seinen Fall in den vergangenen Stunden noch einmal online nachgelesen. Der Milliardenbetrug hatte so hohe Wellen geschlagen, dass Bücher über ihn geschrieben, Podcasts produziert und TV-Dokumentationen gedreht worden waren. Robin hatte sogar einen Bericht entdeckt, wonach Netflix eine Kurzserie plante.

In Urbans Gerichtsakten hingegen hatte sie mittels einer Schlagwortsuche keine weiteren Informationen zu Thomanek gefunden. MoneyLine wurde zwar immer wieder erwähnt, aber lediglich als einer der Dienstleister, derer sich Urban für seine kriminellen Machenschaften bedient hatte. Doch das reichte Robin. Sie wusste nun, gegen welche unsichtbare Kraft sie gelaufen war.

Den verschwundenen Thomanek umgab seit seiner erfolgreichen Flucht eine geisterhafte Aura. Zahlreiche Reporter und Privatermittler hatten sich über die Jahre an seine Fährte geheftet, Biografen hatten beachtliche Informationen und widersprüchlichste Aussagen einstiger Wegbegleiter zusammengetragen. Robin und jeder andere Mensch, der sich Thomanek in den Weg stellen wollte, musste ihn fürchten, selbst wenn nur die Hälfte von dem wahr sein sollte, das über ihn berichtet wurde. Bande zum deutschen und russischen Geheimdienst soll er gepflegt haben, ebenso zu chinesischen Triaden und zum »Paten von Indien«, einem Waffenhändler und Drogenboss mit ebenso engen Verbindungen zu Bollywood wie zu Islamisten. Für Thomanek soll kein Kontakt zu düster, kein Netzwerk zu einflussreich, keine Verbindung zu gefährlich gewesen sein. Ein Mann, der überall seine Finger im Spiel gehabt hatte und erstaunlicherweise über so eine Kleinigkeit wie eine Betriebsprüfung gestolpert war.

Wenigstens hatte er damals mit Klemens Böhle einen weiteren hilfreichen Kontakt nutzen können, um mit dessen – und Robins – Unterstützung aus München zu fliehen und sich über Österreich in Luft aufzulösen.

Inzwischen schien es Robin nur logisch, dass Thomanek auch mit Leonhard Urban in Verbindung gestanden hatte. Je länger sie darüber nachdachte, desto sicherer wurde sie, dass sie sich wie zwei natürliche Verbündete vorgekommen sein mussten. Der eine ein mathematisches Genie, Computerfreak und Visionär im digitalen Zeitalter. Der andere ein Pharmaindustrieller mit internationalen Beziehungen, viel Geld und noch mehr Einfluss auf den höchsten Ebenen von Wirtschaft und Politik. Und natürlich beide ausgestattet mit genügend krimineller Energie, um ihre beträchtlichen Fähigkeiten zusammenzuführen und sich auf Kosten anderer Menschen zu bereichern.

Trotzdem fragte sich Robin, was Thomanek antrieb.

Warum war er ausgerechnet jetzt aus der Versenkung aufgetaucht und hatte seine Finger nach einem Journal seines alten Geschäftspartners ausgestreckt, das als verschollen galt? Für Robin war es keine Frage, dass es tatsächlich Thomanek war, der im Hintergrund die Fäden zog. Er verfügte über die notwendigen Ressourcen, nicht nur finanziell. Seine Verbindungen in die Unterwelt gaben ihm fraglos die Möglichkeiten, um auf mehreren Kontinenten agieren zu können. Südafrika, Schweden und Deutschland? In einer Gated Community, in einem Waldstück, in einem Bürogebäude, auf offener Straße oder sogar innerhalb eines Gefängnisses? Freilich kein Problem, wenn man die richtigen Leute kannte und dank eines veruntreuten Firmenvermögens von zwei Milliarden Euro über praktisch unbegrenzte Mittel verfügte.

Dennoch konnte sich Robin nicht erklären, warum Thomanek alles daranzusetzen schien, um dieses Journal in die Finger zu bekommen. Und schon gar nicht, warum er ausgerechnet zum jetzigen Zeitpunkt diesen Versuch unternahm, an alte Aufzeichnungen von Leonhard Urban zu gelangen. Was hatte sich verändert, dass Thomanek sich gerade jetzt aus der Deckung wagte?

Sie fragte sich, wo er sich aufhalten mochte. War er wirklich nach Belarus oder Russland geflohen? Oder weiter nach Asien? Hatte er sich, wie Robin in der Slowakei, eine neue Identität zugelegt und lebte irgendwo unter Palmen am Strand und ließ sich Cocktails schmecken? Wohl kaum, wenn er eine derart große Operation anleierte. Eine Fehde dieser Größenordnung sprach eindeutig dagegen, dass Thomanek sein neues Leben wirklich genoss. Wenn Robin darauf setzen musste, würde sie sagen, Thomanek war ein Getriebener, ein Mann, der nicht ruhte, ehe ihm die Welt wieder zu Füßen lag.

Robin verspürte den Drang, sich in Hamids virtuelles Museum einzuloggen und ihm sofort von ihrem Fund zu berichten. Sie hatte ihr Handy schon gezückt und die Postkarte bereitgelegt, als sie sich ermahnte, nichts zu überstürzen. Sie konnte nicht sicher sein, dass es wirklich Thomanek war. Sie war auf MoneyLine angesprungen wie auf genau jene erstbeste Erklärung, vor der sie sich selbst gewarnt hatte. Sie ermahnte sich, mit ihrer Arbeit weiterzumachen.

Also gab sie sich noch mehrere Tage Zeit. Sie las weiter, recherchierte weiter, suchte nach weiteren Fäden, die sie weiterspinnen konnte. Doch am Morgen von Heiligabend war ihre Geduld am Ende. Getrieben von einer inneren Unruhe, brach sie mit ihrer KTM nach Verona auf. Am Ufer der Etsch sitzend, die Wintersonne im Gesicht und eingewickelt in eine Decke vor einem Café, legte sie sich fest: Thomanek steckte hinter allem. Der Name seiner Firma in Verbindung mit Leonhard Urban war kein Zufall. Es passte nicht nur zusammen, weil sie es so wollte. Es passte zusammen, weil es Sinn ergab.

Und das bedeutete, dass sie sich dieser Wahrheit stellen musste.

Sie kehrte am späten Nachmittag nach Monselice zurück. Sie hatte sich entschieden. Ohne noch einmal zu überlegen, griff sie den Bilderrahmen mit der Postkarte auf ihrem Nachttisch, legte sich aufs Bett und gab zwei Minuten später das Passwort zu dem geheimen Bereich ihres Attachékoffers ein. Zu ihrer Überraschung fand sie eine neue Nachricht von Hamid.

Robin,

ich habe Neuigkeiten und bin mir noch nicht sicher, was sie bedeuten. Aus einer Eingebung heraus habe ich mir Harald Matthes genauer angesehen. Mir ist es komisch vorgekommen, dass Olberding ihn zuletzt gar nicht mehr erwähnt und auf meine Nachfrage ausweichend geantwortet hat. Ich wollte eigentlich nur wissen, ob Matthes noch Teil der Ermittlungsgruppe ist. Olberdings Antwort war so nichtssagend, dass ich ein paar Nachforschungen angestellt habe.

Das Ergebnis wird dich überraschen: Matthes ist nicht mehr beim BKA – schon seit fünf Jahren nicht mehr. Offiziell hat man ihn aus Altersgründen in den Vorruhestand versetzt, aber das ist für mich nicht schlüssig, zumal er Naoko und dir gegenüber nichts dergleichen erwähnt hat. Und noch etwas ist seltsam: Er wohnt ebenfalls seit fünf Jahren gar nicht mehr in Wiesbaden. Auch davon hat er euch nichts erzählt. Ich habe recherchiert, er lebt inzwischen in Freiburg. Da kommt er eigentlich her. Er ist also in seine Heimat zurückgegangen.

Wenn ich es mir recht überlege, wüsste ich gerne, was er euch sonst noch verschwiegen haben könnte. Ich werde mich etwas genauer mit ihm beschäftigen und es dich wissen lassen, sobald ich etwas herausfinde.

Hamid

Robin starrte den Brief an. Matthes war also nicht mehr beim BKA und hatte es nicht nur nicht erwähnt. Er hatte in ihrem Gespräch mit Naoko und ihr auf Robins explizite Frage, ob er wieder die Ermittlungen übernehmen würde, erklärt, er berate nur noch, werde aber keine aktive Funktion mehr innehaben. Das wäre seine Chance gewesen, die nicht unbeträchtliche Veränderung in seinem Leben einzuflechten. Und dass er nicht einmal mehr in Wiesbaden wohnte? Sie stimmte Hamid zu: Wenn er ihnen diese persönlichen Informationen unterschlagen hatte, konnte er auch bei anderen Themen gelogen oder zumindest entscheidende Details weggelassen haben. Besonders hinsichtlich der Frage, was er über das Journal wusste.

Robin zögerte nicht. Sofort formulierte sie ihre Antwort, kurz und knapp:

Wir müssen unbedingt reden. Am besten per Video.
So schnell wie möglich, auch ich habe etwas herausgefunden. Ich bleibe hier die nächsten zwei Stunden eingeloggt. Ruf mich einfach an, sobald du kannst.

Robin legte ihr Handy auf die Bettdecke neben sich und fragte sich, wie das wohl funktionieren würde. Hatte Hamid eine Funktion integriert wie bei FaceTime oder Skype? War die Verbindung tatsächlich abhörsicher? Oder ging Robin ein Risiko ein, indem sie ihr Gesicht in die Kamera hielt? Sie musste Hamid vertrauen. Wenn dieser sagte, sein Kanal war sicher, konnte sie ihm schlecht widersprechen.

Tatsächlich tat sich nur zwei Minuten später etwas auf ihrem Bildschirm. Das Fenster mit ihrer Nachricht schloss sich, und eine neue Botschaft von Hamid erschien. Darin forderte er sie auf, statt des Koffers das kaum sichtbare Walkie-Talkie des Museumswächters anzuklicken und dasselbe Passwort einzugeben, mit welchem sie den Koffer öffnen konnte.

Robin tat wie geheißen, und es öffnete sich eine Oberfläche, wie sie es von anderen Videotelefonie-Apps kannte. Sie bestätigte, dass die App Kamera und Mikrofon einschalten durfte, und einen Augenblick später erschien Hamid auf ihrem Screen.

Schelmisch grinsend, den Bart länger als zuvor, die schwarze Mähne nachlässig zu einem Zopf gebunden, blickte er in die Kamera. Robin spürte eine tiefe, rührende Erleichterung, ihren Freund zu sehen. Mit ihrer Rechten packte sie das Telefon fester.

»Wow, das nenne ich mal eine Typveränderung!« Hamids Stimme klang belustigt, doch auch er schien ähnlich zu fühlen wie Robin. »Und sag mal, hast du abgenommen?«

»Darf ich vorstellen? Sofia Fabova! Ich habe sogar ein Lebensjahr verloren. Eine Verjüngung in jeder Hinsicht«, entgegnete Robin, und sie merkte, wie selten sie in den vergangenen Wochen ihre Stimme benutzt und mit anderen Menschen gesprochen hatte. »Es tut so gut, dich zu sehen, mein Lieber.«

»Dito, Chefin! Für eine Ertrunkene siehst du blendend aus.«

»So weit würde ich nicht gehen, aber den Umständen entsprechend.« Robin schluckte bei dem Gedanken, dass sie Hamid nach ihrer Familie fragen konnte. »Eine sehr nette Friseurin hat gerade erst wieder Hand angelegt. Sofia ist zufrieden.«

»Sofia, dann kommen wir zum Geschäftlichen?« Hamid lächelte entschuldigend. »Ich habe das Gefühl, dass uns beiden etwas unter den Nägeln brennt.«

»Du hast vollkommen recht. Danke für deine Infos zu Matthes. Das ist wirklich kaum zu glauben. Er hat weder sein Aus beim BKA noch seinen Umzug mit nur einem Ton erwähnt.«

»Ich vermute, dass er zu eurem Treffen mit dem Zug direkt aus Freiburg gekommen ist. Wer konnte schon wissen, dass er nicht die RB aus Wiesbaden genommen hat, sondern den ICE aus dem Süden?«

»Irgendwie verstehe ich seine Beweggründe nicht. Es hätte ihn nicht weniger wichtig als Gesprächspartner für uns gemacht. Daher gehe ich ganz mit dir: Er hat uns auch sonst nicht die ganze Wahrheit gesagt.«

»Ich nehme ihn unter die Lupe und melde mich. Aber was hast du herausgefunden?«

»Ich bin über einen Namen gestolpert, mit dem ich nicht gerechnet hatte. Aber je länger ich darüber nachdenke, desto mehr ergibt es Sinn.«

Sie erzählte ihm von ihrem Fund.

»Gregor Thomanek? Verfluchte Vergangenheit!« Er schwieg für einige Sekunden. »Das muss ich erst einmal verarbeiten. Damals war ich ja noch nicht mit im Boot.«

Robin merkte, dass Hamid an seiner Kamera vorbei auf einen anderen Bildschirm blickte. Im Hintergrund hörte sie seine Finger über eine Tastatur fliegen. Dann wanderten seine Augen in schneller Abfolge von links nach rechts und zurück, ehe er sich ihr wieder zuwandte.

»Okay, ich habe hier alles, was ich brauche. Machen wir es so: Ich wusste eh noch nicht, was ich über Weihnachten tun sollte. Jetzt habe ich eine Aufgabe. Ich arbeite mich in euren Thomanek-Fall ein und verfolge die Matthes-Spur weiter. Du feierst Weihnachten, wo auch immer du bist, und betrinkst dich ordentlich. Dann treffen wir uns hier wieder – sagen wir am 27. Dezember? Wie klingt das?«

»27. Dezember, selbe Zeit, selber Ort«, bestätigte Robin.

»Perfekt.«

»Hamid?«

Robin sah ihn durch die Kamera direkt an. Sie hatte sich geschworen, nicht zu fragen. Sie hatte sich fest vorgenommen, stark zu bleiben. Doch Hamid kam ihr zuvor.

»Ich werde es dir nicht noch schwerer machen, als es ohnehin für dich sein muss. Es geht ihnen den Umständen entsprechend gut. Alle sind gesund. Okay?«

Sie wusste, dass er ihr nicht mehr sagen würde, dass er sie schützen wollte. Vor ihrem Kummer, vor sich selbst, vor unüberlegten Kurzschlussreaktionen.

Robin nickte, brachte aber keine Antwort hervor.

»Am 27. zur selben Zeit wie heute«, schloss Hamid. »Pass auf dich auf, Sofia!«

»Und du auf dich!«

Ihr Bildschirm wurde schwarz, und Robin schluckte die aufkommende Trauer hinunter. Sie blieb noch länger auf dem Bett liegen und starrte aus dem Fenster. Dann zwang sie sich aufzustehen und ging ins Bad. Sie duschte lange und heiß, bis ihre Haut sich rötete und wohlig prickelte. Sie nahm sich viel Zeit, um sich frisch zu machen und anzuziehen. Ihre Wahl fiel auf einen cremefarbenen Wickelmantel aus Kaschmir, dazu eine schwarze, eng anliegende Stoffhose und passende Stilettos. Ihr neuer Look aus Padua verwandelte sie in eine Frau, die praktisch keine Ähnlichkeit mehr mit der alten Robin Graf von vor anderthalb Monaten hatte.

Sie griff nach der Flasche Brunello di Montalcino, die sie für den Anlass gekauft hatte, und verließ ihre Wohnung. Signora Birindelli hatte Sofia Fabova zum Weihnachtsessen eingeladen. Der 24. Dezember hatte in Italien zwar keine so große Bedeutung wie in Deutschland, doch die Signora hatte das Gefühl gehabt, dass weder sie selbst noch ihre jüngere Mieterin diesen Abend allein verbringen sollten. Also tranken und aßen sie zu zweit im Esszimmer der alten Dame, und Robin ließ ihre Gastgeberin von alten Zeiten erzählen, von ihrem Massimo, der auf einem Weingut in Due Carrare gearbeitet hatte, von ihrem Leben als Ehefrau, die keine Kinder hatte empfangen können, und von ihrer Unterstützung für die Kirche, in die sie anschließend noch gemeinsam gingen. Die Mitternachtsmesse hatte eine große Tradition in Italien als feierlicher Beginn der Weihnachtstage, und obwohl Robin nicht gläubig war, bewegte sie die Stimmung der Menschen in dem nur von Kerzen erhellten Dom von Monselice.

Sie hielt sich im Hintergrund und nutzte die Zeit der Einkehr, um ihren Gedanken freien Lauf zu lassen. Sie versuchte erst gar nicht zu verdrängen, dass sie eine Tochter hatte, einen Mann, eine Familie, die an diesem Abend zusammen in ihrem Haus in Frankfurt saßen und ohne ihre Mutter und Ehefrau Weihnachten feiern mussten. Sie sah auch ihre Eltern vor sich und fragte sich, ob sie zu Markus und Clara gefahren waren, damit alle ein bisschen weniger allein waren. Dann dachte sie an Signora Birindelli, die gar keine Kinder hatte bekommen können, dafür all ihre Liebe ihrem Gatten geschenkt hatte, bis dieser von ihr gegangen war. Nun fand sie Zuflucht in ihrem Glauben und in den Menschen, die nicht ihre Familie waren und trotzdem auf sie Acht gaben. Robin hingegen konnte nicht auf ihre Familie achten, und niemand achtete mehr auf sie.

Als sie den Duomo di San Giuseppe Operaio wieder verließ, brauchte sie einen Augenblick, um wahrzunehmen, dass es zu schneien begonnen hatte. Die Zeit schien eingefroren, als die Schneeflocken langsam zu Boden sanken. Jeder Mensch hatte zwei Leben. Das zweite begann, sobald man realisierte, dass man in Wahrheit nur ein Leben hatte.

Robin war nicht tot. Sie lebte. Und sie würde dafür kämpfen, wieder in ihr Leben zurückzukehren. Zurück zu ihrem Mann, ihrer Tochter, ihren Eltern, ihren Freunden. Für sie war Robin bereit gewesen, ihr Leben zu geben – und würde es wieder tun. Vor allem aber würde sie alles geben, um ihre Tochter wieder in ihrem Leben zu wissen und wieder ein Teil von Claras Leben sein zu können.

Das schwor sich Robin in diesem Moment, da sie auf den Vorplatz des Doms trat, wo viele Menschen schon an mehreren Ständen mit Getränken versorgt wurden. Auch Robin ließ sich ein Glas Rotwein reichen.

Fröhliche Weihnachten, meine Lieben!, dachte sie und stürzte das Glas in einem Zug hinunter.

27

Fernando erwachte am Neujahrsmorgen mit Kopfschmerzen. Sein Vater hatte ihm an Mitternacht sein erstes Glas
Franciacorta überreicht. Der Junge hatte diesen Moment
schon länger herbeigesehnt, zumal seine Schwestern schon
seit Jahren Alkohol trinken durften. Als sein Vater schließlich den Schaumwein aus dem Kühlschrank genommen
hatte, hatte Fernando ihn so lange belagert, bis er seinen
ersten bicchiere di spumante in der Hand gehalten hatte.

Eigentlich hatte er sich, wie immer um Mitternacht an
Silvester, auf das Linsengericht mit Cotechino gefreut. Natürlich weil er die in Scheiben geschnittene Schweinswurst
liebte. Vor allem aber, weil mit dem ersten Teller traditio-
nell ein kleiner Beutel mit Münzen einherging, den sein
Großvater ihm in die Hand drückte. Auch jetzt wieder lag
das kleine Ledersäckchen auf der Fensterbank in seinem
Zimmer, Fernando musste den Inhalt aber noch zählen. Er
war in der Nacht zu … zu … ja, was war er eigentlich
gewesen, nachdem er – als sein Vater nicht hingeschaut
hatte – noch ein zweites Glas Franciacorta getrunken hatte?

Fernando fühlte sich seltsam unsicher auf den Beinen,
als er aus dem Bett kroch und in Richtung Toilette
schlurfte. Der Rest der Familie schien noch zu schlafen,
und so ging er anschließend in die Küche, schnitt zwei Stü-
cke Pandoro ab, legte sie auf einen Teller, streute noch ein
wenig mehr Puderzucker auf den Kuchen und trug ihn zu-

rück in sein Zimmer. Dort richtete er sich seinen Posten am Fenster ein und öffnete den Geldbeutel.

Kauend und sich fragend, ob der leichte Schwindel der Anflug einer Grippe war, begann er zu zählen. Es war ein guter Start ins neue Jahr, stellte er fest. Sein Opa hatte ihm vierunddreißig Euro in den Beutel gelegt: einen Euro für jedes Lebensjahr, zwei Euro für jeden Monat des neuen Jahres. Feierlich steckte er jede Münze in sein Sparschwein, zog ein kleines Heft hervor und notierte die Einnahmen gewissenhaft. Seine Mutter hatte ihm beigebracht, wie wichtig es war, Buch zu führen über das Geld, das er besaß. Fernando ging die Liste der letzten Eintragungen durch und fand auch die Summe für die Schokoriegel, die er während seiner Überwachung der Fremden ausgegeben hatte. Nur, dass die Fremde ihm inzwischen gar nicht mehr so fremd war.

Er mochte Sofia. Sie war immer nett zu ihm, hatte ihm auf dem Weihnachtsmarkt einen Kinderpunsch und einen Crêpe ausgegeben. Vor allem aber hatte sie ihm versprochen, am 30. Januar zu seiner Geburtstagsfeier zu kommen.

Aus Gewohnheit blickte er aus dem Fenster über die Piazza hinweg und zum Innenhof hinüber. Zu seiner Überraschung erschien in diesem Moment Sofia. Fuhr sie so früh am Neujahrsmorgen schon wieder mit ihrem Motorrad raus? Fernando sah auf die Uhr an der Wand über seinem Bett. Es war gerade erst kurz nach sieben. Da fiel ihm auf, dass sie nicht ihre Motorradkluft trug. Stattdessen war sie in einen warmen Wintermantel gehüllt und hatte eine Tasche in der Hand.

Erschrocken sprang Fernando auf, zog sich Socken und die neuen Turnschuhe an, die er zu Weihnachten bekommen hatte. Dann rannte er die Treppe hinunter, warf sich eine Jacke über und stürmte aus dem Haus. Sofia stand noch immer vor dem Innenhof, doch Fernando sah aus dem Augenwinkel, wie ein Taxi um die Ecke bog und langsam in Richtung Piazza rollte.

»Sofia!«, rief Fernando, doch sie hatte ihn bereits entdeckt.

»Ciao Fernando«, entgegnete sie ihm. »Felice anno nuovo!«

»Anche a te!« Rutschend kam er vor ihr zum Stehen. »Sofia, wohin gehst du?«

Sie lächelte, und Fernando fiel zum ersten Mal auf, wie sie sich verändert hatte in den vergangenen Wochen. Ihre Gesichtszüge waren zarter geworden, ihre Wangenknochen traten prägnanter hervor, und der eng geschnittene Mantel verlieh ihr den Eindruck einer eleganten, aber auch einer schlankeren, sportlichen Frau.

»Ich verreise für einige Wochen«, sagte Sofia.

»Wohin?«

»In meine Heimat.«

»In die Slowakei?«

»Tust du mir einen Gefallen?«, fragte sie, ohne seine Frage zu beantworten. »Passt du in den nächsten Wochen auf meine Wohnung auf? Dann würde ich mich besser fühlen.«

Fernando merkte, wie er errötete, nickte aber eifrig.

»Ich habe die Tür abgeschlossen und auch die Fenster fest verriegelt«, ergänzte sie mit einem Augenzwinkern. »Aber man weiß ja nie, wer sich für mein Buch interessieren könnte. Findest du nicht auch?«

»Ich werde deine Wohnung nicht aus den Augen lassen, Sofia. Versprochen!«

»Dafür bin ich dir sehr dankbar.« Sie zog Zettel und Stift aus ihrer Jackentasche und notierte etwas. »Das hier ist meine E-Mail-Adresse. Wenn dir etwas auffällt, lass es mich einfach wissen.«

»Das mache ich«, sagte er stolz und nahm das Papier mit feuchten Händen entgegen.

Das Taxi hatte inzwischen angehalten. Der Fahrer stieg aus, nahm Sofia ihre Tasche ab und verstaute sie im Kofferraum. Sie bedankte sich und wendete sich noch einmal Fernando zu.

»Ich habe mein Versprechen nicht vergessen«, sagte sie. »Zu deinem Geburtstag will ich wieder zurück sein.«

»Und dann erzählst du mir alles über dein Buch?«

»Dann erzähle ich dir alles. Versprochen!«

Sie strich ihm über den Kopf, und er glaubte, einen elektrischen Schock zu verspüren, der ein Kribbeln in seinem Bauch auslöste. Dann stieg sie in den Fond des Taxis, und Sekunden später war Sofia Fabova hinter der nächsten Ecke verschwunden.

28

In Marseille tobte ein brutaler Drogenkrieg. Bis zu hundert Schießereien jährlich gehörten zur harten Realität der französischen Hafenstadt. Insbesondere die Revierkämpfe zwischen den beiden rivalisierenden Banden mit den illustren Namen DZ Mafia und Yoda verwandelte die Straßen berüchtigter Arrondissements an manchen Tagen, vor allem aber in vielen Nächten, in blutige Schlachtfelder.

Unweit der Cité de La Paternelle im 14. Arrondissement, wo die Auseinandersetzungen häufiger als anderswo auftraten, fand Robin einen Händler, wie sie ihn schon in Bratislava aufgesucht hatte. Nach ihrer Abreise aus Monselice hatte sie sich entschieden, noch einmal ihre Identität zu wechseln. Sie wollte auf alle Eventualitäten vorbereitet sein. Wenige Orte boten sich dafür besser an als Frankreichs Tor zur Welt.

Als sie nach ihrem Ausflug ins Vierzehnte wieder zum Bahnhof Marseille Saint-Charles zurückkehrte und den Zug bestieg, der sie ihrem Ziel schon sehr nahe bringen würde, hieß sie nicht mehr länger Sofia Fabova. Der Pass in ihrer Jackentasche lautete stattdessen auf den in Frankreich weit verbreiteten Namen Manon Dubois, eine Brünette, für die sich Robin in einer exklusiven Haarmanufaktur unweit des Vieux Port eine passende Echthaarperücke besorgt hatte. Diese trug sie jetzt zusammen mit ihren braunen Kontaktlinsen, und wenn sie es nicht besser gewusst hätte, wäre sie bei einem Blick in den Spiegel nie auf die Idee gekommen, dass diese Haare nicht ihre eigenen waren.

Sie trug auch nicht mehr das Outfit der slowakisch-italienischen Sofia, sondern die Mode der sportlichen Manon, die mit ausgewaschener Jeans, Glitzershirt und Lederjacke ebenso happy war wie mit einer Basecap, die aktuell zusammen mit einer übergroßen Handtasche auf der Hutablage lag. Daneben hatte sie einen Koffer verstaut, in den sie nicht nur Manons und Sofias Kleidung gepackt hatte, sondern auch jene Tasche, mit der sie am ersten Advent in Monselice angekommen war.

Manon Dubois erreichte Karlsruhe am späten Nachmittag, musste dann aber noch einmal umsteigen und war am frühen Abend in Freiburg im Breisgau. Mit einem neuen Smartphone, das sie in Marseille zusammen mit einer Prepaid-Karte gekauft hatte, reservierte sie sich ein Zimmer in einem Gasthof am Schwabentor in der Altstadt. Dort checkte die brünette Französin ein und konnte am nächsten Morgen wieder gesehen werden, wie sie ohne Frühstück das Haus verließ.

Robin hatte in den Tagen zwischen Weihnachten und Silvester noch mehrfach mit Hamid geschrieben und telefoniert. Bis auf eine Adresse hatte er praktisch nichts mehr über Harald Matthes herausfinden können. Der ehemalige BKA-Ermittler lebte weitgehend analog, und so waren sie sich einig gewesen: Wenn sie glaubten, dass er ihnen etwas verschwieg, was ihnen weiterhelfen konnte, mussten sie direkt mit ihm in Kontakt treten.

Hamid hatte angeboten, nach Freiburg zu fahren und mit Matthes zu reden. Alternativ hatte er Naoko ins Spiel gebracht. Sie konnte knallhart sein, wenn sie angelogen wurde, und wäre sicher bereit gewesen, sich den einstigen Kriminalbeamten vorzuknöpfen. Doch Robin hatte so ein Gefühl, dass sie selbst diesen Schritt gehen musste. Auch wenn es das Risiko bedeutete, wieder an die Oberfläche zu treten.

Doch das war es, was sie ohnehin wollte. Sie wollte wieder auftauchen. Natürlich nicht unter ihrem richtigen Namen. Doch Robin hatte zwei Monate versteckt gelebt. Es waren die längsten Monate ihres Lebens gewesen. Die Zeit war reif, um wieder die Initiative zu übernehmen. Und Harald Matthes bot ihr den perfekten Anlass dafür.

Ihre erste Aufgabe in Freiburg führte sie zu einem Radgeschäft, wo sie sich ein Trekkingbike kaufte, mit dem sie sich in der fahrradverrückten Stadt schnell und natürlich bewegen konnte. Niemand achtete auf oder erinnerte sich an eine der vielen Radfahrerinnen, schon gar nicht, wenn sie Helm und Sportbrille trug.

Mit ihrer Neuerwerbung erkundete Robin am ersten Tag die Stadt. Stundenlang kurvte sie durch die Straßen, vor allem in dem Viertel, wo Matthes gemeldet war. Er wohnte in der Kartäuserstraße, die parallel zur Dreisam verlief. Robin drehte mehrere Schleifen durch das Quartier und prägte sich alltägliche Anlaufstellen ein, die die Menschen in dieser Gegend ansteuerten. Eine Bäckerei, einen Kiosk, eine Pizzeria, einen Supermarkt.

An einem dieser Punkte erhaschte sie unerwartet einen ersten Blick auf ihr Zielobjekt. Unweit seiner Wohnung gab Robin gerade vor, ihre Reifen an einer öffentlichen Reparaturstation aufzupumpen, als Harald Matthes an ihr vorüberlief. Offenbar auf dem Heimweg, trug er eine Einkaufstüte in einer Hand, während er mit der anderen ein Taschentuch hielt und sich die Nase schnäuzte. Die Französin Manon Dubois schenkte ihm natürlich keine Beachtung, werkelte weiter an ihrem Rad herum und machte sich schließlich wieder auf den Weg in ihre Pension.

Am nächsten Morgen kehrte sie früh zurück. Diesmal war sie Sofia Fabova, die schwarzen Haare kurz, ihr Outfit elegant, während Manons Perücke und Kleidung im Koffer geblieben waren. Sie setzte sich in das kleine Café der Bäckerei, von deren Fenster sich ein direkter Blick auf Matthes' Haus bot. Robin bestellte ein Croissant und einen Cappuccino. Im Vergleich zu dem Cappuccino, den sie wochenlang in Monselice genossen hatte, hatte dieses Gesöff nur in Farbe und Form eine vage Ähnlichkeit.

Sie gab vor, in einem Buch zu lesen, welches sie dem Gemeinschaftsraum der Pension entnommen hatte. Doch nachdem Matthes um kurz nach neun aus seiner Wohnung gekommen und in Richtung Innenstadt davongegangen war, folgte sie ihm nicht. Ihr fiel etwas auf, das sie komplett auf dem falschen Fuß erwischte. Etwas, das sie nervös werden ließ. Etwas, von dem sie sich unbedingt am nächsten Tag noch einmal überzeugen musste, ehe sie in Aktion trat.

Also folgte sie Matthes nicht und verließ die Bäckerei erst eine Viertelstunde später. Damit war der restliche Tag zwar gelaufen, aber sie durfte kein Risiko eingehen. Stattdessen verbrachte sie einige Stunden im Sattel, als sei das Fahrrad ihr Motorrad-Ersatz. Das Wetter meinte es gut, und so fuhr sie über die Wiehre und vorbei an Sankt Georgen in Richtung französische Grenze, ehe sie umdrehte und schließlich durch das Freiburger Rieselfeld zurück in die

Stadt kam. Der Fahrtwind half ihr wie so häufig, sodass ein Plan in ihrem Kopf Formen annahm. Sie zog alle dafür nötigen Erkundigungen ein, erledigte einen Einkauf in einem Schreibwarengeschäft, besuchte am Abend eine Bar, die sie sich ausgeguckt hatte, und ging früh ins Bett.

Am nächsten Morgen war sie erneut früh in der Bäckerei, diesmal wieder als Manon Dubois verkleidet. Sie wählte einen anderen Platz im Café, bestellte Espresso statt Cappuccino und ein Käsebrötchen statt eines Croissants, verzichtete auf ein Buch und gab stattdessen vor, in ihr Telefon vertieft zu sein. Als Matthes schließlich aus seiner Wohnung kam, diesmal aber nicht in Richtung Innenstadt, sondern zur Dreisam abbog, sah Robin genauer hin – und bekam ihre Befürchtung bestätigt.

Harald Matthes wurde beschattet.

Wie schon am Vortag hatte nicht nur Robin in der Bäckerei Posten bezogen, sondern auch ein Mann, der sich in dem Moment erhoben hatte, da Matthes vor die Tür getreten war. Er hatte jeweils nur wenige Sekunden gewartet und war dann dem ehemaligen BKA-Beamten gefolgt. Beim ersten Mal hatte sich Robin nicht sicher sein können. Nun aber bestand für sie kein Zweifel: Jemand behielt Matthes im Blick.

Nur ob dieser sich dessen bewusst war, wusste Robin nicht.

Bei ihrer Ausfahrt am Vortag hatte sie sich einen Weg einfallen lassen, um das herauszufinden und trotzdem an ihr Ziel zu gelangen. Erneut ließ sie sich eine Viertelstunde Zeit, ehe sie die Bäckerei verließ. Dieses Mal fuhr sie aber nicht sofort wieder davon, sondern trat über die Straße zu dem Haus, in dem Matthes wohnte. Aus ihrer übergroßen

Handtasche zog sie einen Schwung weißer Umschläge hervor, die sie vorbereitet hatte. In jeden der insgesamt zehn Briefkästen des fünfgeschossigen Hauses warf sie ein solches Kuvert. Neun Briefumschläge waren leer und würden die Mieter nur mit einem Stirnrunzeln zurücklassen. Der zehnte Umschlag aber, den sie in den Schlitz mit dem Aufdruck »H. Matthes« steckte, enthielt eine Botschaft.

Sie suchen noch immer nach Antworten, Herr Matthes?
Kommen Sie heute um 20 Uhr an die Bar des One Trick
Pony!

Robin war davon überzeugt, dass ein Mann wie Matthes der Versuchung nicht würde widerstehen können.

Sie steckte weitere Umschläge in die Briefkästen der Nachbarhäuser für den Fall, dass nicht nur Matthes selbst, sondern auch sein Haus unter ständiger Beobachtung stand. Dann schwang sie sich auf ihr Rad, kehrte in die Altstadt und schließlich in den Gasthof zurück und wartete auf den Abend.

Als Manon Dubois verkleidet, dazu stärker geschminkt als sonst, machte sie sich schließlich zu Fuß auf den Weg in die Bar. Das One Trick Pony lag in Oberlinden, dem ältesten Stadtteil Freiburgs und in der gleichnamigen Straße. Die Bar hatte ihren Platz in dem Gewölbekeller eines alten Bürgerhauses gefunden. Auf mehreren Ebenen konnte man seine Drinks entweder an einer lang gezogenen Bar, an Tischen auf einer Galerie oder auf schwarzen Ledersofas in der Lounge schlurfen.

Robin visierte die Bartheke an, als sie einige Minuten vor acht eintraf. Die polierte Holzoberfläche glänzte, die

Hocker sahen zwar nicht bequem aus, standen dafür aber sauber aufgereiht nebeneinander, die Regale mit den unzähligen Flaschen hinter den Barkeepern leuchteten grell, während der Rest des Raumes im Halbdunkel lag. Sie nahm einen Platz am Ende der Theke ein, von Matthes noch keine Spur. Zwei Jungs, vermutlich Studenten, musterten sie interessiert. Manon Dubois war eine auffällige Erscheinung, lässig gekleidet, selbstbewusst und mit dem Flair einer lebenslustigen Frau, die nicht zwingend allein in die Bar gekommen war, um auch allein wieder zu gehen. Ein Eindruck, den Robin in den kommenden Stunden zu kultivieren gedachte.

Also erwiderte sie den Blick der beiden Jünglinge, die daraufhin jedoch wie ertappt wegsahen. Das war Robin aber nur recht, denn in diesem Augenblick erschien ihr persönlicher Hauptpreis des Abends. Harald Matthes trug schwarze Jeans, ein weißes Hemd und einen silbergrauen Blazer, der sich farblich mit seiner runden Hornbrille biss. Seine ohnehin wachen Augen waren sichtlich in Alarmbereitschaft und scannten den Raum, während er in Richtung Bar schritt. Er bedachte Robin nur mit einem kurzen Blick, ehe er sich zwei Stühle weiter hinhockte. Trotz all seiner Erfahrung wirkte er unruhig. Er schien nicht zu wissen, was ihn erwartete, und das hatte ihn ganz offensichtlich aus dem Konzept gebracht.

Gut so, dachte Robin, dann wollen wir uns das mal zunutze machen.

Zunächst aber ließ auch sie ihren Blick unauffällig schweifen und versuchte einen möglichen Bewacher auszumachen. Der Mann aus der Bäckerei war Matthes nicht in die Bar gefolgt, zumindest nicht in die Nähe der Theke.

Was nicht bedeutete, dass niemand hier war, um den alten BKA-Beamten im Auge zu behalten.

Robin hörte, wie einer der Barkeeper Matthes nach dessen Wunsch fragte.

»Einen Silver Seal Barbencourt«, hörte Robin Matthes sagen.

Nickend wandte der Mann hinter der Theke sich ihr zu. »Und Sie?«

»Was trinkt er?«, fragte Robin zurück und deutete auf Matthes.

»Einen zehn Jahre alten Rum aus Haiti.«

»So was kann ich mir nicht leisten. Ich nehme ein Pils.« Dann schob sie hinterher: »Aber in einem schönen Glas, bitte.«

Der Barkeeper grinste und verschwand.

Matthes sah zu ihr herüber, machte aber keine Anstalten, sie anzusprechen. Er schien sie mit ihrer Perücke, den Kontaktlinsen und dem stark geschminkten Gesicht nicht zu erkennen.

Da sah sie ihm direkt in die Augen.

»Hallo Harald. Lange nicht gesehen.«

29

Der Barkeeper servierte ihr eine Flasche Ganter Pils und stellte ihr, einen Diener andeutend, ein Kristallglas daneben, das er sonst nur für Longdrinks benutzte. Robin zwinkerte ihm anerkennend zu, goss sich genüsslich ein, nahm einen Schluck und ließ ihre Augen erst wieder zu Harald Matthes zurückwandern, als das kühle Bier seine herbe Bitternote auf ihrem Gaumen hinterlassen hatte.

Noch immer schien der pensionierte Kriminalbeamte keine Ahnung zu haben, wer da vor ihm saß. Robin lobte sich innerlich für ihre Verwandlung in Manon Dubois. Auch wenn die Perücke von Zeit zu Zeit juckte, war sie hier in diesem Dämmerlicht einer unterirdischen Bar niemals als solche zu erkennen.

»Kennen wir uns?«, kam es nun von Matthes, der seinen Rum vor sich hielt, jedoch zögerte zu trinken, ehe er wusste, was hier geschah.

»Ich bin froh, dass du meiner Einladung gefolgt bist.« Sie duzte ihn absichtlich, um seine Verunsicherung zu steigern. »Es erschien mir der einfachste Weg, ungestört ein paar Worte mit dir zu wechseln.«

Nun geschah, womit sie gerechnet hatte. Er rückte einen Hocker weiter und saß nun direkt neben ihr. Seine Augen verengten sich, als er sie musterte.

»Wer sind Sie?«

Robin lehnte sie vor, ganz nah an sein Ohr, und flüsterte: »Du wirst mich heute Abend Manon nennen, und das ist der einzige Name, der dir oder mir über die Lippen kommen wird. Aber ich hatte eigentlich schon gedacht, dass du mich erkennen würdest, immerhin haben wir uns vor zwei Monaten noch in Frankfurt zusammen mit Naoko getroffen.«

Sie lehnte sich zurück und ließ ihre Worte wirken. Der Groschen fiel einen Wimpernschlag später, und beinahe hätte Harald Matthes ihren wahren Namen ausgerufen, hätte sie ihm nicht einen Finger auf die Lippen gelegt.

Danach brauchte Matthes einige Momente, um seine Gesichtszüge wieder unter Kontrolle zu haben. Selbst ein so erfahrener Ermittler erlebte es wohl nicht so häufig, dass eine für tot gehaltene Person wieder auftauchte und plötzlich mit ihm flirten wollte.

Natürlich wollte Robin das nicht wirklich, doch es gehörte zu ihrem Plan.

»Was machst du hier?«

»Ich verbringe ein paar Tage in Freiburg, ehe ich zurück nach Frankreich fahre«, gab sie zurück, und es war noch nicht einmal gelogen.

»Und ernsthaft?«

Wieder lehnte sie sich vor. Auch wenn die Beats aus den Boxen laut genug waren, damit zwei Meter weiter niemand verstehen konnte, was sie sagten, wollte sie vorsichtig bleiben.

»Erst einmal: Mach mal ein fröhliches Gesicht! Du wirst hier gerade von einer deutlich jüngeren Frau angemacht, also erwecke wenigstens den Eindruck, als würde dir das gefallen.«

Sie hörte ihn widerstrebend lachen.

»Schon besser! Wir müssen reden. Und zwar in Ruhe. Wusstest du, dass du beschattet wirst?«

»Ja, schon seit gut drei Monaten«, entgegnete Matthes zu ihrer Überraschung. »Das hat angefangen, noch bevor wir uns getroffen hatten. Tick sitzt übrigens hinter dir in einer Ecke.«

»Tick?« Sie zwang sich, sich nicht umzudrehen.

»Es sind drei. Ich habe sie Tick, Trick und Track getauft.«

»Okay, dann ist es umso wichtiger, dass du mich glaubwürdig heiß findest. Kriegst du das hin?«

Er lehnte sich zurück und musterte sie anzüglich von oben bis unten. Sie schenkte ihm im Gegenzug ein lüsternes Lächeln, wie es selbst Markus nur selten bekommen hatte.

Und so begann das Spiel. Für Außenstehende entspann sich ein zwangloses Gespräch zweier Menschen, die sich noch nie zuvor begegnet waren und sich anziehend fanden. Ein bisschen Smalltalk hier, ein bisschen Angeberei dort, ein paar Komplimente zwischen weiteren Drinks.

Die beiden Studenten beobachteten Robin noch immer, trauten sich aber nicht mehr in ihre Nähe. Sie war überrascht, dass ihr Look Männer anzuziehen schien, die über fünfzehn Jahre jünger sein mussten. Andererseits saß sie hier mit einem Mann, der über fünfzehn Jahre älter war als sie. Matthes strahlte eine intelligente Attraktivität aus, ein Mensch, der viel zu erzählen hatte, aber auch zuhören konnte. Beides waren natürliche Qualitäten, die sein Beruf mit sich gebracht hatte. Und schließlich merkte sie, dass er über einen angenehmen Humor verfügte, der die vorgespielten fast zwei Stunden in der Bar schnell vergehen ließen.

Schließlich flüsterte sie ihm noch einmal etwas ins Ohr,

woraufhin er bezahlte. Sie ergriff seine Hand, und unter den Blicken der beiden Jünglinge verließen sie die Bar.

Robin erhaschte auf der Treppe nach oben einen kurzen Blick auf Tick. Es war der Typ, der ihr am ersten Morgen aufgefallen war, als sie in der Bäckerei gesessen hatte. Sie vermied es, ihn direkt anzusehen, bekam jedoch mit, wie er sie musterte. Ob er sich fragte, was die elegante Manon an dem älteren Matthes fand, und ob er darin etwas Verdächtiges sah, konnte sie nicht feststellen. Doch das spielte keine Rolle.

Draußen angekommen, zog Robin ihre Jacke eng um sich und hakte sich dann bei ihrem Begleiter ein. Gemeinsam gingen sie durch die Altstadt spazieren und unterhielten sich weiter. Schließlich kamen sie vor ihrem Gasthof an, und zunächst verhielten sie sich so, als wüssten beide nicht genau, was nun passieren würde. Dann aber ergriff Robin seinen Schal und zog spielerisch daran. Er folgte ihr nach drinnen, und weil die Türen zu der Pension doppelt mit Schlüsseln und Videokameras gesichert waren, konnte Robin zuversichtlich sein, dass Tick draußen bleiben würde. Sollte er sich doch ein paar Stunden bei drei Grad die Beine in den Bauch stehen und sich ausmalen, was nun auf dem Zimmer der Frau passieren würde.

Er würde mit seiner Vorstellungskraft garantiert danebenliegen.

Im zweiten Stock angekommen, öffnete Robin die Tür zu ihrem Zimmer. Es war spartanisch eingerichtet, dafür aber mit recht neuen Möbeln. Sie bedeutete Matthes, auf einem Sessel am Fenster Platz zu nehmen, verschwand auf der Toilette und kam, erfrischt und abgeschminkt sowie ohne Perücke, zurück in den Raum.

Matthes machte große Augen. Offensichtlich hatte er ihre falsche Frisur nicht erkannt, obwohl er ihr zwei Stunden lang in der Bar gegenübergesessen hatte.

»Gute Arbeit«, nickte er anerkennend. »Können wir jetzt offen reden?«

»Ich bin gespannt, wie offen du diesmal sein wirst«, erwiderte Robin, die sich am Fußende aufs Bett setzte. »Beim letzten Mal scheinst du ein paar Dinge ausgelassen zu haben.«

»Dass ich wieder in Freiburg wohne, hast du ja schon herausbekommen.«

»Auch, dass du nicht mehr beim BKA bist.«

Damit hatte Matthes offenbar gerechnet, denn er verzog keine Miene. »Ich bin nicht freiwillig gegangen, wie du dir vorstellen kannst. Ich habe meine Abteilung geliebt. Organisierte Kriminalität war immer mein Ding, ich wollte bis zur Rente dort bleiben.«

»Das bist du doch auch.«

»Bis zur Frührente.« Matthes spie das Wort angewidert hervor.

»Wie kam's?«

»Ich habe einen Fehler gemacht, vor dem ich meine jüngeren Kollegen immer gewarnt habe.«

»Und der wäre?«

»Lass einen Fall nie zu sehr an dich heran!«

»Du hast die Urban-Sache nie loslassen können. Das hast uns schon in Frankfurt gesagt.«

»Nie. Bis heute nicht.«

»Warum?«, fragte Robin, erinnerte sich dabei aber an seine Worte im Pub.

Es würde mir nicht guttun festzustellen, welche Fehler

ich gemacht und was ich damals übersehen habe. Es reicht
schon mitzuerleben, wer dafür heute alles bezahlen muss.

»Ich habe immer weiter ermittelt. Ich dachte, es gäbe
noch mehr. Ich wollte jeden einzelnen Täter identifizieren.
Vor allem, weil ich immer das Gefühl hatte, dass mehr dahinterstecken könnte. Urban kannte allerhand hohe Tiere.
Ich war mir sicher, dass da noch ganz andere Kaliber drin
verstrickt waren und die Hand aufgehalten haben.«

»Aber?«

»Irgendwann wurde mir nahegelegt, meine Nachfragen
zu unterlassen. Eine solche Warnung kriegst du nur einmal. Wenn du sie ignorierst, hat das Konsequenzen.«

»Und du hast sie ignoriert.«

Der einstige Kriminalhauptkommissar schwieg. Robin
spürte jedoch, dass er ihr noch immer nicht die ganze
Wahrheit sagte.

»Was noch?«

»Was meinst du?«

»Da ist noch mehr, oder?«

Matthes lehnte sich im Sessel vor, stützte seine Arme auf
die Knie und verschränkte die Hände ineinander.

»Meine Frau«, begann er leise, sein Gesicht nun fahl
und grau. »Weißt du, dass Rosa tot ist?«

»Nein«, sagte Robin ehrlich betroffen. »Ich wusste nicht
einmal, dass du verheiratet warst.«

»Sie starb ein Jahr nach dem Prozess. An den Nebenwirkungen gefälschter Medikamente.«

»O Gott«, entfuhr es ihr leise. »Von Urban?«

»Das ließ sich nicht mehr nachvollziehen. Das spielte
auch keine Rolle. Für mich war Rosa das Opfer einer ganzen Industrie, eines korrupten Systems.«

»Und du wolltest es zu Fall bringen.«

»Ich will es noch immer«, flüsterte Matthes und ballte seine Hände zu Fäusten.

Minutenlang sagte niemand ein Wort. Robin sah Matthes vor sich. Ein Mann, der auf dem Höhepunkt seiner beruflichen Laufbahn alles verloren hatte. Die Verurteilung Urbans musste der wichtigste Sieg für ihn beim BKA gewesen sein. Doch dann war seine Frau gestorben, und mit ihrem Tod hatte eine wahnhafte Suche nach weiteren Tätern eingesetzt.

Robin glaubte in seinem Gesicht zu sehen, dass er hoffte, mit nur noch einem weiteren Schmuggler, einem weiteren Finanzier, einem weiteren Koch gefälschter Medikamente, einem weiteren Verkäufer den Tod seiner Frau besser verkraften zu können. Stattdessen hatte er sich mit dieser Besessenheit erst beim BKA isoliert, ehe er aufs Abstellgleis geführt worden war. Nun, in Freiburg, hatte er gar keine Verbindungen mehr zu seinem alten Leben. Das Wiederaufflammen des alten Falls durch die Anschläge im November musste ihm wie der Ruf aus einer anderen Welt vorgekommen sein.

»Ich habe das Journal«, sagte Matthes plötzlich in die Stille hinein.

»Wie bitte?« Robin glaubte, sich verhört zu haben.

»Ich habe das Journal. Ich habe Urbans persönliche Aufzeichnungen. Ich habe das Heft schon die ganze Zeit.«

»Die ... die ganze Zeit?«

Robin stand auf. Langsam, vorsichtig. Ohne es richtig wahrzunehmen, ging sie rückwärts. Sie entfernte sich von Matthes, trat hinter das Bett, versuchte so viel Abstand zwischen sich und den Mann zu bringen wie möglich. Sie lehnte sie mit dem Rücken gegen die Zimmerwand, die Handflächen gegen die Raufasertapete gepresst.

Harald Matthes hob den Kopf, sah sie an.

»Es tut mir leid«, hauchte er. »Ich hätte es dir geben sollen, aber ich konnte nicht. Ich konnte einfach nicht. Ich dachte, wenn ich es aus der Hand geben würde, würde ich die letzte Chance verlieren, den Tod meiner Rosa rächen zu können, die wahren Täter zu finden und bestrafen zu können.«

Robin zwang sich zur Ruhe. Dieser Mann besaß, was sie benötigt hätte, um dem Albtraum ein Ende zu bereiten. Wäre er ehrlich zu ihr gewesen, hätte sie das Grauen bereits in der Kleinmarkthalle beenden können. Sie hätte das Journal ausgehändigt und wieder ihrer Wege gehen können. Mit Markus. Mit Clara. Mit ihren Eltern, Naoko und Hamid. Sie hätte ihren Unfalltod nicht vortäuschen und ihren Liebsten – und sich selbst – nicht das Herz brechen müssen.

»Wo ist es?« Robin war selbst überrascht, wie kontrolliert sie klang.

»In meinem Bankschließfach.«

»Wie bist du da drangekommen?«

»Jemand hat es mir per Post geschickt. Anonym. Am Tag der Beerdigung meiner Frau.«

»Am Tag der …?«

»Ja. Verstehst du jetzt, warum das Journal für mich so einen großen Wert hat? Warum ich seine Existenz nicht einfach bestätigen konnte, als ihr danach gefragt habt? Und warum ich es schon gar nicht einfach hätte aushändigen können?«

»Weil es für dich der Beweis sein könnte, wer deine Frau

auf dem Gewissen hat.« Robin nickte, und ihre aufflammende Wut kühlte langsam wieder ab. »Was steht denn drin?«

»Wenn ich das nur wüsste!«

Die Antwort überraschte Robin. »Was meinst du damit?«

»Es ist unbrauchbar. Es ist in einer Kurzschrift verfasst.«

»Du meinst, die Notizen sind stenografiert?«

»Genau. Aber nicht in einem der bekannten Systeme. Ich habe inzwischen mit einem halben Dutzend Experten gesprochen und es prüfen lassen. Alle sind sich einig, dass Leonhard Urban sein eigenes Steno-System entwickelt haben muss.«

»Das geht so einfach?« Robin riss erstaunt die Augen auf.

»Einfach nicht, nein. Aber es ist nicht ungewöhnlich. Alleine im deutschen Sprachraum existieren mehrere Hundert unterschiedliche Kurzschriftsysteme. Viele werden zwar schon seit Jahrzehnten nicht mehr genutzt, aber theoretisch könnte jeder, der sich mit Steno auskennt, sein eigenes System entwickeln. Wer es nicht kennt, kann es nicht lesen. Urban konnte somit zwei Fliegen mit einer Klappe schlagen.«

»Er konnte etwas schnell notieren, und niemand anderes konnte es lesen. Die perfekte Geheimhaltung«, kombinierte Robin. »Und keiner deiner Experten konnte die Schrift knacken?«

»Nein. Wenn es keine Referenzen gibt oder ein System nicht in hohem Maße auf einem anderen aufgebaut ist, ist es praktisch unmöglich, eine Reinschrift der Kurzform zu liefern. Es gibt nur eine einzige Stelle, an der ich etwas entziffern konnte.«

»Wie das?«, fragte Robin überrascht.

»Weil es keine Kurzschrift war. Urban musste etwas auf einem anderen Papier geschrieben und sein Journal als Unterlage genutzt haben. Dabei haben sich einige Worte …«

»… durchgedrückt.«

»Ganz genau. Leider waren diese Wortfetzen, die ich entziffern konnte, ein weiterer Grund, warum ich dir das Journal nicht zeigen wollte.«

»Was? Warum?«

»Weil dort ein Name steht, den du kennst.«

»Den ich kenne?« Robin spürte ein flaues Gefühl im Magen, als sie fragte: »Welcher Name?«

»Lutz-Werner Graf. Dein Vater, Robin.«

30

Als Robin am nächsten Morgen erwachte, fühlte sie sich, als hätte sie kein Auge zugetan. Für weite Teile der Nacht hatte dies sogar gegolten. Der Schock, dass Leonhard Urban vor vielen Jahren einen Grund gefunden hatte, den Namen ihres Vaters zu notieren – nicht in sein Journal, aber immerhin auf irgendein anderes Dokument –, war besorgniserregend.

Matthes hatte ihr auf seinem Smartphone ein Foto der besagten Stelle im Journal gezeigt, wo ein Stift, womöglich ein Kugelschreiber, sichtbar das Papier eingedrückt hatte. Der Name Lutz-Werner Graf war ohne große Hilfe lesbar. Die weiteren Worte, die drumherum erkennbar waren, ergaben dagegen keinen Sinn, weil ihnen der Kontext fehlte. Es schien, als hätte Urban sein kostbares Notizbuch nicht absichtlich als Unterlage gewählt. Womöglich war das darüber liegende Papier nur durch Zufall über das Journal gerutscht und hatte somit den Namen ihres Vaters in dem Heft verewigt.

Robin hatte Matthes um kurz nach eins gebeten, nach Hause zu gehen. So hatte Beschatter Tick in dem Glauben bleiben können, dass der alte Ermittler es noch immer draufhatte, bei einer Frau zu landen – mehr aber auch nicht. Sie hatten sich für den nächsten Morgen verabredet, doch die Gedanken an ihren Vater hatten Robin wach gehalten.

Wie hatte er für Leonhard Urban von Interesse sein können? Für Robin, die ihren Vater meist nur aus der Ferne erlebt hatte, keine wahnsinnig schwierige Frage. Er hatte nach der Schule früh seine Karriere als Journalist begonnen, das Geschichtsstudium nur beiläufig beendet und sich seiner Laufbahn in der Medienbranche verschrieben. Er war Berlin-Korrespondent einer der größten deutschen Tageszeitungen geworden, hatte aus Washington und Moskau berichtet, hatte alles sein wollen, nur kein Vater, und war schließlich zum Chefredakteur aufgestiegen. Robin erinnerte sich, wie ihm selbst dieser Job irgendwann zu wenig geworden war, weshalb er begonnen hatte, sich als der Medienmacher und Meinungsführer in Deutschland zu inszenieren. Er war ins Silicon Valley gereist und hatte die Medienwelt der Zukunft propagiert. Das hatte ihn nach seinem Ausscheiden aus dem Verlag zu einem einflussreichen Spin Master auf internationaler Bühne gemacht, mit einem Netzwerk bis tief in alle wichtigen Parteien des Landes. Treffen wie jenes mit Robins Mann Markus und dem Frankfurter Messe-Chef Benedict Aust waren über die Jahre zum täglichen Brot von Lutz-Werner Graf geworden.

Aber Leonhard Urban?

Als Robin ihre Sachen packte und sich wieder in Manon Dubois verwandelte, wollte sie noch immer nicht glauben, dass ihr Vater von den kriminellen Machenschaften des einstigen Pharmaindustriellen gewusst hatte. Fraglos war Graf für Urban ein lohnenswerter Kontakt gewesen. Wer in dieser Branche etwas erreichen wollte, musste politisch Strippen ziehen können. Nichts anderes hatte ihr Vater über Jahrzehnte gemacht. Aber einen Schmugglerring unterstützen?

Als sie eine Stunde später ausgecheckt hatte und vor die Tür ihrer Unterkunft trat, erwartete Harald Matthes sie bereits. Mit einem kleinen Blumenstrauß und einer Packung Pralinen in der Hand, umarmte er sie lächelnd und gab ihr einen züchtigen Kuss auf die Wange. Erneut spielten sie ihr Spiel für die drei Schatten, und die kecke Manon wischte ihrem Verehrer sogar noch etwas Lippenstift von der Wange.

Das gute Wetter erlaubte es, dass Robin eine große Sonnenbrille trug. Etwas wehmütig ließ sie ihr Trekkingbike an einem Fahrradständer vor dem Gasthof zurück in der Gewissheit, dass sich schon bald ein neuer Besitzer mit Bolzenschneider finden würde. Sie gingen ins Café Jolie. Dort hatte sie einen Tisch reserviert, und wie es der Zufall so wollte, war kein weiterer mehr frei. Ihr Verfolger musste draußen bleiben. Sie bestellten Cappuccino, der die Plörre in der Bäckerei um Welten überragte, und spielten wieder die Turteltauben. Dabei befand sich das Journal in der Box für die Pralinen, und Robin würde es sich später in Ruhe im Original anschauen können. Matthes hatte es am Morgen aus seinem Bankschließfach geholt.

»Was hast du jetzt vor?«, fragte Matthes schließlich.

»Ich fahre erst einmal zurück nach Frankreich. Aber lange werde ich nicht bleiben. Ich habe Dinge zu klären. Zu Hause.«

Sie hatte ihm nicht verraten, dass sie mit Gregor Thomanek bereits eine Spur aufgetan hatte, an der Hamid arbeitete. Nun hatte sie das Journal von Leonhard Urban gefunden, und auch wenn dieser ihr nicht mehr helfen konnte, die Kurzschrift zu entschlüsseln, war sie doch sicher, dass Hamid darin eine große Herausforderung sehen würde.

Und schließlich würde sie Antworten von ihrem Vater verlangen. Wie sie das anstellen konnte, ohne auch offiziell von den Toten aufzuerstehen, wusste sie zwar noch nicht, die Zugfahrt würde ihr aber Zeit geben, darüber nachzudenken.

»Ich bin jedenfalls froh, dass du noch lebst«, sagte Matthes mit einem überraschenden Anflug von Sentimentalität. »Die Meldung deines Autounfalls war ein Schock. Ich hatte befürchtet, du seiest ihnen zu nahe gekommen, und ich wäre nach meinem Treffen mit dir der Nächste auf der Liste.«

»Ganz ehrlich«, entgegnete Robin, »mich wundert auch, dass du nur beschattet wirst. Es wäre nur logisch gewesen, auch bei dir nach dem Journal zu suchen. Hast du eigentlich eine Vermutung, wer es dir geschickt haben könnte?«

»Eine Vermutung, ja.« Matthes nahm einen Schluck Cappuccino und stellte die Tasse dann wieder vorsichtig ab. »Ich glaube, dass es Urban selbst war. Wer sonst hätte Zugang dazu haben können?«

»Aus dem Gefängnis heraus?«

»Urban hatte auch Jahre danach noch enge Vertraute, die praktisch alles für ihn gemacht hätten.«

»Aber mit welchem Zweck?«

»Wie gesagt: Der Umschlag traf am Tag von Rosas Beerdigung ein. Vielleicht hatte Urban davon gehört und von den Umständen. Vielleicht wollte er mir damit die Chance geben, an weitere Hintermänner zu kommen.«

»Aber hätte er dann nicht den Schlüssel beigefügt, um seine Hieroglyphen zu decodieren?«

»Ich hatte immer das Gefühl, dass für Urban alles ein Spiel war. Keine Befragung verlief geradlinig, praktisch keine seiner Antworten war ohne Zweideutigkeiten. Er wusste, dass er verloren hatte, und hat trotzdem bis zum Schluss gespielt. Er hat sich immer für den klügsten Scheißkerl im Raum gehalten.«

»Ja, so habe ich ihn auch erlebt«, erinnerte sich Robin.

»Na ja, wir werden es uns anschauen. Hoffentlich haben wir Glück.«

»Das wünsche ich euch. Lass mich wissen, wie du weiterkommst. Ich würde ja meine Hilfe anbieten, aber mit meinen Anhängseln dürfte das kaum möglich sein.«

Robin merkte, dass es Matthes schwerfiel, ihr das Feld zu überlassen. Sie sah es in seinem Gesicht, dem jede Freude fehlte. Dieser Mann hatte sich geschworen, seiner Frau zu später Gerechtigkeit zu verhelfen. Nun gab er mit dem Journal den letzten Hinweis aus der Hand, der ihn mit diesem Fall noch verbunden hatte.

Er brachte sie zum Hauptbahnhof. Sie gingen zu Fuß, Robin bei ihm eingehakt. Sie kaufte sich ein Ticket für eine Verbindung in Richtung Süden über Basel und Mulhouse nach Lyon. Ein letzter Kuss auf die Wange, ein letztes Lächeln, dann verschwand Robin im ICE.

Nicht, dass sie überhaupt nach Lyon wollte, doch Matthes' Überwacher hatten ihr keine andere Wahl gelassen. Sie wollte unter allen Umständen den Eindruck vermeiden, dass Tick, Trick und Track ihren Bossen eine bis dato unbekannte Frau meldeten, die Kontakt zu Matthes aufgenommen hatte und anschließend in Richtung Frankfurt weitergereist war. Daher die Scharade mit dem Techtelmechtel, daher die Blumen und Pralinen, daher der Zug nach Lyon. Und durch das mehrfache Umsteigen würde sie genügend Gelegenheiten erhalten zu kontrollieren, ob jemand ihr folgte.

Diese Sorge erwies sich glücklicherweise als unbegründet. Als Robin am späten Nachmittag in der ostfranzösischen Metropole ankam, war sie sicher, dass sie nicht beschattet wurde. Dennoch hatte sie das Journal den gesamten Weg über in ihrer Tasche gelassen. Erst in ihrem Hotel im zentral gelegenen Viertel Perrache-Charlemagne wagte sie es schließlich, jenes Heft aus der Schachtel zu nehmen, um das es die ganze Zeit gegangen war.

Ein elegantes Buch, siebzehn auf elf Zentimeter, der Umschlag aus weichem Leder in Dunkelblau, die Seiten mit einem Goldschnitt versehen. Die Front trug in goldener Prägung die Buchstaben *L.U.*, auf der Rückseite fand sich der ebenfalls goldene Stempel der Londoner Edelmarke Smythson of Bond Street, die diese exklusiven Hefte herstellte.

Robin fragte sich, ob dieses Exemplar das einzige war, in das Urban seine wichtigsten Informationen eingetragen hatte, oder ob er über die Jahre mehrere geführt hatte. Doch dafür mussten sie freilich erst einmal den Code knacken. Denn schon ein kurzer Blick in die fein strukturierten Seiten gab ihr ein Bild, dass sie keine Ahnung hatte, was sie da sah: Striche und Schleifen, manche ähnlich wie Buchstaben, manche ohne jede Chance, sie irgendetwas zuzuordnen, das mit Schrift zu tun haben konnte. Auch schien es Unterschiede zu geben, ob die Zeichen unterhalb, mittig oder oberhalb einer imaginären Linie geschrieben standen.

Nein, musste sich Robin eingestehen, dieses Rätsel konnte nur Hamid lösen, falls ihm etwas einfiel, das sich als eine Art Analysetool programmieren ließ.

Mit diesem Gedanken loggte sich Robin einmal mehr im

Museum ein und verfasste eine ausführliche Zusammenfassung über ihre Begegnung mit Harald Matthes. Sie
mochte zwar in Lyon sein, doch sie würde in Kürze nach
Frankfurt zurückkehren.

31

Es passierte nur noch selten, dass Hamid Erdem lauthals auf Arabisch schimpfte. Er mochte die deutsche Sprache, die zu lernen ihn überraschend wenig Mühe gekostet hatte. Ein ungeahntes Talent für Schachtelsätze sowie eine intuitive Treffsicherheit bei »der«, »die« und »das« hatten ihm schnell das nötige Selbstvertrauen gegeben, um sich in Deutschland wohlzufühlen. Zudem hatte er sich von Landsleuten aus dem Irak ferngehalten, weil er sich nie sicher hatte sein können, dass unter ihnen keine Spione waren. So war dieses seltsame Land schneller seine Wahlheimat geworden, als er es für möglich gehalten hatte. Abgesehen davon hatte er nur noch lernen müssen, dass Ebbelwoi für Durchfall sorgte und nicht überall im Land Lederhosen und Dirndl getragen wurden.

Nun aber fluchte er aus vollem Hals, und das konnte er noch immer am besten in seiner Muttersprache. Das Ziel seiner Verwünschungen war der große Bildschirm an der Wand in seinem Wohnzimmer, auf dem er seinen Laptop gespiegelt hatte. Hamid versuchte eine Lösung für das Journal-Problem zu finden. Robin hatte ihm nach ihrer Ankunft in Lyon über den Museumskanal Screenshots einiger Seiten voller Notizen in Kurzschrift geschickt. Seitdem programmierte Hamid in jeder freien Minute an einem Übersetzungstool.

Die Herausforderung war, dass er in dem Programm

keinen Code zur Entschlüsselung einsetzen konnte. Stattdessen konnte er ihm lediglich alle bekannten Kurzschriften in deutscher Sprache einverleiben, die er in die Finger bekommen konnte. Dieses Grundwissen, wie Hamid es nannte, sollte dem Programm die Fähigkeit zu einem selbstlernenden Prozess geben. Wie bei einer Künstlichen Intelligenz, die sich eigenständig weiterentwickelte und schließlich aus unleserlichen Notizen sinnvolle Sätze in deutscher Sprache bildete.

Doch auch der jüngste Versuch vor wenigen Augenblicken war gescheitert. Frustriert und noch immer, wenn auch leiser, vor sich hin fluchend, stand er auf und ging in seine Küche. Mit einem Siebträger machte er sich einen doppelten Espresso, griff in eine Dose mit selbst gebackenen Keksen und lehnte sich rückwärts an die Küchenzeile. Er biss in den Cookie und atmete durch. Er wusste, was von dieser Aufgabe abhing. Wenn er erfolgreich war, wenn er Urbans Geheimsprache knackte, konnte plötzlich alles aufgehen. Wie bei einer Patience, wenn eine letzte Karte umgedreht blieb, ihr Wert aber entscheidend für die Lösung des Spiels war.

Er hörte das Warnsignal des Laptops aus dem Wohnzimmer, welches ihn darauf hinwies, dass die Sicherheitskameras an seinem Haus ein Objekt erfasst hatten. Mit gerunzelter Stirn und die Espressotasse noch in der Hand, ging er wieder rüber und warf einen Blick auf die Live-Bilder. Eine Person näherte sich der Haustür. Hamid schaltete auf eine Nahaufnahme und projizierte die Darstellung auf den großen Screen an der Wand.

»Bei Ali Babas Eiern und seinen vierzig Dirnen!«

Hamid starrte noch einen Moment auf den Bildschirm,

dann eilte er zur Wohnungstür. Aus seiner Umhängetasche zog er den Teleskopstab hervor und ließ ihn aufschnellen. Als es klingelte, war er bereit und öffnete. Die Schritte im Treppenhaus näherten sich nur langsam, ganz so, als prüfe die Person auf jedem Absatz, ob die Luft rein war. Auf dem Weg zu Hamids Etage kamen zunächst braune Haare ins Blickfeld. Es folgte eine schlanke Frau mit braunen Augen, einer Brille mit Goldrahmen und einem Gesicht mit mehr Make-up, als Hamid es je zuvor an ihr gesehen hatte.

Einen Moment standen sie sich gegenüber. Dann ließ er den Stab achtlos fallen und schloss Robin wortlos in die Arme. Er spürte, wie ihr Körper leise bebte. Er hielt sie fest, überließ ihr die Entscheidung, wann sie sich lösen wollte. Als sie schließlich zurücktrat, waren ihre Wangen feucht und ihr Lächeln eine Mischung aus erleichterter Freude und tief sitzendem Schmerz.

»Willkommen zu Hause«, flüsterte Hamid, und seine vehementen Flüche waren nur noch eine entfernte Erinnerung in seiner weichen Stimme.

»Danke!« Robin trat über die Türschwelle und schien nicht recht zu wissen, was sie machen sollte. »Ich dachte, ich spare mir die Ankündigung und komme einfach vorbei.«

»Überraschung gelungen«, erwiderte er, schloss die Tür und sah auf die Uhr. »Ich hatte dich erst am Abend erwartet.«

»Ich habe es nicht mehr ausgehalten und den ersten Zug aus Lyon genommen.«

Er musterte sie. »Aber hattest du bei unseren Calls nicht schwarze, kurze Haare?«

»Darf ich vorstellen?« Robin machte eine theatralische

Pose. »Manon Dubois, die französische Verführerin älterer Männer und Finderin verloren geglaubter Schätze und Notizbücher.«

»Sprich nicht von dem Journal! Zumindest heute nicht mehr!« Hamid rollte mit den Augen. »Ich bin noch immer keinen Schritt weiter. Dafür habe ich unseren Plan für morgen noch mal überdacht. Wir haben einiges vor, wenn du den Stunt wirklich durchziehen willst.«

Nach Robins Ankunft in Lyon hatten sie nach einer Idee Ausschau gehalten, um Lutz-Werner Graf genauer auf die Finger zu schauen und ihn zu beobachten, ohne dass er es merkte. Ein Zufall hatte ihnen in die Hände gespielt, und schon am nächsten Tag sollte es so weit sein.

Doch sie würden Hilfe brauchen. Hilfe, die Hamid nun per SMS rief, während Robin auf der Toilette verschwand. Er ging ins Wohnzimmer und setzte sich wieder auf das Sofa. Als Robin schließlich eintrat, hatte sie Brille und Perücke abgelegt und ihre schwarzen Haare ordentlich frisiert. Dennoch wirkte sie verändert. Sie hatte nicht nur einige Kilos verloren, es war ihre ganze Erscheinung, die nur noch wenig an die alte Robin Graf erinnerte. Ihre Haltung hatte sich verändert, ihr Gang. In ihrem Gesicht nahm Hamid eine andere Härte wahr, die nicht nur an der Schminke lag. Es mochten nur zwei Monate gewesen sein, dennoch wollte er sich nicht vorstellen, was sie durchmachte, wenn sie alleine und für sich war. Wie sehr sie ihre Familie vermisste, wie hart sie mit sich ins Gericht ging, weil sie den Menschen, die sie liebte und die sie liebten, so große Schmerzen bereitet hatte. Er kannte Robin lange genug, um zu wissen, dass niemand so unnachgiebig und gnadenlos zu sich selbst war wie sie.

Er würde alles daransetzen, sie in ihr altes Leben zurückzubringen.

Um sie abzulenken, erklärte er ihr dann doch, woran es bislang scheiterte, das Journal zu decodieren. Auch wenn sie keine Ahnung von Programmiersprachen hatte, führte er sie durch die bisherigen Schritte, die er unternommen hatte. Mithilfe von Texten in Kurzschrift, die er im Internet gefunden hatte, demonstrierte er ihr, dass sein Tool funktionierte. Die Software wandelte die Beispiele in Windeseile in deutsche Wörter und Sätze um, und wenn grammatikalische Fehler vorlagen oder es unklare Übersetzungen gab, konnte das Programm in einem zweiten Schritt Lücken füllen oder Vorschläge für alternative Bedeutungen machen.

»Und das hast du in gerade einmal zwei Tagen hinbekommen?« Robin klang beeindruckt.

»Es ist nicht so, dass ich im Moment in anderer Arbeit untergehe. Ich weiß nicht, ob du es wusstest, aber ich habe früher mal für eine Agentur gearbeitet, die gerade etwas …«

Es klingelte erneut an der Tür, und Robin warf Hamid einen verunsicherten Blick zu. Wortlos stand er auf, griff am Eingang erneut seinen Teleskopstab, kontrollierte die Videobilder und ließ den Besuch ein. Wenige Augenblicke später stand Naoko Schäfer in der Diele und entledigte sich ihres Mantels, unter dem eine Leggins und ein Hoodie mit dem Aufdruck *iGude* zum Vorschein kam.

»Bist du nicht zu alt und vor allem zu reich für Kleidung mit schlechten Wortspielen?«, fragte Hamid in gespieltem Plauderton.

»Sag einer Frau nie, dass sie zu alt ist!« Naoko knuffte ihm mit dem Ellenbogen in die Seite, streifte sich eine Wollmütze vom Kopf und fuhr sich auflockernd mit allen Fingern durch ihre schwarzen Haare. »So, jetzt aber raus mit der Sprache. Gestern lädst du mich für heute zu dir ein, und ich lasse mir einen seltenen Serienabend mit meinem Mann entgehen. Jetzt schreibst du mir, ich solle bitte sogar noch früher kommen, es sei brutal wichtig. Zu Hause fragt sich Thomas derweil, ob er seine Frau überhaupt noch einmal auf die Couch oder woandershin bekommt. Du machst dir keine Vorstellungen, wie …«

»Komm einfach mit«, unterbrach Hamid sie grinsend. »Sieh es dir selbst an!«

Er ließ sie vorgehen. Es waren nur knapp fünf Meter bis zur Tür, die ins Wohnzimmer führte. Seine Füße machten jeden Schritt bewusster als sonst. Naoko bog um die Ecke, dann blieb sie erschrocken stehen.

»Oh, Entschuldigung, ich wusste nicht …«

Weiter kam Naoko nicht mehr. Hamid blieb im Türrahmen zurück, beobachtete, wie die beiden Freundinnen schockgefroren mitten im Raum standen, wie zwei Schlafwandlerinnen, wie zwei in Trance versetzte Frauen, denen noch nicht der nächste Befehl gegeben worden war, was sie zu tun hatten. Dann, ganz langsam, setzten sich beide zeitgleich in Bewegung.

Bis sie sich schließlich um den Hals fielen. Sie umarmten sich, als wollten sie die andere nie wieder loslassen. Ihre Hände krallten sich in den Rücken der jeweils anderen, sie vergruben ihre Gesichter, begannen zu schluchzen, zu zittern. Als sie sich voneinander lösten, blickten sie sich tränenüberströmt an, hielten sich fest, sahen sich an, saugten den Anblick der anderen in sich auf.

»Ich hasse dich, ich hasse dich, ich hasse dich«, brachte

es aus Naoko hervor, halb schimpfend, halb lachend, aber in jeder Silbe heulend.

»Es tut mir so schrecklich, so unendlich leid«, versuchte Robin zwischen ihren eigenen Schluchzern hervorzupressen. »Ich habe einfach keinen anderen Ausweg …«

Doch Naoko zog sie wieder an sich, küsste sie auf die Wange.

»Oh, Liebes, du bist wieder da. Du bist wieder da.« Sie strich Robin über die Kurzhaarfrisur. Dann fuhr sie, ihre Freundin noch immer im Arm haltend, abrupt zu Hamid herum: »Und du wusstest davon? Du wusstest, dass sie noch lebt? Du Schuft wusstest von allem?«

»Ich …«

»Er hat mir geholfen, weil ich es sonst nicht alleine geschafft hätte. Er …«

»Schweig, Robin Graf oder wie du inzwischen auch immer heißen magst!« Naoko nahm Robin nun in eine Art Schwitzkasten und warf Hamid aus roten Augen einen glücklicherweise nicht so bösen Blick zu, wie er befürchtet hatte. »Und wir zwei reden noch miteinander, Freundchen! Komm du mir nach Hause!«

Dann trat sie einen Schritt zurück und betrachtete Robin. »Wie du dich verändert hast! Süße, du bist zu dünn geworden, und schwarze Haare solltest du Hamid und mir überlassen. Was ist aus deinem Blond geworden? Und wem willst du eigentlich beweisen, dass diese gefälschte Augenfarbe irgendwas taugt?« Naoko legte ihre Hände auf Robins Wangen, als wolle sie ihr einen Kuss geben. »Du warst mal die wunderschönste Frau der Welt. Und jetzt? Schau dich an! Eine Mode-Tussi, die sich die Haare färbt, teure Klamotten trägt und die Augen hinter einer Fake-

Brille versteckt.« Sie sah zu der Brille auf dem Wohnzimmertisch neben der Perücke herunter. »Und davon«, sie zeigte auf die Zweitfrisur, »wollen wir besser gar nicht erst anfangen.«

Naoko zog Robin an einer Hand auf das Sofa neben sich, sodass Hamid in den Sessel wechselte. Auch er kam nicht umhin, den Anblick der beiden Wiedervereinten zu genießen. Wie Naoko und Robin da saßen, Händchen haltend und sich mit der anderen Hand die Tränen aus dem Gesicht wischend – das ließ einen Druck entweichen, den er über zwei Monate mit sich getragen hatte. Einerseits wegen des Vertrauens, das Robin in ihn gesetzt hatte, weil er selbst einmal geflüchtet war, weil er sie hatte vorbereiten, weil er ihr hatte helfen können. Andererseits wegen des Vertrauensbruchs gegenüber Naoko, ihr nichts davon zu erzählen, sie der Trauer zu überlassen, ihre beste Freundin verloren zu haben. Er hatte für sie da sein, ihr aber die Schmerzen nicht nehmen können. Dieses Gefühl hatte sich angefühlt wie seine persönliche Strafe, wie ein Ersatz für das Leid, das Naoko hatte erleben müssen. Von Markus und Clara ganz abgesehen, zu denen Hamid in den ersten Tagen nach Robins Verschwinden ständig Kontakt gehalten hatte. Er war sich vorgekommen wie ein Lügner und Hochstapler, und doch hatte er alles nur getan, um Robin und sie alle zu schützen.

Nun war Robin zurück.

Sie waren wiedervereint.

Und das bedeutete, sie konnten wieder an die Arbeit gehen.

32

Bevor die eigentliche Arbeit begann, blickte Robin für Naoko auf den Tag zurück, an dem sie verschwunden war. Sie berichtete ihrer Freundin von der Flucht über die Slowakei nach Italien, von ihrer Zeit in der kleinen Wohnung in Monselice, wie sie mit Hamid in Kontakt geblieben war und wie sie schließlich in der alten Gerichtsakte auf Urbans Geschäftspartner MoneyLine und damit auf eine Verbindung zu Gregor Thomanek gestoßen war.

Naoko hatte bis dato süffisante oder gespielt beleidigte Bemerkungen eingeworfen. Als Thomaneks Name fiel, fuhr sie jedoch überrascht auf.

»Thomanek und Urban? Und ihr glaubt, dass Thomanek Stephan und die anderen auf dem Gewissen hat?«

»Klar könnten wir nach weiteren Hintermännern suchen, aber ich kann einfach nicht glauben, dass das ein Zufall sein soll«, erwiderte Robin.

»Das würde ja bedeuten, dass Thomanek hinter Urbans Aufzeichnungen her ist. Aber warum?«

»Das müssen wir herausfinden«, gab Hamid zurück.

»Wir jagen also wieder einem Buch hinterher, von dem niemand weiß, wo es ist?«

Robin und Hamid tauschten einen Blick.

»Was?«, fragte Naoko argwöhnisch.

Robin griff in ihre Handtasche und holte die Pralinenschachtel hervor, die Harald Matthes ihr überreicht hatte.

»Danke, ich hatte über Weihnachten genug Schokolade«, sagte Naoko spitz.

Ungerührt entfernte Robin die rote Schleife um die Packung und hob den Deckel an. Darunter kam das dunkelblaue Leder des Journals zum Vorschein.

Naoko sog scharf die Luft ein. »Ach du heilige Briefmarkensammlung!« Sie rutschte fast vom Sofa, als sie sich nach vorne lehnte, um näher hinzuschauen. »Das ist nicht wirklich, was ich denke?«

Robin und Hamid nickten, doch ihr synchrones Grinsen wollte nicht recht überzeugen.

»Was?«, wollte Naoko wissen.

So erzählten sie, was Hamid über Matthes in Erfahrung gebracht, wie Robin ihn in Freiburg aufgesucht und wie dieser schließlich das Journal herausgerückt hatte. Am Ende erklärte Hamid Naoko, wie zuvor Robin, warum sie nun nicht mehr weiterkamen.

»Wir haben dieses Scheißteil und können es nicht entziffern? Man fasst es nicht!« Naoko lehnte sich wieder zurück und sah ihre beiden Freunde erwartungsvoll an. »Und jetzt?«

»Es gibt eine zweite Spur«, sagte Robin. »Eine andere als Gregor Thomanek, meine ich.«

Sie nahm das Journal, blätterte darin, bis sie die Seite gefunden hatte, und reichte sie Naoko. Diese brauchte einen Moment, ehe sie die richtige Stelle entdeckt und entziffert hatte.

»Fuck!« Naoko starrte Robin an. »Dein Dad?«

»Ich habe keinen Schimmer, was das zu bedeuten hat. Mein Vater hat Urban nie erwähnt, auch nicht, als es zum Prozess kam.« Jetzt musste sich Robin erheben. Ihre Nervosität zehrte an ihr. »Könnte ich vielleicht was zu trinken haben?«, fragte sie Hamid.

Dieser stand auf, verließ den Raum und kam Augenblicke später mit drei Gläsern und einer Karaffe Wasser wieder. Robin trank gierig und atmete anschließend einmal durch. Jeder Gedanke an ihren Vater belastete sie, seit Matthes ihr von seiner Entdeckung berichtet hatte. Seitdem kämpfte sie ständig gegen den Drang an, nach dem Telefon zu greifen und ihn zur Rede zu stellen. Das aber brachte nichts. Sie konnten ihn nicht direkt kontaktieren. Sie konnten ihn auch nicht vierundzwanzig Stunden beschatten. Schon gar nicht, ohne zu wissen, ob er überhaupt in irgendetwas verwickelt war. Es blieb ja die Möglichkeit, dass ihr Vater vor langer Zeit einen durchaus legitimen Grund gehabt hatte, mit Urban in Kontakt zu stehen. Denn es hatte Zeiten gegeben, in denen Urban öffentlich respektiert und angesehen gewesen war und als unbescholtener Bürger und tüchtiger Geschäftsmann gegolten hatte.

Daher mussten sie anders vorgehen, und sie hatten damit bereits begonnen. Robin berichtete Naoko, wie sie Hamid noch am Abend aus Lyon die Login-Daten zum WLAN ihrer Eltern gegeben hatte. Er hatte den Zugang daraufhin genutzt, um in alle Geräte einzudringen, die mit dem Netzwerk verbunden waren. In dem unsortierten Datenwust ihres Vaters hatte er bislang nur zwei interessante Dinge finden können: die alte Handynummer von Leonhard Urban, was immerhin bewies, dass sie früher einmal in Kontakt gestanden hatten – und einen aktuellen Kalendereintrag für den folgenden Abend. Lutz-Werner Graf war zu einer Wohltätigkeitsveranstaltung in die Alte Oper eingeladen.

Hamid hatte sich umgeschaut. Das Event würde im Restaurant Opéra stattfinden. Rund zweihundert Gäste waren geladen, die High Society Frankfurts würde zusammenkommen. War es tatsächlich nur ein rein karitativer Zweck, würde Lutz-Werner Graf sich einfach nur einige Stunden mit wichtigen Persönlichkeiten unterhalten und wieder nach Hause gehen. Die Oper besaß jedoch auch zahlreiche weitere Salons und Gänge, die sich für konspirative Treffen bestens eigneten, sodass es nicht auffiel, wenn man sich für ein ruhiges Gespräch zurückzog und später wieder unter die Leute mischte. Es gehörte zum guten Ton, solche Veranstaltungen auch für Geschäfte zu nutzen. Niemand fragte, ob sie legal waren oder nicht.

»Das heißt«, fragte Naoko, »ihr habt Urban mit Thomanek in Verbindung bringen können und Urban mit deinem Vater. Und zwischen Thomanek und Lutz-Werner?«

»Nichts«, entgegnete Robin. »Sollte Hamid Urbans Kurzschrift entschlüsseln, würden wir wohl sicher alle Antworten bekommen, die wir brauchen. Bis dahin«, sie trank noch einen Schluck Wasser, »müssen wir mit dem arbeiten, was wir haben. Und das ist der Name meines Vaters in Kombination mit dieser Veranstaltung morgen Abend.«

»Also erst einmal: Ihr seid die krassesten Detektive, die ich kenne!« Naoko klatschte anerkennend in die Hände. »Aber was versprecht ihr euch von diesem Opern-Event?«

Robin musste eingestehen, dass sie diese Frage selbst nicht schlüssig beantworten konnte. Es war ein Gefühl, ein Wunsch, dort zu sein. Natürlich nicht als Robin respektive Sofia, sondern als Manon Dubois. Doch sie machte sich nichts vor. Sie glaubte kaum, auch nur in die Nähe ihres

Vaters zu kommen. Schließlich war es eine Sache, einen Mann wie Harald Matthes mit ihrem neuen Äußeren zu täuschen, eine ganz andere aber, ihrem eigenen Vater vorzumachen, dass sie nicht seine Tochter war. Das hielt Robin für unmöglich. Sie würde also aufpassen müssen, und trotzdem verspürte sie den unwiderstehlichen Drang, sich dort einzuschmuggeln.

Daher erklärte sie Naoko ihren Plan. Denn ohne sie würde es nicht gelingen. Am Ende lächelte Naoko.

»Ihr wollt Thomas und mich als Steigbügelhalter nutzen, um in die Alte Oper zu kommen? Das nenne ich eine würdige Entschädigung für den ausgefallenen Serienabend auf der Couch.«

33

Die Fontäne des Springbrunnens leuchtete in goldgelbem Licht. Das Wasser beschrieb einen Bogen, traf auf die runde Schale aus Granitstein, floss über die Kante und in das flache Becken hinab. Am Rand saßen Jugendliche trotz der Januarkälte, tranken Bier und lachten. Es war ein Freitagabend, und der Opernplatz am Lucae-Brunnen war belebt wie immer.

Das Gebäude gegenüber dem Brunnen, welches der Architekt Richard Lucae ab 1873 hatte errichten lassen, zog die Blicke vieler Menschen an, die vorübereilten oder in Ruhe über die Freßgass flanierten, wie die Große Bockenheimer Straße an dieser Stelle auch genannt wurde. *Dem Wahren Schönen Guten* stand oben am Portikus geschrieben, und als Robin auf dem Vorplatz stand und den prunkvollen Eingang der Alten Oper betrachtete, fragte sie sich, wie viel Wahres, Schönes und Gutes sie an diesem Abend erfahren würde.

Ein roter Teppich führte über fünf flache Stufen zum Eingang hinauf. Zahlreiche Gäste entflohen der Kälte bereits, indem sie zügig in Richtung Hauptportal schritten. Manche lächelten den wartenden Fotografen zu, manche blieben noch einmal stehen und posierten für Bilder, andere wiederum umgingen die Blitzlichter und erhielten über eine Seitentür Zutritt. Ausnahmslos waren sie einer Charity-Gala angemessen gekleidet, die Männer in Smoking oder dunklem Anzug, die Frauen zumeist in Abendkleidern.

Naoko hatte Robin ein blaues Abendkleid mit Schmetterlingsärmeln organisiert, bodenlang und mit einer goldenen Schnalle am Gürtel. Die größere Herausforderung war ihre Frisur gewesen. Als Manon Dubois trug sie zwar ihre Perücke, hatte diese aber extra professionell frisieren und sich eine Dauerwelle verpassen lassen, die sie an Frances Houseman aus *Dirty Dancing* erinnerte, nur mit einer dunkleren Note. Zusätzlich hatte sie sich eine neue Brille mit ungeschliffenen, aber leicht getönten Gläsern zugelegt, welche ihre Augenpartie stärker verbarg und trotzdem dem Anlass angemessen war. Schließlich war sie sogar noch zu Naokos Visagistin gegangen, die den Auftrag erhalten hatte, ihre Augen schmaler, ihre Lippen voller und ihre Nasenpartie schlanker wirken zu lassen.

Dass Naoko sie tags zuvor in Hamids Wohnzimmer praktisch sofort erkannt hatte, hatte sie zwar nicht gewundert. In diesem speziellen Augenblick, in Hamids Gegenwart und in dessen Wohnung – es musste eine Mischung aus Erkennen und Intuition gewesen sein. Dennoch war es einen Tick zu schnell gegangen. Also hatte Robin sich für den Opernabend noch einmal mehr Mühe bei ihrer Verwandlung gegeben, um so unerkannt wie möglich zu bleiben.

»Bist du bereit?«

Naoko tauchte neben ihr auf. Sie trug ein sündhaft teures Kleid in einem Rot, das Robin die Augen tränen ließ. An ihrer Seite stand Thomas. Ihr Mann, dessen O-Beine auch im Smoking unverkennbar nach Fußballer aussahen, lächelte ihr zu. Hinter ihm trat sein Bruder Alexander vor, genauso groß, genauso blond, genauso attraktiv, aber mit geraden Beinen. Alex würde für diesen Abend Robins Gesellschaft sein.

Thomas und Naoko setzten sich in Bewegung und nahmen den roten Teppich. Sie zogen wie geplant die Aufmerksamkeit auf sich, schließlich kannten die Fotografen den einstigen Bundesliga-Star genauso wie seine Frau, die schillernde Anwältin. Alex und Robin hingegen konnten, ohne belästigt zu werden, über den Seiteneingang ins Innere der Oper gelangen.

Erster Schritt erfolgreich, dachte Robin und spürte, wie die Anspannung sie erfasste. Sie umklammerte ihre Clutch, eine schmale Lederhandtasche, die Naoko ihr für den Anlass geborgt hatte. Früher hatte sie sich in solchen Gesellschaften sicher und ohne nachzudenken bewegt. Nun fürchtete sie, jede Sekunde aufzufliegen. Ganz so, als wäre sie eine Spionin in Feindesland und müsste immer damit rechnen, enttarnt zu werden.

Alex schien ihre Verunsicherung zu spüren, bot ihr seinen Arm an und führte sie zur Treppe ins Obergeschoss. Nachdem sie ihre Mäntel an der Garderobe abgegeben hatten, betraten sie das Restaurant Opéra. Naoko und Thomas gingen voraus, zogen die Aufmerksamkeit der Anwesenden auf sich, während Robin mit Alex sofort die Bar ansteuerte und nicht aufzufallen versuchte.

Der Saal gehörte zu den schönsten Räumlichkeiten der Stadt. Antike Kronleuchter hingen von den zehn Meter hohen Decken mit Rundbögen herab, Stuckornamente und Fresken zierten die Wände, Robins Stöckelschuhe spürten, dass der Parkettboden frisch gewienert worden und entsprechend rutschig war. Für die Gäste waren Stehtische in dem Raum vorbereitet worden, am anderen Ende stand eine Bühne, auf der eine Jazzband dezent für Hintergrundmusik sorgte und wo später fraglos das große Geld für den guten Zweck eingesammelt werden würde.

Robin hatte mit Naoko besprochen, dass sie sich trennen würden, da sie neben ihrer Freundin schnell erkannt werden würde. Also organisierte Alex ihnen zwei Champagner zur Einstimmung, und sie suchten sich einen Tisch in der Nähe der Bühne, von wo aus sie den entfernten Eingang und praktisch alle anderen Gäste beobachten konnten.

Naoko hatte nicht gezögert, als Hamid und Robin ihr den Plan vorgestellt hatten. Sie hatte kurzerhand ihren Mann angerufen, der wiederum seine Beziehungen hatte spielen lassen und vier Last-Minute-Karten aufgetan hatte. Daraufhin hatte er seinem in Mainz lebenden Bruder mitgeteilt, dass er ebenso keine Chance auf ein Nein haben würde. Robin kannte beide schon lange, und beide hatten schnell den Schock überwunden, dass sie doch noch lebte, Verschwiegenheit gelobt und sich gefreut, ihr helfen zu können. Auch wenn sie in keine Details ihrer Operation eingeweiht worden waren.

»Ihr sollt einfach unsere Toy Boys sein, und Toy Boys stellen keine Fragen«, hatte Naoko brüsk erklärt. »Ihr seht gut aus und sorgt dafür, dass wir immer was zu trinken haben. Das kann wohl nicht so schwer sein.«

Robin nippte an ihrem Champagner.

»Wenn ich nicht wüsste, dass du es bist, würde ich dich kaum erkennen«, sagte Alex gerade. »Also mach dich locker!«

»Dafür bräuchte ich eine ganze Flasche«, erwiderte sie und behielt den Blick auf die eintreffenden Gäste gerichtet.

Robin wusste nicht, was sie erwarten sollte. Würde ihr

Vater überhaupt kommen? Natürlich, ein Lutz-Werner Graf ließ sich einen solchen Abend nicht entgehen. Aber dann? Mit wem würde er sich unterhalten? Wer würde den Kontakt zu ihm suchen? Würde er sich mit jemandem in einen der Salons zurückziehen, um diskrete Gespräche zu führen? Und wenn ja, mit wem? Sie hatte in ihm bislang einen dieser Menschen gesehen, die sich etwas darauf einbildeten, jede wichtige Person in Deutschland zu kennen, bei der Hälfte von ihnen einen Gefallen gut zu haben und diesen im richtigen Moment einfordern zu können.

Gerade kam Benedict Aust mit seiner Frau herein. Ein Schaudern lief über Robins Rücken, als sie an ihre letzte Begegnung mit dem Messe-Chef dachte und an die darauffolgenden Schüsse auf offener Straße. Zu ihrer Erleichterung kam er nicht in ihre Nähe, sondern traf andere Bekannte auf halber Strecke und blieb dort hängen.

Eine unschöne Überraschung war das Erscheinen von Pius Teichmann. Robin hatte den ekelhaften Emporkömmling schon wieder verdrängt, den sie am selben Tag in der Agentur empfangen hatte wie Friederike Duschek. Kaum zu glauben, dass dieser Typ hier auftauchte, obwohl Robin zusammen mit Stephan der Polizei einen Hinweis auf sein Interesse an den eigenen Kindern gegeben hatte. Dass er sich nun hier in diesem Zirkel bewegte, sprach für seine Fähigkeit, sich für alle anderen Menschen außer für seine Familie perfekt verstellen zu können.

Ihr fiel auf, dass er allein gekommen war. Hatte die Frau ihn womöglich tatsächlich verlassen, vielleicht sogar noch um ein gutes Stück seines Vermögens gebracht und dabei die Kinder in Sicherheit geschafft? Zu ihrem Entsetzen kam Teichmann in ihre Richtung. Sie schien ihm sogar aufzufallen, denn aus sicherer Entfernung musterte er sie, ehe er Alex registrierte und offenbar enttäuscht in eine andere Richtung abbog.

»Ekelpaket«, flüsterte Robin.

»Du kennst ihn?«, fragte Alex, dem Teichmanns Blick nicht entgangen war.

»Ausreichend genug, um zu wissen, was er für einer ist.«

»Aber er scheint dich nicht erkannt zu haben. Das ist gut.«

In der Tat, dachte Robin, das war der erste Test gewesen, und sie hatte ihn bestanden.

In diesem Augenblick passierte, worauf sie sich mental vorzubereiten versucht hatte. Ihr Vater betrat den Saal. Er trug einen schwarzen Zweireiher mit breitem Revers, selbst gebundener Fliege und einem Smokinghemd mit silberner Knopfreihe. Robins Instinkt drängte sie, sich hinter Alex zu verstecken, doch sie zwang sich, milde interessiert die Mitstreiter zu beobachten, die in seiner Bugwelle folgten. Sie erkannte den einen als den Chef einer Investmentbank, der andere wiederum war der Präsident von Eintracht Frankfurt.

Wie zu erwarten, steuerte das Trio auf Naoko und Thomas zu. Thomas stieg sofort in ein Gespräch mit dem Eintracht-Boss ein. Zwei Ex-Fußballer unter sich. Naoko hingegen unterhielt sich angeregt mit Robins Vater, blickte nur einmal kurz zu ihr herüber, konzentrierte sich dann aber sofort wieder auf ihren Vater. So ging es einige Minuten, ehe Lutz-Werner Graf weiterzog und die Fußballer zurückließ. Auch der Banker verabschiedete sich, und Graf gesellte sich zu Aust. Bald standen sie mit mehreren weiteren Männern zusammen, und einmal mehr war Robin erstaunt, wie schnell sich Männer von ihren Frauen absonderten und sie zurückließen wie lästige Fliegen, die bei großen Geschäften ohnehin nichts mitzureden hatten. Dazu passte, dass ihr Vater offenbar gar nicht erst daran gedacht hatte, ihre Mutter mitzunehmen.

Robin gab Alex ein Zeichen. Die Zeit war gekommen für das erste Manöver. Einer Kellnerin entlockten sie zwei weitere Gläser Champagner und taten so, als bewegten sie sich angeregt unterhaltend durch den Raum. Tatsächlich näherten sie sich in großem Bogen so unauffällig wie möglich der Männerrunde um ihren Vater, welche sich nun um einen Stehtisch an der Fensterfront drapiert hatte. Es gelang Robin und Alex, am Nachbartisch Position zu beziehen, sodass sie mit dem Rücken zu der Gruppe standen. Robin spitzte ihre Ohren und konnte so das meiste von dem verstehen, was in der Runde diskutiert wurde. Und sie hörte das erste Mal seit über zwei Monaten wieder die Stimme ihres Vaters.

»... nicht verwunderlich, dass der OB in dieser Frage keine Position bezieht. Unterstützt er den Antrag, stellt er sich gegen seine eigene Partei. Lehnt er ihn ab, kriegt er nächstes Jahr bei den Wahlen die Quittung von den Bürgern. Ich möchte nicht in seiner Haut stecken.«

Es folgten weitere Minuten politischer Nonsense-Diskussionen. Bis ein Mann, dessen Stimme Robin nicht zuordnen konnte, abrupt fragte: »Wie geht es deiner Frau, Lutz? Noch immer keine Neuigkeiten zu eurer Tochter?«

Selbst mit dem Rücken zu dem Tisch hinter ihr spürte sie, wie die Temperatur augenblicklich sank. Die Umstehenden verstummten, während ihr Vater sich mit seiner Antwort Zeit ließ.

»Danke der Nachfrage, Gustav«, ertönte schließlich sein geübt kräftiger Bariton, doch er klang alles andere als dankbar für diese so persönliche Frage in einem so unpersönlichen Umfeld. »Dorothee nimmt das Erlebte weiterhin sehr mit.«

Und dich nicht, oder was?

Robin schluckte ihren Ärger runter und hörte weiter konzentriert zu.

»Für uns alle ist die Situation schwierig. Wir werden von den Behörden auf dem Laufenden gehalten. Es ist nicht einfach.«

Es entstand eine unangenehme Pause, in der niemand so recht zu wissen schien, wie es nun weitergehen sollte. Bis einer der Männer sprach: »Ach, schau mal, Lutz, da sprechen wir von deiner Familie, und schon kommt Markus!«

Robin fuhr herum, ehe sie wusste, was sie tat. Ihren Fehler realisierend, war es Alex, der am schnellsten schaltete. Wie selbstverständlich fasste er sie am Arm und nahm ihre beiden Gläser in eine Hand. So begann er sie wieder durch den Saal zu führen und zeigte gespielt in Richtung Jazzband, so als wolle er sie für das Solo begeistern, welches der Bassist gerade hinlegte. Erst bei dieser Geste konnte sich Robin wieder zusammenreißen und auf Alex' Spiel eingehen. Sie nahm ihm eine der beiden Flöten ab und kippte den Champagner ansatzlos hinunter.

Doch Robin musste hinsehen. Sie konnte nicht anders. Sie gesellten sich zu einem anderen Paar an einem der Tische weit entfernt von ihrem Vater und wandten sich so ruhig wie möglich der Bar und damit dem Eingang zu.

Tatsächlich, da stand er. Ihr Mann.

Markus schien über die vergangenen Monate einige Kilos

verloren zu haben. Sicherlich als Folge seiner Schussverletzung, aber hatte auch er nach ihrem Verschwinden wochenlang kaum etwas hinunterbekommen? Ihr fiel auf, dass er einen nachtblauen Anzug trug, den sie noch nicht an ihm kannte. Er stand ihm gut. Er war ...

Erst da realisierte Robin, was ihr noch nicht aufgefallen war.

Markus war nicht alleine gekommen.

An seiner Seite ging eine Frau, und er hatte seinen Arm um sie gelegt.

Erneut war Alex zur Stelle, als Robin glaubte, das Gleichgewicht zu verlieren und zu stolpern. Doch da war sein Arm, sein Arm um ihre Hüfte genauso wie Markus' Arm um die Hüfte der Fremden. Erst wollte Robin sich losreißen, ehe sie merkte, dass er sie gerade davor bewahrt hatte, alle Aufmerksamkeit auf sich zu vereinen. Genau das, was sie unter allen Umständen vermeiden musste. Also klammerte Robin sich mit beiden Händen an der weiß bedeckten Tischplatte fest.

Ein kurzer Blick ging zu ihrem Vater. Er wirkte erstaunt und beobachtete seinen Schwiegersohn aufmerksam, während die umstehenden Männer schon wieder zu diskutieren begonnen hatten. Es schien, als hätte ihr Vater ebenso nicht erwartet, Markus Graf in Begleitung einer anderen Frau zu sehen. Robins Augen kehrten zu ihrem Mann zurück. Und zu der Frau an seiner Seite. Sie hatte lange, dunkle Haare, in denen ein leichter Rotton schimmerte. Irgendwie kam sie Robin bekannt vor – bis es sie wie ein Donnerschlag traf.

Robin hatte sie schon einmal gesehen. Genauer gesagt: Sie hatte die Frau schon mehrfach gesehen. Zuletzt war ihr das Gesicht auf einem Foto aufgefallen. Ein Foto, auf dem sie eine auffällige Brille mit breitem Steg und mächtigen Bügeln getragen hatte. Das Foto war in der Justizvollzugsanstalt Frankfurt am Main IV aufgenommen worden. Im Besucherraum. Markus' Begleitung war die Frau, die sich Xenia Fink genannt und Leonhard Urban regelmäßige Besuche abgestattet hatte.

Tatsächlich aber hatte Robin sie schon einmal vorher gesehen, doch das fiel ihr jetzt erst auf, da sie die Frau in natura und ohne Brille sah. Sie war Xenia Fink zuletzt live und in Farbe vor über zwölf Jahren begegnet. In München. Als hochgewachsene Schönheit mit slawischem Einschlag, damals noch mit einem frechen Kurzhaarschnitt. Doch während Robin sich ihre Haare für ihre Verwandlung abgeschnitten hatte, hatte diese Frau ihre Haare über die Jahre wachsen lassen.

Die offizielle Begleitung von Markus Graf im Restaurant Opéra hieß Julia Hamm. Julia Hamm, die einst als Assistentin von Gregor Thomanek für MoneyLine gearbeitet hatte. Julia Hamm alias Xenia Fink, die Leonhard Urban unter falschem Namen besucht hatte.

Robin wusste, dass sie diesen Ort verlassen musste. Sie spürte, dass sie in Gefahr geriet, dass sie sich nicht mehr vollständig unter Kontrolle hatte. Jetzt erkannte sie, wie fahrlässig es gewesen war, hier einfach aufzukreuzen in dem naiven Glauben, unbeobachtet umherschleichen und irgendetwas herausbekommen zu können. Stattdessen hatte sie sich selbst wie auf einem Serviertablett dargeboten.

Erneut schien Alex zu erfühlen, was geschehen war und was jetzt geschehen musste. Glücklicherweise lagen die Toiletten hinter der Bühne in einem Seitentrakt, von wo aus weitere Treppen nach unten und nach draußen führten. In dem Moment, in dem Markus Graf seine Augen von Julia Hamm fortriss und Ausschau nach Menschen hielt, die er kannte, steuerte Alex Robin geschickt von dieser Veranstaltung fort.

Nicht jedoch, ohne dass Robin glaubte, Markus hätte für einen Moment in ihre Richtung geblickt.

Doch das konnte sie unmöglich sicher sagen.

Sie konnte überhaupt nichts mehr sicher sagen.

34

Die Absätze ihrer Pumps klapperten auf dem Gehweg, als Robin das historische Gebäude verließ und in die Nacht hinausstolperte. Der Lärm der Autos drang kaum an ihre Ohren. Orientierungslos blickte sie sich um. Ohne bewusste Entscheidung bog sie rechts ab und umrundete die Alte Oper. Sie musste weg. Sie wollte nicht hier sein. Sie wollte die letzten Minuten ungesehen und ungeschehen machen. Ihre Füße trugen sie zwischen die Bäume der Bockenheimer Anlage.

Doch schon nach wenigen Metern hörte sie hinter sich schnelle Schritte. War Markus ihr gefolgt? Hatte er ihr tatsächlich nachgeblickt und sie erkannt? Kam er ihr nun nach und wollte sichergehen, dass ihn seine Sinne nicht getäuscht hatten? Robin blickte über ihre Schulter, bereit oder auch nicht bereit für alles, was sie erwartete.

Zu ihrer Erleichterung erblickte sie Alex, der mit besorgter Miene herbeieilte.

»Dein Mantel«, sagte er und hielt ihn ihr auf, sodass sie hineinschlüpfen konnte. »Kann ich irgendwas ...«

»Nein«, unterbrach Robin ihn, merkte dann aber, wie unhöflich es geklungen hatte. »Entschuldige, Alex! Danke für alles. Du hast mir sehr geholfen und mich vor einer großen Dummheit bewahrt.« Sie berührte mit einer Hand seinen Unterarm und drückte zu. »Ich muss ein bisschen nachdenken und werde am besten ein wenig spazieren gehen.«

»In Ordnung. Ich lasse die anderen wissen, was passiert ist und wo du bist, damit sie sich keine Sorgen machen.«

»Einverstanden!« Robin zwang sich zu einem Lächeln. »Und noch mal: danke!«

Dann drehte sie sich um und ging davon.

Robin war es egal, in welche Richtung sie lief. Ihre Zehen froren bereits in den offenen Schuhen, der Mantel hielt sie nur dürftig warm. Die Kälte passte zu ihrer Stimmung. Ihr Gehirn weigerte sich, klar zu denken und zu verstehen, was gerade geschehen war. Markus, ihr Markus, war mit Julia Hamm in die Alte Oper gekommen. Ein öffentliches Event, ein Auftritt auf dem roten Teppich mit medialer Präsenz, nur zwei Monate nachdem er angeschossen worden war und seine Ehefrau bei einem Autounfall verloren hatte. Robin hätte schon dieser Umstand hart genug getroffen: zu sehen, dass sich Markus bereits mit einer neuen Frau zu vergnügen schien. Was sie aber verwirrte, was ihren Kopf zum Bersten brachte, was ihre Ohren klingeln ließ, war die Identität seiner Begleitung.

Julia Hamm.

Widerstreitende Gefühle breiteten sich in ihr aus. Ein Teil von Robin wollte umkehren, wollte Markus zur Rede stellen, wollte wissen, was es mit dieser Liaison auf sich hatte. War es nur ein jovialer Annäherungsversuch gewesen, als Markus den Arm um die Hüfte der Frau gelegt hatte? Nein, denn diese Julia hatte ihm ihrerseits den Arm auf den Rücken gelegt. Nicht auf diese freundschaftlich gezwungene Art, sondern vertraut, besitzergreifend. Keine Frage, dachte Robin, ihr Mann und Julia Hamm waren bereits mehr als nur gute Bekannte. Dafür kannte sie Markus viel zu gut, hatte in den wenigen Sekunden sehen können, wie er Julia angeschaut hatte. Es war einer dieser Blicke gewesen, wie sie sich Verliebte zuwarfen, wenn sie von Fremden umgeben waren, dem anderen aber stumm ihre Zuneigung versichern wollten. Markus hatte Robin diesen Blick selbst schon häufig zugeworfen.

Vor nicht allzu langer Zeit.

War es zwischen den beiden also tatsächlich genau das: Liebe? Hatte Markus seine Neue wirklich in den vergangenen Wochen kennengelernt? Hatte es einfach gefunkt? Robin war zwar offiziell noch nicht für tot erklärt, doch jeder Polizist hätte Markus längst bestätigen können, dass die Chancen, seine Frau noch lebend zu finden, verschwindend gering wären. War er im Moment der Trauer offen für einen schnellen Ersatz gewesen? Hatte Julia Hamm es womöglich genau darauf angelegt?

In diesem Moment klarte sich Robins Welt auf. Sie verstand. Gregor Thomanek, welche Pläne er auch immer verfolgte, musste trotz Robins Verschwinden skeptisch geblieben sein. Er musste es für möglich gehalten haben, dass sie ihren Tod vorgetäuscht hatte. Schließlich hatte er selbst miterlebt, wie gut sie in ihrem Job war. Was hätte an Thomaneks Stelle daher mehr Sinn gemacht, als Markus Graf überwachen zu lassen, den Ehemann, den Vater? Honey trapping war eine in der Menschheitsgeschichte beliebte und bewährte Methode der Spionage. War Markus in eine solche Honigfalle getappt, als Julia Hamm ihm ganz und gar nicht zufällig über den Weg gelaufen war? Keine Frage, sie war eine attraktive Frau, und je länger Robin darüber nachdachte, desto wahrscheinlicher erschien es ihr, dass sich Thomanek über Hamm an ihren Mann angedockt hatte, um Robin doch noch aufzuspüren. In der Hoffnung und Überzeugung, dass Robin nicht Mann und Tochter einfach zurücklassen würde, sondern wieder Kontakt aufnehmen würde, sobald sich die Aufregung gelegt hatte.

Robin sah auf und orientierte sich. Sie war die Anlage inzwischen bis zur Friedberger Landstraße entlanggelaufen. Der gesamte Ring war Teil des historischen Frankfurts. Wo sich inzwischen der Grüngürtel um die Innenstadt der Metropole legte, war im siebzehnten Jahrhundert der bastionäre Befestigungsring mit vorgelagertem Graben errichtet worden. Die heute zackenförmig verlaufende Anlage, aus der sternförmig Ausfallstraßen in Richtung Westen, Norden und Osten abgingen, während im Süden der Main eine natürliche Grenze zog, zeugte noch immer von der stetigen Ausdehnung der Stadt über die Jahrhunderte hinweg. Einer Eingebung folgend, bog sie in eine dieser Straßen ein und schritt in Richtung Nordosten.

Sie hatte einen langen Weg hinter sich. Ihr altes Leben war kollabiert, zusammengefallen wie ein Kartenhaus beim ersten Windstoß. Von ihrer Familie, von ihren Plänen und Erwartungen an die Zukunft war nichts mehr übrig. All ihre Hoffnungen hatten sich als Selbstbetrug herausgestellt. Und jetzt wankte eine ihrer letzten Überzeugungen: die Liebe von und zu Markus. Bis jetzt hatte sie sich eingeredet, irgendwann in ihr altes Leben zurückkehren zu können, sofern sie nur hart genug arbeitete und jene zu Fall brachte, die hinter ihr her waren. Sie hatte einerseits alles darangesetzt, aus ihrem alten Leben auszusteigen und ihre neue Rolle als Sofia Fabova respektive Manon Dubois anzunehmen. Sie war bereit gewesen, diesen Kampf notfalls jahrelang zu führen, solange sie nur am Horizont die Möglichkeit sah, Markus und Clara zurückzugewinnen.

Nun aber war diese Hoffnung ins Wanken geraten. Umso mehr fragte sie sich, wie es Clara ging. Es verstrich kein Tag, an dem Robin ihre Tochter nicht vermisste. Die Tränen waren versiegt. An ihre Stelle traten Magenkrämpfe, wenn sie sich nicht zusammenriss. Der Körper suchte sich eben immer ein Ventil, um die Sorgen der Seele aufzufangen.

Robin rief sich zur Raison. Sie konnte hier durch Frankfurt laufen und sich in ihrem Selbstmitleid suhlen. Sie konnte sich aber auch darauf konzentrieren, Antworten zu finden. Und die dringendsten Fragen betrafen nun plötzlich nicht mehr ihren Vater, sondern ihren Mann und eine Frau, die ihn in direkter Linie mit Gregor Thomanek verband. Ob er sich dessen bewusst war oder nicht.

Genau das galt es herauszufinden.

Sie öffnete ihre Handtasche und zog ein Smartphone hervor. Hamid hatte es ihr organisiert. Er war es auch, den sie anrief. Sie hatte einen Plan, der keinen Aufschub duldete.

35

Goethe hatte einst geschrieben: Wohin ein Mensch sich auch wenden mochte, er würde stets wieder auf jenen Weg zurückkehren, den ihm die Natur vorgezeichnet hatte. Nun kehrte Robin an den Ort zurück, den sie über vier Jahre lang als ihr Heim bezeichnet hatte.

Sie saß auf dem Beifahrersitz neben Hamid im Auto, die Beleuchtung ausgeschaltet, aber alle Sinne in Alarmbereitschaft. Ihr Blick richtete sich auf das Haus, in welchem sie mit Markus und Clara gewohnt hatte. Ruhig und still stand es da, gegenüber dem Günthersburgpark, wo sie so viele Stunden mit ihrer kleinen Tochter auf dem Rasen, dem Spielplatz oder in den Büschen gespielt hatte. Sie hatte sich umgezogen. Ihr Abendkleid lag auf dem Rücksitz, stattdessen trug sie schwarze Jeans, Hoodie und Sneaker.

»Bist du sicher, dass du das durchziehen willst?« Hamid blickte sie fragend an, auf dem Schoß seinen Laptop.

»Jetzt sind wir schon mal hier, da wäre es doch schade, unverrichteter Dinge wieder zu fahren.« Robin versuchte heiter zu klingen, wusste aber selbst, dass es der Versuch war, ihre eigene Nervosität zu überspielen.

»Also gut«, sagte Hamid. »Los geht's!«

Es war ihr Glück, dass sich Markus nie um die Technik in ihrem Haus gekümmert hatte. Mit Hamid an ihrer Seite hatte Robin einen guten Grund gehabt, das Zepter selbst zu übernehmen und sich um das Schließsystem, das Heimnetzwerk oder gar die Mitgliedschaften bei den diversen Streamingdiensten zu kümmern. Daher hatte Markus nach Robins Untertauchen offenbar keinen Gedanken daran verschwendet, die Codes für die Alarmanlage oder das WLAN zu ändern. Das war ihr Glück, denn so hatte Hamid schnell feststellen können, dass Clara nicht mit einem Babysitter zu Hause gelassen worden war, sondern wohl bei Dorothee die Nacht verbrachte. Nun konnte er ohne Mühe die Kameras und Alarmanlage im Haus deaktivieren.

»Alles klar, du hast freie Bahn!«

Robin stieg aus und schloss die Beifahrertür so leise wie möglich. Es waren nur knapp fünfzig Meter bis zu der kleinen Pforte, die zu ihrem Haus führte. Doch auf dem Weg dahin tat jeder Schritt weh, brachte schmerzhafte Erinnerungen zurück, ließ sie fragen, ob nun Julia Hamm jeden Tag hier entlangkam.

Robin versuchte, diesen Gedanken abzuschütteln, als sie so zügig, aber auch so unauffällig wie möglich auf das Haus zuging. Sie hatte in der Vergangenheit stets zwei Schlüssel besessen: einen an ihrem Bund, den zweiten zur Sicherheit im Safe im Büro. Die Polizei hatte Markus ihren Schlüsselbund ausgehändigt, genauso wie alle anderen Dinge, die die Ermittler im verunglückten Lexus hatten sicherstellen können. Den zweiten Hausschlüssel aber hatte Robin Hamid zur Aufbewahrung überlassen. Nun zog Robin ihn hervor, und ein leises Klicken verriet zu ihrer Erleichterung, dass er noch immer passte.

Trotzdem zögerte sie.

Gib dir einen Ruck, dachte Robin, die unter ihrer Kapuze noch immer die Manon-Dubois-Perücke trug. Also drückte sie die Türklinke und betrat das dunkle Haus.

Sie vermied es, Licht zu machen, zog lediglich ihr Telefon hervor und schaltete die integrierte Taschenlampe ein. Sie wollte sich nicht länger als eine Viertelstunde geben, da sie nicht wissen konnte, wann Markus mit Julia die Alte Oper verlassen und ob sie vielleicht sogar gemeinsam hierherkommen würden. Naoko war zwar damit beauftragt, Markus im Blick zu behalten und Hamid sofort Bescheid zu geben, sobald dieser aufbrach. Bei einem solch großen Event konnte es aber schnell unübersichtlich werden, und so konnte Robin sich nicht darauf verlassen, dass sie wirklich rechtzeitig gewarnt wurde. Stattdessen setzte sie sich zum Ziel, sich nur ein erstes Bild von ihrem alten Zuhause zu machen und nach Hinweisen auf Julia zu suchen.

Alles fühlte sich noch genauso an wie früher. In der Diele nahm sie sofort den leichten Vanillegeruch wahr, den die Duftstäbchen in der kleinen Toilette neben dem Eingang verströmten. Zu ihrer Überraschung, oder war es Erleichterung, fand sie weder in der Garderobe noch bei den Schuhen Anzeichen einer neuen Bewohnerin im Haus. Dagegen hatte Markus, wie erwartet, Robins Jacken und Schuhe weggeräumt.

Vorsichtig schlich sie weiter und betrat das Wohnzimmer. Der Ort, an dem sie so viele glückliche Stunden verbracht hatten. In dem Schaukelstuhl am Fenster hatte sie Clara gestillt, auf dem Sofa hatten sie zu dritt praktisch jeden Disneyfilm gesehen, hatten, wenn Clara im Bett war, zu zweit gelesen und Wein getrunken, Serien geschaut oder großartigen Sex gehabt.

Der Schein der Taschenlampe fiel auf einen ausgebleichten Fleck auf dem Teppich, wo ihr im vergangenen Sommer ein Rotweinglas umgekippt war. Robin war in Sorge gewesen, dass Markus ihr die tollpatschige Aktion übelnehmen würde, liebte er diesen Teppich doch so sehr. Stattdessen hatte er gelacht, sich niedergekniet und aus Solidarität selbst einige Tropfen aus seinem eigenen Weinglas hinzugefügt, ehe er Salz holen gegangen war, um dem Fleck zu Leibe zu rücken.

Mit einem Stich ins Herz fiel Robin auf, dass all ihre gemeinsamen Bilder von der Anrichte verschwunden waren. Keine Familienfotos mehr, keine Erinnerungen an die Urlaube auf Juist und in der Bretagne. Markus hatte die Fotos ausgetauscht. Nun gab es nur noch Clara und ihn zu sehen. Ganz so, als hätte es Robin nie gegeben. Sie musste schlucken, merkte, wie die Handytaschenlampe in ihrer Hand zitterte, wie ihre Augen brannten. Sie wandte sich ab, suchte stattdessen nach Anzeichen einer anderen Frau, fand sie allerdings nicht.

Aus Zeitgründen sparte sie sich die Küche und ging stattdessen direkt in ihr altes Arbeitszimmer. Hier fand sie, was sie befürchtet hatte: ihre Sachen. Markus hatte offensichtlich alles, was ihn an seine verschwundene Ehefrau erinnern konnte, in Kisten und Koffer gepackt und im Büro verstaut. Ganz so, als sei dieses Zimmer ohnehin immer nur ihres gewesen und nicht seines, als gehörten diese Sachen in diesen Raum, als könnte man die Tür schließen und alles vergessen.

Sie musste sich zwingen, auch hier nach nichts zu suchen und schon gar keine Erinnerungsstücke einzustecken. Jeder Fehler konnte sie verraten. Irgendetwas sagte ihr, dass Markus sehr genau wusste, was er wo untergebracht hatte. Jede Kiste war säuberlich beschriftet, jeder Koffer stand akkurat an seinem Platz. Daher verließ sie auch diesen

Raum schnell wieder. Auch, weil sie im Hier und Jetzt die Gedanken verdrängen musste, die unweigerlich kommen würden. Vor allem die Frage, wie Markus es hatte übers Herz bringen können, alle Erinnerungen an seine verschollene Frau zu archivieren. Robin kam es vor, als sei sie selbst hier beiseitegeräumt und einkartoniert worden.

Sie ermahnte sich, dass ihr nicht viel Zeit blieb, und so zwang sie sich, in die obere Etage zu gehen. Den Ort, vor dem sie sich am meisten fürchtete. Dem Gästezimmer schenkte sie nur einen kurzen Blick. Es hatte sich nicht verändert, die Luft roch, als sei hier wochenlang niemand mehr im Zimmer gewesen. Im Badezimmer fand sie erste Anzeichen, dass nicht mehr Robin hier wohnte, sondern jemand anderes. Ihre Bade- und Kosmetikartikel waren erwartungsgemäß ebenso verschwunden wie ihr flauschiger Bademantel, den sie so geliebt hatte. Dafür hatte eine andere Zahnbürste den Weg in den Becher neben dem Waschbecken gefunden. Und dort, wo Robin einst ihre Gesichtscremes deponiert hatte, standen nun ein roter Lippenstift und ein ihr fremdes Deo.

Robin hatte kein Herz aus Eis, keine Seele aus Stahl, aber sie verschloss ihre Emotionen ganz tief in sich. Sie fürchtete sich vor dem Moment, da all diese Gefühle ausbrechen würden. Womöglich schon in einigen Stunden, wenn sie schlafen wollte. Doch jetzt war nicht die Zeit für einen Nervenzusammenbruch. Jetzt war die Zeit, sich der Realität zu stellen. Und die hieß: Julia Hamm hatte ihr neues Revier bereits markiert.

Vor den letzten beiden Türen blieb Robin stehen. Hinter der einen verbarg sich ihr altes Schlafzimmer, hinter der anderen das Kinderzimmer. Sie wusste, sie würde es nicht überstehen, wenn sie Claras Reich betrat. Dennoch ging sie zunächst auf diese Tür zu, legte die Hand auf die Klinke. Eine Bewegung, die sie bereits Tausende Male zuvor gemacht hatte. Morgens, mittags, abends, nachts – wenn Clara in ihrem Zimmer gespielt, wenn sie geschlafen, wenn sie geweint oder gelacht, wenn sie nach ihr gerufen oder wenn Robin die schlafende Kleine auf ihrem Arm getragen und ins Bett gelegt hatte.

Außen an der Tür hing eine Buntstiftzeichnung, die kindliche Darstellung eines Spielplatzes mit Clara auf einer Schaukel und einer Frau und einem Mann neben ihr. Mama und Papa. Das Bild hatte sie nur wenige Wochen vor dem großen Chaos gemalt und ihre Mutter gebeten, es an die Tür zu kleben. Nun strich Robin zärtlich mit den Fingern über die Farbstriche, als berühre sie die Haut ihrer Tochter. Sie betrachtete das Kind auf der Schaukel und war erstaunt, wie ihre Fantasie aus dem Mädchen ihre Clara formte, die buschigen Haare wild in der Luft, wie sie sich von ihrer Mama anstupsen ließ, um noch höher zu schaukeln, wie sie dabei jauchzte vor Freude und Papa aufforderte zuzuschauen.

Guck mal, Papa, wie hoch ich schon komme! Stärker, Mama! Mehr schaukeln!

Robin begann zu schluchzen. Ihre Hand ruhte auf dem Blatt Papier, sie stützte sich gegen die geschlossene Tür, schloss die Augen. Eine Welle der Trauer überkam sie. Doch sie durfte ihr nicht nachgeben, sie durfte nicht. Sie war hergekommen, hatte stark bleiben wollen. Robin versuchte ihre Atmung zu beruhigen. Trotzdem brauchte sie eine weitere Minute, ehe sie sich von dem Anblick losreißen und das andere Schlafzimmer betreten konnte. Das Schlafzimmer, in dem sie gedacht hatte, dass nur sie und Markus schlafen würden. Niemand sonst. Niemals.

Sie stand mitten im Raum, die Taschenlampe auf das Bett gerichtet. Markus hatte neue Bettwäsche gekauft, natürlich hatte er das. Jadegrün, eine Farbe, die sie zuvor nicht besessen hatten. Das Bett war sorgfältig gemacht, aber das war bei Markus immer so. Einem Hotelier lag das im Blut. Trotzdem wirkte es nicht so, als sei hier schon jemand anderes eingezogen. Robin trat an ihre Seite des Bettes, besah sich den Nachttisch, öffnete die Schublade und schloss sie wieder. Nichts. Sie ging zum Kleiderschrank, schob die Schiebetür zur Seite, hinter der sich ihre Sachen befunden hatten. Robin hatte den Anblick leerer Schubladen, Fächer und Kleiderstangen erwartet, doch es traf sie nichtsdestoweniger, dass Markus tatsächlich all ihre Kleidung in die Koffer im Arbeitszimmer gepackt hatte.

Julia Hamm war also noch nicht eingezogen, nur die wenigen Utensilien im Bad hatte sie bislang hiergelassen. Trotzdem fühlte sich Robin betrogen, verraten und verkauft. Zwei Monate! Statt sich ganz seiner Tochter zu widmen, statt auf Robins Rettung zu hoffen, statt seiner Frau nachzutrauern, die er als seine große Liebe bezeichnet hatte, hatte er sich bereits eine andere ins Bett geholt. In ihr gemeinsames Bett.

War er wirklich auf Julia Hamm hereingefallen? Ein boshafter Teil von ihr fragte sich, ob er nicht nur körperlich mit dieser Frau unter einer Decke steckte. Wenn Robin von der Verbindung ihres Vaters zu Leonhard Urban nichts gewusst hatte, hatte sie womöglich auch nichts von einer Verbindung ihres Mannes zu Gregor Thomanek und zu Julia Hamm gewusst. Hatte Markus diese Frau vielleicht sogar schon vor Robins Verschwinden gekannt? Vielleicht sogar eine Affäre gehabt?

Ihre Stimmung kippte ins Bodenlose. Mit jeder Minute, die sie länger in ihrem Haus war und Beweise dafür sah, dass Markus sich von ihr abgewandt hatte, krochen bittere, hässliche Gefühle durch ihre Knochen, Adern und Nervenbahnen. Mit einem Male drehte sie sich um, hinterließ das Obergeschoss so, wie sie es vorgefunden hatte, und ging die Treppe hinunter.

Gerade als sie an der Haustür angekommen war und sie öffnen wollte, sah sie ihr Telefon aufleuchten. Nicht die Taschenlampe, die sie gerade wieder deaktiviert hatte, sondern das Display. Hamid rief an.

»Was ist?«

»Scheinwerfer. Dreihundert Meter. Du hast zwanzig Sekunden.«

»Scheiße!«

Robin riss die Haustür auf, zog sie zu, rammte den Schlüssel ins Schloss und drehte ihn um. Sie wusste, dass sie es über den Bürgersteig nicht mehr schaffen würde. Also eilte sie gebückt am Haus entlang zum Nachbargrundstück, sprang über den hüfthohen Zaun und ließ sich dahinter zu Boden fallen.

Schon hörte sie zwei Autotüren zuklappen. Sie sah sich um, entdeckte zwei Mülltonnen und kroch hinter sie. Robin war froh um das Training, das sie in Monselice absolviert hatte. Ihr Atem ging trotz der Aufregung ruhig. Von hier aus konnte sie die Straße zwar nicht einsehen, doch das bedeutete auch, dass niemand sie von der Straße aus entdecken konnte.

Nun hörte sie Schritte, unverkennbar auch von hochhackigen Damenschuhen. Sie kamen näher und näher. Ihr Puls ging zwar ruhig, trotzdem hatte sie das Gefühl, dass ihr Herz vor Erregung pochte. Eine Frauenstimme ertönte, undeutlich, aber mit einem süßlichen Lachen. Und dann …

»Danke für den schönen Abend, Liebling!«

Markus. Seine unverkennbare Stimme.

Es folgten Worte der Frau. Und diesmal verstand Robin sie auch.

»Der Abend ist noch nicht vorüber! Komm, lass uns reingehen! Es ist kalt.«

Ein Schlüssel, ein Klicken, eine Haustür, die sich öffnete und wieder schloss. Dann wurde es still. Robin wagte nicht, sich zu bewegen. Jedoch nicht, weil sie fürchtete, entdeckt zu werden. Sie fürchtete, einen noch größeren Fehler zu machen als ihr Auftauchen bei der Gala in der Alten Oper. Ein metallischer Gegenstand bohrte sich in das Fleisch ihrer rechten Hand. Der Türschlüssel. Robin kämpfte gegen das Bedürfnis an, aufzustehen, sich Zutritt zum Haus zu verschaffen und die beiden zu erwischen, ehe sie übereinander herfallen konnten.

Liebling.

Ihr Gehirn wiederholte das Wort immer und immer wieder. Alles, was Markus Robin jemals gesagt oder zugeflüstert hatte, schien plötzlich keinen Wert mehr zu haben. Alles Schöne existierte nur noch in ihrer Erinnerung, eine vergiftete Erinnerung. Robins Leben zerfiel vor ihren Augen. Sie lebte in einer Welt voller falscher Worte. Sie hatte Markus verloren.

Während sie hinter den Mülltonnen hockte und wartete, dass keine Gefahr mehr bestand, jemand könnte aus dem Fenster schauen, hörte sie tief in sich hinein. Robin hatte selbst schon viele Lügen gesponnen, hatte Menschen getäuscht, irregeführt, ihre Schwächen und Fehler ausgenutzt, um anderen zu helfen. Sie hatte auch Menschen geholfen, die eher zum Abschaum einer Gesellschaft gehörten. Robins Gewissen in ihrem Beruf hatte zwar auch Grenzen gekannt, doch diese waren durchaus dehnbar gewesen. Und auch ihr eigenes Verschwinden war nicht frei von moralischen Fragezeichen geblieben, auch wenn sie sich einredete, es zum Wohle ihrer Familie und Freunde getan zu haben. In glasklaren Momenten wusste sie sehr wohl, dass sie ihren liebsten Menschen großes Leid zugefügt hatte.

Zumindest hatte sie das geglaubt, dachte sie nun bitter.

Bei Markus hatte sie sich offensichtlich getäuscht. Sie wusste nicht, ob er sie angelogen hatte oder ob er die Trauer um seine Ehefrau einfach nur hatte verdrängen wollen. Sie wusste nur, dass sie das Spiel mit der Wahrheit und der Lüge ebenfalls gut beherrschte. Und vor allem wusste sie: Wer einmal anfing zu lügen, für den zählte nur noch die nächste Lüge, und diese musste noch besser sein als die vorherige.

So war aus Robin Graf zunächst Sofia Fabova und dann Manon Dubois geworden.

Nun aber würde Robin Graf zurückkehren.

Das Versteckspiel war vorüber.

Sie erhob sich hinter den Mülltonnen. Statt zurück zum Haus zu gehen, schlich sie zu Hamids Auto, stieg ein und schnallte sich an.

»Ich habe mir schon Sorgen gemacht«, sagte er erleichtert.

Sie lachte auf. Es war ein hartes Lachen.

36

Er wurde durch das Klingeln seines Smartphones auf dem Nachttisch geweckt. Orientierungslos fuhr er herum, suchte nach der Quelle des Geräuschs. Doch es hatte schon wieder aufgehört. Kein Anruf, nur eine Nachricht. Er nahm wahr, dass das Kopfkissen neben ihm leer war. Ihr Duft hing jedoch noch immer in der jadegrünen Bettwäsche.

Markus Graf richtete sich mühsam auf. Schwerfällig tastete er nach seinem Telefon. Seine Finger fanden zuerst den Lichtschalter, sogleich erfüllte ein dezentes Gelb das Schlafzimmer. Nun fand er auch das Smartphone, zog es vom Ladekabel und betrachtete die Vorschau der Botschaft auf seinem Homescreen. Er ging in die App, las sie vollständig und legte das Telefon wieder weg.

Es war kurz vor drei in der Nacht. Seine innere Uhr hätte ihn ohnehin in wenigen Minuten geweckt. Markus Graf folgte einer ungewöhnlichen Routine. Kurz nach seinem Studium hatte er festgestellt, dass sein Körper ihn praktisch immer gegen drei Uhr morgens weckte. Während der Zeit an der Uni war ihm das nie aufgefallen, schließlich war er viel zu häufig erst kurz zuvor oder sogar erst danach ins Bett gegangen. Doch als sich erst einmal eine Routine in seinem Leben eingestellt hatte, fand auch sein Körper zu einer solchen.

Anfangs hatte er sie als überaus nervig empfunden. Dann aber hatte er sich mit ihr arrangiert und daraus eine geheime Leidenschaft gemacht. Jede Nacht, sobald er erwachte, ging er in die Küche, kochte sich einen heißen Kakao, las auf dem Tablet die ersten Nachrichten des Tages und ging eine halbe Stunde später wieder ins Bett. Er machte sich keine Gedanken darüber, ob diese nächtliche Zuckersünde zu seiner Gesundheit beitrug oder gar zu den Kilos, welche er mit sich herumtrug. Er lebte nur einmal, und wenn ihm schon so ein undankbarer Rhythmus bestimmt war, wollte er wenigstens etwas davon haben.

So auch jetzt. Auf einem Stuhl lagen immer eine bequeme Jogginghose und ein Wollpulli bereit. Sein Kakao-Outfit, wie er es nannte. Er zog es sich über Boxershorts und T-Shirt, schlüpfte in ein Paar Hausschuhe und nahm sein Handy. Dann öffnete er seine Nachttischschublade, zog etwas hervor, das er sich erst kürzlich besorgt hatte, steckte es ein und machte sich auf den Weg nach unten.

Auf der Treppe erinnerte er sich mit einem Lächeln an Julia. Als sie letzte Nacht aus der Alten Oper nach Hause gekommen waren, hatte er sie noch auf diesen Stufen genommen. Er hatte es schon im Auto kaum mehr ausgehalten, als sie ihm ihre Hand in den Schritt gelegt und begonnen hatte, ihn zu massieren.

Die zweite Nacht in Folge hatte sie jedoch nicht bleiben wollen. Clara hatte er für das gesamte Wochenende bei ihren Großeltern untergebracht. Dorothee Graf trieb ihn zwar mit ihrer Fürsorge in den Wahnsinn, dafür übernahm sie aber gerne jederzeit die Betreuung ihrer Enkeltochter. Was ihm wiederum mehr Zeit für Julia gab.

Das Erdgeschoss lag im Dunkeln. Robin hatte immer darauf bestanden, im Wohnzimmer eine Tischlampe brennen zu lassen. Als sie verschwunden war, hatte er es zunächst aus Gewohnheit beibehalten, bis Julia ihn vor Weihnachten gefragt hatte, woher dieses Ritual stammte. Seitdem herrschte Dunkelheit in der Nacht. Zumindest so lange, bis er nach unten kam, um seinen Kakao zu trinken.

In der Küche machte er Licht, nahm seine Lieblingstasse aus dem Regal und die Milch aus dem Kühlschrank. Er füllte sie in einen automatischen Aufschäumer, hörte dem leisen Surren zu, bis ein Piepsen verkündete, dass die Milch erhitzt war und den richtigen Grad an Schaum erreicht hatte. Dann vermischte er einen Esslöffel Criollo-Kakao aus Peru vorsichtig mit einem Esslöffel der heißen Milch und goss schließlich den Rest vorsichtig auf. Er hatte den Ablauf über die Jahre immer weiter verfeinert, bis er die perfekte Mischung gefunden hatte.

Er ließ sich Zeit. Den ersten Schluck würde er erst nehmen, wenn der Kakao zwei Minuten abgekühlt war. Die Tasse in seiner Linken, schlenderte er ins Wohnzimmer. Im Dunkeln ging er bis zum Esstisch, stellte seine Tasse ab und wandte sich zum Lichtschalter. Ehe er ihn betätigte, sagte er ruhig: »Ich habe mich schon gefragt, wann du hier auftauchen würdest.«

Dann drückte er den Schalter, drehte sich um und zog dabei den Gegenstand aus der Hosentasche, den er aus der Nachttischschublade genommen hatte.

Robin saß mit schreckgeweiteten Augen auf dem Sofa und blickte in den Lauf seiner Ruger KK 22 Millimeter.

37

»Weißt du, was Truman Capote mal gesagt hat?« Markus
sah Robin aus kalten Augen an. Seine Stimme hatte nichts
von seiner früheren Wärme. »Das Problem mit dem Leben
außerhalb des Gesetzes besteht darin, dass man seinen
Schutz nicht mehr genießt.«

Er trat wieder zum Esstisch und nahm mit der freien
Hand seine Tasse. Ungerührt nippte er daran und verzog
zufrieden lächelnd das Gesicht. »Du giltst als vermisst,
Robin. Wenn ich dich jetzt töte, wird keine Polizei der
Welt deinen Freunden glauben, du hättest den Autounfall
überlebt. Du wärest endgültig von dieser Erde verschwunden. Hast du wirklich geglaubt, du bist die Einzige, die dieses Spiel spielen kann?«

Aus und vorbei. Alle Masken waren gefallen. Alle Ver-
steckspiele beendet. Alle falschen Identitäten aufgedeckt.

Robin saß wie gelähmt. Sie hatte Markus überrumpeln
wollen – schließlich kannte sie seine nächtliche Gewohnheit noch und hatte diese ausnutzen wollen. Sie hatte ihn
zur Rede stellen, ihn auf dem falschen Fuß erwischen wollen, um die Wahrheit über ihn zu erfahren. Über ihn und
Julia. Über ihn und Thomanek. Stattdessen hatte er sie
ausmanövriert, hatte sie erwartet, hatte sich vorbereitet
auf diesen Moment. Und hatte sie nun in seiner Gewalt.

»Woher hast du gewusst, dass ich kommen würde?« Sie
zwang sich zu einer Antwort.

»Ich habe es nicht gewusst, aber meine Alarmanlage hat mich gewarnt.«

»Deine Alarmanlage?« Robin verstand nicht. Hamid hatte alles kontrolliert.

Er grinste. »Ja, mein eigenes Überwachungssystem. Nicht das, was Hamid und du damals habt einbauen lassen. Das ist der heiße Scheiß, und ich wäre schön bescheuert, es rauszureißen und zu ersetzen. Aber ich habe ein zweites installieren lassen, nur für mich. Es hat mich vorhin geweckt, als du reingekommen bist. Es hatte mir schon gestern signalisiert, dass du hier warst. In der Alten Oper war ich mir noch nicht sicher, ob ich dich wirklich erkannt hatte oder nur eine Fata Morgana gesehen hatte. Dann aber lieferten mir meine Kameras die Bestätigung.«

»Aber warum zwei Sicherheitssysteme?«, fragte Robin, noch immer völlig von der Rolle und ein Auge auf die Waffe in seiner Hand.

»Ganz sicher nicht, um Einbrecher zu stoppen. Ich wollte wissen, was in meinen eigenen vier Wänden passiert, wenn die eigentliche Alarmanlage deaktiviert ist. Eine Art Rückversicherung.« Er sah sie einen Augenblick amüsiert an. »Glaubst du, ich lasse eine Frau wie Julia in mein Haus, ohne mich abzusichern? Glaubst du, ich gebe ihr einen Hausschlüssel, ohne zu kontrollieren, was sie hier macht, wenn ich nicht da bin?«

»Du weißt also, wer sie ist?«

»Ob ich weiß, wer sie ist? Ich kenne Julia länger als dich, Robin. Und ich wollte sie schon immer. Aber ich bin nicht naiv. Sie war immer *sein* Girl. Nicht meins. Sie ist seinetwegen hier, nicht, um mich glücklich zu machen. Auch wenn ich das gerne hätte.«

Es waren Worte wie Peitschenhiebe. Sie trafen Robin am ganzen Körper, an jeder Stelle ihres Herzens. Eine Wahrheit konnte viel tiefere Wunden hinterlassen als jede Lüge. Markus schwang seine Peitsche mit Genuss, und er war noch nicht fertig mit ihr. Das spürte sie. Er hatte noch nicht einmal richtig angefangen.

»Thomanek und seine Schlampe trauen dir also genauso wenig wie mir?« Robin presste es hervor, und mit rachsüchtiger Zufriedenheit stellte sie fest, dass es diesmal ihre Worte waren, die einschlugen und Spuren hinterließen.

»Du hast ja keine Ahnung«, zischte Markus, und Robin hatte das Gefühl, einen Fremden vor sich zu haben. Nicht den Ehemann, von dem sie geglaubt hatte, dass er sie innig geliebt hatte. »So wie du nie eine Ahnung hattest, was um dich herum passiert ist. Dass ich von Anfang an den Auftrag hatte, dich kennenzulernen. Dass ich mich an dich ranmachen sollte, um an deine Geheimnisse zu kommen. Dass ich sehr gut dafür bezahlt wurde, mein Leben an dich zu verschwenden. Eines muss ich dir lassen: Du warst ein hervorragendes Investment. Auch wenn es Jahre gedauert hat, bis der Moment gekommen war und ich Stephans Passwort stehlen konnte, indem ich ihm im Büro über die Schulter geguckt habe, als er es in einem unbedachten Moment eingegeben hat. So konnte ich mich später in seinem Namen in euren Server einloggen und die Informationen über Norden und Wouters extrahieren. Und wärest du vor dem Restaurant nicht auf diesem verdammten Ast umgeknickt, hätte ich dich als trauernder Ehemann beerdigen und in mein richtiges Leben zurückkehren können.«

»In dein richtiges Leben? Als Thomaneks Schoßhund?«

»Hast du dich nie gefragt, wie ich nach meinem BWL-

Studium in die Hotellerie gekommen bin? Wie ich es mir überhaupt leisten konnte, ein Boutique-Hotel mitten in Frankfurt aufzumachen?«

»Also doch nicht das Erbe deiner Eltern?«

Er lachte. »Davon hätte ich mir nicht einmal eine Zwei-Zimmer-Wohnung kaufen können. Ich habe während des Studiums für MoneyLine gearbeitet. Du wusstest davon natürlich nichts, weil ich es aus meinem Lebenslauf und meinen Social-Media-Profilen gestrichen hatte, damit du keinen Verdacht schöpfen konntest. Thomanek war es, der mir nach meinem Abschluss den ersten Job vermittelt hat. Er wusste immer, dass es keinen besseren Weg gibt, um Geld zu waschen. Also hat er mich unterstützt. Erst habe ich in einem Hotel gearbeitet, das ihm bereits über eine seiner Offshore-Firmen gehörte. Dann hat er mir die Kohle gegeben, um mich selbstständig zu machen. Und wenn ich erst einmal den Deal mit Aust abgeschlossen habe – vielen Dank übrigens für den Kontakt zu deinem Vater –, werde ich ihm noch viel mehr von Nutzen sein. Und er mir.«

Nun wurde Robin so einiges klar. Markus und Robin hatten sich just in dem Moment auf der Afterwork-Party kennengelernt, nachdem sie die Agentur übernommen und er sein Hotel gegründet hatte. Thomanek hatte ihn auf Robin angesetzt, weil sie die neue Chefin jener Firma geworden war, die nach dem Prozess gegen Urban die beiden wichtigsten Zeugen hatte verschwinden lassen – und damit die beiden Figuren, die am wahrscheinlichsten im Besitz des Journals hätten sein können.

»Und mein Vater? Wie passte er in euren Plan?«

»Er war ein nützlicher Trottel. Wusstest du, dass er derjenige war, der Thomanek damals den Tipp gegeben hat, sich an Böhle und dich zu wenden, um unterzutauchen?«

Robin lief es eiskalt den Rücken herunter.

»Dafür war es Thomanek, der Urban mit ihm bekannt gemacht hat. Das hat dir dein alter Herr wohl nie erzählt. Ich frage mich, warum nicht. Eigentlich hätte sich Urban auch über euch absetzen sollen, als er aufgeflogen ist. Aber er war zu arrogant und glaubte, aus der Nummer straffrei rauskommen zu können. Was meinst du, wie überrascht Thomanek war, als er dann hörte, dass ausgerechnet die beiden wichtigsten Zeugen dank eurer Arbeit untergetaucht waren? Also hat er einen seiner treuesten Mitarbeiter auf dich angesetzt.«

Robin konnte nicht mehr sitzen, doch als sie Anstalten machte, sich zu erheben, erinnerte Markus sie mit einer einfachen Bewegung seiner Hand daran, wer die Waffe hatte.

»Es war also alles nur ein großer Fake. Nur eines nicht.« Robin legte alle Gefühle in die nächsten Worte, die sie noch für diesen Mann aufbringen konnte. Denn es war die wichtigste Frage überhaupt. Doch es gelang ihr nicht ganz, wie eine gebrochene Frau zu klingen, wie eine gebrochene Mutter. »Clara war keine Täuschung. Clara ist unsere Tochter. Sie ist auch dein Fleisch und Blut.«

»Clara ist tatsächlich das Einzige, auf das ich stolz bin in unserer Ehe.« Hätte er nicht beide Hände mit Kakao und Waffe voll gehabt, hätte er die Anführungszeichen um das Wort »Ehe« in die Luft zeichnen können. »Das einzig Wahre aus unserer Beziehung. Das Einzige, wofür ich dir wirklich dankbar bin.« Dann stellte er die Tasse ab und hob die Waffe. »Ich werde ihr sagen, was für eine tolle

Mutter du warst. Das warst du wirklich. Aber jedes Kind muss sich irgendwann von der Mutter emanzipieren.«

Er hob die Waffe, und für einen Moment glaubte Robin, dass es vorbei war. Doch der laute Knall, der ertönte, kam nicht aus der Kleinkaliberpistole. Stattdessen flog die Haustür auf. Robin und Markus rissen gleichzeitig die Köpfe herum, als mehrere Maskierte hereinstürmten.

Im nächsten Moment warf sich eine massige Gestalt auf sie und riss Robin zu Boden. Ihr wurde alle Luft aus den Lungen gedrückt, und für einen Augenblick glaubte sie zu ersticken. Eine Hand schloss sich über ihrem Mund, panisch sog sie durch die Nase Sauerstoff ein. Dann lockerte sich der Griff ihres Gegners, jedoch nur so lange, bis ein zweiter Mann ihre Hände hinter dem Rücken gefesselt hatte.

Ihren Kopf auf den Teppich gedrückt, sah sie Markus aus dem Augenwinkel. Auch er lag am Boden, auch er hatte keine Chance, sich zu rühren. Seine Waffe war ihm aus der Hand geschlagen worden, während zwei Männer auf ihm saßen, ihm den Mund zuhielten und ihm Kabelbinder anlegten.

Dann sah Robin plötzlich nichts mehr. Schwärze umgab sie, als ein Stück Stoff über ihren Kopf gestülpt wurde. Sie musste sich zwingen weiterzuatmen, denn ein grauenvolles Gefühl stieg in ihr auf: Unter diesem Sack konnte sie ersticken.

38

Unter diesem Sack konnte er ersticken.

Blanke Panik erfasste Markus Graf. Vier starke Arme hielten ihn gepackt, als er kopfüber und blind aus seinem eigenen Haus geschleift wurde. Gekrümmt und stolpernd konnte er ohnehin nur schwer atmen. Doch als die Männer in Sturmhauben ihn überwältigt hatten, hatte einer von ihnen ihm nicht nur seine Waffe mit dem Knauf seiner eigenen aus der Hand geschlagen, sodass nun mehrere Finger taub waren. Als Markus Graf zu Boden gegangen war, hatte er geglaubt zu spüren, wie ihm mindestens eine Rippe gebrochen war. Keuchend und mit Schmerzen, die ihm so bis dato fremd gewesen waren, war er nicht mehr Herr über sich selbst.

»Wer seid ihr?«, fragte er stöhnend, doch wenn er ehrlich war, kannte er die Antwort. Er wollte um Hilfe rufen, doch seine Stimme schien nur ein Krächzen zu ermöglichen. »Was wollt ihr von mir?«

Niemand sprach. Die Leute, die ihn und Robin überrumpelt hatten, waren Profis. Natürlich waren sie das. Gregor Thomanek war schließlich selbst einer. Er beschäftigte keine stumpfen Schläger. Seine Leute waren ehemalige Polizisten, ausgebildete Spezialkräfte. Sich gegen sie zu wehren, war aussichtslos.

Er hörte Robins Stimme, undeutlich und gedämpft, als habe man auch ihr einen Sack über den Kopf gestülpt. Einzelne Worte drangen zu ihm durch. Clara, immer wieder rief sie nach Clara. Mehr verstand er nicht. Nur, dass sie jetzt beide in der Scheiße steckten. Denn wenn sein Chef einmal den Stab über jemanden gebrochen hatte, gab es kein Entrinnen mehr.

Im nächsten Augenblick hörte er, wie sich die Schiebetüren mehrerer Autos öffneten. Das charakteristische Klicken, Rollen und Einrasten kannte jeder, der schon einmal einen Sprinter oder Minivan gefahren war. Markus Graf wusste, was jetzt kam, und er versuchte sich dagegen zu wappnen. Schon wurde er von den beiden Schergen, die ihn gehalten hatten, nach vorne gestoßen. Seine Schienbeine krachten schmerzhaft gegen die metallene Kante des Transporters, einen Moment später fiel er schwer auf seine rechte Schulter und wurde von mehreren Händen auf eine kalte Ladefläche gezogen. Die Türen schlugen zu, und das Auto setzte sich in Bewegung.

Markus konnte Robins Stimme nicht mehr hören. Man hatte sie offenbar in ein zweites Fahrzeug verfrachtet.

»Wohin bringt ihr mich?«, brachte er hervor. »Was habt ihr mit mir vor? Ich habe nichts gemacht. Ich habe alles getan, was er von mir wollte. Redet mit mir!«

Doch niemand redete mit ihm.

Nur die Motorengeräusche erfüllten den Transporter, legten sich schwer auf Markus' Ohren, der gegen die Schmerzen ankämpfte, gegen den drohenden Kontrollverlust. Er spürte, wie ihm trotz der Kälte der Schweiß ausbrach. Er trug nur seine Jogginghose und den Wollpulli, keine Jacke und schon gar keine Socken oder Schuhe. Die Hausschuhe hatte er noch im Wohnzimmer verloren, als man ihn unsanft wieder auf die Füße gestellt hatte.

Er hatte kein Gefühl für Zeit und Himmelsrichtungen mehr. Er war chancenlos in dem Versuch, herauszufinden, wohin die Reise für ihn ging. Für sie beide, korrigierte er sich. Denn er war sich sicher, dass Thomaneks Leute Robin und ihn an denselben Ort bringen würden. Nur weshalb?

Ein schrecklicher Verdacht keimte in ihm auf, und je länger er in ihm wuchs, desto mehr fürchtete er den Moment, da diese Fahrt ihr Ende nahm. Denn er hatte einen Fehler gemacht. Er hatte Gregor Thomanek nicht sofort informiert, als er herausgefunden hatte, dass seine Frau überlebt hatte, dass er sie in der Alten Oper gesichtet hatte und dass sie bei ihm zu Hause eingestiegen war.

Er hatte es auch Julia verschwiegen. Hatte sie es trotzdem herausgefunden? Er hatte den Verdacht, dass sie regelmäßig sein Handy auf eingehende Nachrichten prüfte. Hatte sie die Aufnahmen von Robin gefunden und die Entdeckung an Thomanek durchgegeben? War das womöglich sogar der Grund gewesen, dass sie in dieser Nacht nicht bei ihm hatte übernachten wollen? Weil sie gewusst hatte, dass man ihn holen kommen würde?

Wenn Thomanek glaubte, sein Mitarbeiter habe ihm Robins Rückkehr verschwiegen, glaubte er womöglich auch, dass Markus nicht mehr loyal auf seiner Seite stand. Markus hatte immer befürchtet, sein Boss könne ihm irgendwann unterstellen, gemeinsame Sache mit Robin zu machen. Könne ihm unterstellen, sich tatsächlich in sie verliebt zu haben. Könne ihm unterstellen, sich gegen ihn zu wenden – seiner Tochter zuliebe. Clara war einerseits sein größtes Glück, andererseits war sie sein größter Schwachpunkt. Thomanek wusste, dass Markus alles für sie tun würde. Gleichzeitig wusste Thomanek ebenfalls, dass dies auch dann galt, wenn Markus sich entscheiden sollte, gegen seinen Förderer und Finanzier zu arbeiten.

Auch wenn Markus das nie getan hätte. Thomanek aber war von Natur aus misstrauisch. Niemand konnte sich seiner Treue für immer sicher sein. Niemand außer Julia Hamm.

Und so war Julia Hamm die Frau geworden, die Markus im Blick behalten hatte. Auch, weil er sich immer zu ihr hingezogen gefühlt hatte. Thomanek wusste das, und er hatte Julia benutzt, genauso wie er Markus' Gefühle für Julia benutzt hatte.

Nun lag er also hier auf der Ladefläche eines Transporters, die Hände auf dem Rücken gefesselt, einen Stocksack über dem Kopf, und wartete auf seinen Prozess.

Der Wagen bog von einer asphaltierten Straße ab und fuhr nun über eine Schotterpiste. Ein Schlagloch ließ Markus aufschreien. Waren sie am Ziel? Das Auto wurde langsamer, kam schließlich rutschend zum Stehen, sodass kleine Steine von unten gegen die Karosserie prasselten. Markus machte sich bereit. Hände packten ihn, die Schiebetür glitt auf, halb zog man ihn, halb wand er sich, bis seine nackten Füße schmerzhaft kalten, feuchten Kies spürten. Er konnte leise Schmerzenslaute nicht unterdrücken, als er vorwärtsgezerrt wurde. Die spitzen Steine bohrten sich in sein Fleisch, und schon bald wusste Markus nicht mehr, ob die Feuchtigkeit unter seinen Fußsohlen vom Wetter oder von seinem Blut kam.

Hinter sich hörte er Robins gedämpfte Schreie und ein Husten. Auch sie klang, als habe man ihr wehgetan, als ginge man mit ihr alles andere als zimperlich um. Ein Anflug von Genugtuung überkam Markus.

Im nächsten Augenblick spürte er, wie seine Füße glatten Beton betraten. Man brachte sie in ein Gebäude. Die Temperatur änderte sich jedoch kaum. Lediglich der kalte Wind verschwand, als man ihn einen Gang entlangführte. Er glaubte schwache Lichtveränderungen durch den Stoff zu erkennen, die er für Türöffnungen hielt. Wie zur Bestätigung hörte er, wie nur wenige Meter weiter hinter ihm eine Gruppe an Personen verschwand. Zweifellos hatten sie Robin in einen anderen Raum gebracht, denn nur Sekunden später führte man auch ihn nach links. Mit seiner rechten Schulter stieß er unsanft gegen Beton. Dann wurde er um die eigene Achse gedreht und auf einen Stuhl gezwängt, die Arme unsanft hinter sich über die Lehne gebogen. Im Hintergrund fiel eine Metalltür quietschend ins Schloss, und ein Riegel wurde umgelegt.

Markus Graf wusste, dass der Moment der Wahrheit gekommen war. Schon zog man ihm mit einem Ruck den Sack vom Kopf. Er blinzelte, doch noch ehe er die Umgebung hatte aufnehmen können, blickte er in zwei Augenpaare. Zwei Männer, einer saß ihm gegenüber an einem Tisch, der andere stand aufrecht neben ihm. Der Zweite war es auch, der die Unterhaltung eröffnete.

Indem er Markus Graf eine Faust ins Gesicht schmetterte.

39

Robin kämpfte gegen die Atemnot. Als man sie von der Ladefläche gezerrt und in das Gebäude geführt hatte, hatte sie sich verschluckt. Seitdem gab sie nur noch ein Keuchen von sich und rang mit sich, um ihre Lungen zu beruhigen. Man hatte ihr die Kapuze vom Kopf gezogen, seitdem hustete sie unentwegt, vornübergebeugt auf dem Stuhl, auf den sie gesetzt worden war.

»Trink was«, sagte eine Stimme und stellte einen Becher mit solchem Schwung vor ihr ab, dass der Inhalt überschwappte.

Robin gelang es, sich zusammenzureißen. Vorsichtig und mit zitternden Händen ergriff sie den Plastikbecher.

»Danke«, flüsterte sie.

Sie traute sich nicht, lauter zu sprechen und ihre Stimmbänder wieder zu reizen. Stattdessen nahm sie einen kleinen Schluck, dann noch einen, dann noch einen. Robin merkte, wie das Gefühl in ihren Hals zurückkehrte, wie die staubige Trockenheit verschwand, die sie unter dem dichten Stoff eingeatmet hatte. Sie lehnte sich zurück, schloss die Augen und atmete das erste Mal seit Minuten ruhig und klar.

Als sie ihre Augen wieder öffnete, sah sie in das Gesicht des Mannes, der sie hergebracht hatte. Der Mann, der hinter allem stand, was in dieser Nacht geschehen war.

Paul Engels grinste sie zufrieden an.

»Alles klar, Mädchen?«

»Sag du es mir«, lächelte Robin schwach zurück.

»Es hat alles perfekt geklappt. Dass er dich mit einer Ruger KK bedrohen würde, hatten wir natürlich nicht eingeplant. Aber das war zum Glück nur ein kleines Hindernis für meine Jungs.«

»Und die Aufnahme?« Robin griff unter ihren Pullover und fingerte ein kleines Mikrofon hervor, welches sie während ihres Gesprächs mit Markus getragen hatte.

»Die Qualität der Aufnahme reicht zwar nicht gerade für einen professionellen Podcast, für unsere Zwecke aber allemal.«

Robin stieß einen erleichterten Laut aus. Nach ihrem abendlichen Ausflug in ihr altes Haus, der fast damit geendet hätte, dass Markus und Julia sie erwischt hätten, war sie mit Hamid zurück in seine Wohnung gefahren. Dort hatte Naoko bereits auf sie gewartet. Zuerst war es Robin schwergefallen zu reden. Naoko aber hatte all die richtigen Dinge gesagt, die eine Freundin so sagen konnte. Robin hatte sich zwar auch in den folgenden Stunden und in einer fast schlaflosen Nacht noch Vorwürfe gemacht, wie blind sie gewesen sein musste. Sie hatte dagelegen und versucht, sich in Erinnerung zu rufen, welche Zeichen sie falsch gelesen, welche Hinweise sie übersehen und welche Ausreden sie hatte gelten lassen für das, was vor ihren Augen passiert war, was sie aber nicht hatte wahrhaben wollen.

Am Morgen war sie zu dem Schluss gekommen, dass Markus seine Rolle entweder hervorragend gespielt hatte oder in eine perfekte Falle getappt war. Um das herauszufinden, hatten sie entschieden, Paul Engels mit ins Boot zu holen, und dieser hatte sich sofort als unersetzlicher

Partner erwiesen. Zusammen mit acht seiner besten Männer war er mit dem Plan um die Ecke gekommen, den sie nur wenige Stunden später mitten in der Nacht ohne Fehler oder Zwischenfälle ausgeführt hatten. Nun saß Markus Graf im Nebenraum und musste glauben, dass Thomaneks Männer ihn zusammen mit jener Frau erwischt hatten, von der alle geglaubt hatten, sie sei tot oder zumindest untergetaucht. Er musste weiter glauben, dass Thomanek ihm eine Verschwörung mit seiner Frau unterstellte. Und schließlich musste er fürchten, nun dafür bezahlen zu müssen.

All die Worte, die er ihr im Wohnzimmer vor nicht einmal einer Stunde an den Kopf geworfen hatte, würde er nun bereuen. Denn mit diesen Wahrheiten hatte er ihr zwar so wehgetan wie noch nie ein Mensch zuvor. Doch er hatte es ihnen damit auch ermöglicht, ihn zu befragen. Denn darauf verstanden sich Engels' Leute. Markus hatte in dem Glauben, Robin in der Hand zu haben, arrogant und ehrlich frei von der Leber weg geredet – und ihnen damit unwissentlich Anhaltspunkte geliefert, um ihm nun vorzuspielen, dass sie alles wussten, er hingegen nichts. Sie würden es Markus Graf mit denselben Mitteln heimzahlen, die er jahrelang genutzt hatte, um Robin zu täuschen. Sie hatten den Spieß umgedreht, und nun saßen sie auf der Seite des Tisches, die entschied, wie das Spiel gespielt wurde.

Robin stand auf und ging zu den Monitoren, die auf einem mobilen Rollwagen an der nackten Steinmauer aufgebaut worden waren. Auf den Bildschirmen war ihr Mann zu sehen, der Mann, den Robin geliebt hatte, der aber Robin nie geliebt hatte. Eine Totale zeigte ihn auf einem Stuhl sitzend, barfuß und sein Kakao-Outfit verdreckt. Einer von Engels' Leuten stand bedrohlich hinter ihm, der andere hockte gelassen ihm gegenüber. Beide Männer trugen Sturmhauben, Markus hingegen hatte man die Kapuze vom Kopf gezogen.

Auf einem zweiten Screen betrachtete Robin eine Nahaufnahme seines Gesichts. Markus, wie er vor Kälte zitterte und sich mit schreckgeweiteten Augen hektisch nach dem Mann hinter sich umsah. Man hatte ihn offenbar geschlagen, denn Blut rann ihm aus der Nase.

»Ich möchte nicht, dass man ihm wehtut«, sagte Robin, denn trotz allem, was Markus ihr angetan hatte, hatte sie ihn geliebt, hatte sie nicht vergessen, was sie für ihn empfunden hatte. Sie würden ihn psychisch unter Druck setzen. Das musste genügen.

»Verstanden«, sagte Paul Engels ohne Widerworte.

Er trat zu dem Rollwagen und betätigte einen Knopf an einem Mikrofon.

»Keine weitere Gewalt.«

Mehr sagte er nicht. Mehr brauchte es auch nicht. Die beiden Männer im Nebenraum hatten kleine Empfänger im Ohr und nahmen Engels' Anweisungen ohne Regung zur Kenntnis.

»Er kann uns ganz bestimmt nicht hören?«, versicherte sich Robin.

Sie befanden sich in einem verlassenen Fabrikgebäude zwischen Hattersheim und dem Frankfurter Flughafen. Ein sicherer Ort, den Engels eigenen Angaben zufolge schon häufiger für Operationen genutzt hatte.

»Nein. Die Wände sind dick, die Türen dicht. Wir haben das geprüft. Nur eine Sache wird er hören, wenn die Zeit gekommen ist.« Engels zog eine Heckler & Koch SFP9 hervor. »Du gibst das Zeichen.«

Sie blickte besorgt auf die Waffe.

»Schreckschussmagazin. Wie besprochen.«

»Dann lass uns beginnen!«

40

Er schluckte Blut. Mit seiner Zunge suchte er nach der Wunde in seinem Mund, zuckte zurück, als sie gegen einen der Eckzähne stieß. Sein Kiefer knackte. Hatte der Wahnsinnige ihm das Gelenk zertrümmert? Der Schmerz wummerte, als schlügen Blitze in die hinterste Dachkammer seines Kopfes ein.

Markus Graf fror erbärmlich. Die nackten Füße waren wund gescheuert. Seine Schultern standen mit den nach hinten gebundenen Händen derart unter Spannung, als könnten sie jede Sekunde aus der Fassung springen. Immerhin hatten sie ihn in den letzten Minuten nicht mehr geschlagen. Sie hatten aber auch sonst nichts gemacht. Oder gesagt.

Das Schlimmste war die Ungewissheit. Was wollten die beiden Männer in Sturmhauben? Er kannte kaum Leute, die Gregor Thomanek als Einsatztruppen nutzte. Doch er wusste, wozu sie fähig waren. Sie waren skrupellose, gottlose Terminatoren. Ohne Regeln, ohne Codes. Sie waren …

»Er mag es nicht, wenn er hintergangen wird.«

Markus Graf schreckte auf. Für einen kurzen Moment hatte er nicht mehr auf den Mann geachtet, der ihm gegenübersaß. Unbeweglich wie eine Statue. War da der Anflug eines Dialekts in der Stimme? Aber es spielte keine Rolle. Er sammelte seine Kraft, räusperte sich.

»Ich habe ihn nie hintergangen.«

»Du hast mit deiner Frau konspiriert.«

»Nein«, fuhr er auf.

Da war er, der Vorwurf, den er gefürchtet hatte. Das Misstrauen. Wie sollte er diesen grobschlächtigen Soldaten von seiner Treue zu Thomanek überzeugen? Sah Thomanek vielleicht dank irgendwelcher Kameras aus der Ferne zu? Ob er sich womöglich direkt an ihn richten konnte? Wenn er nur persönlich mit seinem Boss reden könnte. Wenn sie sich nur wie zivilisierte Menschen gegenübersitzen und sich unterhalten könnten. Dann würde Thomanek ihm glauben. Doch er war nicht hier. Niemand war hier, der Markus helfen konnte. Er war allein.

»Sie war nie wirklich meine Frau, und das weiß der Boss auch.«

»Und trotzdem wolltest du ihn hintergehen und erpressen.«

»Erpressen?« Markus verschluckte sich fast an dem Wort. »Mit was hätte ich ihn erpressen sollen? Und warum, um Gottes willen?«

Statt einer Antwort knallte der Mann mit einer einzigen, lässigen Bewegung etwas vor ihn auf den Tisch. Etwas, das er zweifellos die ganze Zeit auf seinem Schoß verborgen hatte. Es war flach, es war dunkel. Ein in Leder gebundenes Buch. Nein, ein Heft. Mit Initialen.

Das konnte nicht sein.

Markus wurde hundeübel.

Er wusste nicht sicher, was da vor ihm lag, doch eigentlich wusste er es ganz genau. Und plötzlich wusste er auch, dass er noch tiefer in der Scheiße steckte, als er geglaubt hatte. Robin musste das Journal aufgetrieben und bei sich geführt haben, als sie ihn hatte überraschen wollen. Und nun sah es für Thomanek und seine Schergen so aus, als hätten sie gemeinsame Sache machen und den Boss damit erpressen wollen.

»Ihr wolltet ihn reinlegen und dann mit eurer Tochter untertauchen.«

»Nein«, rief er noch einmal. Er musste sich wehren. Irgendwie. »Ich habe alles getan, was er von mir verlangt hat. Ich habe alles getan, um ihm seine Ziele zu ermöglichen.«

»Und doch haben wir das Journal bei euch gefunden.«

»Bei ihr habt ihr es gefunden. Bei ihr!« Er flehte nun fast. »Ich habe nichts damit zu tun. Woher hätte ich wissen sollen, dass sie noch lebt? Sie muss es gefunden haben. Fragt sie! Sie wird euch bestimmt alles sagen.«

»Wir haben sie gefragt. Wir wissen schon alles, was wir wissen müssen. *Er* weiß, was er wissen muss. Und wem er vertrauen kann.« In dem Licht einer einzelnen Glühbirne an der Decke wirkten die Augen des Mannes fast schwarz. »Niemand spielt ungestraft ein falsches Spiel mit ihm. Jedes Handeln hat Konsequenzen. Das müsste dir doch klar sein.«

Ehe Markus Graf verstand, was der Mann gesagt hatte, knallte ein Schuss. Der Schall hämmerte von den Wänden wider. Er brauchte eine Sekunde, um zu realisieren, dass nicht der Mann hinter ihm abgedrückt hatte, sondern dass der Schuss im Nebenzimmer gefallen sein musste.

Dann krachte es noch einmal. Ein zweiter Schuss. Kontrolliert und dosiert.

Zwei Schüsse, kurz nacheinander, präzise und kalt.

Die Schüsse einer Hinrichtung.

Markus wusste: Robin war tot.

Sie hatten seine Frau, die Mutter seiner Tochter, umgebracht.

Robin saß äußerlich ungerührt da und blickte auf die Monitore. Die Schüsse hatten Markus geschockt. Er hatte bei beiden Erschütterungen gezuckt, wäre beinahe vom Stuhl gefallen. Hatte er gedacht, sie hätten ihm gegolten? Oder glaubte er nun, er sei als Nächster dran?

Ein Teil von ihr wollte das Schauspiel beenden. Einen Teil von ihr zerriss es, Markus so zu sehen. Das weiche, liebevolle Gesicht voller markerfüllender Angst. Ein Mensch in Panik, dem gerade bewusst wurde, dass diese Sekunden, diese Minuten die letzten seines Lebens sein konnten. Dass in den Händen anderer lag, wie viele Schläge sein Herz noch schlagen würde, wie häufig seine Lunge noch ein- und ausatmen durfte. Dass die so wichtigen Funktionen seines Körpers, die er sein ganzes Leben für gegeben, für selbstverständlich erachtet hatte, plötzlich limitiert waren, fast ausgezählt, fast am Ende ihrer Leistung angekommen waren.

Hatte Markus schon einmal so empfunden, als ihn die Kugel getroffen hatte? Oder war er in eine Ohnmacht gefallen, die ihn vor diesen Gedanken und Ängsten bewahrt hatte? Wie würde es Robin an seiner Stelle gehen? Wie würde sie reagieren? Wie würde sie versuchen, ihre Haut zu retten?

»Ich habe immer alles gemacht, was er gesagt hat«, stammelte er gerade, seine Stimme kam gebrochen und schwach aus den Lautsprechern. »Ich habe mein Leben geopfert für ihn. Ich war mit dieser Frau zusammen, weil er es gewünscht hat. Alle Informationen habe ich ihm beschafft, alles, was er für seine Operation gebraucht hat.«

»Unvollständige Informationen«, ertönte die Stimme des Maskenmannes.

Der Mann war gut, dachte Robin, und wechselte einen stummen Blick mit Paul Engels, der ebenso konzentriert neben ihr saß und das Geschehen verfolgte. Er brauchte nicht einzugreifen. Sein Mitarbeiter hatte alles im Griff, wie er dort am Tisch saß und ohne jede Regung eine Drohkulisse schuf, unter der Markus zu reden begann.

Dabei war das eigentlich gar nicht mehr nötig. Markus hatte im Wohnzimmer bereits alles preisgegeben, was Robin im tiefsten Inneren befürchtet hatte. Und noch einiges mehr. Sie fühlte sich wie eine Hülle ohne Innenleben, wie ein leeres Haus, dessen Bewohner verstorben waren und in dem ein Räumungstrupp jeden Raum entrümpelt, jedes Zimmer leer geräumt, jeden Gegenstand entfernt und jede Erinnerung ausgelöscht hatte. Nur jene, die das Haus liebevoll eingerichtet erlebt hatten, würden darin noch Spuren des Lebens finden, Geister der Vergangenheit, wie es einmal gewesen war.

Von ihrer Liebe zu Markus war nichts mehr übrig. Er hatte sie selbst herausgerissen. Er hatte den Räumungstrupp selbst angeleitet. Robin wusste, dass die Schmerzen über das Verlorene, über das Gehörte und Erlebte kommen würden, sobald sich der Staub gelegt hatte, sobald sie erkannte und vor allem zu realisieren bereit war, dass ihre Seele jedweder Einrichtung, aller Liebe und Schönheit der Ehe beraubt worden war. Sie konnte nicht wissen, wann dieser Moment kommen würde. Bis dahin aber, das hatte sie sich geschworen, würde sie alles daransetzen, das einzige Ziel zu erreichen, das ihr jetzt noch geblieben war.

Sie wollte ihre Tochter zurück. Sie wollte Clara.

»Ich konnte nicht wissen, dass sie die Safekombination geändert hat«, sagte Markus gerade.

»Konntest du nicht oder wolltest du nicht?«

»Ihr wolltet, dass ich die Kamera im Arbeitszimmer wieder entferne, sobald die Kombination aufgezeichnet war. Hättet ihr sie dort gelassen, hätte sie auch die neuen Zahlen aufgenommen.«

»Vielleicht hast du deiner Frau ja mitgeteilt, dass die Kamera nicht mehr dort war, sodass sie die Kombination ändern konnte und wir nicht mehr an den Safe kommen konnten. An den Safe, in dem ihr das Journal versteckt hattet.«

Neben Robin nickte Engels anerkennend. Sein Mitarbeiter setzte blitzschnell zusammen, was Markus ihm sagte, und brachte ihn in immer größere Erklärungsnöte. Obwohl niemand das Gesicht des Mannes sehen konnte, hatte Robin das Gefühl, dass er seine Rolle genoss. Ein Machtspiel, das nur noch einen Zweck erfüllte: Sie mussten wissen, was Thomanek vorhatte. Robin hatte inzwischen einen Verdacht, doch Markus musste ihn aussprechen. Und langsam kamen sie diesem Moment näher.

»Warum hast du uns angelogen, als sie ihren Tod vorgetäuscht hat?«

»Ich habe nicht gelogen. Sie hat mir im Krankenhaus erzählt, dass sie das Journal nicht hat. Das ist die Wahrheit. Sie hat mir nicht verraten, dass sie untertauchen würde. Nichts hat darauf hingedeutet, sonst hätte ich euch gewarnt.«

»So, wie du uns gewarnt hast, nachdem du sie in der Alten Oper erkannt und auf deinen geheimen Kameras entdeckt hattest, von denen du uns auch nichts erzählt hast und mit denen du Julia kontrolliert hast? Du lügst, Markus! Ihr hattet das Journal die ganze Zeit.«

»Sie hatte es«, schrie er. »Sie hatte es. Sie! Sie wollte mich zur Rede stellen. Wegen Julia. Sie wollte mich benutzen, um an ihn heranzukommen. Sie war es.«

Er lehnte sich vor, so weit er konnte, ohne sich die Schultern auszukugeln. Er spuckte die Worte aus. Doch sein Gegenüber machte keine Anstalten, sich zu bewegen.

»Ihr habt uns von eurer Spur abbringen wollen, indem deine Frau einen Unfall vorgetäuscht hat. Ihr habt alles von Anfang an geplant, um seine Pläne zu durchkreuzen.«

»Aber er kann doch jetzt alles umsetzen. Er kann nach Deutschland zurückkehren. Niemand wird ihn mehr aufhalten. Ihm steht nichts mehr im Wege.«

Einen Augenblick wurde es still in dem Raum. Nur angestrengtes Keuchen drang durch den Lautsprecher, Markus atmete schwer.

Da war sie. Die Antwort, auf die Robin gewartet hatte.

Doch der Mann machte weiter, als habe er nicht gerade genau das gehört, was er hatte hören wollen.

»Stimmt«, sagte er. »Ihm steht nichts mehr im Wege. Auch du nicht.«

Er stand auf, und Markus Graf fuhr erschrocken zurück. Fast wäre er mit seinem Stuhl umgekippt. Wenn er erwartet hatte, dass ihn der Mann nun liquidieren würde, hatte er sich jedoch getäuscht. Der Mann griff lediglich das Journal, sah noch einmal auf Markus hinab, drehte sich dann um, verließ den Raum und warf die Metalltür hinter sich ins Schloss. Der zweite Maskierte blieb dagegen breitbeinig und mit verschränkten Armen hinter Markus stehen.

41

Sein Leben war vorüber. Ausgerechnet an dem Punkt, an dem es so richtig hatte beginnen sollen. Wenn alles vorbei war, wenn Robin aus dem Weg geräumt war. Er hatte es ihm versprochen. Er hatte ihm mehr als genug Geld gezahlt. Markus Graf war ein reicher Mann. Nicht Gregor-Thomanek-reich, aber reich genug. Was nun aber niemanden mehr kümmerte.

Oder doch?

»Ich kann euch bezahlen. Geld, viel Geld«, presste er hektisch hervor und versuchte sich dabei zu dem Mann umzudrehen, der noch immer hinter ihm stand. »Ihr müsst das nicht tun. Lasst mich laufen, und wir werden uns einig. Ich kann euch zu reichen Männern machen. Dich und deinen Kumpel. Ich …«

Der andere Mann trat vor. Schon packte er ihn am Arm und zerrte ihn scheinbar mühelos hoch. Markus keuchte vor Schmerzen. Seine Schultern fühlten sich an wie zwei Kissen voller Nadeln. Seine Beine und Füße wollten ihm nicht gehorchen, und er wäre gestürzt, hätte der Typ ihn nicht aufrecht gehalten.

»Was? Wohin bringt ihr mich? Ihr dürft das nicht tun.«

Schon waren sie an der Tür. Sie wurde von außen geöffnet. Der zweite Mann wartete auf dem Gang mit zwei weitere Maskierten. Markus rief ihnen allen sein Angebot zu. Geld, viel Geld! Doch es war, als hörten sie ihn nicht einmal, als seien sie gegen ihn und alles, was er sagte, immun. Rüde fassten sie zu, nahmen ihn in die Mitte, zerrten ihn weiter. Beton oben und unten, Beton links und rechts. Eine Tür in der Ferne, dahinter Dunkelheit. Ging es dort nach draußen? War es noch immer mitten in der Nacht?

»Wohin bringt ihr mich?«, fragte er erneut, und ihm gelang es nicht mehr, seine Furcht aus seiner Stimme zu halten.

Sie gingen los. Er wurde gegangen. Markus Graf wollte sich wehren, doch er konnte nicht. Nicht gegen diese Jungs, nicht mit gefesselten Händen, nicht er, der sich noch nie in seinem Leben ernsthaft geschlagen hatte, nie etwas so Mutiges und gleichzeitig so Dummes getan hatte, wie sich gegen eine Übermacht aufzulehnen. Er wollte weiter auf sie einreden, konnte aber keine Worte mehr finden. Ein Schockverstummter, ein Hirngefrosteter auf dem Weg zu seiner Hinrichtung.

Rechts öffnete sich der Durchgang zu einem anderen Raum wie der Schlund zur Hölle. Licht brannte. Eine einzelne Deckenlampe. Die Kopie des Raumes, in dem man ihn festgehalten hatte. Ein Tisch. Zwei Stühle. Nur eines war anders.

»Robin«, krächzte er.

Sie lag regungslos neben dem umgestürzten Stuhl, den Kopf nach hinten verdreht. In einer Blutlache.

»O Gott.« Seine Stimme war ein Wehklagen. »O Gott. Ihr habt sie wirklich umgebracht. Und jetzt werdet ihr mich ...«

Die Dunkelheit kam so schnell, dass er zunächst nicht verstand. Dann schmeckte er den bitteren Stoff der Kapuze, die man ihm schon auf dem Hinweg übergestreift hatte. Verwirrt wand er sich in den eisernen Griffen seiner Bewacher. Warum wieder das Versteckspiel? Wollten sie ihn doch nicht umbringen? Sonst hätten sie es getan wie mit Robin. Im Raum. Am Tisch. Zwei Schüsse. Fertig.

Sie wollten ihn von hier wegbringen. Aber wohin?

Er hatte seine Frage kaum ausgesprochen, da traf ihn eine Faust in der Leber. Völlig unvorbereitet krümmte er sich, und fast hätte er sich in den Stoffbeutel übergeben. Nur mit Mühe hielt er sich zurück, zwang sich zwischen der Angst um sein Leben und dem schwindeligen Anflug von Bewusstlosigkeit zu atmen. Im nächsten Moment spürte er einen Windstoß, sie hatten wieder den Vorplatz erreicht. Über Kieselsteine hinweg führte man ihn zurück zu dem Van, warf ihn auf die Ladefläche und ließ ihn liegen, während der Transporter anfuhr.

Markus Graf dachte nicht mehr daran, sich zu rühren oder mit den Leuten zu sprechen, ihnen Angebote zu machen. Er dachte nur noch an Gregor Thomanek. An den Mann, für den er alles getan hatte. Der ihm die Tür zu seiner Karriere geöffnet, ihn protegiert hatte. Der in ihm ein Talent erkannt und diesem Lehrling alles beigebracht hatte, was es im Hotel- und Geldwäsche-Business zu wissen gab. Der ihm erklärt hatte, wie einfach es war, mit illegalem Geld ein Hotel erst aufwendig zu renovieren, dann in ein profitables Geschäft zu verwandeln und schließlich jedes nicht belegte Bett und jeden nicht belegten Tisch mit fiktiven Rechnungen und frischem Schwarzgeld zu bezahlen. Ein immer ausgebuchtes Hotel mit einem immer ausgebuchten Restaurant und einem immer reinen Gewissen, weil jeder Cent, der am Ende dieser Geschäfte verbucht wurde, reingewaschen und legal war.

Kein Wunder, dass Thomanek ihn dazu bewegt hatte, mit Aust und Markus' gutgläubigem Schwiegervater das Projekt Messe-Hotel anzugehen. Von fünfzig Zimmern auf fünfhundert Zimmer, von einem Restaurant mit einer Bar auf vier Restaurants mit sechs Bars, von sechs Millionen Euro auf über sechzig Millionen Euro Umsatz jährlich. Willkommen im Schlaraffenland!

Nun aber hieß es: Aus der Traum! Markus' Illusion von einem Leben in Saus und Braus platzte mit dem sehr realen Bildnis einer toten, erschossenen Robin in einem anonymen Gebäude irgendwo in Frankfurt. Thomanek würde ihm nie wieder vertrauen, egal, wie das hier ausging. Egal, ob Markus weiterleben durfte. Egal, ob Thomanek sein Ziel erreichen und nach Deutschland zurückkehren würde. Markus hatte gehofft, im Leben seines langjährigen Chefs eine Schlüsselrolle spielen zu dürfen. Stattdessen spielte er eine Schlüsselrolle in einer Verschwörung, die es nicht gab.

Noch immer konnte er kaum glauben, dass Robin tatsächlich Urbans Journal bei sich getragen hatte. Hatte sie es wirklich schon in all der Zeit zuvor besessen, aber nicht herausgeben wollen? Oder hatte sie es nach ihrer Flucht ausfindig gemacht? Und wenn ja, wo? Hatte sie es nutzen wollen, um Thomanek zu Fall zu bringen? Und was stand überhaupt darin? Wem sonst konnte dieses Heft schaden? Hatten Thomaneks Schläger Robin davon abgehalten, zu einer Whistleblowerin zu werden wie jene, die Markus in Schweden und Südafrika mit seinem Verrat ans Messer geliefert hatte?

Er hatte keine Gewissensbisse. Er hatte immer gewusst, dass Thomaneks Arbeit nicht nur großen Reichtum erzeugte, sondern auch Kollateralschäden mit sich brachte.

Diese Norden und dieser Wouters waren nichts anderes, genauso Leonhard Urban, Stephan Jahnke und diese Staatsanwältin. Und schließlich war auch Robin zu einem solchen geworden. Verästelungen eines großen Stammes, die man hatte abschneiden müssen, um das eigentliche Wachstum nicht zu unterdrücken, um die Wurzeln ebenso zu stärken wie die tragenden Äste.

Würde er, Markus Graf, nun auch zu einem Kollateralschaden werden?

Er merkte, dass der Transporter langsamer fuhr und schließlich zum Stehen kam. Hände packten ihn, richteten ihn auf. Noch aber blieb die Schiebetür verschlossen.

»Du hattest heute Glück«, hörte er die Stimme des Mannes, der ihn vernommen hatte, ganz nah an seinem Ohr. »Du darfst weiterleben. Vorerst. Ab sofort stehst du unter Hausarrest. Du bleibst, wo du bist. Du gehst nirgendwohin. Du kontaktierst niemanden. Du wartest auf weitere Instruktionen. Verstanden?«

Markus rührte sich nicht, sagte nichts, wartete ab.

»Hast du verstanden?« Diesmal brüllte der Mann ihm die Frage ins Ohr.

Markus zuckte erschrocken zusammen.

»Ja«, sagte er schließlich. »Verstanden. Hausarrest. Kein Kontakt zu niemandem. Warten auf weitere Anweisungen.«

»Braver Junge!«

Damit glitt die Schiebetür auf, und Markus wurde rüde aus der Öffnung gestoßen. Noch immer mit der Kapuze über dem Kopf, stürzte er schmerzhaft zu Boden. Allerdings hatte man ihm die Hände gelöst, wie er nun merkte. Mühsam rappelte er sich auf, riss sich den Stoff vom Kopf.

Sofort erkannte er sein Haus am Günthersburgpark. Doch als er sich zur Straße wandte und dem Transporter nachschauen wollte, war dieser außer Sicht.

Markus Graf war wieder zu Hause.

Doch sein Zuhause war ab sofort sein Gefängnis.

42

Es war schwierig, eine Wahl zu treffen. Noch schwieriger aber war es, keine Wahl zu haben. Robin dachte daran, als sie am nächsten Tag ausgeschlafen hatte und mit ihrem ersten Kaffee neben Naoko und Hamid in dessen Wohnzimmer vor dem Laptop saß. Gerade hatte er ihnen eine Aufnahme vorgespielt. Vor wenigen Minuten hatte Markus Graf bei Robins Eltern angerufen und sie gebeten, Clara noch einige Tage länger bei sich zu behalten. Er sei über Nacht an einer Magen-Darm-Grippe erkrankt und wollte nicht, dass sich die Kleine ansteckte. Robins Eltern willigten ein.

Die Aufnahme stammte von einem der Mikrofone, welche Hamid in der vergangenen Nacht im Haus am Günthersburgpark angebracht hatte, während sie und das Team von Paul Engels in dem verlassenen Fabrikgelände Scharade mit ihrem Mann gespielt hatten. Für den letzten Akt hatte sie sich in eine Pfütze aus Filmblut gelegt und nicht mehr bewegt. Ein Gefühl, dessen Erinnerung ihr noch immer eine Gänsehaut bereitete.

Doch es hatte seinen Zweck erfüllt. Zumindest vorerst. Sie hatten Markus erfolgreich aus dem Spiel genommen. So schnell würde er nicht gegen seinen Hausarrest verstoßen. Das würde Robin, Naoko und Hamid genügend Zeit für ihre weiteren Pläne geben. Sie hatten über ihre Optionen diskutiert und waren sich einig, dass jeder offizielle Weg über die Polizei nur Nachteile hätte. Natürlich konnten sie Olberding anrufen und über alles in Kenntnis setzen, was sie herausgefunden hatten. Sie konnten ihm Urbans Journal übergeben und erklären, dass Gregor Thomanek hinter allem steckte. Doch dann musste insbesondere Robin viele unangenehme Fragen beantworten. Das hatte Naoko ihr unmissverständlich klargemacht.

Der vorgetäuschte Unfall, der einen Großeinsatz der Rettungskräfte in Kahl am Main verursacht hatte. Der illegale Erwerb fremder Pässe und das Reisen unter falschen Identitäten. Die vorgetäuschte Entführung von Markus Graf. Nichts konnte ihr schnell nachgewiesen werden. Was aber nicht bedeutete, dass Robin ungeschoren davonkommen würde. Also hatte sie nur noch eines im Sinn: Sie wollte Clara zurückgewinnen und mit ihrer Tochter ein neues Leben beginnen. Egal, auf welchem Wege. Doch dafür mussten sie sich einem Mann stellen.

Gregor Thomanek.

Das aber würde ihnen nicht gelingen, indem sie die Polizei einschalteten. Denn dann mussten sie nach Gesetz und Ordnung spielen. Gesetz und Ordnung hatten Thomanek aber noch nie aufhalten können. Also mussten sie einen anderen Weg finden. Und sie glaubten zu wissen, wie es funktionieren konnte.

Den Auslöser hatte Naoko geliefert. Sie hatte verstanden, was Thomanek mit aller Macht wollte. Ihr Stichwort lautete Verfolgungsverjährung. Ein typisches Juristenwort, dachte Robin, doch auch sie hatte noch genügend rechtliches Wissen im Hinterkopf, um zu wissen, was ihre Freundin meinte. Gregor Thomanek mochte schon vor zwölf Jahren aus Deutschland geflohen sein, doch er war erst vor zehn Jahren in Abwesenheit von einem deutschen Gericht verurteilt worden. Und zwar zu einer Freiheitsstrafe von sieben Jahren. Nun aber tickte in Deutschland die Zeit für eine Gefängnisstrafe nicht einfach so runter, wenn der Verurteilte auf der Flucht war und sie nicht antrat. In diesem Fall verjährte sie erst nach einer festgeschriebenen Zeit. Wenn ein Verurteilter einer Freiheitsstrafe zwischen fünf und zehn Jahren entkam, weil er sich der Verhaftung erfolgreich widersetzte, begann erst einmal die besagte Verfolgungsverjährung. Und diese war in Thomaneks Fall länger als die eigentliche Gefängnisstrafe: zehn statt sieben Jahre.

Das bedeutete: Thomanek konnte zehn Jahre nach dem Urteilsspruch nach Deutschland zurückkehren, ohne die Strafe noch antreten zu müssen. Und genau diese zehn Jahre waren nun verstrichen.

Was hatte Markus in der Nacht im Verhör gesagt?

Aber er kann doch jetzt alles umsetzen. Er kann nach Deutschland zurückkehren. Niemand wird ihn mehr aufhalten. Ihm steht nichts mehr im Wege.

Robin wusste, was Markus gemeint hatte. Thomanek plante seine triumphale Rückkehr nach Deutschland. Er wollte sein Exil verlassen und wieder in die Heimat. Aber das konnte er nur, sofern er sich sicher sein konnte, dass ihm kein juristisches Nachspiel drohte. Eine Garantie, die ihm nur zwei Umstände bringen konnten: Erstens musste die Verfolgungsverjährung für seine Gefängnisstrafe abgelaufen sein, sodass die Justiz ihn nicht doch noch hinter Gitter bringen und für sieben Jahre einsperren konnte. Zweitens durfte es keine Beweise mehr für andere Straftaten geben, für die man ihn noch belangen konnte.

Genau da kam Urbans Journal ins Spiel. Robin war sich sicher, dass Thomanek keinen Fuß auf deutschen Boden setzen würde, sofern er fürchten musste, dass ihm seine Verbindung zu Urban und dessen Medikamentenkartell noch einmal um den Hals gehängt werden konnte. Denn sobald ein neuer Prozess drohte, würde jedes Gericht Thomanek wegen akuter Fluchtgefahr in Untersuchungshaft stecken, ehe dieser das Wort »Einspruch« buchstabieren konnte. Und dort würde Thomanek bleiben, bis sich die Ermittlungsbehörden sicher waren, jedes Blatt Papier und jedes Staubkorn im Leben des Milliardärs analysiert zu haben.

»Bin nur ich es, die sich fragt, was Thomanek zurück nach Deutschland zieht?« Naoko nippte an ihrer Tasse Kaffee und stellte sie auf ihren Knien vor sich ab. »Überlegt euch nur mal, was der hier alles angerichtet hat, nur um wieder in deutsche Toilettenschüsseln pinkeln zu können. Ich kapier's einfach nicht.«

»Er hat hinter sich aufgeräumt«, erwiderte Hamid. »Er hat versucht, alle Enden abzuschneiden, die ihn noch mit irgendwelchen alten Seilschaften oder Deals verbinden.«

»Hinter sich aufgeräumt?« Naoko schnaubte. »Eher hat er wie ein Schneepflug alles beiseiteräumen lassen, was ihm noch im Weg stand. Und ich muss zugeben, dass er es klug gemacht hat. Selbst ich, die jetzt praktisch alle Fakten kennt, wüsste nicht, wie ich ihn rechtlich für das belangen könnte, was hier passiert ist. Die Auftragsmorde, die Überfälle – das alles ließe sich ihm nur anhängen, indem man Markus oder Julia Hamm umdreht. Thomanek wird dafür gesorgt haben, dass ihre Kommunikation keine Spuren hinterlassen hat. Und damit bliebe als einziges Beweismittel«, sie blickte auf den Sofatisch vor sich, wo ein in dunkelblaues Leder eingebundenes Heft lag, »ein Notizbuch in Kurzschrift.«

Robin nickte stumm und sah dabei auf die Uhr. Sie hatten noch knapp zwei Stunden Zeit, ehe die nächste Stufe ihres Plans zünden sollte. Das Journal. Es war der Schlüssel zu allem. Es war ihre Trumpfkarte. Nun mussten sie diese klug ausspielen.

Sie beteiligte sich nicht an der Diskussion, was genau Thomaneks Motive waren. Wenn sie Glück hatten, würden sie es noch erfahren. Robin hatte im Laufe ihrer Karriere gelernt, dass Menschen aus den unterschiedlichsten Antrieben heraus handelten, aber nur selten die innersten Gedanken offenlegten – nicht einmal gegenüber sich selbst. Menschen mochten sinnvolle Erklärungen finden und logisch herleiten, weshalb sie Entscheidungen trafen. Am Ende aber waren alle Worte weniger dazu da, andere zu überzeugen, als vielmehr sich selbst. Denn eigentlich kam der Antrieb aus einem nicht erklärbaren, nicht greifbaren Gefühl. Eine Angst oder ein Verlangen, eine Sorge oder eine Sehnsucht. Wer konnte schon die wahren Beweggründe des eigenen Handelns immer in Worte fassen? Menschen waren Meister darin, sich selbst zu belügen. Menschen waren Meister darin, Gründe zu erfinden, um sich ihre eigentlichen Motive nicht eingestehen zu müssen.

Hatte Robin nicht selbst so gehandelt, als sie sich entschieden hatte unterzutauchen? Hatte sie sich nicht selbst eingeredet, zum Wohle ihrer Tochter zu verschwinden, um sie in Sicherheit zu wissen? Obwohl sie gewusst hatte, welchen Schaden eine Vierjährige davontragen konnte, wenn sie ihre Mutter verlor. Robin hatte mit sich diskutiert, hatte sich in langen Nächten auf der Reise in den Hotels und später in ihrer Wohnung in Monselice vorgebetet, dass eine fehlende Mutter das geringere Übel im Vergleich zu einer tödlichen Bedrohung war. Trotzdem hatte sie eine Bauchentscheidung getroffen, die sie erst im Nachhinein mit frisierten Fakten gerechtfertigt hatte.

Jetzt musste sie noch einmal Fakten frisieren. Jetzt musste sie die Bauchentscheidung eines anderen Menschen manipulieren. Sie stand auf. Naoko und Hamid schauten sie an.

»Ist es so weit?«, fragte Naoko, erhob sich aber ebenfalls.

Hamid machte es ihnen nach. Wortlos verließen sie die Wohnung. Es gab nichts mehr zu besprechen. Sie kannten ihr Ziel, kannten ihre Aufgabe. Jetzt hing alles davon ab, wie sie ihre Hand ausspielten.

Mit Hamids Golf fuhren sie in die Innenstadt, bekamen einen der wenigen und seltenen Parkplätze auf der Berliner Straße und gingen die wenigen Meter über die Ziegelgasse bis zu dem Ort, auf den sie sich als Treffpunkt geeinigt hatten.

Die Kleinmarkthalle war ein hundert Meter langes, einschiffiges Gebäude mit einem einseitig abfallenden Dach. Ursprünglich war sie im 19. Jahrhundert erbaut, dann aber im Zweiten Weltkrieg zerbombt worden. Vom einstigen Baustil der Neurenaissance war nach dem Wiederaufbau nichts übrig geblieben. Die Frankfurter liebten ihr kleines Feinschmecker-Idyll mit der Galerie, auf der es weniger ums Einkaufen denn ums Weintrinken ging.

Sie betraten die Halle im Erdgeschoss. Es war früher Nachmittag, der größte Ansturm war vorüber. Ein Obsthändler sprach Naoko an, eine Schale Brombeeren in der

Hand. Robin stieg der Duft von Ziegenkäse in die Nase. Hamid, spürte sie, blendete dagegen seine kulinarischen Sinne aus und ließ den Blick über die Menschen wandern. Er hatte ihr mal erklärt, dass Märkte auf ihn eine unsichtbare Gefahr ausstrahlten. Zu viele Menschen, zu wenig Raum, zu große Risiken.

Trotzdem hatten sie die Kleinmarkthalle ausgewählt. Auch als Signal, dass sie es ernst meinten. Robin positionierte sich dort, wo sie eigentlich schon im November hätte stehen sollen.

Warte im Erdgeschoss unterhalb der westlichen Treppe zur Galerie!

Mit einem italienischen Feinkostladen im Rücken, bei dem minütlich frische Pasta, Salami, Käse und Oliven über die Theke gingen, sah Robin sich aufmerksam um. Sie glaubte nicht, dass sie ein Risiko eingegangen waren, als sie das Treffen vorschlagen hatten. Sie hatten abgewogen, ob sie Paul Engels hinzuziehen sollten, sich dann aber dagegen entschieden. Hamid lehnte zwischen zwei anderen Ständen an einer Säule und behielt den Gang hinter der Treppe im Blick, welchen Robin nicht einsehen konnte. Naoko dagegen hatte sich hinter ihr positioniert, um Robins Rücken zu sichern.

Hamid und Robin entdeckten sie gleichzeitig. Sie hatte denselben Eingang in der Ziegelgasse genommen und folgte dem Weg, den Robin, Hamid und Naoko vor wenigen Minuten gekommen waren. Als sie Hamid passierte, warf sie ihm einen amüsierten Blick zu. Ihr folgte zwar niemand, den man als ihre Begleitung hätte erkennen können, doch Robin war sich sicher, dass sie nicht allein gekommen war.

»Hallo Robin«, sagte Julia Hamm. »Oder sollte ich Manon sagen? Bei dir weiß man ja nie.«

»Hallo Julia«, entgegnete Robin ungerührt. »Oder sollte ich Xenia sagen? Bei dir weiß man ja nie.«

»Wir haben uns schon damals in München gut verstanden. Vielleicht, weil wir beide viele Gesichter haben.«

»Wir haben uns schon damals in München nicht ausstehen können«, erwiderte Robin mit einem süßen Lächeln. »Warum setzen wir daher nicht unser ehrliches Gesicht auf und reden Klartext?«

Julia Hamm erwiderte ihr Lächeln. Provokant, herablassend, selbstsicher. Sie trug eine unscheinbare Stoffhose und schwarze Boots, darüber einen fliederfarbenen Parka, der zu ihren langen, dunkelroten Haaren passte, die sie mit einer Spange zurückgebunden hatte. Robin wünschte sich, ihr den arroganten Ausdruck aus dem Gesicht wischen zu können, aber dafür war sie nicht gekommen. Dies hier war keine persönliche Fehde zwischen zwei Frauen um einen Mann. Markus spielte zwischen ihnen keine Rolle mehr. Es ging um jemand anderes.

»Und wie könnte dieser Klartext aussehen? Du warst in deiner Nachricht nicht sehr konkret.«

In der vergangenen Nacht hatten sie Markus sein Smartphone entwendet und den gesamten Speicher kopiert. Dabei hatten sie zwar keinen Kontakt und auch keine Nachrichten von Gregor Thomanek gefunden, aber die Nummer von Julia Hamm. Am Morgen hatte Hamid ihr eine Nachricht gesendet und sie zu einem Treffen in der Kleinmarkthalle aufgefordert. Sie hatte eingewilligt.

»Wir haben etwas, das ihr sucht«, sagte Robin nun.

»Und was könnte das sein?«

Ohne ein Wort zog Robin das Journal aus ihrer Jacken-tasche und hielt es so, dass Julia Hamm alles erkennen konnte. Den Umschlag aus weichem Leder in Dunkelblau, die Seiten mit Goldschnitt, die goldene Prägung mit den Buchstaben *L.U.* auf dem Cover.

»Ich sehe, ich habe deine Aufmerksamkeit«, fuhr Robin fort. »Ich habe unserem gemeinsamen Freund einen Han-del vorzuschlagen.«

»Was soll uns davon abhalten, uns einfach zu nehmen, was wir wollen?«, fand Julia Hamm ihre Sprache wieder und bemühte sich, zu ihrer Selbstgefälligkeit zurückzufin-den.

»Glaubst du wirklich, ich komme hierher, ohne mich vorher abzusichern? Du warst letzte Nacht gar nicht bei Markus«, begann Robin. »Schade, sonst wären wir uns schon früher begegnet. Dein Liebhaber und mein Noch-Mann war recht gesprächig. Wir haben uns ein wenig, sagen wir, unterhalten. Er dachte zwar, er würde mit euch reden, aber das macht seine Aussagen nicht weniger inte-ressant.«

»Wovon sprichst du?«

Robin sah, wie sich die braunen Augen der Frau vor Ver-unsicherung weiteten. Genüsslich zog sie ihr Smartphone hervor und hielt es ihr hin. Mit Schrecken sah Julia Hamm einen kurzen Ausschnitt des Videos, das Paul Engels für sie von der Unterredung in der Fabrik zusammengestellt hatte.

»Das Video wird niemals vor Gericht Bestand haben«, ätzte Julia Hamm, nachdem sie Robin das Smartphone zu-rückgegeben hatte.

»Das spielt auch keine Rolle. Ich will nur, dass du und dein Boss wisst, mit wem ihr es zu tun habt. Kurzum: Wir sind bereit, euch das Journal zu überlassen, damit er als unbescholtener Bürger, der er nicht ist, nach Deutschland zurückkehren und in Frieden seinen Machenschaften nachgehen kann. Für uns ist das Journal wertlos. Es ist in einer Kurzschrift verfasst, die niemand entziffern kann. Für euch aber hat es großen Wert. Daher schlagen wir euch einen Handel vor. Ihr bekommt das Journal gegen unsere Sicherheit. Sollte einem von uns noch einmal etwas passieren, sollte einem von uns auch nur ein Haar gekrümmt werden, werden wir die Videoaufnahmen von letzter Nacht öffentlich machen und euch zerstören. Vor Gericht mögen die Videos wertlos sein. Die Medien und die Menschen auf der Straße werden das anders sehen.«

»Darauf wird er sich niemals einlassen.«

Robin legte all ihre Verachtung in die nächsten Worte, all die Wut, die sich über die vergangenen Monate aufgestaut hatte.

»Darauf wird er sich einlassen müssen, wenn er zurückkommen will. Und wir wissen beide, dass du das nicht entscheidest. Also, warum ersparst du uns nicht deine wertlosen Gedanken und machst, dass du ihn anrufst? Wir setzen uns gegenüber ins Café und warten dort. Eine Stunde. Dann will ich seine Entscheidung haben. Wenn er weiß, was gut für ihn ist, ruft er mich an, wir machen einen Deal, und du kannst das Journal mitnehmen. Wenn nicht, kann er bis an sein Lebensende im Exil verrotten.«

Damit ließ Robin Julia Hamm stehen.

»Wie soll er dich kontaktieren?«

»Er weiß, wie er mich erreichen kann«, sagte Robin, ohne sich noch einmal umzudrehen. »Das wusste er schon immer.«

43

Scheinbar sorglos flanierten die Menschen an ihnen vorbei. Natürlich trug jeder Mensch Sorgen in sich, manche größer, manche kleiner, manche vermeintlich lebenswichtig, manche vermeintlich belanglos. Es kam immer nur auf den Mikrokosmos an, in dem man sich bewegte. Manche Sorgen wirkten schwerwiegender, als sie für andere wären. Andere wirkten nichtig und klein, während sie für wiederum andere existentiell wären.

Robin, Naoko und Hamid saßen an einem der Außentische vor dem Café direkt neben der Kleinmarkthalle und hatten nur eine Sorge.

Würde Gregor Thomanek anbeißen?

Naoko hatte ihnen drei Cappuccino organisiert. Sie tranken schweigend und warteten. Vor ihnen lagen mehrere Handys auf dem Tisch. Neben Hamids und Naokos Smartphones lag das Telefon, welches Hamid Robin organisiert hatte und welches er genutzt hatte, um am Morgen die Nachricht an Julia Hamm zu senden. Und dann lag da noch ein viertes Telefon.

Wie Robin erwartet hatte, war es dieses, das schließlich klingelte. Sie griff nach dem roten Notfalltelefon, dessen Nummer nur die wichtigsten Kunden in der Geschichte ihrer Agentur erhalten hatten – und auf dem sich nur melden durfte, wer sich bedroht fühlte und in Gefahr wähnte.

So wie jetzt Gregor Thomanek.

Robin nahm das Gespräch an.

»Hallo Tiger!«

Robin lächelte. »Wie ich sehe, hast du meine Botschaft erhalten.«

»Erhalten und verstanden.«

Sie hatte sich nicht mehr an seine Stimme erinnert. Nun kehrten Bilder in ihrem Kopf zurück, flackerten vor ihrem inneren Auge wie ein alter Film in Schwarz-Weiß. Wie er aus dem Halbdunkel des Fonds immer wieder zu ihr gesprochen hatte. Mit dieser einen, einfachen Frage.

Wie weit noch?

Bis hierhin und nicht weiter, dachte Robin.

»Sind wir uns einig?«, fragte sie.

»Erklär mir noch mal, wie es läuft!«

»Ihr kriegt das Journal. Niemand weiß, was darin steht. Niemand kann dir damit schaden. Du kriegst deine Freiheit zurück, wir kriegen unsere Sicherheit zurück. Quid pro quo. Ganz einfach.«

»Einverstanden.« Er seufzte. »Das hätten wir auch einfacher haben können.«

»Wer redet, dem kann geholfen werden. Das hätte dir schon früher einfallen können.«

»Ich habe schlechte Erfahrungen gemacht, wenn ich Menschen vertraut habe.«

»Das liegt nicht daran, dass du anderen Menschen vertraut hast und dann enttäuscht wurdest. Das liegt daran, dass Menschen wie du glauben, sich alles leisten, jeden ausbeuten und mit allem durchkommen zu können – und trotzdem erwarten, dass sie den Leuten, die sie ausnutzen, bedrohen und ihnen schaden, noch immer vertrauen können. Vertrauen ist ein fragiler Freund.«

»Und dir kann ich vertrauen?«

»Wie du mir, so ich dir. Du lässt uns in Ruhe, dann bleibt auch unser Giftschrank verschlossen. Kommst du uns noch einmal zu nahe, öffnen wir ihn, und du wirst die Schläge nicht kommen sehen, die dich dann treffen werden.«

»Gehen wir mal essen, wenn ich wieder da bin?«

Robin lachte. Sie konnte nicht anders. Dieser Hochmut suchte seinesgleichen. »Erinnerst du dich noch, was deine letzten Worte an mich waren?«

Er brauchte eine Sekunde, ehe er verstand, was sie meinte. »Du sagtest: Auf Wiedersehen! Und ich erwiderte: Ich hoffe nicht.«

»In diesem Sinne!«

»Mach's gut, Tiger!«

Das Gespräch war beendet. Langsam, ganz langsam legte Robin das Notfalltelefon zurück auf den Tisch. Dann nickte sie Naoko und Hamid zu.

Es war geschafft.

Kaum hatte sie den beiden berichtet, was Thomanek gesagt hatte, verließ Julia Hamm die Kleinmarkthalle, überquerte den Vorplatz und trat zu ihnen an den Tisch.

»Ihr habt etwas, das uns gehört?«, fragte sie ohne Umschweife.

Robin zog das Journal hervor, strich noch einmal bedächtig über das weiche Leder. Ein edles Büchlein, feines Papier, ein teurer Ort, den andere Menschen nutzten, um Gedichte aufzuschreiben, um Ziele für die Zukunft zu zeichnen, um Geschichten über unerwiderte Liebe zu erzählen. Dieses Heft jedoch erzählte vom Tod. Einige von ihnen hatten ihm nicht entkommen können. Und alles nur,

weil in der Ferne ein Mensch saß, der seinen Willen durch-
setzen wollte.

Robin schüttelte geistesabwesend den Kopf.

Dann reichte sie es ihr.

44

Der General Aviation Terminal des Frankfurter Flughafens lag südlich der Landebahnen. Während die Normalsterblichen im Norden abgefertigt wurden, erhielten die Reichen und Wichtigen in ihren Privatjets einen persönlichen VIP-Service über den GAT.

Fünf Tage nach ihrem Telefonat mit Gregor Thomanek betrachtete Robin in Naokos Wohnzimmer den großen Flatscreen. Naoko und ihr Mann Thomas saßen neben ihr, Hamid hatte sich in eine Ecke an der Tür zum Garten zurückgezogen. Sie alle blickten gebannt zum Bildschirm. Sie hatten n-tv eingeschaltet, die Kamera zeigte ein Podium mit einem Sprecherpult, vor dem zahlreiche Mikrofone aller großen Sender des Landes aufgebaut waren.

Vor wenigen Minuten hatte eine Reporterin, an einem Fenster stehend und ständig zwischen Kameralinse und Landebahn hin- und herblickend, live die Landung eines Privatjets kommentiert. Ganz so, als wäre das Space Shuttle in Frankfurt am Main und nicht am Kennedy Space Center in Florida eingetroffen, und in wenigen Augenblicken würden Neil Armstrong und Buzz Aldrin zu ihnen sprechen und ihre Mondlandung erklären.

That's one small step for man, one giant leap for mankind.

Doch alle warteten nicht auf Armstrong und Aldrin, sondern auf einen Mann, der seine Ankunft in Frankfurt tags zuvor mit einer Pressemitteilung angekündigt hatte. Die Meldung hatte es in allen deutschen Medien in die Schlagzeilen geschafft. Nun also war er zurück, und er würde sich sogar in einer kurzen Pressekonferenz vor Ort am Terminal den Fragen der Journalisten stellen.

»Na, komm schon«, murmelte Naoko ungeduldig. »Als ob du auf deine Koffer warten müsstest!«

»Er muss bestimmt aufpassen, dass er nicht mit dem falschen Pass einreist«, spöttelte Hamid.

Robin hingegen schwieg. Sie war nervös. Zwölf Jahre hatte sie Gregor Thomanek nicht mehr gesehen. Ob er sich verändert hatte? Was würde er sagen? Wie würde sie sich fühlen, sobald sie ihn sah?

Plötzlich herrschte Unruhe im unsichtbaren Publikum. Das Klicken zahlreicher Fotoapparate war zu hören. Blitzlichter erhellten den Rand des Podiums. Noch war der Grund der Aufruhr nicht zu erkennen, doch das änderte sich nur Sekunden später. Ein Mann kam ins Bildfeld der Kamera, Anfang fünfzig, schlank, die Haare leicht ergraut, aber noch immer militärisch kurz geschnitten, die Haut ein wenig älter, vor allem aber braun gebrannt, die markanten Brauen über seinen eisblauen Augen zu einem ständigen Runzeln verzogen. Er trug einen dunkelblauen Anzug, weißes Hemd, hellblaue Krawatte. Er hätte ein Politiker sein können, der seine Kanzlerkandidatur verkündete.

»Guten Tag, meine Damen und Herren«, begann Gregor Thomanek ruhig. »Vielen Dank, dass Sie heute hergekommen und meiner Einladung gefolgt sind.« Er sprach mit einer sonoren, angenehmen Stimme. Es klang tatsächlich präsidial. »Zehn Jahre hat man mich von meiner Heimat ferngehalten. Ich wurde zu Unrecht verurteilt, zu Unrecht als Sündenbock gebrandmarkt und zu Unrecht in ein Exil getrieben, welches ich nur zu gerne früher beendet hätte.«

»Als ob es dir geschadet hätte, du braun gebranntes Arschloch«, schimpfte Naoko im Flüsterton.

»Zehn Jahre musste ich warten. Eine lange Zeit, in der ich viel über dieses Land nachgedacht habe, darüber, was rechtschaffenen Menschen wie mir passieren kann, wenn sie Fehler machen, die jedem passieren können, dafür aber an den Pranger gestellt werden, als hätten sie Terror und Verwüstung über das Land gebracht. Heute aber darf ich zurückkehren und mich wieder ein Deutschen nennen. Heute darf ich wieder zu meinem Namen und meiner Herkunft stehen. Heute bin ich wieder Mensch, heute darf ich's wieder sein.«

»Ist das sein Ernst? Kann diesem Möchtegern-Goethe nicht einer das Maul stopfen?«

»Wart's doch einfach ab, Naoko«, murmelte Hamid aus dem Hintergrund.

»Gerne werde ich Ihnen, meine Damen und Herren, alle Möglichkeiten geben, Fragen zu stellen. Vorab möchte ich jedoch endlich persönlich Stellung beziehen zu den Anschuldigungen, die man mir entgegengebracht hat und die man mir noch immer vorhält, wie ich aus den Reaktionen entnehmen konnte, die meiner gestrigen Ankündigung gefolgt waren. Mir wurde ...«

Thomanek stockte. Er hatte bemerkt, was über die Mikrofone an die Zuschauer transportiert wurde. Die Journalisten waren unruhig geworden, hatten zu flüstern begonnen. Das Bild zeigte, wie Thomanek überrascht aufblickte – und sich plötzlich blankes Entsetzen über sein Gesicht legte. Im nächsten Moment zoomte der Kameramann heraus, sodass immer mehr rund um das Sprecherpult und um Thomanek selbst ins Blickfeld kam. Irgendetwas passierte rechts vom Podium. Die Kamera schwenkte in diese Richtung, und Robin, Naoko, Thomas, Hamid und die ganze Welt, die gerade zusah, wurde Zeuge, wie mehrere schwer bewaffnete Polizisten einer Spezialeinheit in den kleinen Terminal strömten und einen Wimpernschlag später Gregor Thomanek umringen. Die Mikrofone reichten nicht so weit, als dass sie die Worte der Beamten einfingen, doch Thomanek wurde offensichtlich mitgeteilt, dass er verhaftet war.

Robin fragte sich noch kurz, ob Thomanek einen letzten Showact vollführen und Worte des Widerstands in Richtung Journalisten brüllen würde. Doch stattdessen ließ er sich wortlos Handschellen anlegen. Augenblicke später wurde er von einem halben Dutzend Beamten vor laufenden Kameras aus dem Gebäude geführt und in einen wartenden Polizeitransporter gesetzt.

Gregor Thomanek war hinter Schloss und Riegel.

Nun war es wirklich vorbei.

Ein kleiner Schritt für die Menschheit, aber ein riesiger Sprung für mich, dachte Robin.

Für uns, korrigierte sie sich, und blickte in die Runde.

Strahlende Gesichter waren ihr zugewandt. Hamid grinste, als hätte er das beste Menü seines Lebens gekocht. Naoko und Thomas saßen Arm in Arm, drückten sich, und ihre beste Freundin zwinkerte ihr vergnügt zu.

»Darauf müssen wir anstoßen«, sagte sie im nächsten Moment.

Sie hatten den Champagner nicht zu früh öffnen wollen, um das Glück nicht herauszufordern. Nun aber machte sich Thomas an die Arbeit und holte Gläser und Flasche hervor.

»Auf Hamids Kombinationsgabe«, rief Naoko, und sie ließen das Kristall klingen.

Tatsächlich war es Hamid gewesen, der ihnen diesen Moment ermöglicht hatte. Er hatte nicht aufgegeben, um das Geheimnis des Journals zu knacken. Mit allen möglichen Kombinationen der deutschen Kurzschrift hatte er es versucht, um eine Übersetzung zu erreichen. Dann aber war ihm eine Idee gekommen.

Es hatte damit begonnen, dass sie spekuliert hatten, aus welchem Land Thomanek einfliegen würde und wo er sich zuletzt versteckt hatte. Irgendwann hatte Robin gewitzelt, er würde wohl kaum aus Polen oder Belgien mal kurz über die Grenze hüpfen. Da war Hamid plötzlich aufgesprungen und hatte sich an seinen Laptop gesetzt. In einem Lebenslauf von Leonhard Urban hatte er entdeckt, dass der Pharmaindustrielle einen polnischen Vater gehabt und fließend Polnisch gesprochen hatte. In Windeseile hatte er sein Programm umgeschrieben, mit allen verfügbaren Kurzschriften der polnischen Sprache gefüttert und der selbstlernenden Software aufgetragen, Urbans Notizen ins Polnische zu übertragen. Es hatte funktioniert. Anfangs noch sehr fehlerhaft, hatte das Programm in den folgenden Stunden schnell seine Ungenauigkeiten korrigiert, bis es eine vollständige Übersetzung des gesamten Journals ausgespuckt hatte.

Urban hatte peinlich genau Notiz über zentrale Abläufe seines kriminellen Netzwerks geführt. Vieles davon war bereits während des Prozesses gegen ihn aufgedeckt worden. Dank Hamids Arbeit hatten sie dann aber doch etwas gefunden: ein Dossier über Gregor Thomanek. Urbans Aufzeichnungen legten nahe, dass Urban nicht der alleinige Kopf hinter dem Medikamentenschmuggel gewesen war. Vielmehr war erst Thomanek mit MoneyLine das entscheidende Puzzleteil gewesen, um die Maschinerie ins Rollen zu bringen. Thomanek war von Anfang an in alle strategischen Entscheidungen involviert und damit weit mehr als nur ein externer Dienstleister und Zahlungsanbieter gewesen. Thomanek war Kapitalgeber und finanzielles Genie hinter der gesamten Operation gewesen und dies auch nach der MoneyLine-Insolvenz und über seine Flucht aus Deutschland hinaus geblieben.

Robin hatte die Informationen sofort an Harald Matthes weitergeleitet, der eine Kopie des Urban'schen Journals behalten hatte. Mit der Übersetzung war dieser zu seinen alten Kollegen gegangen und hatte sie vorgewarnt. In Windeseile hatte die Staatsanwaltschaft einen Haftbefehl gegen Thomanek erlassen und ihm bei seiner Ankunft einen eisernen Empfang bereitet. Damit hatte Thomanek nun einen gänzlich neuen Prozess am Hals. Einen Prozess, in dem auch der Mord an Leonhard Urban eine Rolle spielen würde – da war sich Robin sicher.

Robin ging davon aus, dass in diesem Verfahren auch ihr Vater würde aussagen müssen. Urban hatte ihn als nützlichen Lobbyisten geführt, als Netzwerker, der sich in der Welt der einflussreichsten Persönlichkeiten des Landes bewegt hatte. Lutz-Werner Graf hatte gegen üppige Honorare Kontakte hergestellt und Türen geöffnet. Zu Robins Erleichterung deutete jedoch nichts in den Aufzeichnungen darauf hin, dass ihr Vater mehr gewusst hatte als nötig. Was nicht bedeutete, dass das Verfahren für ihn einfach werden würde. Es würden Fragen auf ihn zukommen, die er wohl lieber nicht beantworten wollte.

Die vier blieben noch einige Zeit vor dem Fernseher sitzen, denn nur wenige Minuten nach der Verhaftung trat der Präsident des Bundeskriminalamts vor die Kameras. Dieser erklärte nicht nur Thomaneks Verhaftung, sondern gab auch zwei weitere Polizeieinsätze bekannt. Einerseits war bereits früher am Tag vor dem General Aviation Terminal des Frankfurter Flughafens eine namentlich nicht genannte Frau verhaftet worden, die zu MoneyLine-Zeiten als Assistentin Thomaneks gearbeitet hatte und im Verdacht stand, in dessen Aktivitäten verwickelt gewesen zu sein. Darüber hinaus bestätigte er die Verhaftung eines Frankfurter Hoteliers, dem Verbindungen zu Thomanek und Geldwäsche vorgeworfen wurden.

»Wer mit dem Teufel ins Bett geht und ihm am nächsten Morgen das Frühstück serviert, muss sich nicht wundern«, sagte Hamid trocken.

Robin verfolgte die Berichterstattung, als befände sie sich in einer Zwischenwelt. Sie blendete sich mal ein, dann wieder schien die Realität zu verblassen, und ihre Gedanken schweiften ab in eine Mixtur aus gefährlichen Erinnerungen und hoffnungsvollen Zukunftsträumen. Sie spürte, dass es ihr schwerfiel, den Worten des BKA-Chefs zu folgen, während sie an das dachte, was vor ihr lag. Sie war davon überzeugt, dass sie richtig gehandelt hatten, indem sie Thomanek, Hamm und auch Markus ans Messer geliefert hatten. Sie hoffte zudem, dass sie nichts und niemanden übersehen hatten, der einen weiteren Rachefeldzug folgen lassen konnte. Doch diese Sorge würden sie nie ausschließen können.

Schließlich schaltete Naoko den Fernseher aus. Einen Moment sahen sie sich alle an, dann erhoben sie sich. Thomas blieb zurück, während sie das Haus verließen und in Hamids alten Golf stiegen.

Robin konnte nichts sagen. Sie wusste nichts zu sagen. Sie fuhren einfach.

Als sie eine Viertelstunde später an ihrem Zielort angekommen waren, stiegen Naoko und Hamid aus. Robin blieb sitzen, sah ihnen nach, wie sie auf das Haus zugingen. Es war ihr so vertraut, und doch hatte sie Angst. Große Angst, große Sehnsucht.

Sie beobachtete, wie Naoko klingelte. Die Sekunden verstrichen, ehe sich die Haustür öffnete. Naoko und Hamid versperrten ihr den Blick. Es schien einen kurzen Wortwechsel zu geben. Dann traten beide auseinander.

Dorothee und Lutz-Werner Graf standen im Türrahmen. Und zwischen ihnen, in einem Hogwarts-Pullover über einer blauen Leggings mit goldglänzenden Sternen, stand Clara.

Robin öffnete langsam die Tür. Vorsichtig setzte sie einen Fuß auf den Asphalt, dann den anderen. Langsam stieg sie aus, ließ ihre Tochter nicht aus den Augen. Dann trat sie vor, ehe sie Claras Stimme hörte und ihr Sichtfeld in einem Tränenmeer verschwamm.

»Mama?«

Epilog

Elf Kerzen brannten auf dem Schokoladenkuchen. Seine Schwestern lachten und lästerten, weil er all seine Kraft sammelte, all seine Luft einsog und dabei die Augen schloss, um sich auf seinen großen Wunsch zu konzentrieren.

Sollten sie lachen!

Er wusste längst, was er sich wünschte. Also formulierte er die Worte in seinen Gedanken und pustete. Dabei riss er die Augen wieder auf, hatte schon sechs, sieben Kerzen erwischt, dann die achte und die neunte. Die zehnte wehrte sich kurz, ehe er mit dem letzten Luftstoß auch noch die Nummer elf erledigte.

Seine Familie applaudierte, selbst seine blöden Schwestern. »Buon compleanno!«, riefen alle, und seine Mutter gab ihm einen feuchten Schmatzer auf die Wange.

Fernando Poli grinste und wischte sich verlegen mit dem Ärmel seines neuen Marvel-Universe-Pullovers über das Gesicht. Elf Jahre alt. Endlich. Das hörte sich nicht mehr so sehr wie ein Kind an. Mamma reichte ihm das Messer, und Fernando schnitt sich ein riesiges Stück Torte ab. Nonna stimmte noch ein altes Geburtstagslied an, und alle fielen mit ein. Dann endlich konnte er dem Kuchen mit seiner Gabel zu Leibe rücken.

Am Morgen war er früher als sonst aufgewacht und in die Küche gestürmt, weil er wusste, dass seine Mamma an

Geburtstagen immer alles noch vor Sonnenaufgang vorbereitete. Die Schüssel mit dem restlichen Teig und der übrig gebliebenen Glasur hatte er noch vor dem Zähneputzen vernascht. Seine ersten Geschenke hatte es vor der Schule gegeben. Dann hatten sie ihn in der Klasse hochleben lassen, und er hatte als Einziger keine Hausaufgaben bekommen. Das war das Geschenk der Lehrer für alle Geburtstagskinder, damit sie ihren Nachmittag genießen konnten.

Fernando würde erst am Wochenende so richtig feiern. Ein Donnerstag war längst nicht so cool wie ein Samstag. Er würde seine Freunde treffen, und sein Vater hatte versprochen, sie alle mit zu Calcio Padova zu nehmen. Dritte Liga, das erste Spiel im neuen Jahr. Heute kamen nur Familie und Nachbarn vorbei. Ständig klingelte es an der Tür, manche blieben nur ein paar Minuten, manche zum Essen. Gerade ging seine älteste Schwester schon wieder zur Tür. Solange sie Geschenke mitbrachten, sollte es ihm recht sein.

Sogar Signora Birindelli, die alte Nachbarin von gegenüber, saß gerade mit am Tisch. Fernando mochte sie noch mehr, seit sie so nett zu Signora Sofia gewesen war. Sie hatte ihm sogar ein neues Spiel für seine PlayStation geschenkt. Wenn seine Eltern ihn ließen, würde er es noch am Abend ausprobieren.

Kurz dachte er an Signora Sofia. Sie hatte versprochen, zu seinem Geburtstag zurück zu sein. Sie war aber nicht gekommen. Jeden Tag hatte er ihre Wohnung kontrolliert, hatte gesehen, dass die Tür weiterhin verschlossen und die Vorhänge zugezogen waren. Doch das hatte ihm auch jeden Tag vor Augen geführt, dass sie noch nicht zurück war. Ob ihr etwas zugestoßen war? Sie war zu einer Mission aufgebrochen, da war er sich ganz sicher. War sie womöglich gescheitert? Vor zwei Tagen hatte er ihr dann doch noch eine E-Mail geschrieben, weil er es nicht mehr ausgehalten hatte. Sie hatte nicht geantwortet.

Er leckte die Schokolade von seiner Gabel ab, als seine Schwester wieder ins Zimmer kam.

»Mamma«, rief sie. »Da ist eine Frau an der Tür.«

Fernando blickte auf und sah, wie seine Mutter die Küche verließ. Er hörte gedämpfte Stimmen in der Diele. Dann kam Mamma zurück. Und hinter ihr betrat Sofia den Raum.

Er wollte aufspringen, knallte dabei aber unsanft an die Tischkante und stieß einen Fluch hervor, den er gerade erst in der Schule gelernt hatte. Seine Mutter rief empört: »Fernando Poli!« Doch es war ihm egal. Er befreite sich von Stuhl und Tisch und lief auf sie zu. Da fiel ihm auf, dass Sofia nicht alleine gekommen war. Hinter ihren Beinen versteckte sich ein kleines Mädchen.

»Ciao Fernando«, sagte Sofia. »Tanti auguri! Darf ich dir meine Tochter vorstellen? Sie heißt Clara, aber sie spricht noch kein Italienisch.«

»Ciao Clara«, sagte Fernando aufgeregt und blickte lächelnd um Sofia herum zu dem Mädchen. »Mi chiamo Fernando.«

Sofia drehte sich zu ihrer Tochter um, ging in die Hocke und sprach zu ihr in einer anderen Sprache. Fernando verstand kein Wort, aber er hatte das Gefühl, dass es sehr liebevoll klang. Clara nickte schüchtern, dann schenkte sie Fernando über Sofias Schulter hinweg ein Lächeln.

Plötzlich empfand er etwas, das ihm bis dato fremd gewesen war. Er fühlte sich, als wollte er alles tun, damit

Clara sich hier wohlfühlte. Er fühlte sich, als wollte er sie beschützen. Er fühlte sich wie, ja, wie ein großer Bruder.

Mamma machte Platz am Tisch, sodass sich die beiden Neuankömmlinge setzen konnten. Da überreichte Sofia ihm ein Geschenk. Er riss es sofort auf. Es war ein Detektivkoffer. UV-Lampe, Fingerabdruckpulver, Pinsel, Klebefolien, Stempelkissen, Spurenbeutel, Pinzette, Lupe. Sogar Absperrband war dabei. Er strahlte Sofia dankbar an.

Als Clara und ihre Mutter auch ein Stück Kuchen erhalten hatten, beobachtete Fernando die Frau, die am ersten Advent so überraschend nach Monselice gekommen war. Damals hatte sie müde und abgekämpft ausgesehen, getrieben von einer inneren Unruhe. Nun aber hatte sich etwas verändert. Sie hatte sich die schwarzen Haare wachsen lassen, doch das war es nicht. Sie wirkte …

… glücklich.

Nicht ganz, dachte Fernando, aber wenn sie mit Clara sprach, wenn sie ihre Tochter verstohlen ansah, wenn sie ihr durch die wilden Haare strich, dann glühte ihr Gesicht. Dann schien es, als gäbe es nichts Wichtigeres auf der Welt.

Sie blieben nicht lange, aber für Fernando ging damit sein Geburtstagswunsch in Erfüllung. Sie würden wieder bei Signora Birindelli einziehen, zumindest vorerst. Dann wollte sich Sofia nach einer größeren Wohnung umsehen mit einem eigenen Zimmer für Clara.

»Wie lange bleibst du diesmal?«, fragte er, als sie sich verabschiedeten und Fernando sie zur Tür brachte.

»Wir wissen es noch nicht. Aber wir freuen uns schon auf die warmen Monate.«

»Also länger?«

»Ganz sicher länger als beim letzten Mal«, antwortete

Sofia. »Und wer weiß, wenn es Clara gefällt … Wir haben keine Pläne.«

»Darf ich noch etwas fragen?«

»Natürlich.«

Fernando blickte kurz zu Boden. Dann riss er sich zusammen und stellte die Frage, die ihn seit dem ersten Tag auf der Zunge lag.

»Wie heißt du wirklich?«

Sie schien überrascht, und kurz glaubte er, in ihrem Blick eine tiefergehende Sorge aufflackern zu sehen. Doch der Ausdruck verschwand schnell wieder. Dann lächelte sie Fernando an, und er sah, wie sie erleichtert ausatmete. Dann sagte sie: »Ich heiße Robin.«

Schlusswort des Autors

Spurlos ist ein Roman und sollte als solcher gelesen und verstanden werden. Die Namen, Charaktere, Schauplätze und Vorfälle sind das Werk meiner Fantasie oder wurden von mir als solche gebraucht. Ich habe mich vieler Fakten und Gegebenheiten so bedient, dass sie zu meiner Geschichte gepasst haben.

Ganz besonders trifft dies auf die Räumlichkeiten in der Krögerstraße zu, in denen Robin Graf ihre Agentur hat. Ich selbst durfte einst in diesen wunderbaren Zimmern als PR-Berater arbeiten, und so ist dieser Ort in *Spurlos* für mich auch eine kleine Erinnerung an sehr schöne Zeiten in Frankfurt. Dies gilt auch für den Günthersburgpark, in dessen Nähe ich gewohnt habe und durch den ich, als ich noch fitter war, häufiger meine Runden gedreht habe. Das Haus der Grafs hingegen ist ganz meiner Fantasie entsprungen.

Kenner der Frankfurter Gastronomie-Szene dürften im Restaurant Moonlight das Main Nizza erkannt haben. Ich habe es für meine Zwecke umbenannt, kann aber nur jedem einen Abend dort empfehlen. Die Küche ist ein Genuss, der Service ausgezeichnet und der Blick auf den Main jeden Besuch wert.

Wer aus Kahl am Main stammt, der dürfte sich gewundert haben. Denn zwischen dem Westsee und der Emma gibt es in Wirklichkeit keine – zumindest keine sichtbare – Verbindung, sodass eine vermeintliche Wasserleiche auch nicht an der Kahlmündung in den Main hätte treiben können. Aber wie schon erwähnt: Was nicht passte, habe ich passend gemacht. Man möge mir diese künstlerische Freiheit gestatten.

In der heutigen Welt erfüllt viele Menschen die Sehnsucht nach einem Leben, das keine digitalen Spuren hinterlässt. Andere wollen ihre Spuren in der digitalen Welt löschen, finden aber zu ihrer Frustration heraus, dass dies gar nicht so einfach ist. Wieder andere geben sich dem Gedanken hin, wie es sein könnte, einfach unterzutauchen und an einem anderen Ort ein neues Leben zu beginnen.

Interessiert an diesen Möglichkeiten, las ich vor längerer Zeit *Spurlos verschwinden: Wie Menschen im digitalen Zeitalter abtauchen* von Frank M. Ahearn und Eileen C. Horan – das Sachbuch eines ehemaligen Zielfahnders in den USA. Später wurde es für mich zum Ausgangspunkt meines Romans. Und wurde befeuert durch einen Kriminalfall, der die Behörden nicht nur in Deutschland bis heute beschäftigt: Wirecard.

Wer sich für einen der größten Fälle der Wirtschaftskriminalität interessiert, dem empfehle ich alles, was der britische *Guardian*-Journalist Dan McCrum dazu geschrieben hat. Er hat das Unternehmen zu Fall gebracht – und damit auch einen Mann, der bis zu diesem Tag, da ich das Schlusswort für *Spurlos* schreibe, auf der Flucht ist. Jan Marsalek floh 2020 aus München über Österreich nach Weißrussland und ist seitdem untergetaucht. Seine Flucht, womöglich mithilfe geheimdienstlicher Unterstützung, ist der Stoff, aus dem Thriller gemacht sind. Und er beweist: Die Realität schreibt manchmal eben doch die unglaublichsten Geschichten.

Die in *Spurlos* genannte Firma MoneyLine existiert natürlich nicht. Im Winter 2023/24, als dieser Roman entstand, war in Deutschland dieser Firmenname laut Handelsregister nicht vergeben. Ebenso war die Website UrbanDrugs.com bei Fertigstellung dieses Manuskripts nicht in Benutzung und wurde lediglich zum Verkauf angeboten.

Schließlich möchte ich dieses Schlusswort nicht ungenutzt lassen, um die Bücher zu empfehlen, welche in *Spurlos* vorkommen. Anne Siegel ist eine außergewöhnliche Autorin, ihre Geschichte der *Señora Gerta* hat mich sehr bewegt und erzählt von Unerschrockenheit und Selbstlosigkeit. Die Kinderbücher *Himmeldonnerglöckchen* von Jasmin Zipperling sowie *Hanni braucht eine Freuschrecke* von Judith Merchant sollten in keinem Kinderzimmer fehlen.

Überhaupt sollten Bücher in Kinderzimmern nicht fehlen. Es heißt: Wer lesen kann, ist klar im Vorteil. Ich würde ergänzen: Wer lesen liebt, dem steht die Welt offen. Und wer Bücher sogar noch als gedrucktes Exemplar kauft, hinterlässt bei Barzahlung nicht einmal eine digitale Spur.

Im April 2024

Dank

Ich schreibe diese Zeilen nur einen Tag nach der Beerdigung eines Menschen, der mir sehr viel bedeutet und der dieses Buch erst möglich gemacht hat. Mein Literaturagent Lars Schultze-Kossack war Freund und Kumpel, Musikverrückter und Frohnatur, Fußballfan und Sparringspartner, Ideengeber und Kritiker. Vor allem aber war er ein Mensch, den wir alle sehr vermissen werden. Ihm widme ich *Spurlos* in dem Wissen, dass er tiefe Spuren in meinem Leben hinterlassen hat.

Nadja Kossack und ihre Kolleginnen und Kollegen der Literarischen Agentur Kossack sind meine kraftvollen Begleiterinnen und Begleiter seit Jahren. Euch bin ich von Herzen dankbar für eure Mühen und euren Glauben an mich, meine Geschichten und meine verrückten Ideen.

Meiner Lektorin Magdalena Heer und der ganzen Mannschaft des Penguin Verlags gilt mein tiefer Dank, nach *Der Zirkel* und *Die Villa* nun schon zum dritten Mal so viel Vertrauen in meine Geschichten und Figuren zu stecken. Ihr seid ein fantastisches Team, und es ist eine Freude, mit euch zusammenzuarbeiten.

Dies gilt auch für meinen Lektor Carlos Westerkamp. Seit meinem Debüt vor acht Jahren kennen wir uns, und jedes Mal bin ich begeistert von der respektvollen, detaillierten und kreativen Arbeit an meinem Manuskript. Mögen noch viele gemeinsame Projekte folgen.

Auch Romy Fölck darf nicht unerwähnt bleiben, die seit Jahren nicht nur völlig zu Recht die Bestsellerlisten erobert, sondern *Spurlos* vorab gelesen hat. Vielen Dank für deine Unterstützung, deine Überzeugung und deinen Rat.

Ein Buch ist nie einfach nur ein Buch. Ein Buch nimmt einen langen Weg vom Autor über die Agentur und den Verlag, gelangt dank unermüdlicher Vertriebler*innen in die Welt der Buchhändler*innen und schließlich in die Hände der Lesenden. Danke an alle Mitwirkenden in diesem langen Prozess.

Schließlich bleibt, mich einmal mehr bei meiner Familie zu bedanken und zu entschuldigen. Kein Autor, keine Autorin kann so einen Weg über Monate beschreiten ohne die Hilfe und das Verständnis der Liebsten. Frania und Utz, Tessa und Patrick, Vella und Quinn – ihr musstet viel aushalten mit mir. Niemand jedoch mehr als Kirsty. Ihr seid verrückt. Danke.